KB089340

레니와 마고의 백 년

THE ONE HUNDRED YEARS OF LENNI AND MARGOT

Copyright © 2021 by Marianne Cronin

All rights reserved.

Korean translation copyright © 2022 by HAPPYBOOKSTOYOU
Korean translation rights arranged with Conville & Walsh Limited
through EYA (Eric Yang Agency)

이 책의 한국어판 저작권은 EYA (Eric Yang Agency)를 통해
Conville & Walsh Limited 과 독점 계약한 ㈜해피북스투유가 소유합니다.
저작권법에 의하여 한국 내에서 보호를 받는 저작물이므로
무단 전재 및 복제를 금합니다.

레니와 마고의 백 년

The One Hundred Years of Lenni and Margot

매리언 크로닌 장편소설 | 조경실 옮김

해피북스
투유

차례

1부

The One Hundred
Years of
Lenni and Margot

레니

'*터미널*'이라는 말을 들으면 나는 공항의 풍경이 먼저 떠오른다.

높은 천장과 유리 통창으로 된 실내에 널찍한 탑승 수속 구역이 있고, 항공사 유니폼을 입은 직원이 수속대 앞에 앉아있다가 내 이름과 항공편을 묻고, 짐에 문제될 만한 게 있는지 묻고, 혼자 여행 중이냐고 묻는다.

멍한 표정으로 스크린을 바라보는 사람들, 곧 다시 만나자고 약속하며 포옹하는 가족들, 그 사람들 속에 내가 있다. 나는 반질반질 윤이 나는 바닥 위로 너무나도 가볍게 여행 가방을 끌고 걸어가며 내가 탈 항공편의 운행 상태를 스크린에서 확인한다. 하지만 내게 터미널이란 말은 그런 의미로 쓰인 게 아니라는 걸 잘 알기에 나는 애써 그 풍경 속에서 나를 끄집어내야만 한다.

이제 사람들은 '터미널'이라는 말 대신 '시한부'라는 말을 쓴다. '시한부 어린이 및 청소년 환자.'

불치병에 걸린 어린 말기 환자들을 대상으로 병원에서 상담 서비스를 시작했다고 친절한 어조로 설명하던 간호사가 무심코 '터미널'이란 단어를 내뱉고는 얼굴까지 빨개져서 말을 더듬는다(terminal이란 단어는 '공항 터미널'이란 뜻과 '불치병에 걸린 말기 환자'라는 뜻을 동시에 담고 있다. - 옮긴이).

"아, 미안. 그러니까 내 말은, '시한부' 환자라는 말이었어."

이 프로그램에 등록하겠냐고, 상담사를 내 병실로 부를 수도 있고, 십 대 전용 상담실로 내가 갈 수도 있다고 한다. 상담실에는 텔레비전도 있다고. 간호사는 내가 선택할 수 있는 옵션들을 끝도 없이 늘어놓지만, 그 단어들이 이제 내게는 새롭지 않다. 내가 공항에 머문 지는 이미 하루 이틀 된 게 아니다. 몇 년은 된 거 같다.

그리고 아직 비행기를 타고 이륙한 적은 없다.

나는 간호사 상의 가슴 주머니에 거꾸로 꽂혀있는 손목시계를 보며 잠시 가만히 있었다. 숨을 쉴 때마다 시계가 올라갔다 내려갔다 한다.

"그럼 신청서에 네 이름 적어줄까? '던'이라는 상담사는 정말 좋은 분이셔."

"고맙지만, 전 안 할래요. 이미 제 나름의 심리 치료를 받는 중이거든요."

그녀는 고개를 갸웃하더니 눈썹을 살짝 찡그렸다.

"벌써 받고 있다고?"

레니와 사제

 나는 신을 만나러 갔고, 그건 내가 이곳에서 할 수 있는 유일한 일이기 때문이었다. 사람이 죽는 건 신이 우리를 당신 곁으로 다시 불러들였기 때문이라고들 한다. 그렇다면 일을 미리 마무리 짓는 것도 나쁘지 않겠다는 생각이 들었다. 마침 신자인 환자가 병원 내 예배당에 가길 원하면 보내줘야 할 법적 의무가 있다는 얘기도 들은 터라 아직 가보지 못한 곳도 둘러보고, 동시에 절대자도 만날 수 있는 좋은 기회를 놓치고 싶지 않았다.

 한 번도 본 적 없는, 체리색 머리카락의 간호사가 와서 내 팔짱을 꼈고, 우리는 죽은 사람들과 죽어가는 사람들이 누워있는 병실 복도를 함께 걸었다. 나는 스쳐 지나가는 모든 새로운 광경과 짝이 맞지 않는 파자마를 입은 사람들을 열심히 눈으로 훑고, 새로운 냄새를 코로 빨아들였다.

 어찌 보면, 신과 나 사이의 관계는 좀 복잡하다고 말할 수 있을 것 같다. 지금까지의 경험으로 봤을 때 신은 동전을 던지고 소원을 비는, 일종의 거대한 소원 우물 같은 존재라는 생각이 들었다. 몇 번인가 갖고 싶은 걸 말했더니 몇 번은 물건을 가지고 나타난 적도 있었고, 그저 침묵한 적도 있었다. 최근에는 이런 생각도 들었다. 어쩌면 신이 침묵했다고 여길 때마다 사실 신은 내 몸에 말도 안 되는 뭔가를 조용히 심어놓고 있었던 게 아닐까 하는. 자신에게 도전하면 어떤 꼴을 당하는지 '골탕 좀 먹어봐라' 하고, 몇 년 뒤에나 발견할 수 있는 걸 몰래 숨겨둔 건 아니었을까?

성당 문 앞에 도착했을 때, 나는 좀 실망하고 말았다. 우아한 고딕식 아치형 입구를 기대했는데, 대신 정사각형의 반투명 유리창이 끼워진 묵직한 나무 문 두 개를 마주했기 때문이었다. 신이 계신 곳에 왜 굳이 반투명 유리를 끼웠을까, 하는 의아한 생각이 들었다. 대체 신이 그 안에서 뭘 하길래?

간호사와 나는 묵직한 문을 밀어 조용한 공간 안으로 휘청거리며 들어섰다.

"아, 어서 오세요!" 그가 말했다.

흰색 목깃에 검은 클러지 셔츠와 검은 바지를 입은 남자는 확실히 예순 살은 넘은 듯 보였고, 지금보다 더 행복한 순간은 없을 거라는 듯 환하게 웃고 있었다.

"신부님, 안녕하세요." 내가 인사했다.

"이쪽은 레니…… 피터스였나?" 간호사가 맞냐는 듯 나를 보며 말꼬리를 올렸다.

"페테르손이요."

그녀는 잡았던 내 팔을 놓으며, 이 말을 살짝 덧붙였다. "메이 병동에 입원 중이에요."

그녀로서는 신부님을 최대한 배려해 이런 말을 했을 터였다. 신부님에게 미리 경고해야 한다고 느낀 것 같았다. 왜냐하면 신부님은 크리스마스 아침, 커다란 나비매듭 리본으로 묶은 새 장난감 기차를 선물 받은 아이처럼 기대에 차있었는데, 사실 그녀는 어딘가 망가진 장난감 기차를 내밀고 있기 때문이었다. 원한다면 가지고 놀 수는 있겠지만 바퀴는 이미 떨어지려 했고, 전체적인 상태로 봤을 때 내년 크리스마스까지 버티는 건 어려울 것 같았다.

나는 수액 관이 걸려있는 바퀴 달린 스탠드를 잡고 신부님을 향해 걸어갔다.

"한 시간 뒤에 다시 올게."

간호사는 이렇게 말하고 뭔가 다른 말도 했는데, 나는 듣고 있지 않았다. 빛이 비치는 쪽을 올려다보니, 분홍색, 자주색의 다양하고 찬란한 색깔들이 내 눈동자 안으로 쏟아져 들어왔다.

"창을 좋아하는 모양이로구나." 그가 말했다.

제단 뒤, 갈색 유리로 된 십자가가 성당 전체를 밝게 비추고 있었다. 십자가 주위에는 불규칙하게 갈라진 보라색, 진자주색, 자홍색, 담홍색 유리 조각을 통과한 빛이 사방으로 퍼져나가고 있었다.

창문 전체가 불길에 휩싸인 것 같았다. 빛이 신부님과 내 몸을 지나 카펫과 신도석 위로 흩어졌다.

신부님은 내가 자신을 향해 고개를 돌릴 때까지 옆에서 끈기 있게 기다렸다.

"만나게 돼서 반갑구나. 내 이름은 아서란다."

그는 나와 악수를 하면서 정맥주사 바늘이 꽂힌 부위를 용케도 움찔하는 기색 없이 쓰다듬었다.

"앉겠니?" 그는 빈 신도석을 가리키며 물었다. "만나게 돼서 정말 반갑구나."

"그 말은 벌써 하셨잖아요."

"그랬던가? 미안하다."

나는 바퀴 달린 스탠드를 뒤로 끌며 신도석으로 갔다. 그리고 잠옷 가운의 허리끈을 좀 더 꽉 묶은 다음 자리에 앉았다.

"파자마를 입고 와서 죄송하다고, 하느님께 말씀 좀 전해주실래요?"

"하느님은 항상 귀 기울이고 계시니 방금 네가 한 말도 다 들으셨을 거야." 아서 신부님은 내 옆에 앉으며 대답했다.

나는 고개를 들어 십자가를 보았다.

"그래, 레니, 오늘 성당에 온 특별한 이유라도 있니?"

"중고 비엠더블유를 한 대 살까 생각 중이에요."

신부님은 그 말에 뭐라고 대꾸해야 할지 모르겠다는 듯 옆에 놓여있던 성경을 집어 들더니 보지도 않고 페이지만 획획 넘기다가 이내 다시 내려놓았다.

"보아하니…… 음, 창을 좋아하는 모양이로구나."

나는 고개를 끄덕였다.

잠시 침묵이 흘렀다.

"신부님은 점심시간이 따로 있나요?"

"응?"

"그냥요. 신부님이 성당 문을 잠그고 다른 사람들과 함께 구내식당에 가시는지 궁금해서요. 아니면 여기서 점심을 드실 수도 있나요?"

"나는, 어······."

"어차피 매일 칼퇴하실 텐데 점심시간까지 따로 갖는 건 어쩐지 너무한 거 같아서요."

"칼퇴한다고?"

"음, 아무도 없는 교회에 앉아있는 게 그렇게 힘든 일 같아 보이진 않아서요, 맞죠?"

"항상 이렇게 조용한 건 아니란다, 레니."

혹시라도 기분을 상하게 한 건 아닐까 싶어 신부님 얼굴을 살폈지만, 표정만으로는 알 수가 없었다.

"매주 토요일, 일요일에는 미사가 있고, 수요일 오후에는 아이들과 성경도 읽고. 네가 생각하는 것보다 찾아오는 사람이 훨씬 많단다. 병원이 워낙 무서운 곳이다 보니, 의사도 간호사도 없는 곳에서 잠시 혼자 시간을 보내는 것도 좋은 일이니까."

나는 스테인드글라스를 더 자세히 살펴보고 싶어 뒤로 물러섰다.

"그래, 레니, 오늘 이곳을 찾아온 다른 이유가 있는 건 아니고?"

"병원이 워낙 무서운 곳이잖아요. 의사도 간호사도 없는 곳에서 잠시 시간을 보내는 것도 좋을 것 같아서요."

신부님의 웃는 소리가 들린 것도 같았다.

"혼자 있고 싶니?"

신부님은 물었지만, 딱히 마음이 상해서 그런 말을 한 것 같지는 않았다.

"꼭 그런 건 아니고요."

"그렇다면 뭔가 하고 싶은 얘기가 있는 거니?"

"그런 것도 아니고요."

아서 신부님은 한숨을 내쉬더니 말했다. "내가 점심을 어떻게 해결하는지 알고 싶은 거니?"

"네, 맞아요."

"난 1시에 점심을 먹는데, 한 20분쯤 걸리는 것 같구나. 흰 빵 사이에 달걀과 물냉이를 넣어 샌드위치를 만들고 그걸 작은 삼각형 모양으로 자르는데, 가사도우미 아주머니가 해주시지. 저 문이 내 서재로 들어가는 문이란다." 그는 손가락으로 문을 가리켰다. "거기 가서 샌드위치를 먹는 데 15분, 차를 마시는 데 5분 걸린단다. 그런 다음 다시 밖으로 나오지. 하지만 내가 서재에 있을 때도 성당 문은 항상 열려있지."

"누군가 월급을 주겠죠?"

"내게 월급을 주는 사람은 없단다."

"그럼 그 샌드위치 재료는 무슨 돈으로 사죠?"

아서 신부님은 웃었다.

우리는 잠시 아무 말 없이 앉아있었고, 잠시 후 신부님이 가사 도우미에 대해 다시 이야기를 시작했다. 신부로서 그는 잠자코 있는 걸 별로 편하게 여기지 않는 것 같았다. 간호사가 데리러 왔을 때쯤 신부님은 무척 피곤해 보였지만, 그래도 다음에 또 오라고 말했다.

그러나 내가 다음 날 오후 새 파자마로 갈아입고 정맥주사도 꽂지 않고 다시 찾아갔을 때, 신부님은 좀 놀란 것 같았다. 수간호사인 재키는 내가 이틀 연속 성당에 가는 걸 못마땅해했지만, 나는 재키의 눈을 가만히 응시하며 작은 목소리로 말했다.

"저한테는 정말 의미 있는 시간이에요."

죽어가는 아이에게 '안 돼'라고 말할 수 있는 사람이 몇이나 될까?

재키가 나와 동행할 간호사를 불렀는데, 어제 그 신입 간호사였다. 그녀의 체리색 머리카락은 파란색 유니폼과 어찌나 안 어울리는지, 내일은 없을 것처럼 두 색깔이 서로 싸우는 느낌이었다. 그 간호사는 메이 병동에 온 지 얼마 안 돼 그런지 무척 불안해했다. 특히 공항을 출발하려는 어린 환자를 돌볼 때는 더더욱 그래서, 누구라도 자신이 잘하고 있다는 걸 확인시켜 주지 않으면 무척 초조해했다. 복도를 따라 성당으로 가는 길에 그녀의 수행 능력이 정말 뛰어나다고 칭찬했더니, 그 말을 듣고 무척 좋아하는 것 같았다.

성당은 오늘도 텅 비어있었고, 아서 신부님만 검은색 정장에 길고 흰 사제복을 입고 신도석에 앉아 뭔가를 읽고 있었다. 성경은 아니었고, 싼 티 나는 제본에, 겉표지에는 광택이 도는 A4 사이즈의 책이었다. 신입 간호사가 문을 열어주어 나는 기꺼이 그 뒤로 따라 들어갔다. 간호사가 문을 놓으니 둔탁한 쿵 소리와 함께 문이 닫혔고, 그제야 신부님이 뒤를 돌아보았다. 신부님은 안경을 낀 채 미소 지었다.

"목사님, 아니, 음…… 신부님? 죄송해요." 신입 간호사가 더듬거리며 말했다. "그러니까, 레니가 여기 한 시간 정도 있고 싶다고 해서요. 그래도 괜찮을까요?"

신부님이 무릎 위의 책을 덮었다.

"물론이죠."

"감사합니다, 목사님." 신입 간호사가 말했다.

"신부님이요." 내가 속삭였다. 찡그린 그녀의 얼굴이 점점 빨개지더니 머리카락 색과 비슷해졌다. 그녀는 더는 말하지 않고 서둘러 자리를 떴다.

아서 신부님과 나는 같은 자리에 다시 앉았다. 스테인드글라스의 색깔은 어제처럼 여전히 근사하고 아름다웠다.

"오늘도 사람이 없네요." 내 목소리가 울려 퍼졌다.

아서 신부님은 아무 말도 하지 않았다.

"북적이던 때도 있었겠죠? 그러니까, 과거에는 신앙심 깊은 사람들이 더 많았었잖아요?"

"지금도 북적인단다." 그가 말했다.

나는 고개를 돌려 신부님을 보았다.

"이곳에는 저랑 신부님 둘뿐인걸요."

분명 신부님은 현실을 부정하고 있었다.

"말하고 싶지 않으신 거 이해해요. 진짜 당황스러운 일이잖아요. 예를 들면, 파티를 열었는데 아무도 오지 않은 거랑 똑같은 거잖아요."

"그렇게 생각하니?"

"네. 그러니까 제 말은, 신부님은 탐스러운 포도 덩굴 같은 걸 수놓은 제일 좋은 흰색 파티 드레스를 입고 여기 이렇게 계신데……."

"이건 제의란다. 드레스가 아니고."

"아, 제의요. 파티 제의를 입고 여기 이렇게 계시고, 점심 식사를 위해 상도 다 차려놓으시고……."

"제단이란다, 레니. 그리고 점심이 아니라 성체고. 그리스도의 빵 말이다."

"네? 사람들이랑 나눠 먹는 게 아니고요?"

아서 신부님은 나를 쳐다보았다.

"일요일 예배를 위한 거지. 난 성찬용 빵을 점심으로 먹지는 않는단다. 그리고 제단에서 먹지도 않고."

"물론 그러시겠죠. 서재에서 달걀 물냉이 샌드위치를 드신다고 하셨잖아요."

"그랬지." 내가 어제 일을 기억해서인지 신부님의 얼굴빛이 조금은 밝아졌다.

"여하튼, 파티를 위해 모든 걸 다 준비해 두셨잖아요. 저기 음악도 있고요."

나는 구석에 있는 CD 카세트 플레이어와 그 옆에 가지런히 쌓여있는 CD를 가리켰다.

"그런데 아무도 안 왔잖아요."

"내 파티에 말이지?"

"맞아요. 제 말씀은요, 지금 신부님이 어떤 기분일지 저도 안다는 걸 말씀드리고 싶은 거예요. 제가 여덟 살 때 스웨덴에서 글래스고로 막 이사 오자마자 파티를 연 적이 있었거든요. 엄마는 반 애들을 전부 초대했지만, 아무도 오질 않았어요. 그 무렵 우리 엄마 영어 실력이 워낙 별로여서 애들이 전부 엉뚱한 장소에 가서 풍선이랑 선물을 들고 파티가 시작되길 기다리고 있었을 가능성도 아예 없진 않았어요. 적어도 그 당시에는 그렇게 생각하니 맘이 좀 편하더라고요."

나는 말을 멈췄다.

"계속해 보렴."

"그래서, 엄마가 둥그렇게 둘러앉도록 준비해 놓은 식탁에 혼자 앉아서 누군가 오길 기다리는데, 기분이 정말 더럽더라고요."

"정말 그랬겠구나."

"그래서 그런 거예요. 내 파티에 아무도 오지 않는 게 얼마나 속상한지 저도 아니까요. 그래서 안타깝다는 말씀을 드리고 싶었던 거예요. 하지만 신부님이 현실을 부정해서는 안 된다고 생각해요. 그런 현실을 신부님이 직시하셔야 앞으로 문제를 고칠 수도 있을 거예요."

"하지만 이미 북적이고 있단다, 레니. 네가 여기 왔고, 성령께서도 우리와 함께하고 계시니까."

나는 그를 가만히 쳐다보았다. 그는 신도석 사이를 걸어가며 말을 이었다.

"게다가 조금 한적한 게 비웃을 일은 아니라고 생각해. 이곳은 예배를 드리는 장소기도 하지만, 고요와 평화의 장소이기도 하니까."

신부님은 스테인드글라스를 올려다보았다.

"난 환자들과 일대일로 대화를 나눌 수 있는 게 좋아. 그러면 내가 한 사람에게만 온전히 집중할 수 있으니까. 그러니 내 말을 다른 식으로 오해하지 말았으면 좋겠다만, 지금 신께서 내가 온전히 집중하길 바라는 사람이 어쩌면 너일지도 모른다는 생각이 드는구나."

그 말에 나는 웃고 말았다.

"저는 지금쯤 신부님이 점심을 드셨겠구나 생각했어요. 오늘도 달걀 물냉이 샌드위치를 드셨나요?"

"그럼. 언제나처럼 맛있었지."

"그 부인 성함이……?"

"힐, 힐 부인이란다."

"힐 부인에게 우리가 나눈 대화에 관해 얘기하셨어요?"

"아니. 네가 이곳에서 말하는 모든 이야기는 비밀이란다. 그래서 사람들도 이곳에 오는 걸 좋아하는 거고. 여기선 남이 내 얘기를 알게 되지 않을까 걱정하지 않고도 마음속 이야기를 털어놓을 수 있지.”

“그렇다면 이게 고해가 되는 건가요?”

“고해는 아니지. 네가 고해성사를 하고 싶다면 기꺼이 도와주긴 하겠다만.”

“이게 고해가 아니라면, 뭐라고 해야 하죠?”

“네가 생각하고 싶은 대로. 네가 원하는 게 무엇이든 그걸 위해 이 성당이 존재하는 거니까.”

“저는 이곳이 대답을 주는 곳이었으면 해요.”

“그럴 수 있지.”

“그럴까요? 종교가 정말 질문에 대한 답을 줄까요?”

“레니, 성경 말씀에서는 모든 질문에 대한 해답을 얻도록 그리스도가 우리를 안내하신다고 가르치고 있단다.”

“하지만 실질적인 질문에도 대답할 수 있을까요? 정말 솔직하게요. 신부님은 제 질문에 답을 주실 수 있어요? ‘인생은 미스터리다, 모든 게 신의 뜻이다, 네가 찾는 답은 시간이 지나면 알게 될 거다’ 이런 말 말고요.”

“네가 궁금한 게 뭔지 일단 한번 털어놔 보렴. 그래야 우리가 답을 찾을 수 있도록 신께서 도와주실지 어떨지 함께 알아볼 수 있지 않겠니?”

신도석에 앉은 채 몸을 뒤로 젖히니 의자에서 삐걱 소리가 났고, 그 소리가 성당 안에 울려 퍼졌다.

“*저는 왜 죽어가는 거죠?*”

레니와 질문

나는 그 질문을 하면서 아서 신부님을 보지 않고, 대신 십자가를 보았다. 신부님이 천천히 숨을 내쉬는 소리가 들렸다. 신부님이 곧 답을 주실 거라고 믿었지만, 신부님은 그냥 계속 숨만 쉬었다. 어쩌면 내가 죽어간다는 걸 신부님이 모르셨을지도 모른다는 생각이 들었다. 하지만 내가 메이 병동 환자라는 걸 간호사가 이미 얘기하지 않았던가. 메이 병동에 입원한 환자가 오래오래 행복하게 살 거라고 예상하는 사람은 아무도 없었다.

"레니, 지금껏 들어 온 어떤 다른 질문보다 더 크고 어려운 질문이구나."

마침내 신부님이 부드럽게 말을 꺼냈다. 신부님이 상체를 뒤로 젖히자 신도석이 다시 삐걱 소리를 냈다.

"있잖니, 참 재밌는 건 나는 다른 질문보다도 '왜'라는 질문을 더 많이 받는단다. '왜'는 항상 답하기가 어렵지. '누가, 무엇을, 어떻게'는 답할 수 있지만, '왜'는 나도 섣불리 아는 체할 수가 없구나. 내가 처음 신부가 됐을 때는 나도 그 질문에 답하려고 노력하곤 했었지."

"하지만 이제는 안 하신다는 말씀이신가요?"

"그 질문에 대답하는 건 내 권한 밖이거든. 그건 그분만이 대답할 수 있는 문제야."

그는 마치 신이 우리 눈에 띄지 않게 그 뒤에 쭈그리고 앉아 얘길 엿듣고 있기라도 한 것처럼 제단을 가리키며 말했다.

나는 '봐요, 내 이럴 줄 알았다니까'라는 의미로 신부님을 향해 손짓을 해보였다.

"하지만 그게 해답이 없다는 뜻은 아니야. 답이 신과 함께 있다는 거지." 신부님이 재빨리 덧붙였다.

"아서 신부님……."

"그래, 레니?"

"그 말은, 제가 지금껏 들어본 헛소리 중에서도 최고예요. 전 지금 여기서 죽어가고 있다고요! 그리고 정말 중요한 질문을 가지고 신이 정한 대변인 중 한 사람을 찾아왔고요. 그런데 다시 신께 직접 여쭤보라니요? 신께 이미 여러 번 여쭤봤지만, 신은 아무 대답도 주지 않으셨어요!"

"레니, 대답이 항상 말의 형태로 오는 건 아니란다. 다양한 형태로 올 수 있지."

"그럼 신부님은 이곳이 왜 대답의 장소라고 말씀하신 거죠? '좋아, 실은 성서 이론이 그렇게 완벽하진 않아서 네게 대답을 주진 못하지만, 어쨌든 스테인드글라스 창은 멋지잖니?'라고 왜 솔직하게 말하지 못하시는 거죠?"

"만약 네가 대답을 들었다면 어떤 대답이었을 것 같니?"

"아마도 내가 차분하지 못하고 짜증 나는 애라서 죽이는 거라고 말씀하셨겠죠. 아니면 알고 보니 진짜 신은 비슈누였던 거예요. 비슈누는 제가 한 번도 자신에게 기도하지 않아서 아주 화가 났고, 그래서 그리스도 신을 붙잡고 시간 낭비나 하라고 그냥 내버려 둔 걸 수도 있고요. 아니면 이럴 수도 있어요. 사실 신은 없고 존재했던 적도 없는 거죠. 우주 전체를 지배하는 건 사실 거북이 한 마리인데 거북이한테는 이게 너무 능력 밖인 거예요."

"그렇게 생각하면 기분이 좀 낫니?"

"그런 것 같진 않아요."

"대답하지 못할 질문을 누군가에게서 들어본 적이 있니?" 아서 신부님이 물었다.

신부님의 너무나 침착한 반응에 좀 놀랐다는 사실을 인정해야만 했다. 신부님은 질문을 되묻는 법을 정말 잘 아는 사람 같았다. 신부님 앞에서 '내가 왜 죽는 거냐'고 행패를 부린 사람이 내가 처음이 아닌 게 분명했다. 어떤 면에서, 그건 나를 덜 특별한 사람처럼 느껴지게 했다.

나는 머리를 저었다.

"진짜 비참한 기분이 든단다." 신부님은 계속 말을 이어갔다. "사람들이 듣고 싶어 하는 대답을 나도 모른다고 말할 때면. 하지만 그렇다고 해서 이곳이 대답의 장소가 아니라는 뜻은 아니란다. 네가 예상한 대답이 아니라는 것뿐이지."

"그럼요, 깊이 생각하지 말고 나오는 대로 말씀해 주세요. 답이 뭐죠? 아서 신부님, 저는 왜 죽어가는 거죠?"

신부님이 인자한 눈빛으로 내 눈을 지긋이 응시했다.

"레니, 나는……."

"아뇨, 그냥 말씀해 주세요. 제발요. 제가 왜 죽어가는 거죠?"

그때 나는 분명 얼굴을 찡그렸던 게 틀림없었고, 어쩌면 신부님은 진실에 가까운 뭔가를 말할 수밖에 없는 이런 상황에 내몰린 게 억울했는지도 몰랐다. 그는 나를 보지 않은 채 말했다.

"내가 할 수 있는 답은, 내가 가진 유일한 답은, 네가 죽어가고 있으니까 죽어간다는 거야. 그건 신이 너를 벌하려고 해서도 아니고, 너를 돌보지 않아서도 아니고, 단지 네가 죽어가고 있기 때문인 거지. 그건 너라는 사람의 존재만큼이나 네 이야기의 일부인 거야."

한참을 아무 말도 하지 않던 아서 신부님이 나를 향해 고개를 돌렸다.

"이런 식으로 한번 생각해 보자. 그럼 넌 왜 살아있니?"

"우리 부모님이 섹스했으니까요."

"아니, 나는 지금 네가 *어떻게* 살아있냐고 물은 게 아니라 *왜*냐고 물었다. 너는 결국 왜 존재하는 거지? 왜 살아있는 거지? 네 삶은 뭘 위한 거지?"

"모르겠어요."

"죽음에 대해서도 마찬가지라는 생각이 드는구나. 우리가 왜 살아있는지 알 수 없듯이 우리가 왜 죽는지도 알 수 없는 거지. 사는 일, 죽는 일, 둘 다 완전히 미스터리라서 네가 두 가지를 다 직접 경험해보기 전까진 어느 것도 알 수 없는 거지."

"시적이네요. 아이러니하기도 하고요."

나는 전날 내내 캐뉼라(약물을 주입하거나 체액을 뽑기 위해 몸속에 삽입하는 관 - 옮긴이)가 꽂혀있었던 손등 부위를 문질렀다. 삽관을 뺀 후에도 그 자리가 계속 아팠다.

"아까 제가 들어올 때 읽고 계시던 건 종교 서적 같은 건가요?"

신부님은 옆에 놓였던 책을 집어 들었다. 와이어 제본에 가장자리가 너덜너덜하고 굵은 글씨로《AA 영국 도로 지도책》이라고 적힌 노란색 책이었다.

"신도들을 찾고 계셨어요?"

신입 간호사가 나를 데리러 왔을 때, 나는 아서 신부님이 땅에 엎드리며 간호사의 발에 키스하거나 이제 막 열린 문으로 소리를 지르며 달려가거나 하지는 않을까 생각했지만, 신부님은 내가 문으로 나갈 때까지 참을성 있게 기다렸다가 작은 책자를 하나 내밀며 다시 또 만나길 바란다고 말했다.

내가 아무리 버릇없이 굴어도 신부님은 내게 소리 지르고 화내지 못할 분이란 걸 알기 때문에 그랬는지, 내가 짜증 나게 굴고 있다는 걸 쉬이 인정하지 않으셔서 그랬는지, 그것도 아니면 성당이라는 공간이 너무 멋져서 그랬는지는 모르겠지만, 그 책자를 받아들며 나는 이곳에 다시 올 것만 같은 예감을 느꼈다.

일부러 일주일을 기다렸다. 어쩌면 내가 다시는 오지 않을지도 모른다고 신부님이 생각하게 하고 싶었다. 신부님이 텅 빈 성당에서 혼자 시간을 보내는 데 익숙해졌을 즈음, 제일 좋은 핑크색 파자마를 입고 신부님 앞에 짠! 하고 나타나 천천히 한 발 한 발 다가갈 생각이었다. 기독교 교리를 공격할 실탄을 장전한 채 진실을 밝히라고 다시 한번 요구할 참이었다.

하지만 이번에는 신부님이 입구의 간유리를 통해 복도를 걸어오는 나를 먼저 본 게 틀림없었다. 문을 열어 잡아주면서 이렇게 말했기 때문이다.

"어서 와라, 레니. 네가 언제 오나 안 그래도 궁금하던 참이었어."

덕분에 극적으로 다시 나타나려던 내 계획은 망하고 말았다.

"비싼 척 좀 해봤어요." 내가 말했다.

신부님이 신입 간호사를 향해 웃으며 말했다. "오늘은 레니가 얼마나 있을 수 있죠?"

"한 시간이요, 목사님." 그녀가 미소 지었다.

신부님은 굳이 호칭을 정정하는 대신 문을 잡아주었고, 나는 비척비척 문을 지나 통로로 걸어갔다. 앞줄에 앉으면 신이 나를 더 잘 볼 수 있지 않을까 싶어 이번에는 제일 앞줄에 자리를 골라 앉았다.

"앉아도 될까?"

아서 신부님의 물음에 나는 고개를 끄덕였다. 신부님이 내 옆에 앉았다.

"그래, 레니, 오늘 아침은 기분이 좀 어떠니?"

"아, 그렇게 나쁘진 않아요. 신부님은요?"

"오늘은 성당에 사람이 하나도 없단 소린 안 할 거지?"

신부님은 텅 빈 성당을 가리켰다.

"네. 여기에 저희 말고 다른 사람이 있을 때, 그때 언급하는 게 나을 것 같아요. 신부님 하시는 일인데 기분 상하게 하고 싶진 않거든요."

"그거 참 친절하구나."

"어쩌면 성당을 홍보하기 위해 누군가의 도움을 받아야 하는 거 아닐까요?"

"홍보?"

"네, 그런 거 있잖아요. 홍보용 포스터나, 광고나, 마케팅 같은 거요. 입소문을 퍼트릴 필요가 있어요. 그래야 신도석도 꽉 차고 신부님한테도 수익이 생길 거 아니에요."

"나는 성당에 온 사람들에게 돈을 받지는 않는단다, 레니야."

"저도 알아요. 하지만 생각해 보세요. 성당이 사람들로 북적이고, 그러면서 신을 위해 돈도 좀 벌면 신이 얼마나 감동하시겠어요."

신부님은 내게 이상야릇한 미소를 보였다. 순간 촛불이 막 꺼졌을 때 나는 그런 냄새가 났는데, 그 냄새를 맡으니 어딘가에 생일 케이크를 숨겨둔 게 아닐까 하는 생각이 들었다.

"제가 이야기 하나 해드릴까요?"

"물론 좋지." 신부님이 손뼉을 치며 말했다.

"제가 글래스고에서 학교 다닐 때요, 밤마다 여자애들이랑 어울려 자주 놀러 다녔거든요. 그중 진짜 비싼 나이트클럽이 하나 있었는데, 입장료가 어찌나 비싼지 우리는 거길 들어갈 수조차 없는 거예요. 밖에 사람들이 줄 서있는 걸 본 적도 없고요. 하지만 은색으로 페인트칠한 문이라든가, 검은색 벨벳 로프로 만든 가드레일이라든가 그런 것만 봐도 거기가 정말 특별한 곳이라는 건 알 수 있었어요. 나오거나 들어가는 사람이 아무도 없는 데도 입구 양옆에는 경비원이 둘이나 지키고 있었고요. 우리가 아는 거라곤 그곳 입장료가 70파운드라는 것뿐이었어요. 우리는 입장료가 너무 비싸다고 말했지만, 그 클럽 앞을 지날 때마다 자꾸만 더 궁금해지는 거예요. 그 안에 도대체 뭐가 있길래 그렇게 비싼 건지 알아야겠다 싶었어요. 그래서 우리는 계획을 세워 돈을 모으고, 가짜 신분증을 만들어 결국 안으로 들어갔죠. 거기가 어떤 곳이었는지 예상이 되세요?"

"어떤 곳이었는데?"

"스트립 클럽이더라고요."

아서 신부님은 눈썹을 올렸다가 내 시선을 의식하고 다시 내렸다. 자신의 놀란 표정을 흥미나 호기심으로 오해할까 봐 걱정하는 것 같았다.

"그 얘기의 교훈을 내가 제대로 이해한 건지 모르겠구나." 신부님이 조심스럽게 말했다.

"제가 말씀드리고 싶은 건요, 너무 비싼 입장료가 그곳에 들어가 볼 가치가 있는 것처럼 느끼게 만들었다는 사실이에요. 신부님도 입구에서 입장료를 받으면 사람들의 호기심을 자극할 수 있다는 거죠. 입구에 문지기도 세워놓고요."

신부님은 머리를 흔들었다.

"계속 말했잖니, 레니. 성당에 신자는 많다고. 나는 이미 환자와 가족들과 함께 이야기를 나누는 데 많은 시간을 보내고 있고, 사람들도 종종 나를 보러 찾아오고, 그저……."

"그저 우연의 일치였군요? 제가 여기 올 때마다 항상 사람이 하나도 없는 건?"

아서 신부님은 스테인드글라스 창을 올려다보았고, 제발 화내지 않게 힘을 주시라고 신께 기도하는 내면의 독백이 내 귓가에도 들리는 것만 같았다.

"네가 지난번 왔을 때 말이다. 우리가 나눴던 얘기들에 대해 혹시 더 생각해 봤니?"

"조금요."

"네가 정말 중요한 질문을 했었잖니?"

"신부님은 제게 정말 도움이 안 되는 대답만 하셨고요."

잠시 침묵이 흘렀다.

"아서 신부님, 혹시 말인데요, 저를 위해 뭘 좀 해주실 수 있나요?"

"내가 뭘 해줬으면 좋겠니?"

"제게 아무 진실 하나만, 진짜 속 시원하고 끝내주는 진실 하나만 말씀해 주실 수 있나요? 종교에서 말하는 그럴듯한 말장난이나 복잡한 표현 말고요. 그냥 신부님이 마음속 깊은 곳에서 진실이라고 느끼는 그런 거요. 그 말 때문에 신부님이 다친다고 하더라도, 신부님이 제게 그 말을 한 걸 상사가 알고 신부님을 해고한다고 하더라도 말이에요."

"네 표현대로라면 내 상사는 예수님과 하느님이 되겠구나."

"그렇다면 그분들은 신부님을 해고하지는 않겠네요. 그분들은 진실을 사랑하시니까요."

신부님이 진실인 뭔가를 생각해 내려면 시간이 더 필요할 거라고 나는 생각했다. 어쩌면 교황이나 보좌 신부와 이야기를 해 보거나 별다른 공식적인 지침 없이 진실을 사람들에게 베풀고 나눠줘도 되는지 확인해야 할지도 모른다는 생각이 들었다. 그런데 신입 간호사가 오기 직전, 신부님이 매우 난감한 표정으로 나를 쳐다봤다. 받는 사람이 그걸 좋아할지 전혀 확신이 서지 않는 상황에서 선물을 건네려는 사람 같았다.

"뭔가 진실인 걸 말씀해 주시려는 거예요?"

"그래, 레니야. 이곳이 대답의 장소였으면 좋겠다고 네가 말했었지? 그래, 나도 이곳이 대답의 장소였으면 좋겠구나. 네가 찾는 답을 내가 알았다면 벌써 말해줬을 거야."

"이럴 줄 알았어요."

"그럼 이건 어떠니? 네가 꼭 여기 다시 왔으면 좋겠구나."

병실로 돌아오니, 신입 간호사가 남겨둔 쪽지가 있었다. '레니, 재키한테 가봐. 사회 복지 사업 관련'

나는 그녀가 두고 간 연필로 쪽지의 틀린 단어를 고친 다음 간호사실로 향했다. 왜가리 머리 모양의 수간호사 재키는 자리에 없었다. 그때 뭔가가 내 눈에 들어왔다.

간호사실 책상 옆에 재활용 쓰레기 카트가 이송 요원인 폴이 돌아오기를 기다리고 있었다. 바퀴가 달린 커다란 쓰레기통이었다. 원래는 손잡이 부분에 '최고의 슈퍼 카'라고 적혀있었는데, 지금은 페인트를 다시 칠해 없어졌다. 평소라면 폴의 카트를 흥미롭게 볼 이유가 전혀 없는데, 그날은 나이 지긋한 노부인이 쓰레기통에 몸을 반쯤 걸치고 양손으로 종이 쓰레기들을 열심히 헤집고 있어 자연스럽게 눈이 갔다. 자주색 슬리퍼를 신은 할머니가 작은 발로 까치발을 선 채 쓰레기통에 매달려 있었고, 발끝은 바닥에서 떨어질 듯 말 듯 아슬아슬했다.

뭔지는 몰라도 원하는 걸 찾았는지 노부인이 몸을 일으켰고, 거꾸로 처박혀 애를 쓰느라 흰 머리카락이 전부 부스스 일어나 있었다. 부인은 편지 봉투 하나를 자주색 잠옷 가운 주머니에 재빨리 집어넣었다.

그때 손잡이 잡아당기는 소리와 함께 사무실 문이 덜컹하고 열렸다. 재키와 폴이 밖으로 나왔다.

노부인과 나는 서로 눈이 마주쳤다. 왠지 모르지만 방금 자신이 한 행동을 누가 보지 않았으면 한다는 느낌이 들었다.

지치고 피곤한 표정으로 사무실에서 나오는 재키와 폴을 보고 나는 꺅 비명을 질렀다. 두 사람이 동시에 나를 빤히 쳐다봤다.

"어, 레니구나!" 폴이 싱긋 웃으며 말했다.

"뭐지, 레니?" 재키가 물었다. 분명 부리가 있었던 게 분명한 재키의 얼굴이 짜증으로 일그러졌다.

두 사람 뒤로는 자주색 가운을 입은 노부인이 이제 막 쓰레기통에서 멀어지며 엄청나게 느린 속도로 도망치기 시작했기 때문에 나는 두 사람이 내게서 눈을 떼지 말았으면 했다.

"아…… 그러니까…… 거미가 있어요! 메이 병동 안에요."

재키는 그게 내 잘못이라도 되는 것처럼 눈을 굴렸다.

"내가 잡아줄게, 귀요미." 폴이 말했고, 둘은 내 앞을 지나 메이 병동을 향해 걸음을 옮겼다.

이제 복도 끝 안전한 곳에 다다른 노부인은 주머니에서 봉투를 꺼내다 말고 문득 걸음을 멈추며 뒤돌아섰다. 그리고 나와 눈이 마주치자 윙크를 했다.

정말 놀랍게도 폴은 메이 병동 끝 창문 구석에서 진짜 거미 한 마리를 찾아냈다. 나는 이게 신의 계시가 아닐까 생각했다. 구하라, 그러면 얻을 것이다. 폴은 거미를 잡아 플라스틱 컵 안에 넣고, 위를 덮은 손을 살짝 들어 내게 보여주었다. 그때 그의 손가락 마디에 'free'라고 적힌 문신이 눈에 들어왔다. 거미를 본 재키는 내게 좀 대담해질 수 없냐면서 진짜 거미가 보고 싶으면 여름에 자기네 집 뒷마당에서 바비큐를 할 때 와도 좋다고 했다. 듣자 하니, 재키네 집 데크 아래에 사는 거미들은 크기가 어찌나 큰지 커다란 맥주잔을 덮어 잡으면 컵 가장자리로 다리가 다 삐져나와 잘릴 정도라고 했다. 나는 재키의 초대를 정중히 거절하고 내 침대로 돌아왔다.

최근 아서 신부님에게서 받은 소책자는 내 침대 옆 탁자에 다른 팸플릿들과 함께 놓여있었다. 표지에는 각기 다른 모습의 예수님이 있었다. 걱정하는 예수, 양 떼 사이의 예수, 아이들과 함께 있는 예수, 바위 위의 예수. 모두 마지막 팸플릿의 그림보다는 좀 더 예수다운 모습이었는데, 어딘가 비장한 느낌은 비슷비슷했다.

나는 침대 주위로 커튼을 두르고 생각하는 자세에 들어갔다. 아서 신부님은 당신도 사람들에게 답을 줄 수 있으면 좋겠다고 말했다. 절대 답할 수 없는 질문들을 자꾸 들어야 하는 그런 위치에 있다면 신부님도 분명 답답하고 실망스러울 거라는 생각이 들었다. 어떤 해답도 찾지 못한 채 신부가 된다는 건 수영을 할 수 없는 사람에게 수영 레슨을 하라는 거나 다름없었다. 게다가 신부님은 지금 극도로 외로울 게 분명했다. 나는 성당의 그 육중한 문 뒤에서는 어떤 답도 얻지 못하리란 걸 예전부터 알고 있었다. 대답 대신 내가 찾은 것은 오히려 내 도움이 필요한 어떤 사람이었다.

좀 더 많은 환자들이 성당을 방문하게 할 다방면의 계획을 세우는 데만 며칠이 걸렸다. 나는 단번에 눈길을 끌면서도 신비스러워 보이는 포스터를 만들 생각이었다. 어쩌면 언론의 주목을 받을 수도 있을 것 같았다. 잘하면 병원 라디오 방송국을 강제로 동원해 성당 홍보를 제대로 할 수도 있을 것 같았다. 나는 종교에 초점을 맞추기보다는 아서 신부님과 나누는 대화의 심리 치료적 요소를 부각할 생각이었다. 덧붙여 성당 안이 얼마나 시원한지 언급하면 분명 다른 환자들도 솔깃해할 것 같았다. 병원 실내 온도는 언제나 쾌적 온도 이상을 유지해야 한다는 법이라도 있는 건지, 더워서 몸이 늘 땀으로 축축했다. 그렇다고 마시멜로를 구울 정도는 아니지만 말이다.

신입 간호사와 함께 성당으로 간 나는 아서 신부님과 마케팅 회의를 해도 괜찮을지 확인하기 위해 문틈으로 안을 들여다봤다. 그런데 신부님은 혼자가 아니었다.

아서 신부님과 똑같은 옷인, 흰색 목깃, 단정한 검은 셔츠와 바지를 입은 한 남자가 신부님과 함께 서있었다. 남자는 아서 신부님과 악수를 하며 다른 손으로 맞잡은 손을 보호하듯 감쌌다. 방금 이뤄진 그 합의가 뭔지는 몰라도 마치 그걸 망치거나 두 사람을 떼어놓으려는 강한 바람과 추위 따위에 절대 물러서지 않고 약속을 안전하게 지키겠다는 의지가 담긴 느낌이었다.

남자는 짙은 눈썹과 짙은 머리카락을 가지고 있었다. 나이는 가늠하기 어려웠다. 그리고 웃고 있었다. 상어처럼.

"안에 누가 있어?" 간호사가 물었다.

"네." 나는 속삭여 대답했다.

젊은 그 남자가 문을 향해 걸어온 건 그때였다. 나는 아서 신부님과 남자가 문을 열고 나를 보기 전에 겨우 상체를 일으킬 수 있었다.

"레니, 깜짝이야! 언제부터 여기 와있었던 거니?" 아서 신부님이 말했다.

"해내셨네요! 드디어 누군가를 데려오셨어요."

"뭐라고?"

"다른 고객을 찾으셨다고요."

나는 고개를 돌려 젊은 남자를 향해 말했다.

"안녕하세요. 예수님의 친구, 아니 아서 신부님의 친구라고 해야 하나요?"

"실은 레니야, 이분은 데릭 우즈 씨란다."

데릭이 손을 내밀며 부드럽게 말했다.

"안녕."

나는 성당 살리기 계획안을 겨드랑이 사이에 끼우고 데릭과 악수했다.

"데릭, 이쪽은 레니예요. 여기 자주 와요." 아서 신부님이 말했다.

"레니, 만나서 반갑다." 데릭이 문가에 계속 어색하게 서있던 간호사와 나를 향해 미소 지으며 말했다.

"솔직히 말해, 저 말고 다른 사람이 여길 찾아온 게 전 너무 기뻐요. 제가 여기 온 지 몇 주는 됐는데 그동안 다른 사람은 한 번도 보질 못했거든요."

아서 신부님은 바닥만 내려다보고 있었다.

"그래서 성당 살리기 포커스 그룹을 대표해 우리 성당을 종교적 목적지로 선택해 주신 것에 대해 감사드리고 싶어요."

"포커스 그룹이요?" 데릭이 아서 신부님을 돌아보며 물었다.

"미안하지만 레니야, 무슨 소린지 모르겠구나." 아서 신부님은 간호사를 보며 말했다.

"괜찮아요. 다음 회의에서 다 말씀드릴게요."

나는 데릭을 향해 고개를 돌렸다.

"기분이 한결 나아지셨길 바라요."

"데릭은 환자가 아니란다. 리치필드 병원 성당에서 오신 분이야." 아서 신부님이 말했다.

"아휴, 어쨌든 머릿수 하나 늘어난 건 맞잖아요. 그리고 제 계획이 뭐냐면요⋯⋯."

"데릭은 지금 막 이 자리로 오는 걸 승낙했단다."

"무슨 자리요?"

"내 자리 말이다. 유감스럽게도. 난 이제 은퇴할 때가 됐단다, 레니."

얼굴에 열이 오르는 게 느껴졌다.

"성당을 위해 세웠다는 네 계획은 내가 기꺼이 들어주마." 데릭이 내 어깨에 손을 올리며 말했다.

나는 돌아섰다.

그리고 뛰었다.

레니와 계약직 직원

작년 9월, 병원에 계약직 직원 하나가 새로 왔다.

환자들의 복지를 담당하는 부서였는데, 직원 둘이 사직하고 한 명이 임신하면서 이래저래 일손이 부족해서 뽑게 되었다. 대부분의 임시직처럼 스펙이 차고 넘치는 그 직원은 꽤 좋은 대학의 괜찮은 학과를 우등으로 막 졸업한 고급 인력이었다. 문제는, 시장에는 인정받는 대학 출신에 비슷한 조건의 졸업생들이 이미 차고 넘친다는 것이었다. 그래서 그녀는 글래스고 프린세스 로열 병원에서 총괄 업무를 담당하는 임시 행정 보조직 자리를 제안받았을 때, 얼른 하겠다고 했다. 자신의 미술 분야 학위나 원하는 경력과는 조금도 관계가 없는 자리였지만, 상관없었다. 2013년에 졸업한 다른 구직자들과 함께 추운 바깥에서 떨지 않아도 된다는 사실만으로 행복했다.

계약직 직원은 곧바로 일을 시작했고, 열심히 자료 입력과 복사를 하며 서너 달을 보냈다. 그러면서 자주 창밖으로 병원 주차장을 내다보았고 다시 대학으로 돌아갈 수 있다면 얼마나 좋을까 매일 생각했다. 하루는 덩치가 좋고, 시장에서 산 유명 브랜드의 가짜 향수를 뿌리고 다니는 자신의 상사와 대화하던 중 최근에 읽은 기사 얘기를 하게 됐다. 상사는 그 얘기를 듣고 부쩍 관심을 보이며 스마트폰으로 미술 관련 사업을 하는 자선단체에 관해 찾아보기까지 했다. 그 단체는 환자들을 위한 미술 치료 프로그램을 만들기 위해 병원과 요양원 등에 상당히 많은 돈을 기부하고 있었다.

상사는 그날 오후부터 당분간 서류 복사는 직접 하겠다고 했고, 덕분에 몇 주간은 그녀의 책상 위에 산더미처럼 쌓여있던 문서들이 사실상 거의 다 사라졌다. 대신 그녀는 병원에서 필요한 금액을 계산하고, 하청 업체에서 받은 견적을 모아 정리하고, 미술용품 회사와 이야기를 나누고, 공예용 가위와 연필―무심코 자신을 다치게 할 수도 있는 물건들―과 중환자들을 한 공간에 두었을 때 생길 수 있는 문제들을 다루는 데 필요한 보건 안전 문서들을 끝도 없이 만들어야 했다.

기금 지원을 받기 위한 프레젠테이션은 자선단체의 본사가 있는 런던에서 진행됐다. 계약직 직원은 회의실로 들어가기 전 대기하는 동안 너무 긴장한 탓에 손바닥이 축축하게 젖었고, 그 바람에 서류 아랫부분에 지저분한 얼룩을 남기고 말았다. 그녀는 서류 한 부만 다시 출력하게 해달라고 그곳에서 근무 중인 계약직 직원에게 사정해야 했다.

목요일 오전 11시가 막 지났을 무렵 소식이 전해졌다. 그녀는 대충 신청해줘서 고맙다는 형식적인 내용의 첫 문단은 읽지 않고 두 번째 문단으로 건너뛰었다. 문단 첫 줄은 이렇게 시작하고 있었다. '귀사에 지원할 보조금에 포함될 항목은……' 그녀가 해냈다.

그렇게 글래스고 프린세스 로열 병원에 미술실이 생기게 됐다.

계약직 직원은 그동안 했던 어떤 일보다 열과 성을 다해 미술실 오픈을 준비했다. 친구들과 펍에 놀러 가서도 의료계에서 진행되는 예술 공예 활동에 관한 최신 뉴스에 관해 늘어놓아 친구들을 따분하게 했고, 주말에는 환자들이 보고 그릴 화분에 페인트를 칠하며 시간을 보냈다. 그녀는 미술실이 새로 생겼다는 걸 홍보하기 위해 세 가지 디자인의 포스터를 만들었고, 두 곳의 지역 신문과 지역 방송 뉴스 프로그램에도 취재 약속을 받아놓았다.

오픈 행사 바로 전날, 계약직 직원은 모든 게 다 잘 준비되었는지 확인하기 위해 미술실에 갔다. IT 기기들을 모아두던 창고 두 개를 하나로 튼 덕분에 교실 공간도 꽤 널찍했고, 두 면의 넓은 창으로 자연광도 충분히 들어왔다. 미술용품과 미술 관련 서적을 보관하는 벽장과 교사용 화이트보드, 환자의 상황과 편의에 맞게 사용할 수 있도록 탁자와 의자도 여러 높이로 준비했다. 붓을 씻을 싱크대가 있었고, 벽에 설치한 게시판에는 줄과 집게를 달아 작품을 걸어 말릴 수 있게 했다.

그녀는 교실 안을 둘러보았다. 미술실은 모든 준비가 다 끝난 상태였다. 부러지지 않고 온전한 연필들, 테이블은 아무 흔적도 없이 깔끔했고, 싱크대는 반짝거렸으며, 바닥에는 물감 흘린 자국도 전혀 없었다. 이제 이곳은 여러 가지 색깔과 다양한 표현으로 생기가 넘칠 거라고, 환자들의 마음을 어루만질 수 있는 그런 공간이 될 거라고 혼자 생각했다. 이 병원에 온 환자라면 누구나 알아둘 만한 곳. '아픈' 사람이 아니라 그냥 한 인간으로서 잠시 편하게 머무를 수 있는 곳. 그녀는 문을 잠그기 전, 새로 칠한 페인트 냄새를 들이마시며 불과 몇 달 전만 해도 이곳에 IT용품만 지저분하게 쌓여있었다는 사실을 떠올렸다.

오픈 행사 아침, 계약직 직원은 병원으로 차를 몰면서 속이 울렁거려 토할 것만 같았다. 그녀는 미술실에 관해 빨리 알리고 싶어 조바심이 났고, 이곳을 본 환자들의 반응이 궁금해 견딜 수가 없었다. 환자들이 그 공간에서 그림을 그리고 뭔가를 만들기 시작하면 어떤 광경이 펼쳐질지 상상이 잘 되지 않았다. 첫 번째 그림에는 어떤 이야기가 담겨있을까?

그녀는 오늘을 위해 특별히 새로 산 옷을 입고 사무실에 도착했다. 그런데 오늘따라 상사가 왜 이리 말이 없는지, 왜 자신과 눈도 마주치려 하지 않는지, 분위기는 왜 이렇게…… 다운되어 있는지 이해할 수가 없었다. 그녀는 트위터에서 사람들 반응이 얼마나 좋은지 상사에게 보여주고, 오늘 행사 일정을 빠르게 훑어보았다.

"이봐, 특히나 오늘 같은 날 이런 말 하기는 정말 싫지만 말이야……. 미술 교사가 필요할 것 같아. 그런데 예산은 삭감됐고, 계약직은 주휴수당도 줘야 하고…….” 그는 숱도 적은 머리카락을 연신 손으로 쓸어 넘기며 말했다.

계약직 직원은 가슴이 두근거렸다. 상사가 자신에게 교사 자리를 제안하길 바라지 않았다고 한다면 거짓말일 터였다. 어찌 됐든 미술실에는 교사가 필요했고, 무슨 이유에선지 상사는 계속 꾸물거리며 채용을 미루고 있었다. 그녀가 미술대학 학위를 가지고 있다는 건 그도 아는 사실이니, 나 같은 적임자가 또 있을까? 그녀는 주먹을 꽉 쥐었다.

“여하튼 내가 채용한 여선생도 생각보다는 월급을 더 줘야 해서 예산이 없어. 그래서 이번 달 말 재계약은 아무래도 힘들겠어. 그렇지만 미술실 오픈은 꼭 같이 해줬으면 해. 공식적으로 계약 만기까지는 3주 남았으니까.”

한동안 미소를 짓고 있던 그녀는 멍해졌던 머리가 제정신으로 돌아와 지금은 웃을 때가 아니란 걸 입에 신호를 보내고 나서야 웃음기를 거뒀다.

지역 방송 인터뷰를 할 시간이 됐다. 그녀는 눈물이 나오려는 걸 애써 참으며 기자들을 안내하고, 오픈 행사에 초대된 아픈 어린 환자들의 사진을 찍을 수 있게 도왔다(상사는 ‘암 환자나 상태가 너무 안 좋은 환자 말고, 그냥 팔다리가 골절된 정도의 환자만’ 부르라는 지시를 내렸었다). 뉴스 진행자는 계약직 직원에게 아이들 옆에 있으라고 지시했다. 그리고 그녀가 아이들에게 별을 그리는 방법을 보여준 뒤, 아이들이 검은 종이에

진한 노란색 포스터물감으로 그걸 따라 그리는 모습을 카메라로 찍었다. 다음 카메라는 그녀의 상사를 크게 잡았다. 그는 가짜 구찌 향수 냄새를 팍팍 풍기며 일부러 그 시간에 맞춰 도착해 자신이 이 프로젝트를 담당한 책임자라는 걸 모두에게 알렸다. 그와 인터뷰를 하기 위해 마이크가 준비됐고, 이 모습은 그날 저녁 6시와 10시 반 뉴스에 두 차례 나갈 예정이었다. 계약직 직원은 자리에서 천천히 일어나 교실을 나왔다.

그녀는 사무실로 가는 동안에도 눈물을 꾹 참았다. 바닥에 있던 복사 용지 상자를 비우고 자기 물건들, 머그잔, 액자 따위를 서둘러 담았다. 생각보다 챙길 물건은 많지 않았고, 개인적인 서류들과 미술실의 페인트 샘플까지 상자 하나에 다 들어갔다. 사원증은 상사 책상 위에 놓고 사무실 문을 닫고 나왔다.

그녀는 여러 감정이 뒤섞여 머릿속이 몽롱했다. 방송국 직원들과 아이들, 기자들이 복도로 나오기 전에 그 건물을 떠나고 싶은 마음뿐이었다. 그 사람들이 이런 모습을 본다면 견딜 수 없을 것 같았다. 하지만 사원증이 없어 직원용 출입구 대신 일반 출입구를 이용해야 했는데, 거기로 가는 길이 기억나질 않았다. 미로 같은 병원 복도를 따라 급히 뛰기 시작했다.

그러다 그녀는 분홍색 파자마를 입은 여자아이를 보지 못하고 그만 부딪치고 말았다.

계약직 직원은 가까스로 넘어지지 않고 중심을 잡았지만, 파자마를 입은 여자아이는 그러지 못했다. 아이는 발이 걸려 바닥에 넘어졌고, 그 모습이 핑크색 작은 뼈 무더기 같았다.

계약직 직원은 사과하려 했지만, 목이 멘 나머지 입에서는 이상한 비명만 흘러나왔다. 함께 걷던 간호사가 주저앉아 아이의 상태를 살피며 지나가던 이송 요원을 불러 휠체어를 가져오게 했다. 간호사들이 아이를 휠체어에 앉히고 급히 멀어져 가는 동안, 계약직 직원은 아이의 얼굴조차 보질 못했고, 본 것이라곤 아이의 가느다란 팔뿐이었다. 그녀는 멀어져가는 그들의 뒷모습을 향해 미안하다고 소리치고 싶었다.

　자려고 누웠지만 휠체어 위로 기운 없이 늘어져 있던 가느다란 팔이 자꾸만 떠올랐고, 메를로 와인을 연거푸 몇 잔이나 들이켜도 마음은 전혀 편해지질 않았다. 계약직 직원은 그곳에 다시 가고 싶지 않았지만 가야 했다.

　다음 날, 계약직 직원은 분홍색 파자마를 입은 그 여자아이가 누군지 알아내기 위해 소아 청소년과 병동으로 전화를 걸었다. 그녀가 아는 거라곤 나이가 대략 열여섯에서 열일곱 정도 된다는 것과 금발이라는 것, 분홍색 파자마를 입었다는 것뿐이었다. 그녀는 기다리고, 다른 부서로 넘겨진 전화에 설명을 반복하고, 환자를 찾는 이유를 추궁하는 질문에 약간의 거짓말을 하며 거의 40분 동안 수화기를 붙잡고 애를 쓴 끝에 마침내 그 여자아이가 입원해 있는 병동 이름을 알아냈다.

　그렇게 계약직 직원은 한 손에는 노란색 실크 장미 꽃다발을 들고, 미안해서 어쩔 줄 모르는 표정으로 내 침대 발치에 서게 된 것이었다.

레니와 미술실

    계약직 직원은 거리에서 만나면 한 번 더 돌아볼 정도로 예뻤다. 키도 컸다. 그때 넘어지며 그렇게 크게 다친 게 아닌데도 필요 이상으로 미안해했다. 그녀가 내 침대 끝에 앉아도 내 뼈가 유리처럼 으스러지지 않는 게 신기한 모양이었다. 그녀는 자기 아버지도 스웨덴 사람이라 우리가 서로 통하는 데가 있는 것 같다고 했다. 어쩌면 스위스 사람일지도 모르는데, 아버지에 관해 아는 게 별로 없다고 했다. 아버지에 관한 얘기도 물론 인상적이긴 했지만, 그 다음에 말한 미술실 얘기가 단박에 나를 사로잡았다.

    신입 간호사는 미술실에 가고 싶으면 재키의 허락을 받으라고 했고, 재키는 그건 자신이 결정할 일이 아니라고 했다. 그래서 신입 간호사는 내가 새로 생긴 병원 내 미술실에 가도 되는지, 병에 걸리거나 전염될 위험은 없는지, 미친 늑대가 내 팔에 연결된 링거들을 물어뜯을 가능성은 없는지 확인해줄 의사를 만나러 갔다.

하지만 신입 간호사는 오지 않았다. 나는 기다리는 동안 이젠 아무도 보지 않는 조간신문을 읽었다. 이송 요원인 폴은 나를 위해 신문을 챙겨 가끔 침대 옆 탁자에 두고 갔다. 나는 그중에서도 지역 신문을 제일 좋아했다. 그걸 읽고 있으면 마치 나머지 세상은 존재하지 않고, 세상에 중요한 건 오로지 동네 초등학교에 새로 생긴 정원과 불우 이웃을 돕기 위해 손뜨개로 퀼트를 만드는 할머니뿐이라는 생각이 들기 때문이었다. 아이들은 한 살 더 나이를 먹고, 십 대들은 학교를 졸업하고, 할머니 할아버지들은 영원한 안식에 든다. 이 세계에서 다루기 어렵고 대단한 일은 하나도 없으며, 모두가 자신이 죽을 차례가 오기를 기다리며 그렇게 살아간다.

신문을 다 읽은 후에도 나는 더 기다려야 했다. 처음에는 느긋한 마음으로 기다렸지만, 나는 어느새 그곳에 대해 점점 더 기대하기 시작했다. 한 번도 가보지 않은 직육면체의 방. 물감, 펜, 종이 그리고 (비슈누가 좋아할) 반짝이 가루도 있겠지? 어쩌면 내내 계획했던 그라피티를 할 수 있는 유성 펜을 손에 쥐게 될 수도 있을 터였다.

내 머리 바로 위, 콘센트와 스위치로 만든 선반 위에는 나의 비영구성을 병원 특유의 방식으로 암시하는 무엇이 있었다. 흰색 보드에 빨간색 마커로 '*레니 페테르손*'이라고 쓴 내 이름. 심지어 마지막 글자는 약간 뭉개진 채 번져있었다. 이 보드의 핵

심은 글자를 아주 쉽게 지울 수 있다는 거였다. 메이 병동에 오게 된, 운 없는 몇몇 사람의 이름이 그 위에 쓰였다 사라지고 쓰였다 다시 사라졌다. 어느 날, 화이트보드 지우개로 그저 몇 번 쓱쓱 문지르기만 하면 나는 사라질 것이다. 가느다란 팔과 쑥꺼진 큰 눈의 새로운 환자가 내 자리를 차지할 것이다.

나는 계속 기다렸다.

여기 처음 왔을 때는 나도 손목시계가 있었다. 그리고 그걸 차고 있을 때조차 나는 사람들에게 지금이 몇 시냐고 묻고 또 물었는데, 사람들 말을 도무지 믿을 수가 없어서였다. 나는 메이 병동에 입원한 지 두 달은 된 것 같은데, 사람들은 이제 겨우 2주가 지났다고 대답했다.

하지만 그것도 몇 년 전 일이었다.

그날 아침 이후, 신입 간호사가 미술실에 관한 소식을 가지고 돌아오기만을 기다리다가 7주라는 시간이 흘렀다. 나는 간절한 마음이었다가 실망했다가 자포자기했다가 다시 마음이 편안해졌다. 그 순서대로 두 번의 심리 변화가 있었다. 기다린 지 5주째가 됐을 때 나는 계약직 직원에게서 들은 걸 토대로 머릿속에 미술실을 그려보았다. 특히 창문에 관한 설명이 인상적이었다. 계약직 직원은 미술실 양옆으로 커다란 창이 있다고 말했었다. 기다리는 그 몇 주 동안 머릿속에서 창문은 조금씩 조금씩 커지기 시작하더니 나중에는 미술실 뒷벽 전체가 거대한 하나의 통창이 되어있었다. 다른 벽은 오로지 그림 붓으로만 채워진 벽이 되었다. 수백 개의 붓이 벽에서 삐죽 튀어나와 누군가 집어주기만을 기다리고 있었다.

　6주가 흘렀을 무렵 나는 다시 흥분하기 시작했다. 신입 간호사가 나를 거기로 데려가기 위해 왔을 때 뭐라고 말할지 미리 연습도 했다. 나는 어떤 슬리퍼를 신을지 신중히 생각했다(매일 신는 캐주얼한 슬리퍼? 아니면 제일 좋은 나들이용 슬리퍼?). 7주가 됐을 때 나는 침착해졌고 마음의 준비도 모두 마쳤다. 하루하루 시간이 흐를수록 확신은 커져만 갔다. 나는 이제 계획을 세우거나 상상할 필요도 없었다. 그녀는 올 것이다. 신입 간호사는 나를 데리러 올 것이다.

　"미안, 좀 오래 걸렸네." 신입 간호사가 돌아와 말했다. "그동안 내내 나만 기다렸던 건 아니겠지?"

　"내내 기다렸어요. 하지만 괜찮아요. 지금 왔잖아요."

　신입 간호사는 손목시계를 확인했다.

　"아, 이런…… 두 시간 반이나 지났네. 미안해 레니."

　나는 웃으며 머리를 저었다. 병원은 사람을 미치게 만드는 잔인한 곳이다. 날짜 변경선은 메이 병동의 끝과 간호사실 사이 어디쯤을 기준으로 정해진다. 병원 시간대와 싸우는 유일한 방법은 절대 싸우지 않는 것이다. 만약 신입 간호사가 두 시간 반이 걸렸다고 말하면 나는 그냥 그런가 보다 해야 한다. 그리고 실제로도 그렇다. 누군가 병원 시간대와 싸우려는 사람이 생기면 다들 그 사람을 걱정하기 시작한다. 그래서 지금이 몇 년도인지, 총리 이름은 제대로 기억하는지 자꾸 물어댄다.

"기다리게 해서 미안해. 그렇지만 좋은 소식을 가져왔어. 오늘 오후에 거기 가도 된대."

나는 아무 생각 없이 슬리퍼에 발을 넣었고, 내 발이 제일 좋은 슬리퍼 대신 캐주얼한 슬리퍼를 고른 것을 확인했다. 흠, 어쨌든 이건 발의 의지였다.

"가볼까?" 내가 잠옷 가운을 여미자, 그녀가 물었다.

"가요." 나는 그녀가 내민 팔을 잡으며 대답했다.

생존 본능이란 정말 놀랍다. 나는 메이 병동을 출발해 그동안 다닌 모든 길을 외우고 있었는데, 내 잠재의식 속에 내가 이곳에 감금되어 있다고 여겨서 그런 게 아닐까 생각한다. 그래서 나는 메이 병동에서 미술실까지 가는 길 역시 아주 자세하게 기억한다. 일단 간호사실 앞에서 왼쪽으로 돌아 긴 복도를 따라 걷다가, 쌍여닫이문을 지나 또다시 복도를 걷다가, 오른쪽으로 돌고 다시 긴 복도를 따라 걷는다. 그러면 복도가 서로 교차하는 곳이 나오는데, 왼쪽 복도를 따라 아주 약간 경사진 길로 걸어 올라간다. 미술실은 오른편에 있다. 어떤 곳인지 문에는 아무것도 적혀있지 않지만, 그래도 괜찮다. 스스로 과시하지 않는 문은 대개 그 뒤에 최고 좋은 것들을 숨기고 있는 법이니까.

미술실로 가는 길에 우리는 이제 막 엄마가 된 여자들과 최근에 가족을 잃은 사람들과 수감된 침대 시트를 철창 감옥에 가득 담고 카트를 밀며 지나가는 피곤한 교대 근무자들을 지나쳤다. 겁먹은 문병객들도 지나쳤다. 그들은 아프지 않은 사람들이 으레 그렇듯, '난 병원이 정말 싫어'라는 말을 서로에게 하고 또 하지 않으면 병원 안으로 들어갈 수조차 없는 것처럼 굴었다. 나는 그 모든 것들을 마음껏 보고 들었다.

신입 간호사가 노크하고 문을 밀자, 여러 도구가 놓인 미술실 풍경이 눈앞에 펼쳐졌다. 흰색 책상은 뭔가를 쏟고 긁히고 얼룩이 지길 기다리고 있었다. 그런 게 시작되면 마치 문신을 새기는 것처럼 좀 아프긴 하겠지만 각 책상은 죽어가는 예술가들을 위한 특별한 자리면서, 뭔가를 잡고 붓질하고 자르고 잉크를 만졌던 손에 대한 기억들을 감동적으로 떠올리게 할 기념물이 될 터였다. 아픈 사람들을 부드럽게 받쳐주고, 깁스한 불편한 다리를 올릴 의자도 있었다. 듣던 대로 교실 양쪽으로 창문도 있었다. 대개 병원 창문에는 간유리가 끼워져 있었는데, 안에 갇힌 사람이 밖을 내다보지 못하게 하고 바깥세상 사람들이 병원 안을 들여다보지 못하게 막기 위해서였다. 하지만 미술실 창문은 투명하고 커서 햇빛이 마구 쏟아져 들어오고 있었다. 그동안 한 번도 가보지 못한 새로운 공간을 찾아내 잔뜩 흥분한, 나 같았다.

화이트보드 앞, 교사용 책상에 한 여자가 앉아있었고, 그녀 역시 뭔가를 기다리고 있었다. 그녀는 앞에 검은색 점판암으로 만든 문패를 놓고 손에는 붓을 들고 그걸 내려다보고 있었다. 방 안에 누가 들어온 걸 뒤늦게 알아차린 그녀는 화들짝 놀라고는 멋쩍게 웃었다.

"어우, 깜짝이야, 미안! 언제 들어온 거야?" 그녀가 말했다.

"아, 방해하려던 건 아니고요, 미술 수업을 받고 싶어서 왔어요." 신입 간호사가 말했다.

"전 레니예요." 내가 말했다.

"안녕. 나는 피파야." 여자가 내 손을 잡고 흔들었다.

"이제부터는 내가 알아서 할게요." 나는 간호사에게 속삭였고, 그녀는 고개를 끄덕인 뒤 교실을 나갔다.

"어, 흠…… 어…….." 피파가 문을 쳐다보며 말했다. "저분 다시 오시는 거지?"

"아뇨. 수업은 한 시간 동안 진행된다고 들었어요."

"그렇지." 그녀는 의자를 끌고 와 나를 자기 옆에 앉게 했다. "그런데 사실 수업은 다음 주부터 시작이야."

침묵이 흘렀다.

"하지만 상관없어. 이거 만드는 거 좀 도와줘." 그녀는 밝게 말했다.

피파를 어떻게 설명하면 좋을까? 기차역에서 마주친, 잔돈이 없는 낯선 사람에게 화장실 요금을 낼 수 있도록 30펜스를 그냥 내줄 것 같은 사람. 비 맞는 걸 두려워하지 않고, '일요일엔 로스트비프를 먹어야지'라고 말할 것 같은 사람. 실제로는 아니지만, 엷은 갈색 털의 개 한 마리를 키울 것 같은 사람. 특별한 날에는 자기가 직접 만든 귀걸이를 하고, 대단한 그림을 정말 많이 그렸지만, 아직 자기 홈페이지 꾸리는 법을 몰라 작품을 다른 사람에게 보여준 적도 팔아본 적도 없는 그런 사람.

나는 피파 옆에 앉았다. 책상 위 점판암에는 못에 걸 수 있도록 굵은 줄이 연결되어 있었다.

"그걸로 뭘 하시려고요?"

"미술실 문패를 만들려고."

"뭘 기다리고 있어요?"

"영감."

"영감이 떠오르려면 시간이 얼마나 걸리는데요?"

"글쎄." 그녀는 손목시계를 봤다. "물감만 주문하고 갈 생각이었는데, 여기 앉은 지 벌써 한 시간 반이나 지났네."

"제가 해도 돼요?"

그녀는 잠시 나를 보았다. 내 얼굴에서 뭘 찾으려 한 건지 알 순 없지만, 책상 위로 점판암을 밀며 붓을 건넨 걸 보면 그걸 찾은 게 분명했다.

"이곳을 뭐라고 불러요?"

"바로 그게 문제야. 정확히 이 방은 B1.11호실이거든."

"너무 차갑네요."

"맞아. 그래서 다른 이름을 붙여줄까 생각 중이었어." 그녀가 말했다.

"규칙 같은 게 있나요?" 내가 물었다.

피파는 방 이름에 규칙은 없는 것 같다고 말했고, 그래서 나는 점판암에 붓을 대고 쓰기 시작했다. 내가 다 했다고 하자, 피파는 글자 주위에 흰 꽃 몇 개를 그렸다. 피파가 그림 그리는 걸 옆에서 지켜보다가 카디건 소매에 엷은 갈색 털 하나가 붙어 있는 걸 보았다. 역시 개를 키울 것 같다는 예감이 맞은 걸까?

"이 정도면 나쁘지 않은 걸? 느낌 있어." 그림을 다 그린 뒤,

그녀가 말했다.

신입 간호사가 나를 데리러 왔을 때, 우리는 문 앞에 새 문패를 건 뒤, 새 이름을 갖게 된 글래스고 프린세스 로열 병원의 미술 치료실을 위해 박수를 쳐줬다.

비록 계약직 직원이 다시는 이곳에 오지 못한다 해도, 몇 년이 지나도록 취직이 되지 않아 구직활동을 계속한다 해도, 미술 학위는 아무 쓸모 없이 돼버리고 작품 활동도 영영 못 하게 된다 해도, 이곳에 친구가 있다는 것만은, 그리고 병원에 크게 기여했다는 것만은 항상 기억되어야 했다. 그녀는 그럴 자격이 있었다. 로즈룸을 만든 건 바로 그녀였으니까.

도망자

　병원에서의 그날도 평소처럼 심하게 왜곡되어 있었다. 유리잔에 담긴 멀쩡한 빨대가 어떤 부분은 더 크게 보이고 어떤 부분은 끊긴 것처럼 보이듯이.

　바깥세상에서는 태양이 떠있는 동안을 일과 시간이라고 여긴다. 하지만 병원에서는 한밤중이 가장 바쁜 시간일 수도 있다. 사람들은 해가 떠있는 동안 잠을 자고, 어두워지면 일어나 산책을 하고 커피를 마시고 몰래 담배를 피우다가 생각했던 것보다 날짜가 며칠이나 더 지났다는 사실을 깨닫고, 사실 지금이 아침 아홉 시 반이란 걸 알게 된다.

　병원은 절대 잠드는 법이 없다. 복도 조명의 스위치가 내려간 적이 없다는 걸, 나는 여기 온 뒤 몇 주가 지나서야 깨달았다. 정문을 비롯한 다른 곳도 마찬가지로 불이 항상 켜져있다. 나는 가끔 이송 요원이 병원 곳곳을 돌아다니며 전구를 갈아 끼우는 모습을 상상하지만, 그때를 빼고 조명은 꺼진 적이 없다.

나는 새벽 두 시부터 잠이 깬 채 누워있지만, 지금이 한낮인 것처럼 느껴진다. 기억 하나가 자꾸 떠올라 떨쳐낼 수가 없다. 외국에 여행 갔을 때 호텔 텔레비전에서 봤던 광고의 한 장면이다. 현지 말로 된 광고라 무슨 내용인지는 정확히 알 수 없었다. 여행사 광고였는데, 한 무리의 아이들이 강에서 급류 래프팅을 하고 있었다. 아이들은 형광 주황색 헬멧을 쓰고 흐르는 강물을 따라 노를 저으며 신이 나 비명을 질러댔다. 언젠가 저기 가서 래프팅을 해봐야지, 하고 나는 혼자 중얼거렸었다.

지금이야말로 그 약속을 지킬 때라는 생각에 래프팅 장소로 바로 이동했다. 눈을 감고 맨발로 인조 잔디 위를 걸어 물가로 향했다. 주황색 고무보트에 올라탔다. 보트가 약간 흔들렸지만 강사가 보트를 잡아주었다. 힘껏 보트를 밀어 노를 저었다. 보트에 어느 정도 속력이 붙었을 때, 한 손을 차가운 물에 담그고 손가락 사이로 물이 흘러가는 걸 느꼈다. 물방울이 옷소매로 튀었고, 깜짝 놀랄 만큼 차가웠지만 가슴 속이 상쾌해지는 기분이었다. 귀를 곤두세우면 거칠게 흐르는 물소리 너머 새들이 지저귀는 소리도 들릴 것만 같았다.

나는 계속 노를 저어 강 아래로 내려갔고, 키 큰 침엽수들이 줄지어 선 절벽 아래를 지나다가 문득 혼자라는 사실을 깨달았다. 친구들을 같이 태우는 걸 깜빡한 탓에 지금 나는 보트에 혼자 타고 있었지만, 누군가를 떠올리기엔 이미 너무 늦은 뒤였다.

어떤 날은 노를 저어 무사히 강 끝에 이르렀고, 어떤 날은 물에 빠지기도 했는데, 그럴 때는 잘생긴 래프팅 강사가 와서 나를 구해주었다. 또 어떤 날은 날카로운 바위에 머리를 부딪혀 검은 물속으로 천천히 가라앉았는데, 흘러나온 피가 연기처럼 물 위로 퍼져나갔다.

어느 순간, 정신을 차려보니 메이 병동에는 이미 날이 밝아 있었다. 구석 자리 침대를 쓰는 여자아이에게 친구들이 병문안을 왔는지, 들리는 목소리로 봐서는 적어도 네다섯은 되는 것 같았다. 친구들은 모두 조용하고 부드러운 목소리와 말투로 대화를 나눴는데, 죽은 사람이나 죽어가는 사람이 옆에 있으면 사람들은 모두 그런 식으로 말했다.

나는 다시 급류를 타러 가고 싶었지만, 아무리 애를 써도 자꾸만 목소리가 들려와 집중할 수가 없었다. 강에서 벌써 몇 시간이나 있었기에 차라리 잘 됐다 싶기도 했다. 조심하지 않으면 피부가 말린 자두처럼 쭈글쭈글해질지도 모르니까.

그들은 서로에 관해 모르는 게 없는 듯했다. 자기들만 아는 이야기와 농담을 했고, 친구가 평소 좋아하던 걸 선물로 가져왔다. 함께 셀카를 찍었고, 얼른 나아 돌아왔으면 좋겠다고 했다.

내 학교 친구들하고는 달랐다. 다들 착한 애들이라 꽤 오랫동안 나를 참아줬고, 밤에 놀러 나가거나 파티를 열면 나도 끼워주었다. 하지만 그 자리가 편하지 않았다. 어색하게만 느껴졌다. 그 애들이 하는 농담을 나는 알아듣지 못했고, 내가 하는 농담을 그 애들 역시 알아듣지 못했다. 나는 상황에 맞지 않은 말을 계속 해댔다. 영어를 못해서 그런 게 아니었다.

그리고 학교에 나갈 수 없게 됐다.

그 애들은 차라리 잘됐다고 생각할 터였다.

적어도 나는 그랬다.

문병 온 친구들은 애써 아무렇지 않은 척했고, 친구가 오지 못한 학교 행사 이야기를 별거 아니었다는 듯 재미없었다고 말했다. 하지만 그렇게 말하는 친구의 목소리가 가늘게 떨리고 있었다.

더 이상 듣고 싶지 않아 나는 침대 주위에 두른 커튼을 노려봤다. 녹색 커튼은 진짜 별로였다. 하지만 그게 아무리 흉측스럽다고 한들, 이 세상 어딘가의 누군가는 이 커튼을 병원 커튼으로는 아주 적격이라고 여겼을 거라 상상하면 기분이 좋아졌다. 병원 전체에 들어갈 커튼을 주문하는 업무를 맡은 그 사람은 카탈로그를 보고 이 커튼을 골랐고, 병원의 승인을 얻어 주문을 넣었다. 주문이 들어가고 직물이 배송되고 커튼이 만들어지고, 그렇게 메이 병동 전체와 병원 대부분의 구역에 꽃잎 개수가 홀수인 남색 꽃무늬가 들어간, 초록색 체크 커튼이 달리게 된 것이다.

"레니?"

누군가 내 커튼에 대고 별 소용도 없는 노크를 하려 했는지 커튼이 흔들렸다.

"네?"

"자는 거 아니지?"

"그럼요."

"옷 제대로 입었지? 너를 찾아오신 분이 있어서." 신입 간호사가 속삭였다.

"옷 입었어요." 나는 혹시 침이라도 흘렸을까 봐 손등으로 입을 닦으며 말했다.

신입 간호사가 커튼을 걸었을 때, 나는 구석 자리 침대 여자아이의 친구들이 모두 돌아간 걸 알고 조금 놀랐다. 그녀는 다시 혼자였고, 머리까지 이불을 뒤집어쓴 채 누워있었다. 친구가 있다는 건 그렇게 즐거우면서도 슬픈 일이었다.

신입 간호사 뒤로 손님이 따라 들어왔다.

"안녕."

그는 한 손으로 내 침대 끝을 잡았다가 마치 감전이라도 된 것처럼 얼른 손을 뗐다. 아주 친한 사이처럼 보이고 싶지는 않은 듯했다.

"괜찮은 거지, 레니?" 신입 간호사가 물었다.

그가 나를 쳐다보았고, 나도 그를 쳐다보았다. 괜찮냐고? 보아하니 괜찮은지 안 괜찮은지는 내가 결정할 일인 듯했다. 그는 비록 함께 농담이나 잡담, 헛소리를 주고받을 때 함께 시간을 보낼 만한 비슷한 연령대의 친구는 아니었지만, 나는 심지어 상상 속에서 래프팅을 할 때조차 친구가 없는 그런 사람이 아니었던가.

"그럼, 조금 있다가 다시 올게." 신입 간호사가 말했다.

그녀가 나가면서 내 커튼을 양쪽으로 다 열어놓고 가는 바람에 체크무늬 보호막으로 가리고 있던 나만의 공간이 다 드러나며 병동 사람들 전부가 볼 수 있게 노출되고 말았다.

아서 신부님은 성당의 조각상처럼 미동도 하지 않은 채 침대 끝에 가만히 서있기만 했다.

"앉으셔도 돼요."

"고맙다." 그는 내 침대 머리 쪽에 있던 간이 의자를 끌고 와 서로 마주 보기 편한 자리에 놓고 앉았다.

"잘 지내지?"

그의 질문에 나는 웃고 말았다.

"나는 네가…… 오질……." 그는 헛기침을 한 뒤 다시 말을 시작했다. "지난 며칠 성당이 무척 조용했단다."

나는 고개를 끄덕였다.

"네가 언제 오나 기다렸는데……."

적당한 말을 찾으려는 신부님을 도와주고 싶은 마음은 없었다.

"성경에 나오는 그 사람 이름이 뭐였죠? 아들이 둘 있는데, 한 아들만 사랑했던 그 남자요."

"누구?" 아서 신부님이 말했다.

"아들이 둘인 그 남자 말이에요. 한 아들은 항상 아버지 말을 잘 따랐고, 또 다른 아들은 도망쳤잖아요. 그런데 도망쳤던 아들이 돌아오자 아버지는 착한 아들보다 그 아들을 더 아끼고 사랑했죠."

"아 그래, 돌아온 탕아 말이로구나."

"전 그 이야기를 들을 때마다 말이 안 된다고 생각했어요. 착한 아들은 해야 할 일을 잘했는데 아무것도 얻질 못하고, 나쁜 아들은 부모를 걱정시키고 가슴 아프게 했는데도 다시 돌아와 모든 걸 얻잖아요."

아서 신부님은 미간을 찌푸리면서도 아무 말도 하지 않았다.

"이것만 봐도 사람들이 도망자를 얼마나 좋아하는지 알 수 있다고 생각해요."

"도망자를 좋아한다고?"

"그럼요! 우리 경우만 봐도 그래요. 제가 신부님한테서 달아났더니 신부님이 여기로 오셨잖아요. 제가 매번 성당에 갈 때는 한 번도 안 오셨으면서."

"내 생각에는……."

신부님은 내가 당신을 얼마나 용서했는지, 아직도 분이 가라앉지 않았는지 알아내려는 듯 내 얼굴을 자세히 살폈다.

"레니야, 그 우화에는 질문해야 한다는 교훈이 담겨있다고 생각한다. 질문하고 신께 돌아온 사람은 아예 질문조차 하지 않고 입으로만 믿음을 말하는 사람보다 낫다는 뜻이지."

그는 얼굴을 찌푸리며 한숨을 쉬었고, 마치 그 한숨으로 자신이 얼마나 한숨 쉬기를 좋아했는지 기억났다는 듯 연거푸 한숨을 또 쉬었다.

"그렇게 불쑥 데릭과 마주치게 해서 미안했다." 그는 잠시 후 이렇게 말했다. "네가 그렇게…… 당황할 줄은 미처 몰랐구나."

"저 당황했던 거 아니에요."

"그래, 당황한 건 아니었겠지."

"화가 났던 거예요."

"아, 그랬구나. 은퇴할 거라는 얘기랑 데릭에 관해 미리 말할 생각이긴 했는데, 그저 좀……."

"그가 생선을 주지 않았나요?"

"데릭이?"

"아니요, 돌아온 탕아의 아버지 말이에요. 그가 착한 아들에게 생선을 주고 나쁜 아들에게 자신의 왕국을 주지 않았어요?"

"그건 아닌 것 같은데……."

"제 기억엔 줬어요. 착한 아들에게는 생선 한 마리, 도망친 아들에게는 자신의 왕국 전체를 줬어요."

"음……."

"신부님, 신부님이라면 성경에 나오는 이야기 정도는 알고 계셔야죠. 돌아온 탕아의 아버지가 생선을 들고 도망친 아들을 품에 안고 지금 저 하늘 위에서 내려다보고 있다고요. 신부님은 왜 자신이 홍보하는 종교의 일화조차 제대로 알지 못할까 의아해하면서요."

"나는 무엇도 홍보하지 않는단다."

"아뇨, 홍보하셔야 해요. 모든 걸 무료로 다 내주는 건 정말 형편없는 비즈니스 모델이라고요."

신부님은 웃었지만, 곧 얼굴에서 웃음기를 싹 거두었다.

"난 그저 널 속이려고 했던 게 아니란 것만 좀 알려주고 싶었다. 너를 화나게 하려 했던 것도 아니고."

"믿어드릴게요. 그러니까, 그날의 진실은 그거였군요?"

"그래."

"알겠어요."

"고맙다. 그래도 임기가 끝나기 전까지 몇 달은 더 성당에 있을 테니, 내 생각에……."

"그러니까 도망치는 게 좋을 수도 있네요?"

"레니, 너 때문에 머리가 아프려고 그런다."

"달아나는 거요. 돌아온 탕아의 메시지는 달아나고 싶을 때 달아나면 보상을 받게 될 거다, 그런 거잖아요."

"그건 아닌 것 같……."

"아서 신부님?"

"그래, 레니?"

"저 당장 달려가 봐야 할 곳이 있어요."

달리는 것과 달아나는 것은 다르다. 하늘과 땅만큼의 차이가 있지만, 아무도 그 차이에 주의를 기울이지 않는다. 사람들은 내가 자꾸만 달아나면 다른 곳에 갈 기회를 박탈하겠다고 말하는 데에만 오로지 관심이 있다. 하지만 병원 문을 나서지만 않으면 그건 달아나는 게 아니다. 난 그런 적은 한 번도 없다.

사실 나는 아서 신부님 앞에서 달릴 수 없었다. 계약직 직원과 부딪친 후로 엉덩이가 아직도 아팠기 때문이다. 대신 나는 매일 신는 캐주얼한 슬리퍼를 신고 내 목적지를 향해 발을 끌며 느릿느릿 걸었다. 고맙게도 아서 신부님은 쫓아오지 않았다. 신부님의 걸음 속도는 보나 마나 나보다 빨랐을 테니, 내가 메이 병동을 벗어나기도 전에 신부님이 나를 따라잡으면 퍽 어색했을 테니까.

내가 달린 건 왕국을 원해서도, 아서 신부님과 말하는 게 싫어서도 아니었고, 다만 어딘가 다른 곳에 가고 싶었기 때문이었다.

문에 난 작은 창을 통해 로즈룸 안을 들여다보니, 나이 지긋한 수강생 세 명이 앉아있었고, 그 앞에 종이 한 장을 들고 있는 피파가 보였다. 그녀는 캔버스 가장자리를 손가락으로 가리키더니 손으로 빠르게 뭔가를 휙 잡아채는 듯한 동작을 했다. 설명이 끝났는지 종이를 내려놓던 피파가 나를 발견하고는 손을 흔들고 들어오라는 손짓을 했다.

분홍색 파자마 차림의 나를 보는 사람들의 시선을 느끼며 나는 슬그머니 안으로 걸어 들어갔다. 나들이용 슬리퍼를 신고 왔어야 했는데.

"안녕, 레니!"

"피파, 안녕하세요."

"오늘은 어쩐 일로 왔니?"

나를 여기 오게 만든 걸 정확히 뭐라고 표현해야 할까 생각하느라 열심히 머리를 굴렸다. 오래전에 죽은 남자와 동등하게 사랑받지 못한 두 아들, 물고기, 신부님. 상상 속에서 하는 급류 래프팅 말고 뭔가 다른 걸 하고 싶은 간절한 욕구……. 이 가운데 어떤 것도 쉽게 이해받기 어렵다는 생각이 들었다. 나이 많은 할머니 할아버지들 앞에서는 더더욱.

"그림 그리고 싶어 온 거지?" 피파가 물었다.

나는 고개를 끄덕였다.

"앉고 싶은 자리에 앉아. 내가 종이 가져다줄게. 이번 주 주제
는 별이야."

어디 앉을까 두리번거리는데, 거기 그녀가 있었다. 뒤편 책상
하나를 혼자 차지하고 앉아있었다. 짙은 자주색 카디건을 입은
그녀의 머리카락이 햇살을 받아 10펜스 동전처럼 빛나고 있었
고, 두 눈을 바로 앞의 종이에 고정한 채 목탄 조각을 들고 뭔가
를 열심히 스케치하고 있었다. 자주색 옷을 입은 그 귀여운 악
당. 쓰레기통에서 뭔가를 훔치던, 바로 그 노부인이었다.

"아, 그 할머니!" 내가 말했다.

노부인은 그림을 그리다 말고 고개를 들어 내 쪽을 잠깐 보
더니, 눈에 힘을 줘 초점을 맞췄다. 그리고 나를 알아보고는 반
갑게 말했다.

"아, 너로구나!"

레니와 마고

나는 발을 끌며 그녀가 앉은 책상 앞으로 갔다.

"저는 레니예요." 내가 손을 내밀었다.

그녀는 목탄을 내려놓고 내 손을 잡았다.

"만나서 반가워, 레니. 나는 마고야."

손끝에 묻어있던 숯 때문에 내 손등에 그녀의 지문이 남았다.

"그때 도와줘서 정말 고마웠어."

"아니에요. 별일도 아니었는데요, 뭐."

"별일이었어. 정말이야. 고맙다는 뜻을 어떻게든 표현하고 싶은데, 지금 내게 남아있는 건 파자마 몇 벌하고 반쯤 먹다 남은 프루트케이크뿐이라서 말이야."

그녀는 내게 앉으라고 손짓했다.

"여기는 무슨 일이야?"

그녀가 물었고, 지금 말한 여기는 로즈룸을 가리킨다는 건 알았지만, 솔직한 게 제일 좋다고 생각해서 사실대로 다 말해버렸다.

"전 곧 죽을 거래요."

마고가 내 얼굴을 살피는 동안 우리 사이에는 잠시 침묵이 흘렀다. 그녀는 내 말을 믿지 않는 눈치였다.

"시한부 그런 거예요." 내가 말했다.

"하지만 넌 너무……."

"어리죠. 저도 알아요."

"아니, 넌 너무……."

"운이 없다고요?"

"아니." 그녀는 여전히 믿지 못하겠다는 듯 내 얼굴을 보며 말했다. "넌 너무 생기가 넘치는걸."

피파가 우리 쪽으로 다가와 내 앞에 붓 몇 개를 놓으며 물었다. "무슨 얘기를 그렇게 진지하게 하고 계세요?"

"죽는단 얘기를 하고 있었어요." 나는 피파에게 말했다.

죽는다는 말에 피파의 이마에 주름이 잡히는 걸 보니, 아무래도 피파는 며칠 휴가라도 얻어 죽은 사람과 죽어가는 사람을 다루는 법에 관한 강의라도 듣고 와야 할 거라는 생각이 들었다. 그 말을 듣는 것조차 견디기 힘들다면 병원에서 오래 일하기는 어려울 터였다. 피파는 책상 옆에 쭈그리고 앉아 붓 하나를 집어 들었다.

"진짜 무거운 주제네." 피파가 마침내 입을 열었다.

"괜찮아요. 전 슬픔의 일곱 단계를 하루에 다 경험하고 한방에 다 극복했어요."

피파가 마른 붓을 책상 위에 대고 누르자, 붓의 털이 쫙 펴지며 동그란 원 모양이 만들어졌다.

외레브로에 있는 초등학교에 다닐 때, 나는 실수로 교과서 한 귀퉁이를 찢은 적이 있었다. 지금은 이름도 기억나지 않는 어떤 남자아이와 누가 책을 더 빨리 넘기나 시합을 하던 중이었는데, 책장을 빨리 넘기려고 하다가 그만 책장 귀퉁이를 그대로 쭉 찢고 말았다. 담임 선생님은 내게 소리를 질렀고, 내 태도에서 반성의 기미가 안 보인다고 여겼는지 나를 교장 선생님 방으로 보냈다. 난 마치 경찰서에 가게 된 기분이었다. 부모님도 이 사실을 알게 될 거고, 그러면 난 영원히 꾸지람을 듣고 혼날 게 분명했다. 손바닥에서 땀이 나기 시작했다. 다른 아이들은 모두 교실에 있는데 나만 복도를 따라 교장 선생님 방으로 가는 것조차 큰 잘못으로 여겨졌다. 있어선 안 될 곳에 있는 기분이었다.

교장 선생님은 얼음처럼 차가운 은백색 머리에 앙다문 입술에는 늘 번들거리는 립스틱을 바르고 다니는, 몸집이 좋은 할머니였다. 나는 교장 선생님이 내게 소리치는 모습을 상상했고, 눈물이 나려는 걸 참느라 무진장 애를 써야 했다. 교장 선생님 방에 도착해 보니 선생님은 회의 중이었고, 학교 직원은 내게 사무실 바깥에 있는 녹색 의자에 앉아 기다리라고 했다. 나보다 몇 살 많아 보이는, '루카스 나이버그'라는 이름의 남자아이 하나가 이미 왼쪽 의자에 앉아있었다.

"너 뭐 잘못했구나?" 그가 내게 물었다(물론 영어가 아니라

스웨덴어였다).

"응." 대답하는데 턱이 덜덜 떨리는 게 느껴졌다.

"나도 그래." 그는 그렇게 말하면서 자기 옆 의자를 톡톡 두드렸다. 그는 교장 선생님 방 앞에 앉아서도 긴장되거나 무섭지 않은 모양이었다. 오히려 뿌듯해하는 것처럼 보였다.

그 애 옆에 앉아 있으니 마음이 좀 놓였다. 곤란한 상황에 빠진 게 나만은 아니라는 걸 아는 것만으로도 큰 위로가 됐다. 루카스와 나는 그렇게 비운을 공유했고, 혼자 겪는 것보다 훨씬 낫다고 느꼈다.

그리고 마고가 침묵을 깨고 몸을 살짝 기울이며 이렇게 속삭였을 때도 딱 그런 기분이었다.

"나도 곧 죽을 거야."

잠깐 동안 나는 마고의 밝게 빛나는 파란 눈을 보면서 어쩌면 우리가 허물없는 친한 친구가 될 수도 있겠다고 생각했다.

"어떻게 생각하면 넌 죽어가는 게 아니야." 마침내 피파가 붓을 내려놓으며 입을 열었다.

"아니라고요?"

"그래."

"그럼 저 집에 가도 되죠?" 내가 물었다.

"내 말은, 지금 죽어가는 건 아니라는 뜻이야. 사실, 지금 넌 살아가는 중이야."

마고와 나는 열심히 설명하는 피파를 물끄러미 바라보았다.

"심장이 뛰고, 눈으로는 뭔가를 보고, 귀로도 뭔가를 듣고 있잖아. 넌 지금 완벽하게 살아서 이 교실에 앉아있다고. 그러니 죽어가는 게 아닌 거지. 넌 살아가는 중이야." 그녀는 마고도 포함시켰다. "마고도 마찬가지고요."

말이 되는 것 같으면서 또 전혀 말이 안 되는, 그런 말이었다.

그렇게 마고와 나는 둘 다 살아있는 채로 조용한 로즈룸에 앉아 작은 정사각형 모양의 캔버스에 각자 별 그림을 그렸다. 나는 캔버스 가장자리를 색칠하는 걸 깜빡했는데, 나중에 보니 피파가 교실 벽에 그 그림을 걸어놓아 좀 짜증이 나긴 했다. 마고가 그린 별은 감청색 하늘을 배경으로 떠올고, 내 별은 검은색 하늘을 배경으로 떠있었다. 마고의 별은 좌우 대칭을 이루었고, 내 별은 아니었다.

조용한 교실에서 마고가 노란 별을 따라 조심스럽게 금색 테두리를 그리고 있을 때, 나는 누구와 함께 있을 때도 느껴본 적 없는 그런 기분을 느꼈다. 이 세상에서 누릴 수 있는 시간이 아주 많은 것만 같은 그런 기분. 마고에게는 어떤 말을 하기 위해 서두를 필요가 없다는 그런 생각이 들었다.

어렸을 때 나는 그림 그리는 걸 좋아했다. 집에는 크레용이 가득 든 낡은 분유 깡통과 플라스틱 탁자가 하나 있었다. 나는 그림이 아무리 형편없어도 그림 한 귀퉁이에 이름과 나이를 꼭 적었다. 학교에서 미술관으로 체험 학습을 갔었는데, 작품을 볼 때마다 선생님은 그림 아래쪽의 이름을 손가락으로 가리켰었다. 그때부터 나는 이런 생각을 하게 됐다.

난 그림에 소질이 있으니까 언젠가 내 그림은 미술관에 전시

될 거야. 그러니까 이름과 함께 언제 그린 그림인지 표시해 둬야겠지? 비디오 플레이어 덮개를 보고 끝내주게 멋진 달마티안 그림을 그렸을 때 내 나이가 만 5세가 조금 넘은 때였다는 걸 미술계 사람들이 알면 내 재능에 모두 감탄을 금치 못할 거야. 사람들은 이삼십 대에 재능을 꽃피우기 시작한 유명 화가들에 대해 떠들다가 이렇게 말하겠지. '그런데 레니 페테르손은 겨우 다섯 살 때 이 그림을 그렸잖아. 어떻게 그 어린 나이에 이런 그림을 그릴 수 있는 거지?'

순진하기 짝이 없던 그 시절을 떠올리며 나는 가장 얇은 붓에 노란 물감을 묻혀 별 그림 아래에 '레니, 17'이라고 적었다. 내 걸 보더니 마고도 똑같이 했다. 마고는 '마고, 83'이라고 썼다. 그런 뒤 우리는 그림들을, 어둠 속에 빛나는 두 별을 나란히 놓았다.

나는 숫자를 그다지 중요하게 생각하지 않는다. 나눗셈이나 백분율은 내 관심사가 아니다. 나는 내 키나 몸무게도 잘 모르고, (예전에는 기억했지만) 지금은 아빠의 휴대폰 번호도 기억하지 못한다. 내가 좋아하는 건 언어다. 눈부시게 아름답고 즐거운 단어들.

하지만 내 앞에 놓인 두 숫자는 중요했고, 얼마 남지 않은 내 생애에도 큰 의미가 있었다.

"우리 둘 나이를 합치면 백 살이네요." 나는 마고에게 조용히 속삭였다.

레니, 또래 친구들을 만나다

　며칠 뒤, 침대 옆 탁자에 프루트케이크 한 조각이 놓여있는 걸 발견했다.

　난 원래 프루트케이크를 좋아하는 편은 아니었다. 건포도를 씹을 때마다 쥐며느리를 먹으면 꼭 이런 식감일 거라는 생각이 들었기 때문이었다. 처음에는 단단하지만 이로 깨물면 달콤한 액체가 툭 터져 나오고 입안에는 가죽 같은 외피만 남게 되는 그 느낌이 영 별로였다.

　그래도 공짜 케이크는 공짜 케이크니까.

　나는 케이크를 먹으며 마고 생각을 했다.

　우리 둘이 살아온 시간을 합치면 백 년이었다. 뭔가 대단한 걸 이뤘다는 생각이 들었다.

　미술 수업 중에, 신입 간호사가 빨개진 얼굴로 문을 열고 로즈룸 안으로 들어오다 문가에 있던 책상에 엉덩이를 부딪혔다. 내게 다가온 신입 간호사는 내 침대에 아서 신부님 혼자 앉아

있는 걸 봤다면서 소곤거렸다. 엄밀히 말해 나는 지금 로즈룸에 있으면 안 되기 때문에 지금 바로 침대로 돌아가지 않으면 곤란한 일이 생길지도 모른다고 했다. 그 정도 곤란이야 껌이지. 신입 간호사에게 곤란한 일이란 기껏해야 재키에게 야단맞는 일일 테지. 대낮에도 파자마를 입고 다니면서 목에 꽂은 관으로 저녁을 먹는 그런 것과는 차원이 달랐다. 진짜 곤란한 일이란 그런 거였고, 나는 이미 그런 상태였다.

그렇지만 나는 그녀를 따라갔다. 사람들이 조금 아쉬워할 때 떠나는 게 가장 좋기 때문이었다. 내게 닥친 곤란은 아주 사소했다. 나는 재키의 잔소리를 열심히 듣는 척한 뒤, 다시는 마음대로 돌아다니지 않겠다고 약속했다. 실은 마음대로 궁금해하지 않겠다고 말했지만, 뭐, 아무도 내 발음을 문제 삼진 않았다(원문에서 레니는 '돌아다니다'라는 뜻의 wander 대신 '궁금해하다'라는 뜻의 wonder를 넣어 말했다. – 옮긴이).

침대에 떨어진 프루트케이크 부스러기를 막 털어냈을 때 침대 주위에 드리워 있던 커튼이 걷혔다.

"좋은 아침, 레니." 이송 요원인 폴이 웃으며 인사했다. "그 이후로는 거미 또 없었어?"

없다고 말하니, 그는 내 침대 옆 탁자를 손짓으로 가리켰다.

"앞으로 몇 달에 걸쳐서 병실에 있는 침대 탁자를 전부 새 거로 교체할 거래. 지금 쓰는 가구들은 너무 가벼워서 잘 쓰러지나 봐."

설명이 너무 구구절절해서 나는 고개만 끄덕거렸다.

"한번 봐도 될까?" 그가 물었다.

그는 맨 위 칸 서랍을 잡아당겼다. 그는 더 세게 잡아당기고 마구 흔들어댔다. 계약직 직원이 주고 간 노란색 실크 장미가 그 위에서 흔들흔들 춤을 추었다. 두 손으로 힘껏 잡아당기자, 마침내 서랍이 빠지면서 종이 한 장이 팔랑거리며 떨어졌다.

"연애편지?"

"그랬으면 다른 편지들이랑 같이 뒀겠죠."

폴은 종이를 집어 내게 내밀었는데, 얼굴에 드러난 호기심을 숨기지 못했다.

구름 낀 하늘 사이로 한 줄기 빛이 비치는 가운데 비둘기 한 마리가 날아가는, 거친 픽셀의 그림 위로 '용서: 주님의 빛'이라는 글자가 소용돌이 모양으로 인쇄되어 있었다. 그 아래에는 성당 미사 시간이 인쇄돼 있었고, 파란색 만년필로 휘갈겨 쓴 글씨로 이렇게 적혀있었다.

레니, 오해할까 봐 미리 밝히지만, 너 때문에 특별히 용서라는 주제로 팸플릿을 만든 건 아니란다. 그저 우연의 일치일 뿐이야. 대화 상대가 필요할 땐 언제든 나를 찾아오렴.

— 아서

아서 신부님은 이메일 주소조차 비장했다. Arthurhospital-chaplain316@gpr.nhs.uk

내가 고개를 들자, 폴이 웃었다. 내가 한 열 살쯤 더 나이가 많았더라면 폴의 멋진 타투를 보고 사랑에 빠졌을지도 모르겠다고 생각했다. 약간 어색한 듯 꽤 잘 어울리는 커플이 됐을 텐데. 괜히 다시 한번 쳐다보며 '저 둘이 어떻게 사귀게 됐지?' 생각하게 되는 그런 커플.

폴은 서랍을 다시 닫은 뒤, 들고 있던 클립 보드에 뭔가를 적으며 한숨을 쉬었다.

"건강 잘 챙기고, 알겠지?"

그는 그게 마치 내 마음대로 되기라도 하는 것처럼 말했다.

그날 오후인지 아니면 몇 주 뒤였는지 모르겠지만(그걸 정말 누가 알까?), 신입 간호사가 나를 데리러 왔다. 로즈룸에서 첫 수업이 있는 날로, 합법적이고도 떳떳한 일정이었다. 피파는 '또래'라는 단어를 쓰면서 비슷한 연령대의 친구들을 만나보라고 했다. 나는 그 단어가 정확히 무슨 뜻인지 몰랐지만, 나보다 더 키가 크고 잘 나가고 멋진 사람들일 거라고, 주로 높은 곳에서 내려다보는 사람들일 거라고 혼자 생각했다(원문에 쓰인 'peer'라는 단어에는 '또래'라는 의미와 '보다, 응시하다'라는 두 가지 의미가 있다. – 옮긴이).

로즈룸 안에는 사람이 많지 않았고, 바깥 하늘은 무(無)의 빛깔을 띠고 있었다. 회색도, 그렇다고 흰색도 아닌 하늘이 그 누구도 차별하지 않고 공평하게 모두의 머리 위에 걸려있었다.

"여러분, 안녕." 지난번 앉았던 자리로 가는 나를 보고 피파가 살짝 미소를 지어 보이며 말했다. "내 이름은 피파야. 여긴 로즈 룸이고, 이곳의 규칙은 아주 간단해. 뭔가를 쏟았다면 닦아주고, 점프를 하거나 거친 장난은 안 돼. 원하는 건 뭐든 그려도 좋아. 하지만 가끔은 주제를 정하고 재미있는 소품을 활용해 보는 시간도 가질 거야. 예를 들면, 이번 주 주제는 나뭇잎이야."

피파는 갈색 나뭇잎이 든 양동이를 들었다.

"몸이 안 좋다거나 빨리 치료를 받아야 할 때는 나한테 말해주고…… 뭐…… 그 정도인 것 같은데?"

피파는 마치 질문을 하듯 말을 끝맺는 버릇이 있었다. 그래서 피파가 하는 말을 듣고 있으면 왠지 그녀를 안심시켜줘야 할 것 같은 기분이 들었다.

그날 로즈룸에 온 아이들은 나를 제외하고 셋이었는데, 파자마를 입은 사람은 나뿐이었다.

창가 책상에는 나와 비슷한 나이로 보이는 여자애 둘이 평범한 외출복 차림에 반짝이 화장을 하고 앉아 휴대폰을 같이 들여다보며 깔깔대고 있었다. 여자애들 반대편에는 몸이 다부지고, 나이가 좀 더 있어 보이는 남자애가 앉아있었다. 운동복 바지와 거기에 어울리는 티셔츠를 입었는데, 허름하면서도 비싸 보이는 옷이었다. 옆 의자에 올린 깁스한 다리 위에는 검은색 매직으로 그린 거대한 성기가 보였다.

피파는 여자애들에게 휴대폰을 보이지 않는 곳에 넣으라고 말했다. 여자애들은 휴대폰 화면을 뒤집어 책상에 내려놓긴 했지만, 보이지 않는 곳에 넣지는 않았다. 피파가 책상 위에 나뭇

잎과 물감을 두고 간 것도 모르는 듯했다.

남자아이는 피파가 내민 나뭇잎을 보고 고개를 젓더니, 주머니에서 볼펜을 꺼내 그림을 그리기 시작했다.

피파가 내 책상 앞으로 다가왔다.

"나뭇잎 줄까?"

내가 고개를 끄덕이자, 피파는 내 앞에 마른 나뭇잎 한 장을 내려놓았다. 나는 그걸 자세히 살펴본 뒤, 어느 쪽을 그릴까 고민하며 뒤집어 보았다. 그때까지도 피파는 계속 내 앞에 서있었다.

피파가 아무 소리도 내지 않고 입 모양으로만 말했다.

"네?" 내가 물었다.

피파는 내 앞으로 몸을 기울이더니 입 모양으로 뭔가를 또 말했지만, 무슨 말인지 도무지 알아들을 수가 없었다.

"뭐라는 거예요?" 나는 다시 작은 소리로 물었다.

"쟤들한테 말 걸어보라고." 피파가 속삭였다.

그러고는 자기 책상으로 걸어가 바쁘게 뭔가를 했다. 나는 책상 앞에 앉은 또래들을 가만히 관찰했다. 여자애들은 한 손엔 붓을 들고 활짝 웃는 표정을 지으며 휴대폰으로 셀카를 찍고 있었다. 남자애는 파란색 볼펜 끝이 캔버스를 뚫을 정도로 누르며 마구 선을 그어대고 있었다. 얼핏 보기에 칼을 그리는 중인 것 같았다.

나는 피파를 돌아보았다. 어찌나 응원하는 눈빛으로 나를 보는지, 그것만으로도 이미 부담스러웠다.

"다리는 어쩌다 다친 거야?"

내 질문이 내 책상과 그 애들 책상 사이 공간에 울려 퍼졌다. 하지만 아무도 내 말을 듣지 못한 것 같았다.

나는 다시 피파를 쳐다봤다.

그녀는 다시 해보라는 듯 고개를 끄덕였다.

나는 다시 물었다. 이번에는 분명 내 말이 들렸을 텐데 아무도 반응을 하지 않았다. 조금 뒤, 진한 반짝이 화장을 한 여자애가 남자애 캔버스를 톡톡 두드렸다.

"왜?" 그가 물었다.

"저 여자애가 너한테 말한 거 같아서." 여자애가 나를 가리키며 말했다.

여자애 목소리에는 학교 친구들이 보이던 그런 당혹스러움이 묻어있었다. 학교에서도 내가 의미가 통하지 않는 엉뚱한 소릴 하면 반 친구들은 당황스러운 표정으로 나를 보곤 했었다. 그럴 때면 그 순간이 지나갈 때까지 가만히 기다려야만 했다.

남자애가 고개를 돌렸고, 세 사람의 시선이 모두 나를 향했다.

"뭐라 그랬어?"

"다리는 어쩌다 다쳤냐고." 내가 물었다.

"럭비 하다가."

그는 고개를 돌려 다시 칼 그림에 열중했다.

"럭비는 어디서 해?" 다른 여자애가 물었다.

"세인트 제임스."

"내 남자친구도 얼마 전에 그 팀에 들어갔어." 그녀가 말했다.

"진짜? 걔 이름이 뭔데?"

신기하게도 그 여자애의 남자친구는 다리를 다친 남자애가 다니는 럭비 팀에 새로 가입한 신입 중 하나라는 사실이 밝혀졌다. 세 사람은 자연스럽게 모여 함께 사진을 찍었다. 그러고는 바로 '우리가 누굴 만났는지 봐!'라는 메시지와 함께 남자친구 계정을 태그하고 SNS에 사진을 올렸다.

함께 아는 사람이 있다는 사실에 즐거워하던 세 사람은 이제는 안 본 사람이 없는, 넷플릭스의 새 시리즈에 관해 얘기하고 있었다. 남자애는 새로운 시즌이 온라인에 유출되어 이미 다 봤다고 했고, 진한 반짝이 화장을 한 여자애는 손가락으로 귀를 틀어막으며 내용을 미리 말하지 말라고 비명을 질렀다. 그러거나 말거나 남자애는 줄거리를 떠들어댔고, 그중 한 인물이 죽었다는 말에 여자애들은 넋을 놓고 그 얘길 들었다. 나를 돌아보는 사람은 아무도 없었다.

나는 연필을 집어 종이 한가운데에 'FUCK'이라고 크게 썼다.

피파가 내 옆으로 오더니 이전에 마고가 앉았던 자리에 앉았다.

"또 쟤들한테 가서 말 걸어보라고 하면, 나 소리 지를 거예요." 내가 말했다.

피파가 바란 건 이런 게 아니었기에 실망한 기색이 역력했다. 나는 책상 위로 머리를 푹 숙였다.

"왜 그래?" 피파가 부드럽게 물었다.

나는 고개를 숙인 채 눈만 떴다. 남자애가 칼 그림 주변에 녹색 물감을 꾹꾹 찍어 누르며 뭐라고 말하자, 그 말에 여자애들이 깔깔거리고 웃었고, 나는 그 모습을 가만히 바라보았다.

"쟤들은 시간이 참 많네요. 전 시간이 없어요."

피파는 내 눈을 똑바로 보지 못했다.

"선생님을 기분 나쁘게 하려고 그런 건 아니에요. 그냥 지금 제 기분을 좀 이해해 주셨으면 해서요. 즐겁게 지내는 게 제겐 정말 절박한 일이거든요." 내가 말했다.

"즐겁게 지내는 게 절박한 일이라고?"

"네. 전 즐거워야 해요. 진짜 시간이 얼마 없어요."

마침내 피파가 입을 열었다.

"그래, 좋아. 내가 어떻게 하면 네 기분이 좀 나아지겠어?"

"제가 지난번 여기 왔을 때 기억하시죠?"

"그럼……."

"할머니, 할아버지들하고 같이 수업했을 때요."

"여든이 넘으신 분들이었잖아. 기억하지."

"그때 마고란 분을 만났거든요."

"그랬지……."

"저를 마고랑 같은 반에 넣어주세요."

"하지만 레니, 그 수업은 80세 이상을 위한 수업이야."

"네, 저도 알아요."

"그러니 널 그 반에 넣는 건 말이 안 돼."

"왜요?"

"왜냐면 넌 여든 살이 아니니까!"

"그것 말고 다른 이유는요?"

"반 구성은 원래 그렇게 하게 돼있어. 그래야 수업 내용도 참가자의 흥미나 실력에 맞출 수 있고."

"글쎄요, 그건 연령 차별 같은데요."

나는 피파의 대답을 기다렸다. 피파의 마음이 흔들리는 게 느껴졌다.

"절대 말썽 피우지 않겠다고 약속할게요."

피파가 웃으며 말했다. "알았어. 어떻게 하면 되는지 한번 알아볼게."

열일곱

　이송 요원인 폴이 커튼을 젖히자, 자주색 파자마를 입은 노부인이 《테이크 어 브레이크(Take a Break)》 잡지를 읽다 말고 고개를 들며 날카롭게 물었다. "누구시죠?" 그녀는 휴식을 취하다가 방해를 받은 게 불쾌했는지 표정이 좋지 않았다.

　"그분이 아니에요." 나는 폴에게 속삭였다.

　"죄송해요!" 우리를 향해 인상을 쓰고 있는 노부인에게 폴이 밝은 목소리로 말했다. "누굴 좀 찾고 있었거든요."

　노부인이 뭐라고 투덜거렸다. 폴은 마치 〈더 프라이스 이즈 라잇(The Price is Right)〉(참가자가 상품의 정확한 가격을 맞추면 현금 또는 상품을 선물로 주는 텔레비전 게임쇼 – 옮긴이)에서 참가자가 마음에 들어 하지 않는 상품을 다시 천으로 가리기라도 하는 것처럼 부인의 침대에 커튼을 쳤다.

　폴이 다른 커튼을 젖히자, 자주색 파자마를 입은 다른 노부인이 나타났다. 그녀는 입가에 희미한 미소를 띤 채 잠들어 있었고, 침대 옆 탁자 위에 놓인 종이 접시에는 반쯤 먹다 만 프루트 케이크가 있었다.

"저분이에요."

"의자 필요해?" 폴은 이렇게 묻더니, 내가 대답하기도 전에 병실 반대편에 있는 플라스틱 손님용 의자를 끌어왔다. 그녀는 의자가 바닥을 긁는 소리에도 깨지 않다가, 폴이 나가면서 '안녕!' 하고 외치는 소리에 눈을 떴다.

"레니?"

그녀는 꿈속에서 나를 보기라도 한 것처럼 미소 지었다.

침대 옆 탁자에는 두꺼운 표지의 책도 몇 권 놓여있었다. 그리고 제일 위 두 권의 책 사이에 덮개가 열린 편지 봉투 하나가 끼워져 있었는데, 그 속에 든 편지가 빼꼼 나를 내다본 것 같은 기분이 들었다.

머리 위 작은 화이트보드에는 왼쪽으로 심하게 기운 글씨체로 그녀의 이름이 적혀있었다. *마고 마크래.*

침대 커튼 너머로 작게 대화를 나누는 사람들의 목소리가 들렸고, 라디오에서는 잔잔한 클래식 음악이 지직거리는 잡음과 함께 흘러나왔다. 커튼 틈 사이로 키가 큰 노부인이 보였다. 그녀는 가슴 주머니에 금실로 'W. S.'라는 머리글자가 수놓인 검붉은색 잠옷 가운을 입고, 흰 머리에는 넓은 플라스틱 머리띠를 하고 있었다. 보행 보조기에 기대 병실 밖으로 천천히 걸어 나가고 있었는데, 얼굴에 가득 핀 검버섯 때문에 얼룩덜룩한 털을 가진, 매우 느린 경주마처럼 보였다.

"마고는 제 나이 때 어땠었어요?"

"내가 열일곱 살 때?"

나는 고개를 끄덕였다.

"흠."

그녀는 눈꺼풀을 감았다 떴다 하면 오래전 이미지가 그사이 어딘가에서 살아나기라도 하는 것처럼, 혹은 속눈썹 사이로만 자신의 모습을 제대로 볼 수 있기라도 한 것처럼 눈을 가늘게 뜨고 깜빡거렸다.

"마고?"

"응, 그래?"

"마고도 곧 죽을 거라고 했었잖아요."

"그랬지." 마고는 그게 지켜야 할 약속이라도 되는 것처럼 자랑스럽게 말했다.

"무섭진 않아요?"

그녀는 내 표정을 읽으려는 것처럼 파란 눈으로 내 얼굴을 구석구석 훑으며 가만히 바라봤다. 라디오의 잡음이 점점 잦아들더니 이제는 잔잔한 자장가 가락만 흘러나왔다.

그때 마고가 뭔가 멋지고 놀라운 걸 했다. 그녀는 손을 뻗어 내 손을 잡았다.

그러고는 내게 이야기를 들려주었다.

1948년 1월, 글래스고
마고 마크래, 열일곱 살

열일곱 살 생일에, 내가 별로 안 좋아하는 할머니가 내 앞으로 얼굴을 들이대면서 '교제 중인 남자가 있냐'고 물으시는 거야. 얼굴을 어찌나 바싹 갖다 댔는지 아랫입술에 난 암자색 점이 보이더라고. 평소 난 그게 립스틱이 번진 자국인 줄만 알았는데 가까이서 보니 아니었어. 살짝 푸른 기가 도는 보라색 돌멩이 같은 게 피부 깊숙이 박혀있었어. 병원에 가서 의사한테 그걸 긁어 없애 달라고 해보면 어떨까, 그런 생각이 들더라.

내가 사귀는 사람이 없다고 하자, 실망한 할머니는 의자 뒤에 등을 기대면서 칼에 묻은 케이크 크림을 손가락으로 닦아 입에 넣으셨어. 그러면서 서둘러 짝을 찾아야 한다고, 요즘에는 여자보다 남자 수가 적어서 '못생긴 여자애는 결혼도 못 한다'고 하셨어.

일주일 뒤에 할머니는 교회에 다니는 괜찮은 남자애랑 내가 만날 수 있게 데이트 약속을 잡아놨다고 했어. 나와 어머니는 교회라곤 간 적이 없었기 때문에 그 남자애가 누군지 당연히 알지 못했지. 글래스고 중앙역에 있는 커다란 시계 아래로 정각 12시까지 나가면 된다고 했어.

나는 기차역에 가려고 서둘러 길을 걸으면서 유일한 친구이자 제일 친한 친구인 크리스타벨한테 이 얘기를 자세히 했어.

크리스타벨이 주근깨투성이 얼굴을 찡그리면서 이러더라.

"그런데 우린 남자애들하고 말해본 적도 없잖아."

"그렇긴 하지."

"그래서 넌 그 남자애랑 무슨 얘길 할 건데?"

미처 그 생각은 해본 적이 없어서 나는 걸음을 멈췄어. 크리스타벨도 걸음을 멈추니까 걔가 입은 분홍색 치마가 휙 하고 날렸어. 데이트할 사람은 난데, 걔는 왜 그렇게 옷을 차려입고 나왔는지 지금도 모르겠어. 할머니가 골라준 풀 먹인 꽃무늬 원피스를 입고 끝이 뾰족한 검정 구두를 신었는데, 발가락이 껴서 너무 아팠어. 꼭 어른 흉내 내는 어린아이가 된 것 같은 기분이 들더라고. 할머니는 십자가 모양의 금목걸이를 목에 걸어주면서 '적어도 기독교인처럼은 보여야 한다'고 하셨어. 그땐 그 말이 무슨 뜻인지도 모르고 시키는 대로 했지.

"그 남자가 네 남편이 될지도 몰라."

크리스타벨은 몸을 굽히고 가느다란 다리 아래로 흘러내린 양말을 무릎까지 끌어올렸어. 양말이 계속 흘러내리는데도 크리스타벨은 내 팔짱을 끼면서 '진짜 기대된다'고 말했지. 크리스타벨이 그렇게 말하니 나는 속이 막 뒤틀리는 기분이었는데, 그래도 그 애가 잡아끄는 대로 역까지 걸어갔어.

시계 아래에 도착하고 보니 11시 55분이었고, 나는 신문가판대 뒤에 숨은 크리스타벨을 쳐다봤어. 누가 자길 보는 것도 아닌데 걔는 거기 왜 숨어있었나 몰라. 크리스타벨은 오른쪽 양말을 잡아당기다가 새우처럼 등이 굽은 할아버지랑 부딪쳤어. 할아버지는 내 친구를 향해 지팡이를 막 흔들었고, 그 모습을 보니 너무 웃기더라고.

15분쯤 지나니까 내 친구의 주근깨투성이 얼굴이 흥분된 표정에서 초조해하는 표정으로, 나중에는 불쌍해하는 표정으로 바뀌더라. 멀리서도 그 애가 아랫입술을 잘근잘근 씹고 있는 게 다 보였어. 크리스타벨은 평소에도 입술을 잘 씹어서 입술 중간이 두 군데나 갈라져 있었거든. 12시 15분쯤 됐을 때, 나는 그 남자애가 오지 않을 거란 걸 알았어. 손바닥이 뜨거워지면서 세상 사람들이 전부 나만 쳐다보는 것 같은 기분이 들더라고. 울고 싶었어. 집에 가고 싶고. 그런데 이상하게도 그 자리에서 꼼짝도 할 수가 없는 거야. 시계 아래에 서서 기다리라던 할머니 말을 어길 수도 무시할 수도 없었던 거지.

나는 고개를 들고 크리스타벨이 있던 곳을 봤는데, 크리스타벨도 없어졌더라고. 눈물이 나기 시작했어. 그래서 나는 거기 서서 사람들이 코트와 가방을 들고 기차역 안으로 서둘러 걸어가는 걸 지켜봤어. 시계 아래에서 어떤 여자애가 코트도 없이, 불편해 보이는 꽃무늬 원피스를 입고 울고 있으니 힐끗거리는 사람도 있었지만, 대부분은 내가 있는 줄도 모르고 잰걸음으로 나를 지나쳐 갔지.

그때 누가 내 어깨에 손을 올려 난 너무 깜짝 놀라면서도, 한편으로는 그 교회 다니는 남자애가 온 건가 싶었는데, 크리스타벨이더라고. 그 앤 내 옆에 서서 기차역을 바라봤어. 크리스타벨이 내 어깨에 팔을 두른 채로 이러는 거야.

"만약에 네가 결혼하려던 남자애가 전쟁에서 죽으면 어떨지 생각해 봤어?"

그게 무슨 뜻이냐고 물었지.

"그러니까, 너랑 꼭 어울리는 남자애가 있고, 나중에 다시 만나 결혼하기로 했다 치자. 그런데 그 남자가 군인이라 전쟁에 나갔다가 프랑스에서 죽은 거야. 그럼 넌 그 남자를 다시는 만날 수 없게 되잖아."

"내가 그렇게 될 거 같아? 사랑할 사람을 못 만나게 될 것 같아?" 내가 물었지.

"꼭 너만 그렇게 된다는 게 아니라, 모두 다 그럴 수 있다는 거지. 우리가 본 적 없는 누구라도 다 그럴 수 있는 거잖아."

"네 말을 들으니 기분이 좀 나아졌어."

크리스타벨은 웃으면서 에든버러행 티켓 두 장을 내밀었어.

"우리 동물원 가자. 전쟁에서 군인들과 함께 싸웠다는 보이테크라는 곰(제2차 세계대전 당시 폴란드군과 함께 참전했던 시리아 불곰으로, 전쟁이 끝난 1947년부터 에든버러 동물원에 있었다. – 옮긴이)을 보고 싶어."

크리스타벨은 내 손을 잡아끌고 승강장으로 갔고, 우린 12시 36분 에든버러로 가는 기차에 올랐어.

객차 안은 너무 붐벼서 우리는 작은 칸막이 좌석에 정장을 입고 앉아있는 젊은 남자 맞은편에 자리를 잡았지. 나이가 한 스물다섯쯤 돼보이는 그 남자는 처음엔 우리를 못 본 것 같았어. 그러다가 크리스타벨이 입은 분홍색 원피스가, 층이 여러 겹으로 돼있고 수플레처럼 부푼 치마였거든, 그게 그 남자 다리에 닿은 거야. 그제야 고개를 들어 우리를 보고는 깜짝 놀라더군.

크리스타벨은 치맛자락을 다리 밑으로 밀어 넣었고, 나는 그 애가 양말을 안 잡아당겨서 정말 다행이라고 속으로 생각했지.

"원피스가 정말 예쁘네요." 남자의 말에 크리스타벨 얼굴이 빨개졌어.

나는 아무 말도 하지 않고 그 남자를 관찰했지. 남자는 몸매가 호리호리하고 일어서면 키가 꽤 클 것 같더라고. 흰색 셔츠를 입었는데 벌써 며칠은 입었는지 조금 지저분해 보였지만, 머리는 한쪽으로 단정하게 쓸어 넘기고 뭘 발라 잘 고정시켰더군.

그 남자랑 눈이 마주쳤어.

"우리는 에든버러에 가는 중이에요." 칭찬에 기분이 좋아진 크리스타벨이 말했어.

"나도요." 남자는 빙고 게임에 성공했을 때처럼 자기 티켓을 들어 보이더군.

"이 친구한테 안 좋은 일이 있어서 기분 전환 좀 시켜주려고 같이 동물원에 가는 중이에요." 크리스타벨이 말했지.

"안 좋은 일이란 게 뭔데요?" 그가 내게 물었는데, 크리스타벨이 옆에서 재빨리 대답했어.

"마고가 오늘 데이트 약속이 있었는데, 남자가 나오질 않았거든요."

"그쪽이 마고?" 그는 입술에 살짝 미소를 지으며 물었어.

고개만 끄덕이는데 얼굴이 달아오르더라고.

"사실 우리 그런 얘기 하고 있었잖아. 사랑할 사람을 절대 못 만날 것 같다고. 그렇지, 마고?"

그는 나를 뚫어지게 보면서 낮은 목소리로 이렇게 말하더군.

"원한다면 내가 사랑을 줄 수도 있어요."

그 사람은 사랑이 무슨 기침 날 때 먹는 사탕이라도 되는 것처럼 그걸 준다고 하는 거야. 별것 아니라는 식으로.

∽

남자 간호사가 눈을 가느다랗게 뜨고 침대 옆에 서있었다. 거기서 그렇게 꽤 한참 서있었던 모양이었다.

마고는 자주색 소매를 걷어 올리고 팔을 내밀었다.

"그냥 항구토제예요."

간호사는 나긋한 목소리로 그렇게 말하고는 주삿바늘의 뚜껑을 딴 뒤 마고의 팔에 주사를 놓았다.

"윽." 마고는 눈을 감고 이를 앙다문 채 숨을 들이마셨다.

"다 됐습니다."

간호사는 원형 밴드를 팔에 붙여주고 소매 내리는 걸 거들었다.

"면회 시간 거의 끝났는데, 병실로 돌아갈 때 부축해줄 사람 불러줄까?" 그가 내게 물었다.

"아, 아니요. 괜찮아요." 나는 미소 지었다.

간호사가 돌아간 뒤, 나는 마고를 향해 몸을 돌렸다.

"그다음엔 어떻게 됐어요?" 내가 물었다.

"나머지는 나중에 말해줘야겠구나." 그녀는 그렇게 말하며 내 뒤를 손가락으로 가리켰다.

신입 간호사가 마고의 침대 발치에 서있었다.

"찾았다!"

그녀는 재밌어하는 것 같기도 하고 화가 좀 난 것 같기도 한, 묘한 표정이었다.

복도를 따라 메이 병동으로 돌아가면서 나는 신입 간호사에게 물었다. "쌤은 열일곱 살 때 어땠어요?"

신입 간호사는 걸음을 멈추고 잠시 생각하는 듯하더니, 웃으며 말했다. "술에 절어있었어."

그날 밤, 평소 같으면 (최근에 새로 산 밝은색 반바지를 입은) 잘생긴 강사와 래프팅을 하러 강에 갔겠지만, 오늘은 그러고 싶지 않았다. 강이 아니라 마고의 이야기에 더 마음이 끌렸다. 나는 강가의 풀밭 언덕으로 가거나 고무보트에 누워 햇볕을 쬐는 대신 글래스고의 기차역으로 걸어가 12시 36분 에든버러행 기차를 탔다. 그리고 꽃무늬 원피스를 입은 예쁘장한 소녀와 호리호리한 몸매의 청년이 이제 막 뭔가를 시작하는 모습을 지켜보았다.

그렇게 에든버러로 가는 도중, 나는 몇 년 만에 처음으로 깊은 잠에 빠졌다.

행복해진 레니와 마고

80대가 되어 맞은 첫날은 매우 놀라웠다. 다리가 아프지도, 머리카락이 하얘지지도 않았다. 유독 라벤더 향이 좋아진다거나 하지도 않았고, 소매 안에 휴지를 넣고 다니지도 않았다. 막스앤스펜서 카페에서 점심을 먹거나 버스에서 낯선 사람들에게 손주들 사진을 보여주지도 않았다. 다만 로즈룸에 내 80대 또래들과 함께 있으면서 그림 그릴 준비를 하고 있다는 게 좀 다를 뿐이었다.

피파가 책상을 재배치해서 이번에는 책상들이 네 그룹으로 나뉘어 있었다. 나는 마고 옆자리에 앉았고, 우리 맞은편에는 월터와 엘스가 앉았다. 전직 정원사였던 월터는 흰 머리카락과 장밋빛 붉은 뺨 때문에 마치 정원 장식용 땅속 요정처럼 보이는 할아버지였고, 엘스는 검은색 모직 숄을 어깨에 두르고 짧은 은색 단발머리를 하고 있어 마치 프랑스 패션 잡지의 에디터 느낌이 나는 할머니였다.

나는 괜히 옆 그룹 사람들을 우리의 경쟁 상대처럼 느꼈다. 그 그룹은 기능을 중시한, 다양한 파스텔 색상의 파자마를 입은 진짜 80대 노인 네 사람이었고, 반면 우리 책상에는 땅속 요정, 패션 잡지 에디터, 가짜 80대, 마고가 앉아있었다. 만약 정말로 경연대회 같은 게 벌어졌다면 (정말 있었으면 싶었다) 나는 분명 우리가 이길 거라고 생각했다.

창밖으로 보이는 병원 주차장은 잿빛으로 흠뻑 젖어있었다. 세차게 내리는 건 아니지만 은근히 굵게 내리는 빗줄기 속에서 겉옷이 축축해진 채로 주차요금 정산기를 향해 뛰는 사람, 머리를 숙이고 우산을 펴는 사람들이 보였다.

마지막으로 비를 맞아본 게 언제였는지 떠올려보았다. 그러면서 다음에 비 오는 날, 신입 간호사에게 나를 주차장으로 데려가 달라고 부탁하면 어떨까, 하는 생각을 잠깐 했다. 아니면 샤워실의 샤워기 한두 개를 안개비처럼 물이 분사되게 조절한 다음, 진짜 비를 맞는 척 옷을 다 입은 채 서있는 것도 괜찮을 것 같았다.

"오늘은 행복에 관해 생각해 보고, 행복했던 기억의 순간을 그림으로 그려보려고 해요." 피파는 꽃무늬 셔츠의 옷소매를 접으면서 말했다. "제가 먼저 해볼게요."

피파는 교사용 책상 끝에 걸터앉으려다가 그러기엔 책상이 너무 높아 불편했는지 곧바로 다시 일어섰다.

"가장 행복했던 기억 중 하나는 우리 집 늙은 개를 데리고 가족과 함께 산책했던 일이에요. 부활절 무렵이었는데 유난히 날씨가 더웠어요. 그때 할아버지도 같이 있었고, 우리는 그냥 햇살이 비치는 시골길을 따라 걸었어요."

"개 키울 줄 알았다니까요!" 나도 모르게 그렇게 외쳤다.

그녀는 씨익 웃더니 보드 펜 뚜껑을 열었다.

"그러니까, 저는 그 기억 속에서 본 시골길의 나무들을 그릴 수 있겠죠? 사람은 그리기가 좀 까다로우니까 오늘 중으로 그림을 끝내고 싶다면 사람은 안 그리시는 게 좋아요. 그렇지만 나뭇잎 사이로 비치는 햇살은 그릴 수 있겠죠?"

그녀는 말하면서 그 장면들을 계속 보드 위에 스케치했다. 그냥 화이트보드에 그린 그림일 뿐인데도 진짜 멋져 보였다.

"혹은 사물을 연구하는 데 더 관심이 많다면 개 목줄에 연결된 손잡이와 강아지의 머리 뒷부분을 함께 그려도 괜찮을 것 같아요."

그녀는 처음 스케치한 그림 옆에 또 다른 그림을 스케치했다. 손잡이를 잡고 있는 손과 북슬북슬한 털로 뒤덮인 강아지 귀와 머리 뒷부분을 그렸다. 뭔가 사기당한 듯한 기분이 들었다. 피파의 스케치가 너무 훌륭해서 아무리 열심히 그려도 저 정도 수준에는 영영 못 미칠 것 같았다.

"이번 주 주제에 맞는 음악으로 CD를 만들어 봤어요." 피파는 CD 플레이어의 재생 버튼을 누르며 말했다.

주디 갈랜드가 부르는 〈행복해져요(C'mon get happy)〉가 시간과 공간의 경계를 넘어 우리의 귀를 파고들었다.

주변 사람들 모두가 밑그림을 그리기 시작했을 때, 나는 가슴

속에서 뜨거운 열기가 올라오는 걸 느꼈다.

월터는 연필 한 자루를 집어 들고는 스케치를 시작했다. 그의 손은 어딜 보나 정원사의 손이었다. 집게손가락의 굵은 마디와 주름진 피부 그리고 풀물이 든 손톱 밑. 캔버스에 대고 연필을 꾹꾹 눌러가며 그림을 그릴 때 이마에는 주름이 잡혔다. 월터가 그리고 있는 가장 행복했던 순간은 무엇일까 궁금했다. 어쩌면 땅속 요정이었던 그가 소원을 빌어, 마침내 인간으로 변신했던 날의 기억은 아닐까. 엘스는 검은색 물감으로 긴 끈들을 그리고 있었다. 그리고 마고는 연필을 잡고 손을 이리저리 움직이며 뭔가를 그렸는데, 선이 어찌나 흐릿한지 유령을 그리는 게 아닌가 싶었다.

내 캔버스는 계속 하얗게 남아있었다. 뭘 그려야 할지 생각이 나질 않았다. 주변 사람들 모두가 금세 그림을 멋지게 완성할 거라고 생각하니 마음이 조급해졌다. 꼭 학교에 와있는 것 같아 몸이 근질거렸다.

마고가 스케치한 그림 속의 첫 번째 눈은 어떻게 저런 표현이 가능할까 싶을 정도로 진짜 같았다. 선명하면서도 빛이 나는 것만 같은 눈이었다. 마고가 그림을 그토록 잘 그리는 걸 보니 화가 나기는커녕 나는 홀딱 반하고 말았다. 그녀는 83년이라는 세월 중 가장 행복했던 순간에서 포착한 무언가, 누군가를 캔버스 위에 그려내고 있었다.

다음으로는 조그마한 손이 등장했다. 주먹을 쥔 작은 손과 손가락을 바깥쪽으로 펼친 다른 한 손이 우리를 향해 뻗어있었다.

담요가 작은 배를 덮고 있었고, 노란색 모자 아래로는 머리카락 몇 가닥이 삐져나와 있었다. 작고 둥근 코는 너무 진짜 같아서 그녀가 기억만으로 이 그림을 그리고 있다는 게 믿기지 않을 정도였다. 그림을 그리는 내내 마고의 얼굴에는 온화한 미소가 어려있었다. 마치 지금 그리고 있는 아기가 정말로 책상 위에 누워있고, 그 아기가 커다랗고 호기심 어린 눈망울로 자신을 올려다보고 까르륵거리며 발을 차고 있기라도 한 것 같았다.

　마무리까지 끝낸 그녀의 그림은 완벽했다. 그녀는 색연필만 사용해 두 볼의 온기와 보들보들한 파란색 담요의 감촉을 모두 표현해냈다.

　마고가 색연필을 내려놓으며 (자신도 의식하지 못한 사이 흘린 듯한) 눈가에 맺힌 눈물을 닦아내는 걸 나는 보았다.

　"남자 아기예요?"

　그녀는 고개를 끄덕였다.

　"아기 이름이 뭐예요?"

　"데이비(데이비드의 애칭 - 옮긴이)."

　퍼렐 윌리엄스의 〈해피(Happy)〉가 교실 안에 흘러나오기 시작했을 때, 나는 붓을 집어 들었다. 나중에야 깨달았지만, 연필로 먼저 스케치하기 전에 붓부터 집어 들었던 건 실수였다. 하지만 상관없었다. 행복했던 일이 떠올랐기 때문에 바로 그걸 그려야만 했다.

　나는 떠오른 기억을 그리는 동안, 마고에게 그 이야기를 들려주었다.

1998년 1월 11일, 스웨덴 외레브로
레니 페테르손, 한 살

제가 자주 떠올리곤 하는 기억이에요.

그날은 제 첫 번째 생일이었어요. 엄마가 숱이 적은 제 머리를 모아 위로 묶고 미니마우스 핀으로 고정해 줬어요. 그 모습을 직접 본 건 아니고, 비디오카메라로 찍은 걸 본 거예요. 그 동영상을 보면 제 얼굴이 나오고 제가 손가락으로 사람들과 이런저런 물건들을 가리키면서 아직 뜻이 없는 옹알이를 하고 있어요.

저는 아빠 무릎에 앉아서 아빠 얼굴을 빤히 올려다보고 있어요. 카메라를 들고 있는 사람이 누군지는 몰라도 아빠는 그 사람과 이야기를 하고 있고요. 그러면서 저를 무릎 위에서 이리저리 어르니까 제가 좋아서 깍깍 소리를 지르고, 그 소리에 아빠도 웃어요. 아빠는 저를 향해 고개를 돌리고 뭔가 알아들을 수 없는 말을 해요. 그리고 저는 탁자를 가리키며 '다!'라고 소리치고요.

창문으로는 햇빛이 계속 들어오고 있지만, 누군가 거실 조명을 꺼요. 그리고 초 하나가 꽂힌 케이크가 부엌에서 거실로 천천히 이동하는데, 그걸 든 엄마의 얼굴이 환하게 빛나요. 엄마는 케이크를 제 앞 탁자에 내려놓고 제 머리에 뽀뽀를 해요. 그러고는 뒤로 물러나 뭘 해야 할지 모르는 사람처럼 저와 아빠 뒤에 서있어요. 엄마의 입 모양이 영어로 '생일 축하한다, 레니야'라고 말하는 듯한데, 엄마는 꼭 해야 하는 상황이 아니라면 그런 말을 절대 하지 않거든요. 아빠는 제가 촛불을 손으로 만지지 못하게 제 손을 잡고 있고요.

영상은 사람들이 다 함께 노래를 부르는 장면으로 바뀌어요.

야 모 훈 레바(Ja, må hon leva)!
야 모 훈 레바(Ja, må hon leva)!
야 모 훈 레바 우띠 훈드라데 올(Ja, må hon leva uti hundrade år)!
야비스트 스카 훈 레바(Javisst ska hon leva)!
야비스트 스카 훈 레바(Javisst ska hon leva)!
야비스트 스카 훈 레바 우띠 훈드라데 올(Javisst ska hon leva uti hundrade år)!

그건 이런 뜻이에요.

그럼, 우리 아기는 오래 살아야지!
그럼, 우리 아기는 오래 살아야지!
그럼, 우리 아기는 백 년을 살고말고!
아무렴 우리 아기는 오래 살 거야!
아무렴 우리 아기는 오래 살 거야!
아무렴 우리 아기는 백 년을 살 거야!

나이가 들어 가사의 의미를 알고 나니, 스웨덴어로 된 이 생일 축하 노래를 들을 때마다 슬퍼지더라고요. 제 주변에는 백 살까지 산 사람도 없고, 저도 그때까지 살아있진 못할 것 같거든요. 그래서 매년 부모님이랑 친구들이 제게 이 노래를 불러줄 때마다 모두들 이루지도 못할 일을 기대하고 있다는 생각에 기분이 울적해지곤 했어요. 불가능한 일을 바라고 있으니, 남는 건 실망할 일뿐이잖아요.

동영상 속에서는 생일 케이크의 촛불이 꺼지고, 아빠가 숟가락으로 케이크 크림을 조금 떠서 제게 먹여줘요. 가사의 의미를 몰랐던 그때의 저는 진짜 행복해 보였어요.

레니와 마고의 백 년

    아이디어는 좀벌레처럼 내 머릿속으로 스르륵 기어들어 왔다. 마침 침대 옆 탁자에 펜도 없었기에 나는 아이디어가 다시 미끄러져 달아나기 전에 누군가에게 말해야 한다고 생각했다.

    마고가 있는 병동은 캄캄했고, 이니셜을 수놓은 가운을 입었던 노부인 침대에서 요란하게 코 고는 소리가 울리는 것 빼고는 사방이 고요했다.

    나는 마고의 침대에 둘러쳐진 커튼을 살짝 열며 말했다.

    "그 얘기들, 마고가 해준 얘기들이요!"

    마고가 눈을 떴다.

    "우리 그 이야기들을 그림으로 그려요! 한 해에 그림 하나씩이요!"

    새벽 세 시에서 네 시 그 사이쯤이었는데도 마고는 침대에서 몸을 일으키더니 어둠 속에 서있는 나를 실눈을 뜨고 보았다.

    "우리 나이가 합쳐서 백 년이잖아요. 기억하시죠?" 나는 혹시

나 마고가 까먹지는 않았을까 싶어 말했다. "열일곱 더하기 여든셋. 백 년이니까, 그럼 백 개가 되는 거잖아요."

"레니?" 그녀가 말했다.

"네?"

"진짜 좋은 생각이야."

✖

야간 근무 간호사 — '피오트르'라는 이름의 건장한 남자 간호사로, 왼쪽 귀에 반짝이는 귀걸이를 하고 있었다 — 에게서 내 자리로 돌아가라는 말을 들은 뒤, 나는 깜깜한 어둠 속 침대에 누워 계속 그 생각만 했다.

나는 메이 병동에 돌아와서도 펜을 찾을 수가 없었다. 그래서 천장을 올려다보면서 아침에 일어났을 때 나, 마고, 피오트르, 셋 중 한 사람이라도 내 계획을 기억해 주기만을 바랐다.

이 세상 어딘가에 우리를 보듬고 사랑했고, 또 우리에게서 달아났던 사람들이 있다. 그렇게 우리는 계속 살아간다. 우리는 예전에 간 적이 있는 어떤 장소를 지나다가 누군가를 마주칠 수도 있다. 복도에서 지나치며 한번쯤 본 적이 있는 사람이지만, 그 사람은 우리가 시야에서 멀어지기도 전에 우리를 잊어버린다. 다른 사람이 찍은 수백 장의 사진 속 배경에 우리가 있다. 누군가의 거실 선반 위, 액자에 끼워진 사진 속에서 움직이고, 누군가에게 말을 하면서 배경 속으로 흐릿하게 사라지는 우리 모습이 담겨있다. 또한 그렇게 우리는 계속 살아갈 것이다.

하지만 그거로는 충분치 않다. 거대한 실체의 작은 입자로 존재했던 것만으로는 부족하다. 나는, 우리는 더 많은 걸 원한다. 우리는 사람들이 우리를, 우리의 이야기를, 우리가 어떤 사람인지, 앞으로 어떤 사람이 될 것인지 알게 되길 바란다. 그리고 세상을 떠나고 난 뒤에도 우리를 기억해 주길 바란다.

그렇기에 우리는 우리가 살았던 매해를 그림으로 그릴 것이다. 백 년을 기록한 백 개의 그림을. 결국, 청소부가 보고 '어이쿠, 웬 그림이 이렇게 많아?'라고 생각하며 그림들을 전부 쓰레기통에 버린다 할지라도.

'*레니와 마고가 여기 있었다*'는 걸 알리기 위해 한 해 한 해를 손으로 꼽아가며 우리의 이야기를 해나갈 것이다.

1940년의 어느 아침

병동은 조용했다. 오전 면회 시간이 끝나자, 문병객들은 어쩔 수 없이 자리에서 일어나야 했다. 오늘은 문병객이 가져온 풍선 때문에 병동 안에 한바탕 소동이 벌어져, 나는 내내 그걸 구경하느라 나름 재밌는 시간을 보냈다. 결국은 문병 온 아저씨가 이 병원에선 '보건 안전 규정'도 '도의적 공정성'도 제대로 된 게 하나도 없다고 화를 내며 '어서 회복하길!'이라고 적힌 헬륨가스가 든 양 모양 풍선을 들고 발을 쿵쿵거리며 다른 가족들보다 먼저 병원 문을 나서는 걸로 마무리됐다. 아저씨가 찾아온 그 어린이 환자는 소동이 벌어지는 내내 점잖게 굴었는데, 문병 온 아저씨는 절대 보여주지 못한 그런 모습이었다. 그걸 깨닫고 나는 또 슬퍼지고 말았다. 왜냐하면 메이 병동이 아이를 그렇게 만들었다는 생각이 들었기 때문이었다. 이곳에 오면 사람들은 침착하고 신중해지며 감정의 기복을 드러내지 않게 됐다. 한마디로 나이에 비해 빨리 늙어버렸다.

나는 로즈룸으로 이어진 복도를 어슬렁어슬렁 걸어가며 생각했다. 나 역시 내 나이에 비해 빨리 늙었을까? 내가 문을 열고 들어서자, 일곱 명의 80대 할머니, 할아버지 얼굴들이 동시에 나를 돌아봤고, 그 모습에 나는 적어도 80대는 아니구나, 하고 깨달았다.

"레니! 이거 봐!" 피파가 나를 향해 달려왔다.

교실 앞 화이트보드 구석에 금색 잉크로 '*레니와 마고의 대단한 프로젝트*'라고 적은 종이 한 장이 붙어있었고, 완성 기록 표시도 두 개 되어있었다. 하나는 마고가 그린 아기 그림이었고, 또 하나는 내 첫 번째 생일의 비디오 영상을 스케치한 아주 형편없는 그림을 가리키는 것이었다.

"두 개 완성했으니, 이제 아흔여덟 개 남았어!"

피파는 다양한 크기의 종이를 집어 책상 앞으로 가는 나를 따라오며 말했다. 마고는 캔버스에 벌써 뭔가를 스케치하고 있었는데, 화려한 무늬의 벽지 위에 걸려있는 거울처럼 보였다.

나는 마고 옆에 앉았다. 피파가 바쁘게 다른 곳으로 가버린 뒤, 우리는 서로 마주 보며 싱긋 웃었다.

"내가 이야기 하나 해줄까?" 그녀가 물었다.

1940년, 글래스고 크롬데일 스트리트
마고 마크래, 아홉 살

아버지가 입대하고 몇 주가 지난 1939년 어느 일요일 오후에, 내가 별로 좋아하지 않는 그 할머니가 우리 집에 왔어. 해가 저물 무렵 어머니가 현관문을 열었다가 옷 가방을 들고 거기 서 계시는 할머니를 발견하고는 작은 비명 소리를 냈었지. 어머니는 아버지의 입대 소식을 할머니가 어떻게 알게 된 건지, 어떻게 된 영문인지 도무지 알 수가 없다고 했어. 당시 옥스퍼드 인근 훈련캠프에 있던 아버지가 보낸 편지에도, 할머니에게 부대 배치 받은 일에 관해서는 절대 말한 적이 없다고 적혀있었거든. 그러면서 갑자기 왜 우리 집으로 들어오셨는지 자신도 속내를 모르겠다고 했어.

'전쟁터에 있는 나보다 당신이 더 고생하게 생겼군. 싱크대 아래 위스키 한 병 숨겨뒀으니 필요하면 마셔요.'

아버지는 편지에 이렇게 적었었지.

평소 내가 알던 할머니들은 다들 친절하고 푸근하셨어. 크리스타벨네 할머니는 크리스타벨에게 멋진 원피스를 만들어 주셨고, 내가 다섯 살 때 돌아가신 외할머니는 손뜨개로 내게 카디건을 만들어 주셨어. 그리고 그 카디건과 똑같은 모양으로 인형 옷도 만들어 주셨고.

그런데 우리 친할머니는 그런 분이 아니셨어.

✖

할머니한테는 교회에 갈 때만 뿌리는 특별한 향수가 있었어. 향이 어찌나 독한지 냄새를 맡으면 목구멍 뒤가 따끔거릴 정도였지. 매주 일요일 아침이면 할머니는 복도에 걸린 거울 앞에 서서 예수님을 만나러 가기 위해 단장을 하곤 했어. 할머니만의 독특한 차림이 있었거든.

해 뜨는 시간이 점점 늦어지던 1940년 어느 일요일 아침이었어. 침실 문밖에서 소리가 들렸어. 할머니가 숱 많은 머리카락을 빗으로 쓸어내리는 거친 소리가 들리더라고. 나는 북북 머리 빗는 소리가 들릴 때마다 그렇게 거칠게 빗질을 해대면 결국 머리카락이 다 빠져 대머리가 되는 게 아닐까, 종종 그런 생각을 했었지.

부엌에서는 달그락달그락 조리기구가 서로 부딪치는 소리도 들렸어. 어머니가 달걀가루를 풀어 팬에 넣고 음식 비슷한 뭔가를 만들려고 할 때 나는 소리였지.

나는 할머니가 나를 못 보길 바라면서 계단을 살금살금 내려갔어.

할머니는 교회에 갈 때만 쓰는 모자를 머리에 얹고 가장자리마다 머리핀을 밀어 넣어 고정시키고 있었어. 그러다 나를 빤히 쳐다보더군.

나는 계단을 계속 내려가 부엌에 있는 어머니를 발견했어. 어머니는 꼼짝 않고 팬에 든 달걀가루만 내려다보고 있었는데 진이 다 빠지고 창백한 표정이었어.

"아버지 죽었대요?"

그때 우리 아버지는 프랑스에 가있었는데, 나는 어머니가 그런 표정을 지을 때마다 무슨 전보라도 온 건가 싶어 속이 마구 울렁거렸지.

"아니야." 어머니는 팬에서 눈도 떼지 않고 조용히 대답했어.

"지금 네 아버지 얘기하고 있는 거니?" 할머니가 복도에서 외쳤어.

이제 할머니는 이상하게 생긴 금속 집게로 속눈썹을 둥글게 말아 올리느라 눈 한번 깜빡이지 않고 거울만 들여다보고 있었어.

"네 아버지는 벌써 죽었는지도 몰라. 그렇잖니? 들판 어딘가에서 몸이 갈기갈기 찢긴 채 누워있을지도."

이때 어머니가 고개를 들었는데, 눈 주위가 온통 빨개져 있더군.

"그런데도 너희는 뭐가 그리 귀찮아서 그런 사람을 위해 기도조차 하러 가질 않는 거니?" 할머니는 집게로 속눈썹을 집으며 말했어.

어머니는 마치 뭔가 말할 것처럼 입을 열었지만, 다시 다물어 버리더군.

"생각해 봐라. 사랑하는 남편과 아버지를 제발 지켜주세요, 하고 하느님과 천사님들께 기도하러 가지도 않는 아내와 딸이라니."

어머니는 나무 스푼을 내려놓더니 두 손으로 눈가에 흘러내리는 눈물을 닦았어.

"이제 네 아버지를 도울 수 있는 분은 주님뿐이시다, 마고." 할머니는 집게를 내려놓고, 눈썹이 잘 말렸나 보려고 거울 앞으로 몸을 기울이며 말했어.

할머니는 화장품 가방에서 가는 유리병에 담긴 독한 향수를 꺼내 뿌리기 시작했어. 왼쪽 손목에 세 번, 오른쪽 손목에 세 번, 목에 세 번, 허리 주위에 세 번. 향수를 다 뿌리고는 노래를 부르기 시작했지. 작게 흥얼거리는 목소리지만, 노래는 계속 이어졌어.

"그리스도의 병사들아, 일어나 갑옷을 입어라."

어머니는 아까보다 더 많은 눈물을 흘리면서 찬장에서 소금과 후추를 꺼냈어.

"영원불멸 독생자를 통해 주께서 내려주신," 할머니는 머리카락 주변에 향수를 뿌린 다음, 모자챙에도 세 번 뿌렸어. "강한 힘을 지녔도다."

어머니는 달걀가루에 소금과 후추를 뿌리고는 눈을 감았어.

"왕 중의 왕 우리 주님의 권능으로 강해졌도다." 할머니가 마지막으로 해야 할 일이 남았는데, 그건 블라우스 왼쪽에 빨간색 브로치를 다는 거였어.

어머니 눈에서는 미처 닦아내지 못할 만큼 눈물이 계속 흘렀지.

나는 할머니에게 걸어갔어.

"할머니 휴지 있어요?" 내가 물었어.

할머니는 입고 있던 긴 모직 코트 주머니를 손으로 뒤졌어. 그 코트는 원래 어머니가 제일 아끼던 건데 할머니가 교회 안이 너무 춥다며 빌려 입은 거였지. 할머니는 주머니에서 분홍색 손수건과 꾸깃꾸깃한 종이 한 장을 꺼냈어. 언짢은 표정으로 내게 손수건을 건네주고는 종이는 쓰레기통에 던져 버렸어.

"그런데 손수건은 뭘 하려고?"

"엄마가 울어서요."

할머니는 몸을 기울여 부엌 안쪽을 살폈어. 그러더니 흐뭇한 표정으로 교회에 가셨지.

할머니가 나간 후, 나는 쓰레기통에서 종이를 꺼내 펼쳐봤어. 엄마가 좋아하는 노래 가사가 아빠 글씨체로 적혀있더라고.

내가 당신을 얼마나 사랑하냐고요?

난 거짓말은 하지 않아요

저 바다는 얼마나 깊죠?

하늘은 얼마나 높죠?

나는 종이를 열심히 편 다음, 그걸 어머니 방 베개 위에 올려뒀어.

그런 쪽지를 발견한 건 그때가 처음이었거든?

그날 이후, 아버지가 남기고 간 쪽지들이 여기저기서 발견됐어. 엄마가 아끼는 하이힐 왼발 안쪽에서, 커다란 유리병들을 보관하는 벽장 뒤쪽에서, 거실 선반에 꽂힌 책 뒤에서. 엄마 아빠가 즐겨 듣던 음반들 사이에 끼워져 있기도 했지. 어떤 쪽지에는 노래 가사와 우스운 이야기가 적혀있기도 했고, 또 어떤 쪽지에는 자신을 잊지 말라는 당부의 말이 적혀있기도 했어.

어머니는 찾은 쪽지들을 화장대 위 유리병에 차곡차곡 모았어. 새로운 쪽지를 발견할 때마다 어머니는 아버지와 함께 지내던 그 시절처럼 그렇게 환하게 웃곤 했지. 나는 내 침대 옆 탁자 맨 아래 서랍에서도 하나를 찾았는데, 일부러 엄마에게는 말하지 않았어. 더는 쪽지가 나오지 않거나 전보가 왔을 때, 엄마를 웃게 하고 싶으면 보여주려고.

레니와 신입 간호사

"그 노트에는 뭘 쓰는 거야, 레니?"

"이거요?"

나는 침대 옆 탁자에 있던 노트를 집어 들었다. '내가 글 쓰는 걸 언제 본 거지?' 하는 생각이 살짝 스쳐 지나갔다. 신입 간호사는 내 침대 끝에 걸터앉았다. 그녀가 신발 두 쪽을 벗어 던지자, 양말을 짝짝이로 신은 두 발이 (한쪽은 빨간 체리 무늬의 분홍색 양말이었고, 다른 한쪽은 발가락 부분에 퍼그 얼굴이 그려진 줄무늬 양말이었다) 내 침대 옆에서 흔들렸다. 노트를 보여주길 바라는 눈치였지만, 나는 보여주지 않았다.

"이야기를 쓰고 있어요."

"어떤 이야기?"

"제가 살아온 이야기요. 마고가 살아온 이야기도 쓰고요."

"두 사람의 백 년 말이구나?"

"맞아요. 마고를 만나기 전부터 쓰던 거긴 하지만요."

"그럼, 일기 같은 거네?"

나는 노트를 손에 들고 책장을 넘겼다. 다양한 색조의 자주색으로 된 겉장은 반짝이는 재질로 되어있었다. 나는 혹시라도 나중에 페이지가 모자랄까 봐 양면을 다 쓰고 있었기 때문에 글을 쓴 부분은 종이가 쪼글쪼글했다. 어떨 때는 글씨로 종이를 빽빽이 채운 게 너무 흐뭇해 괜히 앞뒤로 넘겨보기도 했다.

"그런 셈이죠." 내가 말했다.

"나도 예전엔 일기를 썼었어."

신입 간호사는 유니폼 상의 주머니에서 막대 사탕을 하나 꺼내 껍질을 벗기더니, 내게 내밀었다. 콜라 맛이었다. 막대 사탕을 마지막으로 먹은 게 언제였는지 기억도 잘 나지 않았다.

"그랬어요?"

신입 간호사는 핑크색 막대 사탕 하나를 더 꺼내 껍질을 벗기고는 자기 입에 쏙 집어넣었다.

"음, 내용이 항상 뻔하긴 했지만. '어떤 애가 뒤에서 내 험담을 하고 다녀서 나도 그 애 욕을 했다. 그랬더니 걔가 싸움을 걸어와서 발로 차버렸다.' 뭐, 그런 내용?"

"발로 찼다고요?"

신입 간호사는 조금 뿌듯해하는 듯 보였지만, 혹시라도 내가 따라 할까 봐 걱정됐는지 '누굴 차는 건 나쁜 짓'이라고 말했다.

"그래서 혼났어요?"

"아마도?" 그녀는 입안에서 막대 사탕을 돌리며 말했다.

"저는 잠이 안 올 때 글을 써요. 제가 그림을 잘 못 그리니까 뭘 그린 건지 사람들이 못 알아볼 경우를 대비해 글로 써둬야겠다고 생각했어요."

"내 얘기도 나와?" 그녀가 물었다.

"쌤 얘기가 나오면 읽어보고 싶을 것 같아요?"

"당연하지!"

"그렇다면 안 나와요. 쌤 얘기는 없어요."

"사실은, 내 얘기도 적혀있는 거지, 그렇지?"

"몰라요."

신입 간호사는 침대에서 내려가 다시 신발을 신었다.

"만약 내 얘기도 쓰게 되면 키가 크다고 써줄래?"

나는 그녀를 쓱 쳐다봤다.

"잘 자, 레니."

그리고 신입 간호사는 자리를 떴다. 자기 이야기를 쓰도록 나와 노트만 남겨두고.

1941년의 어느 저녁

"이것도 같은 해에 만들었던 거야."

월터는 엄청나게 큰 단추 사진이 배경 화면으로 된 스마트폰을 꺼내더니, 백조 모양으로 손질한 산울타리 사진을 찾아 나와 마고에게 보여주었다.

"할아버지가 만든 것 중에 가장 특이한 동물은 뭐였어요?" 내가 물었다.

"유니콘. 어떤 부인이 자기 집을 팔면서 그 집에 뭔가 흔적을 남기고 싶다고 울타리를 유니콘 모양으로 깎아달라더군."

"기회가 되면 저도 그렇게 해보고 싶어요." 내가 말했다.

"하지만 내가 제일 좋아하는 식물은 장미야. 거의 완벽한 꽃을 피우는 오필리아랑 해당화를 내가 어렵게 구했었거든. 이 지역에선 보기가 힘든 종이지. 지금도 우리 집 마당 한편에 자라고 있지만, 이제는 무릎이 안 좋아져서 제대로 돌볼 수가 없어. 내가 키우는 다마스크 장미는 흰 꽃이 항상 어쩌나 예쁘게 피는지 장미 중에서도 최고야. 꽃잎이 겹겹이 피어서 꼭 막대 끝에 양털이 달린 것 같다니까."

"아, 나도 다마스크 장미 진짜 좋아해요!"

엘스가 나무 향이 나는 향수 냄새를 풍기며 자리에 와 앉았다. 월터는 기쁜 표정으로 엘스를 바라봤다. 마치 그녀가 유니콘 산울타리라도 되는 듯이. 우리는 식물 얘기는 엘스에게 맡기고 하던 거나 마저 하기로 했다.

마고는 앞에 놓인 캔버스로 다시 고개를 돌렸다.

"오늘은 어디로 가요?" 마고가 양철 양동이처럼 보이는 것의 테두리 부분을 어둡게 명암 처리하는 걸 보며 내가 물었다.

"너도 이 얘기 들으면 진짜 재밌어 할 걸?" 마고는 양동이 아래 바닥에 생긴 어두운 그림자가 흐릿해지도록 엄지손가락으로 문지르며 말했다. "오늘은 1941년 어느 저녁, 내가 살았던 집으로 갈 거야."

1941년, 글래스고 크롬데일 스트리트
마고 마크래, 열 살

공습경보가 울렸을 때 나는 욕조 속에 있었어. 어머니는 매우 침착하면서도 낮은 목소리로 욕을 내뱉더니 비누 받침에 담배를 비벼 껐어.

우리는 욕조를 빙 둘러 검은색 페인트로 그려놓은 선까지 물을 채웠는데, 목욕물은 아직도 따뜻했어.

1년 전, 어머니가 욕조 안쪽에 페인트로 삐뚤빼뚤한 선을 그릴 때 나는 이렇게 물었었지.

"다른 사람들이 어떻게 알아요?"

"글쎄, 아마 모르겠지."

"그럼 욕조 끝까지 물을 채워도 되는 거 아니에요?"

"넘치진 않게 해야겠지." 어머니는 욕조 마개와 연결된 사슬에 페인트가 묻지 않게 페인트 붓을 조절하면서 대답했어.

"선 위까지 물을 채워도 되는 거죠?"

"그래, 그래도 될 거야." 어머니는 대답했지.

"그럼 왜 그냥 그렇게 하지 않는 거예요?"

"왜냐하면 다른 사람은 모르더라도 우리는 아니까. 넌 커다란 욕조에 뜨거운 물을 받아 놓고 목욕을 하는데, 어떤 친구들은 모두 흙탕물 웅덩이에서 겨우 씻어야 한다는 걸 알면 반 친구들 얼굴을 어떻게 볼래?"

난 속으로 상관없다고 생각했지만, 그 말을 입 밖으로 꺼내진 않았어.

공습경보 사이렌이 요란하게 울리자, 어머니는 물속에 있던 나를 재빨리 들어 올리고는 수건으로 팔과 다리를 대충 닦았어. 나는 아프다고 징징거렸고, 어머니는 빨리 서둘러야 하니 어쩔 수 없다고 말했지.

"어서, 마고."

어머니는 노래하듯 가락을 넣어 말했는데, 뭔가 무서운 일이 생겨 감정을 숨기려 할 때마다 그런 식으로 말했어. 어머니는 나를 데리고 계단으로 내려가 부엌문을 통해 뒷마당으로 나갔어.

밖은 얼어붙을 만큼 추웠어. 발아래 잔디도 다 얼어있었고, 입에서는 입김이 하얗게 피어올랐지. 나는 그대로 멈춰 섰어.

"얼른, 마고!"

지금이 얼마나 긴박한 순간인지 그제야 어머니의 목소리에 나타나더라고.

한겨울에 수건 한 장만 걸치고 마당에 서있는데, 정말이지, 차갑고 축축한 땅속 방공호로는 들어가고 싶지 않더라고. 나는 울기 시작했어.

전쟁이 시작된 지 얼마 안 됐을 때, 어머니는 전투기가 날아와 방공호에 들어가야 할 때마다 작은 수첩에 표시하는 게임을 만들어냈거든. 하늘에서 떨어지는 미사일을 피해 숨는 게 아니라 마치 재미있는 놀이를 하는 것처럼 '이번이 열다섯 번째야'라고 말하곤 했었어.

당시 지방 의회에서 대민 지원군을 보내줘서 그 사람들 도움으로 집 뒷마당에 간이 방공호를 팠거든. 군인들이 지붕 위를 흙으로 덮을 때 나는 옆에서 구경했어. 원래는 정사각형 모양의 소박한 정원이었던 땅이 사람이 들어갈 만한 토끼 굴로 변신하는 게 신기하더라고. 군인들은 어머니에게 안에 생활필수품들은 미리 넣어 보관해 두고, 공간이 습해지지 않게 관리하라고 했어. 그리고 공기가 탁해질 수 있으니 안에서는 절대 불을 피우지 말라고 했지.

군인 두 명 중 덩치가 큰 사람이 돌아갈 준비를 하면서 마지막으로 궁금한 게 있으면 물어보라고 했어.

"화장실 가고 싶을 땐 나와도 되죠?" 내가 물었어.

그는 웃으며 대답했어. "사이렌이 멈출 때까진 무슨 일이 있어도 나와선 안 돼."

"그럼 화장실 가고 싶으면 어떻게 해요?"

그 답은 곧 알게 됐지. 밖으로 나가지만 않으면 어떻게 하든 상관없는 거더라고. 어머니가 생각해낸 방법은 커다란 양철 양동이였어. 어머니는 양동이를 방공호 구석에 두고, 그 옆에는 신문이랑 잡지도 몇 권 놔뒀어. 주로 읽는 용도였지만, 화장실 뒤처리용으로도 쓰였지.

"가능한 한 이 양동이를 쓰지 않으면 엄만 널 정말 대견하게 생각할 거야." 어머니는 양동이를 놓으며 말했어. "여기 내려와서 양동이를 사용하지 않은 날에는 엄마 앞으로 배급 나온 잼을 너한테 줄게."

그때 나한테는 잼만큼 좋은 보상이 없었기 때문에 나는 절대 양동이를 쓰지 않았어.

"서둘러, 마고." 어머니가 말했어.

얼어붙을 것 같은 추위 속에 달랑 수건 한 장 두르고 서있던 나는 울상을 하고 어머니 얼굴만 쳐다보다가 하는 수 없이 어머니를 따라갔지. 어머니가 물결 모양의 철문을 밀어 여니까 거기 방공호 한가운데 할머니가 쪼그리고 앉아있는 거야. 속바지는 발목에 걸려있고, 치마는 엉덩이 위로 끌어올리고서는 바닥에 놓인 양동이에 오줌을 누고 있더라고.

순간, 공습경보 소리조차 들리지 않고 할머니의 오줌이 양동이 안으로 떨어지며 나는 '쪼르르륵' 소리만 유난히 크게 들렸어. 유감스럽게도 머리 위에 조명이 켜져있어서 오줌이 바닥 여기저기로 튄 자국까지 다 보고 말았지. 할머니 얼굴이 공포 영화 속 한 장면처럼 얼어붙었어.

할머니는 오줌을 다 누고는 팔을 뻗어 신문지를 더듬거렸어. 《텔레그래프(Telegraph)》(영국의 일간지 – 옮긴이)를 찢어 아래를 살짝 눌러 닦은 다음, 엉덩이를 일으키고 속바지를 끌어올렸어. 그러고는 양동이를 들었는데, 오줌이 몇 인치는 차올라 출렁거리고 젖은 신문지 조각이 그 위에 둥둥 떠다니더라고. 할머니는 양동이를 매우 조심스럽게 옮겨 방공호 구석에 내려놨어. 우리랑은 눈도 마주치지 않은 채로 오른쪽 벤치에 점잔을 빼면서 앉더니 주름치마의 매무새를 가다듬었지. 마치 일요일에 교회 신도석에 앉은 사람처럼 말이야. 옆에 놓인 소설책을 한 권 집어 펴시더라고. 책을 들고 계속 읽는 척했지만, 눈 한번 깜빡이지 않은 채로 시선은 먼 곳을 보고 있었어.

어머니와 나는 둘 다 아무 말도 하지 않고 반대편 벤치에 앉았어. 앉으면서 보니, 할머니 얼굴이 빨개졌더라고. 지린내가 코를 찔렀고, 어머니나 할머니도 모두 그 냄새를 맡았을 거라고 생각했지. 그 좁은 방공호 안을 냄새가 한 자리 제대로 차지하고 있었지.

어머니는 내 젖은 머리카락을 빗으로 살살 빗은 다음, 나를 달래가며 옷을 입게 했어. 이럴 때에 대비해 어머니가 여벌 옷을 의자 밑에 미리 가져다 놓았거든. 몸은 아직 축축하고 방공호 안은 너무 추웠지만, 나는 아무 불평도 하지 않았어.

"나는 니들이 외출한 줄 알았다." 모두 아무 말도 없던 중에 할머니가 책장을 넘기면서 말했어.

어머니와 눈이 마주쳤을 때, 내가 웃음을 참기만 하면 엄마 몫의 잼을 일주일 치는 얻을 수 있을 거란 걸 알았지.

하지만 참을 수가 없더라고. 결국 어머니도 나랑 같이 웃었어.

레니와 용서, 1부

"저 보고 싶으셨죠?"

아서 신부님은 고령의 성직자에 걸맞지 않게 외마디 비명을 질렀다.

"레니?"

"저 돌아왔어요!"

자리에서 벌떡 일어선 신부님은 한 손을 가슴에 대고는 품위와는 거리가 먼 모습으로 신도석 등받이를 짚어가며 밖으로 빠져나왔다. 신부님은 이제 막 마라톤 결승선을 통과한 사람처럼 헐떡거리며 마른침을 삼키고는 쉰 목소리로 말했다.

"그래, 돌아왔구나. 너도 알다시피 난 늙었어. 늙은이를 그렇게 놀라게 하면 안 되지."

"저 보고 싶으셨어요?"

신부님은 손등으로 이마를 닦았다.

"네가 오질 않으니 성당이 좀 조용했었지."

"신부님 응급처치 받으셔야 하는 거 아니에요? 병원에 오래 있다 보니 저도 한두 가지는 할 줄 알거든요."

"괜찮아. 고맙다."

"수액 놔드리는 정도는 자신 있어요."

신부님은 내 말에 대꾸하지 않고 화제를 다른 곳으로 돌렸다.

"그래, 오늘은 어떤 일로 행차하셨을까?"

"그게요, 앉아도 되죠?"

"물론이지."

신부님은 나를 신도석에 앉히고는 초조하게 서성거리기만 하다가 내가 같이 앉자고 말하니 그제야 내 옆에 앉았다.

"잘 지냈지?" 신부님이 물었다.

"물론 잘 못 지냈죠." 나는 웃으며 말했다. "용서에 관해 생각 많이 해봤어요."

"그랬니?"

"성경에는 용서에 관한 이야기들이 많잖아요, 그렇죠? 젖소와 포도나무에 관한 이야기도 있지 않았나요? 바느질 못 하는 생쥐였나, 그런 얘기도 있었고. 아무튼 전 다른 사람을 쉽게 용서하는, 그런 사람이 아니에요. 그게 무척 어려운 일이란 걸 알았거든요. 게다가 용서해 버리면 복수하는 재미가 사라지잖아요. 제 경험상, 용서보다는 복수할 때 기분이 더 통쾌하더라고요."

"그렇구나."

아서 신부님은 볼록 나온 배를 두 팔로 감싸며 천천히 말했다. 나는 그 모습을 보고, 신이 자신의 사제들을 사랑받는 존재로 만들려고 일부러 산타클로스와 닮도록 외모를 서서히 변화시키는 건 아닐까 생각했다.

"신부님 생각은 어떠세요?" 내가 물었다.

"뭐에 관해 말이냐?"

"용서, 벌, 구원, 이런 모든 것들에 관해서요."

"정말 흥미로운 얘길 꺼냈구나. 예수님께서 우리에게 모범을 보이려 했던 것 중에서 가장 중요한 부분이 용서거든. 그렇지만 복수가 더 재밌다는 부분에는 동의할 수 없구나."

"하지만 성경의 절반은 신이 인간에게 복수하는 내용이지 않나요? 전염병에, 유령에, 앵무새를 가지고 했던 그런 일도 있었고요."

"앵무새라고? 레니, 네가 아무래도······."

신부님은 잠시 생각하더니 헛기침을 했다.

"성경을 정확히 어디서 읽은 거니, 레니?"

"학교에서요."

"학교에서······." 신부님은 내 말을 따라 했다. "그랬구나."

"학교에 가면 학생들한테 성경을 읽어주잖아요. 주일학교 아시죠? 주일학교 선생님들이 우리를 교회 밖으로 데리고 나가 카펫 위에 앉으라고 한 다음 책을 읽어줬어요."

"항상 성경을 읽어줬니? 아니면 가끔 다른 책을 읽어주기도 했니?"

"다른 책이라니, 어떤 거요?"

"글쎄다. 우화라든가 동화책 같은 걸 읽어주진 않았니?" 신부님은 턱을 문지르며 말했다.

"아뇨. 항상 성경 구절만 읽어줬어요. 책 가장자리에 금장 처리가 돼있었다고요."

"흠." 아서 신부님은 믿을 수 없다는 표정이었다.

"그러니까, 용서에 대해 어떻게 생각하시냐고요." 나는 신부님에게 약간의 힌트도 줄 겸 원래 얘기로 돌아가기 위해 이렇게 말했다.

신부님이 대답을 이어갔다. "네 말처럼 용서는 복수에 비해 통쾌하지 않다는 말에는 동의하기 어렵구나. 그리고 덧붙이고 싶은 말은, 지금 우리가 나누는 대화가 네가 나에게 하려는 복수의 일부는 아니었으면 좋겠다는 거다. 어쨌든 사람이 순간적으로 흥분했을 때는 복수만이 분노를 가라앉힐 유일한 방법이라고 생각할지도 몰라. 하지만 시간이 흐른 뒤 다시 생각해 보면, 용서는 우리가 할 수 있는 가장 선한 행동이자 가장 자랑스러워할 일이라는 걸 알게 될 거다."

"하지만요, 전 제 행동을 되돌아볼 만한 시간이 없는걸요. 제가 누굴 용서한 게 자랑스럽게 여겨지는 그날을 결코 맞이하지 못할지도 몰라요. 어차피 오래 못 사니까 할 수 있을 때 재미라도 좀 보며 살면 안 될까요?"

"네가 말한 재미가 복수를 뜻하는 거니?"

"네, 어떤 면에서는요."

"레니, 네가 용서하려는 사람이 누군지 물어봐도 될까? 그게 내가 아니란 건 알겠다만." 신부님이 말했다.

"신부님이 아닌 걸 아신다고요?"

"그래."

"제가 신부님을 용서했다는 걸 어떻게 아시죠?"

"네가 돌아왔으니까." 신부님은 텅 빈 성당을 손짓으로 가리키며 미소 지었다.

극적으로 변한 건 아무것도 없었다. 얼룩진 카펫도, 베이지색 덮개를 씌운 구석의 전자 피아노도, 촛불이 깜빡거리는 제단도, 안내문보다 핀이 더 많이 꽂혀있는 게시판도 그대로였다.

어쩌면 나는 게시판 같은 사람인지도 몰랐다. 핀은 많지만 꽂을 메시지는 없는 사람. 휴대전화에 번호를 저장할 공간은 넘쳐나지만 저장할 친구는 없는 사람. 뼈가 성장할 기간은 한참 남았지만 그때까지 살지 못할 사람. 용서할 마음보다 복수심이 더 큰 사람.

"그래서, 네가 용서하고 싶은 사람이 누군데?"

"그 여자 얘기는 안 하는 게 낫겠어요. 몇 년 동안 보지도 못했거든요." 내가 말했다.

"그렇다면야……." 말은 그렇게 하면서도 신부님 얼굴에는 궁금한 표정이 역력했다. "그럼 용서에 대해 심사숙고한 일 말고 다른 재밌는 일은 없었니?" 신부님이 물었다.

"새 친구가 생겼어요."

"그거 좋은 소식이구나." 신부님은 전혀 시기하는 기색 없이 말했다. 그는 진정 내가 용서할 만한 사람이었고, 신약성서 레니 복음을 전할 만한 사람이란 걸 새삼 깨달았다.

"아마 신부님도 좋아하실 거예요. 그분도……." 나는 신부님의 표정을 제대로 보려고 잠시 말을 멈췄다가, 신부님을 보고 말을 이었다. "신부님 나이거든요."

신부님은 웃음을 터트리며 말했다. "거기에 대한 반응은 그때 가서 하마. 내가 직접 만나면 말이다. 그분은……."

"마고예요."

"그분 성함이 마고로구나."

그래서 나는 계약직 직원과 미술 수업, 로즈룸, 마고에 관해 얘기했고, 죽기 전에 뭔가를 남기기 위해 마고와 함께 세운 계획에 관해서도 얘기했다.

"문제는요, 만약 우리가 이걸 마치기도 전에 죽으면 어떡하나, 하는 거예요."

아서 신부님은 자기 코를 톡톡 두드렸다.

"만약 안 죽으면?"

나는 신부님이 말하려는 요점을 이해했다. 어쩌면 우리는 백 개를 완성할 수도 있고, 다 완성하기 전에 나와 마고 둘 다 죽을 수도 있지만, 그렇다고 우리가 딱히 뭘 할 수 있는 건 아니었다.

"도움이 될지 모르겠지만, 내가 한번 말씀을 드려보마."

신부님은 손가락으로 천장을 가리켰다.

"인사부에다가요?"

"하느님 말이야."

나는 성당의 여러 냄새를 들이마셨다. 제단 위에서 시들어 가는 꽃꽂이에서 나는 달콤하면서도 슬픈 향기, 카펫에서 나는 퀴

퀴한 냄새, 신도석을 덮은 먼지 냄새.

"아서 신부님?"

"그래, 레니?"

"저 보고 싶으셨어요?"

"그래, 레니. 아주 많이."

마고와 그날 밤

**1946년, 글래스고 크롬데일 스트리트
마고 마크래, 열다섯 살**

창문으로 폭탄이 떨어진 건 아주 깜깜한 한밤중이었어. 폭탄은 유리창을 산산조각 내고 우리 부모님 침대 발치에 떨어졌지. 참호에서 지냈던 생활을 몸이 기억하는지 아버지는 즉각 잠에서 깨어 벌떡 일어났어. 이부자리를 손으로 마구 훑으며 폭탄을 찾아 허우적거렸지. 하지만 너무 어두워 보이지 않았어.

"헬렌!" 아버지는 소리쳤어. "폭탄! 폭탄이 떨어졌어!"

하지만 어머니는 꼼짝도 하지 않았어.

째깍거리는 소리가 들리는 걸로 봐서 핀은 이미 뽑혔다는 걸 알 수 있었어. 그건 곧 엄청난 굉음과 함께 팔다리가 잘려 땅 위로 떨어지고, 반쯤 화상 입은 얼굴과 터져버린 눈알, 이런 광경이 눈앞에 펼쳐지리란 걸 의미했지. 폭탄이 터지기까지는 이제 몇 초밖에 남지 않은 상황이었어.

아버지는 침대에서 몸을 일으켜 폭탄 위로 몸을 던졌어. 폭탄을 자기 몸으로 덮어, 자고 있는 아내와 옆방의 딸을 어떻게든 살리고 싶었던 거지.

그리고 갑자기 불이 켜졌어.

정신을 차리고 보니, 아버지는 서랍장에 등을 댄 채 침실 바닥에 앉아있었어. 온몸에선 땀이 줄줄 흐르고, 두 손에는 어머니 슬리퍼가 들려있었지.

뭔가 부딪치는 소리와 비명 소리에 나도 내 방에서 나왔어. 나는 아무 말도 하지 못하고 부모님 방문 앞에 서서 걱정스러운 눈빛으로 아버지를 보는 어머니를 지켜봤지. 나는 과연 두 분이 아버지를 치료할 방법을 아는 걸까, 그런 생각을 했어.

레니와 용서, 2부

마고는 내 이야기가 시작되기만을 기다리고 있었다. 내가 밑그림을 그리며 어떤 식으로 이야기를 풀어갈지 고민하는 동안, 마고도 앞에 놓인 캔버스 위에 연필로 뭔가를 대충 스케치하고 있었다. 내가 겪은 일은 주로 스웨덴에서 있었던 일이라 어떻게 말해야 의미가 정확히 전달될지 단어 선택에 조금 신경 쓸 필요가 있었다.

마고는 진자주색 스웨터를 입고 있었다. 따뜻해 보이면서 까끌까끌한 느낌의 스웨터였다. 나는 그걸 입어보고 싶으면서도 손으로 만지고 싶진 않다는 생각을 했다.

이건 좀 말이 안 된다 싶었지만 나는 식탁을 기우뚱하게 그리고 그 위에 접시들도 그려 넣었다. 사각형과 타원형의 중간쯤 되는 모양이었던 그 식탁은 짙은 색 나무로 만들어져 반질거리고 무거웠고, 실제로 이렇게 기울어져 있진 않았었다.

내가 입을 열자, 마고는 곧장 내 얘기에만 집중했다. 두 손은 깍지를 끼고, 밝은 파란색 눈은 오로지 내게 고정됐다. 나는 그런 마고가 참 좋았다.

2002년, 스웨덴 외레브로, 오전 2:42
레니 페테르손, 다섯 살

요란한 굉음 소리에 한밤중에 잠에서 깼어요. 부엌 찬장에 어지럽게 쌓여있던 냄비와 팬이 한꺼번에 바닥으로 떨어지며 난 소리였겠지만, 그때 다섯 살이었던 저는 무슨 큰일이라도 난 줄 알았죠. 폭탄이 떨어졌거나 자동차가 집을 들이받았거나 아니면 수상한 사람이 창문을 깨고 넘어와 사탕을 주면서 자동차에 타라고 꾀는 건 아닐까 생각했어요(유괴범이 이런 식으로 접근한다고 학교에서 배웠거든요).

그러더니 뭔가 부딪치는 소리, 긁히는 소리, 탁 내려치는 소리 같은 게 들렸어요.

영화나 책을 보면, 호기심 많은 아이에겐 항상 안 좋은 일이 생기잖아요. 하지만 도저히 침대에 그냥 있을 수가 없더라고요. 2층 계단 끝에 서니, 멀리 어딘가에 불이 켜져있는 게 보였어요. 부딪치는 소리는 멎었지만, 이제는 다른 소리가 들렸어요. 쉬익 소리, 그리고 칼로 뭔가를 다지는 소리.

소리에 귀 기울이면서 계단 끝에 계속 서있었는데, 이번에는 베이컨 굽는 냄새가 천천히 계단을 타고 올라오더라고요. 이어서 시큼한 오렌지 냄새와 매운 양파 냄새도 올라왔고요. 그 자리에 주저앉아 있으니, 토스터에서 빵이 튕겨 올라올 때 나는 소리랑 그릇을 닦을 때 나는 소리도 들렸어요. 닦는 소리는 한참 동안 이어졌고요.

저는 아래층에 유괴범이 돌아다니는 거라고 상상했어요. 학교에서 보여준 영상에서처럼 검은 옷을 입은 남자가 있을 것 같았어요. 그런 사람들은 아이들이 제 발로 따라오게 만든다고 했어요. 초콜릿, 아니면 고양이나 인형을 주면서 차에 가면 더 많으니 함께 가보자고요. 그 말을 믿고 따라가면 차에 태워 멀리 데려간다고요. 그다음엔 무슨 일이 일어나는지 들은 적은 없지만, 어쨌든 뭔가 안 좋은 일이 일어나는 건 분명했죠. 선생님 말씀이, 유괴범들은 우리를 속여서 납치한댔어요. 지금처럼 밤늦게 몰래 집에 들어와 요리를 한다는 말은 없었는데, 이상했죠.

저는 앉은 채로 계단을 한 칸 내려갔어요. 그리고 또 한 칸. 냉장고를 열 때 유리병끼리 부딪치며 나는 소리와 가방을 뒤적거리는 소리도 들렸어요. 어쩌면 샐러드를 뒤섞는 소리 같기도 했고요. 저는 계속 엉덩이로 계단을 한 칸씩 내려갔어요. 평소에 제가 그러면 아빠는 그렇게 하면 계단 카펫이 주름지니까 그러지 말라고 했었죠. 계단을 다 내려갔을 때, 토스터에서 다시 빵이 튕겨 올라왔지만, 다시 레버를 눌러 토스터를 작동시키는 소리가 났어요.

저는 수상한 사람과 마주할 각오를 하고, 부엌 안으로 살금살금 걸어 들어갔어요. 별로 무섭지 않았어요.

그런데 수상한 사람이 아니었어요. 더러워진 흰색 티셔츠와 속바지 차림의 엄마였어요. 그제야 무서운 생각이 들더라고요.

엄마는 새 프라이팬을 가스레인지 위에 올리더니 거기에 달걀을 깨 넣기 시작했어요. 눈빛이 평소와 달랐어요. 진짜 눈은 어디로 떠나고, 그 빈자리를 가짜 눈이 메워 엄마 눈 흉내를 내고 있는 그런 느낌이었어요. 토스터 안쪽에서 한 줄기 연기가 구불구불 올라오더니, 타는 냄새가 진동했어요.

누군가 계단을 내려오는 소리가 들려 뒤돌아보니, 아빠였어요. 색 바랜 잠옷 바지를 입은 아빠가 걸어와 제 옆에 섰어요. 제 어깨에 손을 올리고는 엄마를 바라봤죠. 그때 아빠 표정이 꼭, 바다 한가운데 빠져 허우적대는 사람을 보는 것 같았어요. 곧 물에 빠져 죽겠구나, 하는 표정이었어요.

갑자기 화재경보기가 울리기 시작했어요.

엄마는 화들짝 놀라며 나무 스푼을 떨어뜨렸어요. 뒤돌아서 수건을 찾아 화재경보기에 대고 마구 부채질을 하다가 우리와 눈이 마주쳤고, 엄마는 그대로 얼어버렸어요.

다음 날 밤, 또다시 부엌에서 그릇 부딪치는 소리, 칼로 채소 다지는 소리, 굽는 소리가 들렸을 때, 저는 어떤 소리도 냄새도 방으로 들어오지 못하게 문 아래를 담요로 막아버렸어요. 하지만 다시 잠이 오진 않았죠.

처음엔 되게 이상했던 일이 어느새 우리 집에서 매일 일어나는 일상이 되어버렸어요. 밤마다 저는 그 이상한 일과가 시작되기 전에 잠들려고 무척 애쓰곤 했죠. 엄마가 한번 요리를 시작하면 몇 시간이고 계속 됐으니까요.

아침이 되면 아빠가 저를 깨우러 오곤 했는데, 안아주기에는 제가 너무 컸는데도 늘 저를 두 팔로 번쩍 안고서 아래층까지 내려갔어요. 아빠 얼굴에서는 면도 후에 바르는 로션 냄새가 났고, 전 그 냄새를 맡으며 아빠 목에 매달렸어요.

식탁은 늘 똑같았어요. 흰색 식탁보부터 시작해 세트로 된 접시들이 올라오고, 그 위에 부채 모양으로 접은 햄과 치즈, 여러 가지 모양으로 잘라 색깔 별로 담은 과일이 나오고요. 두툼한 접시에는 갈색으로 바싹 구운 긴 베이컨, 하트 모양으로 자른 흰 빵이 있었어요. 도톰하게 만든 오믈렛에는 늘 진한 소스를 부어서 그 속에 든 피망과 양파는 살짝만 보였고요. 오트밀이 담긴 커다란 그릇이 있고, 그 옆에는 줄무늬 그릇 세 개가 쌓여있었어요. 식탁 한쪽 끝에는 신선한 커피와 주스가 담긴 주전자가 있고, 식탁 반대편에는 손 글씨로 우리 이름을 적은 좌석표도 있었어요.

그럼 아빠는 말쑥한 정장 차림으로, 저는 잠옷 차림으로 자리에 앉았어요.

아빠는 오믈렛 한 조각, 포도 몇 알을 먹었고요, 어쩌다가 오트밀 한 그릇과 차갑게 식은 딱딱한 베이컨을 먹을 때도 있었어요. 하트 모양 빵에 얇은 치즈 한 조각을 먹기도 했고요. 아빠가 뭘 먹든 저는 그대로 따라 먹었어요. 심지어 한 주 내내 똑같은 것만 먹거나 내가 별로 좋아하지 않는 음식을 골라 먹어도요. 제게는 길잡이가 필요했는데, 그게 아빠였거든요. 아빠도 그걸 알았기 때문에 커피 대신 항상 주스를 마시곤 했어요.

엄마는 우리랑 같이 식탁에 앉지 않았어요. 단 한 번도요. 계속 부엌에 있었어요. 여름에는 싱크대 창문을 통해 작은 마당을 내다봤고, 겨울에는 유리에 반사된 자기 얼굴을 가만히 바라보며 어둠 속을 응시했어요. 몇 번인가 같이 먹자고 엄마한테 말을 걸었지만, 창밖만 바라보던 엄마의 눈빛에선 어떤 표정 변화도 없었던 게 기억나요.

한번은 학교 선생님이 제 눈 밑이 거무스름하다면서, 엄청 피곤해 보인다는 거예요. 그때 엄마도 다크서클이 심해서 어떨 때 보면 눈 밑이 초록색으로 보였거든요. 전 선생님 말씀을 듣고 저도 엄마랑 똑같은 병을 앓고 있다고 확신했어요. 저도 언젠가는 엄마랑 같이 해가 뜨기도 전에, 특별한 날도 아닌데 가족들이 먹을 음식을 잔뜩 차리게 되고, 그러면 가족들은 나를 점점 더 무서워하게 되겠구나, 생각했어요.

가끔 아빠는 제가 보지 않는다고 생각될 때 엄마 얼굴을 물끄러미 바라보곤 했는데, 그때마다 엄마가 처음 이상한 행동을 했던 그날 밤의 아빠 표정이 떠올랐어요. 아빠는 물에 빠져 죽으려는 엄마를 안전한 곳으로 끌어내고 싶지만, 이미 늦었다고 생각하는 것 같았어요. 아빠 얼굴은 잿빛이 되곤 했죠.

결국 엄마는 병원에 가야 했어요. 엄마가 스스로 선택한 건지, 아니면 외할머니, 외할아버지가 권해서인지는 저도 잘 모르겠어요. 어쨌든 아빠가 결정한 건 아닐 거예요. 아빠는 그런 일에 능숙하게 대처하는 사람이 아니었거든요. 여섯 번째 생일이 얼마 남지 않은 어느 날, 아래층에 내려왔더니 식탁 위에 아무것도 없더라고요. 하얀 식탁보도, 뷔페식 아침도 없고, 엄마만 식탁 위에 팔을 올린 채 엎드려 있었어요. 짙은 색 머리카락이 나무 식탁 위에 사방으로 흩어져 있었어요. 엄마가 죽은 줄 알고 울먹이기 시작했더니, 아빠는 그냥 잠든 것뿐이라고 했어요. 그게 좋은 일이라는 걸 아빠 목소리에서 느낄 수 있었죠.

"이리 와봐, 우리 꼬맹이."

그러면서 아빠는 그릇과 시리얼을 찾아 꺼냈어요. 저는 부엌 조리대에 앉고 아빠는 창가에 선 채로 우리는 정말 오랜만에 평범한 아침을 먹었죠.

"넌, 엄마를 용서해야 해." 아빠가 말했어요.

저는 뭐라고 말해야 할지 몰라서 그냥 알겠다고 대답했어요.

"엄마는 좀 아팠던 거야."

"이젠 다 나은 거예요?" 제가 물었죠.

"나아지겠지." 아빠는 숟가락으로 시리얼을 뜨며 말했어요. "엄마가 널 얼마나 사랑하는지 알지?"

마고 마크래의 첫 키스

이송 요원인 폴과 나는 마고를 보러 가는 길에 지난번《테이크 어 브레이크》잡지를 읽다가 화를 냈던 노부인을 다시 찾아가 보면 재밌겠다고 생각했다. 하지만 노부인이 있던 자리로 가서 폴이 커튼을 젖혀서 들여다 보니 침대는 비어있었다.

이건 하나도 재밌지 않았다.

폴은 다시 커튼을 쳤고, 우리는 마고에게 가는 동안 서로 눈도 마주치지 못했다.

마고도 가버렸으면 어쩌지? 구불구불 이어진 복도를 따라 뉴턴 병동으로 걸어가는 내내 그 생각만 자꾸 들었다.

텅 빈 마고의 침대가 눈앞에 어른거렸다. 화이트보드에 적힌 이름은 지워지고, 낡은 책들은 자선단체에 보내기 위해 쌓여있다. 자주색 파자마는 깔끔하게 개어져 있고, 더 이상 어디도 갈 수 없는 슬리퍼도 가지런히 놓여있다.

폴의 사원증만 있으면 병원 안을 마음대로 돌아다니는 일은 훨씬 쉬웠다. 어딜 들어가기 위해 인터폰에 대고 설명해야 할 필요도 없고, 어떤 병동이든 원하는 곳은 바로 들어갈 수 있었다. 혼자서 아무 때나 돌아다닐 수 있게 사원증을 꼭 구해봐야겠다고 나는 속으로 다짐했다. 폴은 간호사실 책상 앞에 앉아있는, 무표정한 얼굴의 다른 이송 요원에게 친절하게 손을 흔들었고, 우리는 오른쪽으로 방향을 틀어 마고의 침대가 있는 곳으로 걸어갔다.

"그럴 리 없어."

나는 마고가 없을 경우에 대비해 마음을 단단히 먹으며, 딱히 누구에게랄 것도 없이 혼자 중얼거렸다.

하지만 마고는 거기 있었다. 낱말 퀴즈 책에서 찢은 종이 뒷면에 볼펜으로 문을 그리고 있었다. 나는 마고 옆에 앉아 이야기가 시작되길 기다렸다.

1949년, 글래스고 크롬데일 스트리트
마고 마크래, 열여덟 살

사랑이 무슨 기침 날 때 먹는 사탕이라도 되는 것처럼 그걸 내게 주겠다던, 기차에서 만난 그 남자는 생각보다 더 어렸어. 얼굴만 봐서는 스물다섯이나 스물여섯쯤 돼보였는데, 겨우 스무 살밖에 안 됐더라고. 아마 정장을 입어서 그렇게 보였었나 봐. 도시에 있는 유리공장에서 수습 직원을 뽑고 있어 거기 면접을 보러 가는 중이었다더군.

처음 봤을 땐 왠지 자기밖에 모르는 남자일 것 같았는데, 막상 만나보니 아니었어. 말수가 적고 생각이 깊은 사람이더라고. 남의 말을 허투루 듣지 않았어. 내가 기차에서 우리 할머니 얘기를 했었거든? 남자한테 꽃 한번 받아본 적 없는 나를 할머니가 되게 한심하게 여긴다는 얘길 했었는데, 그 말을 기억하고 처음 데이트하는 날 리본이 달린 분홍색 코르사주를 들고나왔더라고. 그러고는 그걸 내 허리에 달아줬어.

우리는 글래스고 그린 공원을 이리저리 걸어 다녔어. 나란히 걸었지만, 손을 잡거나 하진 않았지. 맥레넌 아치까지 왔을 때, 남자는 그 아래를 지날 때면 늘 소원을 빈다고 했어. 어머니가 매번 자신과 동생 토마스에게 그렇게 하라고 시켰다더군. 그래서 우리도 그 아래로 걸어가며 소원을 빌었는데, 나는 이 남자도 나랑 같은 소원을 빌었는지 궁금했지. 아마도 그랬던 것 같아. 그다음 주 그 사람이 내게 전화해서 토요일에 같이 저녁을 먹자고 한 걸 보면. 그는 저녁 8시에 우리 집 앞으로 나를 데리러 오기로 했어.

✼

난 옷장 문에 달린 거울에 '책, 음악, 크리스마스'라고 쓴 쪽지를 끼워놓고 조니를 만나면 무슨 얘길 할지 미리 생각했어. 그러면서 어머니의 암적색 립스틱을 공들여 발랐지.

어머니는 내 방문 앞에서 계속 서성이셨어.

"날씨 추운데, 재킷 입을래?"

나는 할머니가 하던 대로 티슈 한 장을 입에 살짝 물면서 고개를 저었어.

"내가 그쪽 부모님 만나봐야 하는 거 아니니? 차 마시러 오시라고 초대할까? 그 남자랑 단둘이 만나도 괜찮겠어?"

"엄마! 그만 좀 해요!"

어머니가 하도 안절부절못하니까 나까지 덩달아 긴장되더라고. 현관문을 열면서 나도 모르게 몸을 부르르 떨었어.

조니가 거기 서있는데, 그날따라 좀 달라 보였어. 웃는 모습도 이상했고, 지저분해 보이는 신발에, 셔츠에는 커다란 잉크 얼룩이 묻어있더라고.

어머니가 문 앞에 서서 조니를 살펴보고 계셨고, 나도 그랬어. 사람이 어딘가 달라 보여서 마치 꿈을 꾸는 듯한 기분이 들더라고. 그때 저 뒤에서 조니가 우리 집을 향해 뛰어오는 게 보였어.

"마고, 미안해요!" 조니는 숨을 헐떡이며 소리쳤어.

문 앞에 서있던, 조니인 줄 알았던 그 남자가 씩 웃더라고. 그제야 그 사람이 조니가 아닌 걸 알고 나는 너무 깜짝 놀랐지. 눈, 코, 머리카락까지 다 똑같았지만, 웃는 모습이 어딘가 짓궂었어.

"얘는 내 동생 토마스예요."

조니는 문 앞으로 걸어와 토마스의 팔을 세게 한 대 쳤어. 뒤에 계시던 어머니는 놀라서 숨을 크게 들이마시고, 토마스는 낄낄거렸지. 조니와 토마스가 나란히 서니, 조니가 적어도 머리

하나는 더 크더라고.

"정말 미안해요. 오늘 당신을 데리러 갈 거라고 했더니, 이 녀석이 자기가 먼저 가면 재밌을 거라고 생각했나 봐요." 조니가 말했어.

조니는 뒤에 서있던 우리 어머니를 보고 미소 지었지만, 무슨 말을 하진 않았어. 어머니도 마찬가지였고.

줄곧 능글맞게 웃고 있던 토마스는 악수하자는 뜻으로 내게 손을 내밀며 말했어. "만나서 반가웠어요. 정말 예쁘시네요."

"빨리 안 가!"

조니는 낮은 목소리로 화를 내며 토마스의 머리를 쥐어박으려고 했어. 토마스는 얼른 머리를 휙 피하면서 깔깔 웃고는 두 손을 주머니에 찌른 채로 뛰어갔어.

"미안해요." 조니가 다시 말했어.

그때 우리 어머니가 아직 뒤쪽 복도에 서 계시는데, 조니가 앞으로 몸을 숙이더니 내게 키스했어. 짧은 순간이었지만, 내 입술에 그 사람 입술이 닿았을 때 기분이 아주 묘하더라고. 용기를 내려고 술을 마셨는지 술 냄새도 살짝 났어.

"갈까요?"

그가 물었고, 나는 아무 말도 할 수 없어 고개만 끄덕였지. 조니가 내 손을 잡았고, 나는 어머니 눈을 피해 얼른 문을 닫았어. 너무 쑥스럽고 창피하더라고.

마고의 결혼

"너희 부모님은 결혼하셨니?" 마고가 물었다.

"네, 저도 결혼식에 갔었어요. 엄마 배 속에 있었거든요."

"그럼…… 두 분은 지금 어디 계셔?"

"꿈틀이 젤리 드셔보실래요?"

"응?"

"간호사 쌤이 사다 줬거든요."

나는 젤리 봉지를 내밀었지만, 마고는 고개를 저었다.

"그걸 먹었다간 당장 의치가 빠지고 말걸." 마고는 웃으며 말했다.

마고는 그림 속, 금으로 된 결혼반지 부분을 밝은색 물감으로 칠하며 내게 그 이야기를 들어보겠냐고 물었다.

1951년 2월, 크롬데일 스트리트
마고 마크래, 스무 살

"마고가 결혼을 하다니."

조니와 내가 식탁 한쪽에 나란히 앉자, 어머니는 작게 혼잣말을 하며 반대편에 앉으셨어. 어머니는 한참 눈물을 글썽이다가 정말 기쁘다고 하셨지. 앞으로 좋은 일이 정말 정말 많을 거라고 하시면서.

어머니는 비스킷을 반원 모양으로 놓은 접시를 우리 앞에 내미셨어. 우리가 그걸 먹고 있으니, 어머니는 조니 어머님과 결혼식에 관해 상의할 수 있게 곧 집으로 초대하겠다고 하셨어. 그러고는 조니에게 남동생에게 들러리를 서게 할 건지, 가족들이 결혼식 장소로 생각해 둔 교회가 있는지 물었어. 우리 둘에게는 결혼식은 여름에 하는 게 좋은지 가을에 하는 게 좋은지, 그리고 하객 대접용으로 당신이 직접 샌드위치를 만드는 건 어떤지, 이것저것 자꾸 물어보셨지.

조니는 자신이 아는 선에서 열심히 대답했고, 어머니는 내게 당신이 입었던 웨딩드레스를 주겠다고 하셨어. 세탁은 해야겠지만, 사이즈는 잘 맞을 거라고 하시면서. 나는 어머니가 웃을 수만 있다면 종이봉투를 입고 결혼하라고 해도 그러겠다고 했을 거야.

"레이스로 장갑도 만들어줄게."

어머니가 양손으로 내 손을 잡았어. 어머니 피부가 얼마나 보드라운지, 닿는 살갗의 느낌은 얼마나 서늘한지 그동안 잊고 있었다는 걸 깨달았지.

어머니는 한 손을 빼 내 손에 끼워져 있던 약혼반지를 천천히 쓰다듬었어. 중앙에 작은 정사각형 에메랄드가 박힌 금반지였지. 나는 그런 걸 끼고 있는 게 영 어색하기만 했어.

"정말 예쁜 반지야." 어머니가 말했어.

나는 내 손을 내려다보며 거기에 낄 두 번째 반지를 상상해 봤어. 진짜 결혼반지 말이야.

"제 어머니 거예요." 조니가 말했어. 그러더니 자기가 말실수 했다고 생각했는지 다시 이렇게 말했어. "그러니까 제 말은, 어머니 거였는데, 이제 마고에게 주신 거죠."

"마고에게 이런 걸 주시다니, 참 다정한 분이시네." 어머니가 말했어.

조니가 나를 보고 미소 지었어. 결혼을 앞두고 나는 조만간 이 남자가 내 벗은 몸을 보겠구나, 라는 생각이 들 때마다 숨이 턱 멎는 기분이 들었어.

"그럼, 우리 차를 좀 마실까?"

어머니는 주전자를 들더니, 찻잔에 차를 조심스럽게 따랐어. 어머니가 꺼낸 그 찻잔은 특별한 사람이 올 때만 꺼내는 잔이었어. 의사가 오거나 피가 섞이지 않은 숙모들, 내가 좋아하지 않는 그 할머니가 계셨을 때, 엄마는 늘 그 잔을 꺼냈어. 그래서 나는 그 잔만 보면 괜히 긴장하게 됐지(참, 그 무렵 할머니는 당신 아들 모습에 잔뜩 속이 상해 할머니 집으로 돌아가셨어).

어머니는 차를 한 모금 마셨고, 나는 죄책감이 파도처럼 밀려오는 걸 느꼈어. 어머니를 아버지만 있는 이 집에 남겨놓고 혼자 떠나다니. 내가 그걸 어머니에게 하려 하고 있었어. 하지만 다들 그렇게 했어. 모두 누군가를 만나고, 결혼했지. 그렇게 해야 한다고 배우며 자랐으니까.

나랑 조니는 연애를 꽤 오래 한 편이었어. 당시 크리스타벨은 댄스파티에서 만난 어떤 군인이랑 결혼해서 오스트레일리아에 가서 산 지 벌써 1년이 넘었으니까. 그러니까 크리스타벨의 신랑감은 프랑스에서 죽진 않은 거지. 아님, 제 짝이 아닌 다른 사람을 만난 거였거나.

"혹시 말이에요, 우리 결혼하고 여기 살아도 돼요?" 내가 어머니에게 물었어.

그런 말도 통하지 않았어.

"그건 안 돼."

어머니가 내 손을 토닥이니, 에메랄드가 빛을 받아 반짝거렸지.

"결혼한 부부는 자기 집을 꾸리고 따로 사는 거야."

이제 어머니를 웃게 할 희망은 사라졌다고 생각하며, 나는 고개만 끄덕였어.

어머니가 쟁반을 싱크대로 가져가려고 반쯤 일어섰는데, 다섯 번째 계단에서 삐걱 소리가 나면서 이 집에 우리 말고 또 다른 존재가 있다는 걸 알렸어.

어머니는 그대로 멈춰 복도 쪽을 바라보다가 다시 앉았어. 조니가 내 다리를 꽉 잡았어.

아버지가 더러운 줄무늬 잠옷 바지에 윗도리는 아무것도 입지 않은 채로 부엌에 들어왔어. 얼굴은 피곤해 보였고, 바지춤 위로는 배가 불룩하게 나와 있었지.

"마고가 결혼한대요."

어머니는 아버지의 눈을 보면서 말했지만, 아버지는 절대 눈을 맞추지 않았어. 아버지는 싱크대에서 더러운 유리잔을 집어들더니 거기에 물을 따랐어.

"알아." 아버지가 말했어.

"알고 있었어요?" 어머니가 물었어.

"저 남자 결혼 승낙 받으러 온 거잖아."

아버지는 조니가 있는 쪽을 대충 손으로 가리켰지만, 시선은 계속 우리를 피하고 있었어.

어머니는 우리를 보며 힘없이 웃었어.

"아, 맞아요. 결혼 승낙을 받으려고 일부러 찾아오다니, 참 다정도 하지. 전통적이고. 난 생각도 못 했는데 말이에요."

나는 '전쟁신경증'에 관한 책을 읽고, '1천 야드의 시선'도 그 증상 중 하나라는 걸 알게 됐어. 집에 돌아온 아버지는 몇 시간이고 가만히 앉아서 먼 곳을 응시하곤 했었거든. 그때도 그런 증상이 나타나고 있었어. 뒷마당에 이제는 갈색 흙으로 덮인, 간이 방공호가 있던 자리를 하염없이 내려다보고 있었어. 나와 어머니, 할머니, 세 사람이 다음 날 해가 뜨는 걸 보게 될지, 그 자리에서 죽게 될지 두려움에 떨며 마냥 숨어있던 그 자리를.

나는 그날 부엌 창가에 선 아버지를 보면서 우리가 빨려고 하면 손도 못 대게 하는 줄무늬 잠옷 바지를 입은 이 남자, 몇 주 동안이나 집 밖을 나선 적도 없고, 창문으로 폭탄이 떨어진 후로 줄곧 소파에서 잠을 자는 이 남자에게 내 결혼에 대한 결정권이 있다는 사실을 새삼 깨달았어. 그런 생각을 하니 기분이 정말 묘하더라고. 그리고 내 손에 반지가 끼워져 있다는 사실도 너무 낯설었어.

아서 신부님의 물냉이 샌드위치

아서 신부님은 완벽히 고요한 가운데 책상 앞에 앉아 달걀과 물냉이를 끼운 샌드위치를 먹고 있었다.

"신부님은 빵 껍질 먼저 드세요?" 내가 물었다.

"어이쿠, 아버지!"

아서 신부님은 깜짝 놀라 의자를 뒤로 뺐고, 그러면서 미처 씹지도 못한 빵 껍질이 그만 목으로 넘어가고 말았다.

"레니!"

신부님 목에서 쌕쌕 소리가 났고, 얼굴은 검붉은색으로 변했다. 신부님은 다리 사이로 고개를 숙이고 기침을 해댔다.

"간호사 쌤 부를게요!" 내가 소리쳤다.

내가 막 집무실 문을 나서는데, 신부님이 힘없는 목소리로 말했다. "아니야. 레니, 괜찮아."

신부님은 다시 쌕쌕 소리를 내면서 밝은 빨간색 보온병 뚜껑을 열고 차를 따랐다.

"죄송해요." 내가 말했고, 신부님은 다 괜찮은 것처럼 다시 안으로 들어오라고 내게 손짓을 했다.

신부님이 차를 더 마시면서 눈가에 맺힌 눈물을 손으로 닦는 동안 나는 집무실 안을 둘러보았다. 짙은 나무 선반 두 개에는 성경과 찬송가 책, 파일들이 꽂혀있었고, 십자가에 매달린, 지친 얼굴의 예수님 초상화가 액자에 끼워져 있었는데, 유리 한쪽에는 가격표를 뗀 흔적이 그대로 남아있었다. 흰색과 검은색 털이 섞인 강아지 사진, 그리고 아서 신부님이 다른 사람들과 함께 찍은 사진도 있었는데, 사진 속 신부님은 지나치게 알록달록한 색깔의 스웨터를 입고 있었다.

집무실 창은 매우 작았고, 반쯤 열린 블라인드에는 회색 먼지가 뽀얗게 앉아있었다. 끈을 당겨 블라인드 한쪽을 올렸더니, 창밖으로 주차장이 보였다. 뭔가 이상하다는 생각이 들었다. 주차장이 로즈룸 창에서도, 마고의 병실 창에서도 보였는데, 어떻게 성당 집무실 창에서도 보일 수가 있지? 내가 처음 여기 왔을 때는 건물 한편에만 주차장이 있었는데.

"며칠 전에 어떤 글을 읽었는데 말이다, 세상에 사람 수보다 자동차 대수가 더 많다더구나." 내가 주차장을 유심히 내려다보고 있자, 아서 신부님이 말했다.

"신부님, 블라인드에 먼지 좀 터셔야겠어요."

나는 먼지 위에 'L'자를 그렸다.

신부님은 약간 머뭇거리며 샌드위치를 한입 베어 물었고, 나는 신부님을 또다시 놀래키지 않으려고 조심했다.

'L' 옆에 'E'를 그렸다.

"만약 예수님에게 차가 있었다면 예수님은 차를 몰고 다녔을까요?"

신부님은 얼굴을 찡그림과 동시에 웃었다.

"그렇게 하면, 여기저기 나타나는 수고를 좀 덜지 않았을까 싶어서요." 내가 말했다.

"난 그렇게 생각 안……."

"예루살렘 사람들에게 차에 관해 미리 말해주지 않은 건 좀 이상해요. 그런 거 있잖아요, 앞으로 어떤 일이 벌어질지 미리 알려주는 거요. 자동차를 발명할 수 있게 미리 힌트를 줬더라면, 사람들이 훨씬 빨리 만들어 냈을 텐데요."

"예수님이 알려주지 않았다는 걸 넌 어떻게 아니?"

나는 아서 신부님을 보고 미소 지었다. 신부님의 그런 반응이 너무 좋다는 걸 표정으로 알리고 싶었다.

나는 신부님이 얘기를 계속 이어가길 기다렸다. 이번에는 중간에 끼어들지 않고 들어볼 생각이었는데, 신부님은 아무 말도 하지 않았다. 나는 블라인드 먼지에 두 개의 'N'을 그렸다.

"레니, 사실대로 말하자면, 운전석에 앉아계신 예수님 모습을 난 상상할 수가 없구나. 그건 너무 이상하지 않니?"

"하지만 예수님이 다시 오셨을 때, 만약 다시 오신다면요, 운전을 하고 싶어 하시지 않을까요?"

"난……."

"그러고 보니, 사람들에게 그냥 태워달라고 할 수도 있겠네요. 예수님을 거절할 사람은 없을 테니까요."

나는 블라인드에 'I'를 그리고 뒤돌아섰다.

"하긴 예수님이 늙은 여자 거지처럼 옷을 입고 있어서 사람들이 예수인 걸 모르면 어쩌죠? 요즘에는 히치하이킹 하는 사람을 잘 태워주질 않으니, 아무도 도와주질 않아서 고속도로에 몇 시간이나 갇혀있게 되면요? 수염이며, 이런저런 것 때문에 더 후줄근해 보일 테고 그럼 더 노숙자처럼 보일 텐데요. 그냥 걸어 다녔을 뿐인데 경찰이 마약 중독자인 줄 알고 데려가면요? 그래서 사람들이 예수님을 중독치료센터에 넣으려 하니, '나는 하느님의 아들이다' 이러는 거죠. 하지만 아무도 그 말을 믿어주지 않겠죠. 그걸 어떻게 믿겠어요? 보호소에 가보니, 그 안에 있는 사람들이 전부 자기가 예수라는데. 그러니 누가 진짜 예수인지 어떻게 알아요?"

작은 빵 부스러기 한 조각이 아서 신부님 입가에 붙어있었다. 신부님은 입을 닦았다.

"예수님이 왜 늙은 여자 거지처럼 옷을 입으시겠니?"

"자신이 예수라서 사람들이 잘해주는 건지, 아니면 진짜 친절한 건지 보려고요."

"그걸 알아내려고 거지 행세를 한다고?"

"네, 그리고 사람들이 선한 행동을 하면 장미 한 송이를 주는 거죠."

"그거 〈미녀와 야수〉에 나오는 이야기 아니니?"

"저야 모르죠. 제가 신부는 아니잖아요."

첫 번째 겨울

**1952년 12월, 글래스고 처치 스트리트
마고 도커티, 스물한 살**

1951년 9월 1일, 오후 12시 30분에 나는 빌린 결혼반지로 조나단 에드워드 도커티와 결혼식을 올렸어. 그날 온종일 다리는 엄청 후들거렸고, 어머니는 별별 시답지 않은 이유로 계속 우셨지. 결혼식이 끝난 후 우리는 처치 스트리트에 있는 작은 연립주택에 살림을 차렸어.

나는 백화점에서 일했고 조니는 '더튼스'라는, 유리창과 거울을 전문으로 만드는 공장에서 수습 기간을 마치고 정식으로 채용됐어. 나는 그곳이 조니에게 정말 꼭 맞는 직장이라고 생각했어. 왜냐하면 내게 조니는 유리창이면서 거울 같은 사람이었기 때문이야. 때로 나는 그를 통해 세계를 제대로 볼 수 있다고 생각했고, 또 어떤 때는 조니를 찾거나 조니를 보고 있는데도 내 눈에 보이는 건 거울에 비친 내 모습뿐일 때도 있었거든.

조니는 여전히 키가 크고 늘씬하고 생각이 깊었지만, 결혼하고 나니 사람이 좀 다르게 느껴지더라고. 이제 나는 이 남자가 입을 벌리고 잔다는 걸 알게 됐고, 그가 휘파람으로 어떤 노래를 반복해서 부른다는 것도 알게 됐지.

이제 조니는 나와 몇 시간을 함께 있어도 말 한마디 하지 않을 때도 있었고, 나 역시 그에게 관심을 쏟는 시간이 점점 줄었어. 거실 전구를 갈아 끼우려다 뜻대로 안 된다고 욕하는 걸 봤을 땐 실망스러운 생각이 들었고, 어색한 정장 차림에 머리는 옆으로 빗어 넘기고 교회에 나가선 토마스가 자기 찬송가 책을 몰래 가져갔다며 발길질할 때는 사람이 좀 바보 같아 보였어.

조니의 어머니는 일요일엔 온 가족이 교회에 가야 한다고 고집하는 분이셨어. 그래서 일요일마다 나는 시어머니, 시이모, 토마스, 조니와 함께 항상 같은 신도석에 나란히 앉아있곤 했지. 성모 마리아가 아기 예수를 품에 안은 조각상 바로 오른쪽 자리에. 예배는 9시에 시작이었는데, 우리는 8시 20분까지 교회에 나가 자리에 앉아있어야 했어.

첫 번째 결혼기념일에는 조니가 고원지대로 1박 2일 기차여행을 가자며 기차표를 선물했어. 우리는 호숫가에서 먹을 도시락도 쌌지. 여행을 떠날 땐 둘이었지만, 돌아올 땐 셋이 되어 돌아왔어. 그렇게 모든 일이 예정대로 일어났지. 결혼을 했고, 아이가 생긴 거지.

나는 12월이 될 때까지 조니에게 임신했다는 말을 하지 않았어. 사실은 끝까지 아무 말도 하지 않았고, 아기 옷을 보여줬지. 가장자리에 돛단배들을 수놓은 흰색 옷. 실크로 만들어서 아주 부드럽고 섬세했어. 여자아이든 남자아이든 모두에게 잘 어울릴 옷이었지. 나는 크리스마스이브에 옷을 접어 얇은 종이로 싼 다음, 상자 안에 조심스럽게 넣었어. 아기와 나, 둘만 알고 있던 비밀을 남들이 알게 되는 게 왠지 싫다는 생각도 들더라고. 이 세상에 아기의 존재를 아는 사람은 나밖에 없었는데. 그리고 아기에겐 내가 세상의 전부였는데. 아기를 느끼고 듣는 일은 오롯이 내 것이었는데 말이야.

크리스마스 날 아침, 조니는 종이를 열고 상자 안을 가만히 들여다봤어. 미소 짓는 그의 얼굴과 상기된 표정을 본 것 같았지만, 사실 그건 거울에 반사된 내 모습이었는지도 모르겠어.

나와 아기는 조니의 반응을 기다렸어. 결국 조니는 아기 옷을 내려놓고, 내게 다가와 나를 두 팔로 번쩍 안았지. 정말 좋은 일이라면서 당장 자기 어머니에게 이 소식을 알리러 가자고 말하더군.

글래스고로 이사한 레니

2004년 2월, 외레브로에서 글래스고로
레니 페테르손, 일곱 살

이것도 비디오 영상이 있어요.

저는 공룡 그림이 있는 파자마를 입고 그 위에 코트를 걸친 채 엄마 옆에 서있어요. 한 손에는 돼지 인형 베니를, 또 다른 손에는 여권을 들었어요. 여권은 제가 이제 어린아이가 아니란 걸 증명하기 위해 여행 중에 직접 들고 다니도록 허락을 받은 거였죠.

"집 보면서 손 흔들어 봐, 레니!" 아빠가 카메라로 저를 찍으며 말해요.

저는 별로 내키지 않는 듯 억지로 손을 흔들어요.

"'안녕 우리 집!' 하고 인사해야지." 아빠가 말해요.

그제야 저는 비디오카메라를 쳐다봐요.

엄마는 제 옆에 쭈그리고 앉아서 한 손으로 저를 안은 채로 이렇게 말해요. *"헤이 도 후세트(Hej då huset, 안녕 집)!"*

엄마와 저는 잠긴 현관문에 대고 손을 흔들어요.

그런 뒤, 우리가 택시 뒷좌석에 오르는 모습을 카메라가 따라와서 찍어요. 기다리고 있던 택시 기사는 좀 짜증 난 듯 보이고요. 아빠는 카메라를 엄마에게 넘겨주고, 제 안전벨트를 매줘요.

그리고 화면이 꺼져요.

카메라는 공항 출발 라운지에서 다시 켜져요. 무슨 영화라도 찍는 것처럼 아빠는 셔터가 내려간 가게들을 쭉 보여줘요. 향수, 서핑복, 비싼 사탕과 과자를 파는 가게들은 전부 문을 닫았어요. 왜냐하면 그때가 새벽 4시인데, 그 시간에 향수나 터무니없이 비싼 수영복 같은 걸 사는 사람은 아무도 없으니까요. 의자에 앉아 잠이 든 엄마는 거의 기절 상태 같아요. 저는 엄마 옆에 앉아서 울고 있고요.

"귀염둥이, 울지 마!" 아빠가 말하자 나는 카메라를 쳐다봐요.

그리고 다시 화면이 꺼져요.

비행기가 이륙하는 장면에서는 창밖이 말도 못 하게 많이 흔들려요. 하지만 밖이 워낙 깜깜해서 보이는 건 빨간색과 흰색 점들뿐이고, 그게 계속해서 흔들리다가 화면 아래로 사라져요.

"비행기가 이륙했어요."

아빠는 마치 비밀 얘기라도 하는 것처럼 카메라에 대고 조용히 말해요. 그리고 카메라를 제게로 돌려요. 저는 베니의 코에 제 코를 박은 채로 베니를 가슴에 꽉 끌어안고 있어요.

"우리 꼬맹이, 다 괜찮아질 거야." 아빠가 조용히 속삭여요.

카메라는 현관에서부터 거실로 이동하는데, 거실에는 가구가 하나도 없고 상자와 여행 가방만 쌓여있어요. 아빠가 "드디어, 새집에 왔습니다!"라고 말하고는 집 안을 돌아다니며 간단하게 보여줘요. 부엌 전구는 하나만 들어오고, 화장실에는 전 주인이 두고 간 살구색 휴지와 해마 모양의 욕실용 라디오가 있어요. 그리고 2인용 침대가 있는 침실로 들어가니, 그 방에서는 엄마가 상자에 든 옷을 꺼내 정리하고 있고요. 그리고 제 침실로 가니, 제가 베니를 끌어안고 잠이 들어있어요.

카메라는 한 일주일 후에 다시 켜져요. 제가 새 학교 교복을 입고 집 현관문으로 달려 들어와요. 외레브로에서는 교복을 입지 않았기 때문에 저는 파란색 스웨터와 우울한 색깔의 주름치마를 입고 괜히 뿌듯해하죠.

"레니가 웃고 있어요!" 아빠는 영상 속에서 이렇게 말하고는 제게 물어요. "학교 처음 가보니 어땠어?"

저는 분홍색과 노란색이 섞인 막대사탕 하나를 손에 들고는, 세상에 지금보다 더 나은 순간은 없다는 듯이 웃고 있어요.

"친구 생겼어?" 아빠가 물어봐요.

제가 입을 열고 대답하려는데, 화면이 꺼져요.

5월의 꽃

　피파가 책상 위에 가져다 둔, 나무로 된 인체 모형을 보며 엘스와 월터가 스케치를 하고 있었다. 엘스 옆에는 긴 가지에 검정 리본을 묶은, 흰 장미꽃 한 송이가 놓여있었다. 꽃잎이 어찌나 촘촘한지 꼭 막대기 끝에 솜사탕을 매단 것 같았다. 엘스와 월터는 서로 시선을 피하고 있었고, 우아하게 화장을 한 엘스의 얼굴은 붉게 물들어 있었다.

　피파는 장미꽃을 보고 살짝 웃었지만, 별다른 말을 하진 않았다. 대신 내 앞에 인체 모형 하나를 놓고, 화가들도 인체 비율을 제대로 이해하기 위해 이런 모형을 자주 활용한다고 설명했다. 내가 모형 그림에 얼굴을 그려도 되냐고 물으니, 피파는 그러라고 했다. 나는 수성 펜으로 인체 모형 하나에 눈을 크게 뜨고 활짝 웃고 있는 표정을 그려주었다. 그리고 두 팔을 공중으로 쭉 뻗어 반대편 책상 위에 있는 인체 모형을 향해 손을 흔드는 것처럼 그림을 그렸다. 그런 다음, 발에 신발을 신기고 신발 끈을 나비 모양으로 묶었다. 그는 지금 반대편 인체 모형을 향해 구애하는 중이었다.

마고는 아무 말 없이 그림을 그리고 있었다. 캔버스를 노란색 꽃들로 채우고 있었는데, 마치 자신만 볼 수 있는 비밀의 정원에 들어가 있는 듯했다. 나는 그 꽃의 영어 이름도, 스웨덴어 이름도 모르지만, 정말 아름다워 눈을 뗄 수가 없었다. 캔버스 위에는 꽃송이들이 어찌나 빽빽이 피었는지 하얗게 남은 공백은 두세 군데뿐이었다. 노란 꽃잎이 너무 선명해 꽃이 스스로 빛을 내는 것 같았다.

1953년 5월 11일, 글래스고 세인트제임스 병원
마고 도커티, 스물두 살

우리 아들은 처음 태어났을 때부터 어찌나 살이 포동포동한지 병원에 가져갔던 옷들이 하나도 맞질 않았어. 어머니는 태어날 아기를 위해 손뜨개로 옷장 가득 옷을 만들어 주셨었어. 그중 어머니가 제일 맘에 들어 했던 건 작은 멜빵바지였지만, (우리끼리 있을 때, 조니는 '한여름에 털실로 짠 멜빵바지를 어떻게 입힌다는 거야?'라고 했어.) 아기에게 입힐 수 있는 건 노란색 모자뿐이었지. 그것마저도 머리에 눌러 씌우면 잠깐 고정될 뿐, 모자가 점점 위로 올라가다 결국엔 쏙 벗겨지고 말았어.

그날 조니는 더튼스 사장님에게 사진기를 빌려왔어. 공장에서 주문 제작한 창을 설치할 때마다 사진을 찍어서 고객들이 구경할 수 있게 한쪽 벽에 전시를 하고 있었거든. 조니는 그렇게 하면 고객들에게 신뢰를 얻을 수 있다고 했어. 상자 모양의 사진기는 보기보다 무거웠어. 사진기 위에는 다이얼과 숫자들이 잔뜩 표시되어 있었는데, 사장님은 그 부분은 절대 건드리지 말라고 신신당부하며 사진기를 빌려줬다더군.

"웃어봐."

나는 조니가 시키는 대로 했어. 우리가 낳은 작은 인간, 노란색 모자를 쓰고 기저귀만 입은 아기를 담요에 감싸 안고서.

우리는 아기에게 데이비드 조지라는 이름을 지어줬어. 앞 이름은 조니의 아버지 이름을 땄고, 중간 이름은 지난해에 돌아가신 왕의 이름에서 딴 거였어. 그때는 두 분이 좋은 롤 모델이라고 생각했었어. 그런데 시간이 지나 생각해 보니, 너무 시련과 곡절이 많은 분들의 이름을 골랐나 싶더라고. 두 분 다 이미 돌아가신 데다가 전쟁과도 매우 관련이 깊었으니까. 조니 아버지는 1941년에 돌아가셨는데, 조지 왕을 위해 전쟁터에서 싸우다 돌아가셨지.

데이비가 세상에 나온 지 세 시간쯤 됐을 때 어머니는 노란색 카네이션 한 다발을 들고 병원에 오셨어.

"4월 소나기가 지나고 나면 5월에는 꽃이 피지." 어머니는 내 볼에 뽀뽀하면서 이렇게 말했어. 나와 어머니 사이, 눌린 꽃다발에서는 향긋한 꽃 냄새와 햇살 같은 노란빛이 뿜어져 나왔지.

아버지는 함께 오시지 않았어. 그 무렵 전쟁신경증 환자를 위한 치료센터에 자발적으로 들어가 계셨거든. 아버지는 이따금씩 편지를 쓰셨는데, 가장 최근에 보낸 편지에 곧 집으로 돌아가겠다는 말이 없는 걸 보고 나는 안심하면서도 한편으로는 죄책감을 느꼈지.

"웃으세요." 조니가 말했고, 어머니는 내 어깨에 팔을 두르셨어. 나는 아직 꿈꾸며 잠들어 있는 데이비를 내려다봤어. 이 여리고 작은 아기를 향한 내 사랑이 너무나 거룩하고 신성하게 느껴지더라고. 한편 이 모든 일을 먼저 겪고, 대부분의 과정을 홀로 해낸 어머니도 정말 대단하다고 느꼈고.

"이번엔 내가 찍어줄게." 어머니가 말씀하셨고, 조니와 어머니는 서로 자리를 바꿨어. 내가 조니에게 아기를 건네니, 그는 창틀에 끼우기 전 가장자리가 날카로운 유리를 손으로 잡은 사람처럼 아기를 아주 조심스럽게 안았어. 그리고 우리는 웃었지.

"혹시 모르니 한 장만 더 찍자." 어머니가 말했어.

이번에는 나하고 데이비, 둘만 찍기로 했어. 나는 아기 머리에 노란 실로 짠 모자를 꾹 눌러 씌었지. 내 아들. 이 아이가 내 아기라는 게, 우리가 이 아이를 낳았다는 게 너무 이상하기만 했어. 서툴게 카메라를 다루는 어머니를 보며 나는 웃었어. 그때 아래쪽에서 데이비의 작은 모자가 점점 위로 올라가는 게 얼핏 보이더군. 카메라 플래시가 터진 직후에 모자가 위로 쏙 벗겨졌지.

사진 속 나는 웃고 있었고, 자꾸 플래시를 터트려 놀랐는지, 데이비는 처음으로 눈을 떴더라고.

난 지금도 그 사진을 지갑 속에 넣고 다녀.

레니의 처음이자 유일한 키스

로즈룸 책상 위에는 포스터 형태로 만든, 클림트의 〈키스〉가 놓여있었다. 예전에도 어디선가 (아마도 학교에서) 본 적이 있는 그림이지만, 제대로 본 건 이번이 처음이었다. 그림이 반짝이는 종이에 인쇄된 것도 아닌데, 금색 부분에서 마치 빛이 나는 것처럼 따스함이 느껴졌다. 피파는 클림트의 초기 작품에 얽힌 스캔들에 관해 들려주면서 좋지 않은 소문에도 불구하고 〈키스〉는 사람들에게 매우 좋은 평가를 받았다고 말했다. 그러면서 이 그림이 연인의 낭만적인 포옹을 묘사했다고 설명했다.

하지만 내 생각은 완전히 달랐다. 그림 속 여자는 이미 죽어 있는 듯했는데, 나처럼 보는 사람이 아무도 없다는 게 도무지 믿기지 않았다.

여자의 머리에는 꽃이 달려있었고, 눈은 감겨있었다. 남자가 여자를 끌어당겨 키스하는 동안에도 여자의 얼굴에는 아무런 표정이 없었다. 발 주변의 잎들은 여자의 발목을 휘감아 꽃들이 있는 땅속으로 그녀를 끌어당기고 있었다. 이제 그녀가 있을 곳은 이 아래라는 듯. 대지는 어서 그녀를 땅으로 돌려보내라고 했고, 남자는 여자를 보내기 싫어 필사적으로 붙잡고 있었다. 그의 키스는 간절한 바람이었다. 여자가 계속 살아서 자신을 사랑해주기를 바라는 마음.

작은 통에 꽂힌 컬러 펜을 보니 그림을 그리지 않고는 못 배길 것 같았다. 나는 키스를 주제로 그림을 그리기 시작했고, 그림을 그리면서 마고에게 이야기를 들려주었다.

2011년, 글래스고, 애비필드 중등학교
레니 페테르손, 열네 살

우리 학교에는 영문학 선생님이 한 명 있었는데, 학교 소문에 따르면 그 선생님이 연말 댄스파티에서 어떤 학생에게 키스했다는 거예요. 전 이런 소문을 다 믿진 않았어요. 왜냐하면 이웃 학교에는 어떤 소문이 돌았냐면요, 한 과학 선생님이 과학 준비물을 보관하는 창고에서 학생하고 섹스를 했다는 거예요. 해골 모형이 지켜보는 아래에서요. 눈알이 없는 해골 아래에서 두 연인이 극도로 흥분해 열렬히 사랑을 나누는 장면이 머릿속에서 떠나질 않더라고요.

제가 영문학 선생님을 갑자기 의심하게 된 건, 수업 시간에 《로미오와 줄리엣》을 배울 때였어요. 그때 저는 잘 모르는 어떤 여자애랑 짝이 되어 앉았는데, 선생님이 우리 책상 끝에 걸터앉더니 짐짓 무심한 체 반 애들에게 이렇게 묻는 거예요.

"누군가에게 키스해도 되는지 안 되는지는 어떻게 알지?" 아이들은 모두 당황해서 눈만 끔뻑거렸죠.

"누군가에게 키스해도 되는지 안 되는지는 어떻게 알까?"

선생님은 1년 내내 그 질문을 계속했어요. 마치 언젠가, 키스해도 되는지 상대의 기색을 살피다가 억울한 일을 당하기라도 한 사람처럼요. 선생님이 그 질문을 할 때마다 전 얼굴이 빨개지곤 했어요. 선생님에 관한 소문이 사실이라면 재밌을 것 같다는 생각이 들기도 했지만, 주된 이유는 질문에 대한 답을 몰라서였어요. 평생 누구와도 키스해본 적이 없었거든요.

다들 내 첫 키스는 이랬으면 좋겠다, 그런 생각 한번씩 해보잖아요? 왜 그런 생각을 하게 된 건진 모르겠는데, 전 첫 키스를 나무 아래에서 했으면 좋겠다고 늘 상상했어요. 남자 얼굴이나 머리 모양, 외모는 중요하지 않았어요. 상상 속에서 나무는 초록 잎이 무성했고, 발밑의 풀밭은 이슬이 맺혀 촉촉했고요. 전 항상 맨발이었어요.

이렇게 생생한 이미지를 갖고 있으면서도 사실 그 환상을 현실로 만들려고 노력해 본 적은 한 번도 없었어요. 키스할 남자애를 찾아 수풀이 무성한 공원을 서성거리지도 않았고요.

그래서 (처음이자 유일한) 키스가 상상 속과는 다른 모습이었을 때 전 좀 당황했어요. 나무도, 무성한 초록 풀밭도 없었거든요.

친구 집에서 파티를 하던 도중, 이웃이 경찰에 신고하는 바람에 쫓겨나다시피 나와 집으로 걸어가고 있었어요. 엄청 친했다고 할 순 없지만, 파티를 하거나 놀 때 저를 끼워줬던 그 친구들이랑 함께요. 왜 그랬는지 지금도 이해가 잘되지 않지만, 그때 학교로 몰래 들어가면 재밌을 것 같다는 생각을 한 거예요. 평소에는 벗어나지 못해 안달인 그곳을, 그것도 휴일에, 훔쳐 온 럼주를 마시고 술이 잔뜩 취한 채로 굳이 들어가기로 한 거죠. 그러고는 학교 건물 비상계단 아래에서 파티를 벌였어요(술 취한 십 대 열두 명이 휴대폰으로 드럼 앤드 베이스 음악을 틀어놓고 모여있는 걸 '파티'라고 할 수 있다면요. 저희가 그랬거든요).

저는 그 남자애에게 전혀 관심이 없었어요. 딱히 싫어하지도 않았지만, 호감이라고는 의자나 책상 정도라고나 해야 할까요? 그런데 제가 친구들이랑 춤을 추고 있는데, 그 애가 제 뒤에서 춤을 추면서 손을 제 엉덩이에 갖다 대는 거예요. 그러더니 자기랑 잠깐 다른 데 가지 않겠냐고 해서 따라갔죠. 과학실 앞이었고, 친구들이 틀어놓은 음악 소리가 다 들릴 정도의 거리였어요. 그때 그 애의 축축한 입술이 제 입술에 닿았고, 저도 잘해보려고 나름 최선을 다했어요.

저는 맨발로 집까지 걸어갔어요. 친구 하나가 제게 하이힐을 빌려줘서 그걸 신었더니, 발이 너무 아프더라고요. 제가 쩔뚝거리며 걷는 걸 보고 웃은 아이도 있었어요. 키스가 끝난 뒤, 저는 구두를 벗어 신발 주인에게 돌려줬어요.

"월요일에 학교에서 돌려줘도 돼."

그 애가 말했지만, 어쨌든 난 맨발로 집까지 걸어갈 거니까 그냥 지금 받으라고 했죠. 저는 아무것도 신지 않은 채로 울퉁

불퉁한 콘크리트 도로를 따라 혼자 걸었어요. 바닥의 냉기가 싫지 않더라고요. 아픈 발이 시원해지는 느낌이었어요.

저는 뒷문을 통해 집 안으로 들어갔어요.

엄마는 식탁에 엎드린 채로 잠들어 있었어요.

"엄마?"

엄마의 머리카락이 빵 부스러기만 남은 토스트 접시 위로 흐트러져 있었어요. 저는 머리카락 끝을 들어 귀 뒤로 넘겨줬어요. 엄마가 마시던 차는 차가웠고, 머그잔 중간에는 우유 거품이 약간 묻어있었죠.

저는 식은 차를 싱크대에 붓고, 빵 부스러기도 쓰레기통에 버렸어요. 그 소리에 엄마가 깨길 바라며 일부러 덜그럭거리는 소리를 냈죠. 하지만 꿈쩍도 안 했어요. 엄마가 한 차례 길게 숨을 들이마시더군요.

저는 버터를 냉장고에 넣고, 열린 잼 병의 뚜껑을 닫았어요. 그리고 고개를 돌려 잠시 엄마를 지켜봤죠. 표정은 무척 편안해 보였지만, 눈 밑의 다크서클이 예전의 모습으로 돌아와 있었어요. 엄마는 아빠에게 이혼하자면서 저를 데리고 아빠 집에서 나왔는데, 그 이후로 망령이 다시 엄마 주위를 맴돌기 시작한 거죠. 꼭 눈에 멍이 든 것 같았어요.

"나 오늘 어떤 남자애랑 키스했다." 저는 엄마에게 말했어요.

엄마는 깨지 않았어요.

"첫 키스야."

엄마는 계속 잠들어 있었어요.

"내가 생각했던 거랑은 좀 달랐어."

저는 부엌문이 제대로 잠겨있는지 확인했어요. 그리고 엄마가 썼던 접시와 머그잔을 싱크대 안에 내려놓았죠.

"뭔가 특별한 느낌이 들 줄 알았는데, 그냥 이상하기만 하네. 걔 입술이 되게 축축했어."

엄마는 다시 깊이 숨을 들이마셨다가 내쉬었고, 꿈을 꾸는지 속눈썹이 파르르 떨렸어요.

"뭔가 특별한 의미가 있을 줄 알았어." 저는 부엌 조명을 끄고 가방을 들며 말했어요. "그런데 아무 의미도 없었어."

엄마는 두 팔 위에 얹고 있던 머리를 약간 움직였어요.

"내가 오늘 첫 키스 한 걸 왠지 엄마도 알아야 할 것 같았어."

엄마한테 다 말하고 나니 기분이 한결 나았어요.

저는 부엌문을 닫고 제 방으로 올라갔죠.

이제 제 첫 키스는, 컬러 펜으로 그린 달빛 비치는 과학실 풍경 속에 약간 말이 안 되는 모습으로 영원히 살아있게 됐어요. (제가 아는 한, 우리 모습을 지켜본 해골 같은 건 없었지만, 창문에 해골도 그려 넣었어요.)

그리고 돌아온 월요일, 영문학 시간에 선생님은 제 책상에 앉아 다리를 흔들며 또 물었어요. "누군가에게 키스해도 되는지 안 되는지는 어떻게 알지?"

제 대답은 그때나 지금이나 똑같아요.

"전 모르겠어요."

해변에 선 마고와 남자

이송 요원인 폴의 팔은 뱀 그림으로 시작해, 매우 엉성한 디즈니 캐릭터들과 커다란 켈트십자가(교차점에 원이 있는 십자가 문양 - 옮긴이)를 지나 스페이드 에이스로 끝이 났다.

"이건, 나도 기억이 안 나. 총각 파티 중이었는데, 식당으로 출발할 땐 분명 내 어깨에 타투가 하나도 없었거든? 근데 호텔로 돌아왔을 땐 스페이드 에이스가 새겨져 있었어."

"맘에 들어요?"

"아니. 어깨에 있어서 다행이지 뭐야. 굳이 등을 거울에 비춰 보지만 않으면 내 눈엔 안 보이니까."

"그걸 볼 일은 거의 없겠네요." 내가 말했다.

"맞아. 난 이게 제일 마음에 들어."

폴은 셔츠 소매를 내리며 말했다. 그가 왼쪽 소매를 걷어 올리자, 팔꿈치 안쪽에 갈색 눈동자에 보조개가 한쪽만 쏙 들어간 아기 얼굴이 있었다.

"내 딸이야."

아기 얼굴 아래에는 둥글게 흘려 쓴 글씨체로 '롤라 메이'라는 이름이 새겨져 있었다.

"이 타투, 정말 진짜 같아요!"

폴은 씩 웃으며 지갑 속에서 타투와 똑같은 사진 한 장을 꺼냈다.

"내가 샘한테 뭐라고 했냐면……."

"샘이 누군데요?"

"디즈니 캐릭터 전부 그린 사람."

"이크."

폴이 웃었다.

"하여튼, 내가 그랬지. '이거까지 망치기만 해봐. 넌 무조건 최선을 다해야 해!'"

"흠, 그분이 해냈네요."

"그렇지? 샘이 한 타투 중엔 아마 이게 최고일 거야." 폴은 무척이나 뿌듯해하며 말했다.

"롤라는 몇 살이에요?"

"세 살. 이 병원에서 태어났어. 내 인생 최고로 기쁜 날이었지. 롤라가 자꾸 곰돌이 푸 타투를 새기라고 해서, 네 번째 생일날 선물로 하려고. 아마도 종아리에 새겨야 할 것 같아. 팔뚝에는 더 이상 공간이 없거든."

그때 폴의 무전기에서 커다란 치지직 소리가 나더니, 누군가 뭐라고 말했다. 말소리가 정확치는 않았지만 꽤 급한 일인 것 같았다.

"이런!" 폴이 벌떡 일어섰다. "서둘러야겠어. 문제가 생겼나봐. 얼른 로즈룸에 데려다줄게."

로즈룸 책상에 앉자, 마고는 창밖 주차장에 시선을 고정한 채 자주색 카디건의 소매를 걷어 올렸다.

"내가 바닷가에 서있던 그때, 너희 부모님은 태어나기도 전이었을 거야. 레니 넌 말할 것도 없고. 그렇게 생각하면 기분이 정말 묘해."

마고는 흰색 캔버스에 검은 목탄으로 스케치를 시작했다.

1956년 11월, 스코틀랜드 트룬 비치
마고 도커티, 스물다섯 살

창밖에는 비도 눈도 아닌 진눈깨비 같은 게 바람에 흩날리는데, 그 사람이 바닷가로 산책을 나가자더군. 표정이 너무 심각해 싫다고 할 수가 없어서 난 그냥 하자는 대로 했지.

해변에는 아무도 없었어. 모래톱 너머 긴 풀들이 거센 바람에 쓰러졌다 일어서기를 반복하고 있었지. 우리는 한동안 아무 말 없이 서서 사나운 파도가 모래사장을 쓸어내리는 모습만 바라보았어.

"나 떠날 거야." 그가 말했어.

그냥 하는 소리일 거라 생각했는데, 그 사람이 울고 있는 걸

봤어.

"난 갈 거야. 가야만 해."

바람이 거칠게 내 몸을 훑고 지나갔어. 나는 그의 얼굴에서 약간의 희망이라도 찾아보려 했지만, 찾을 수 없었어.

우리가 사는 연립주택은 정말 좁고 답답했어. 옆집 개 짖는 소리와 다투는 소리까지 다 들렸지. 그런데 그것보다 견디기 힘들었던 건 그 집 아기 울음소리였어. 이웃집 여자의 악다구니가 벽 너머 우리 집 침실까지 들리면, 나는 아무 말 없이 침대에 누워있으면서도 당장 그 집으로 달려가 우리 아기도 아닌 그 어린 생명을 달래주고 싶은 충동이 일어 그걸 꾹꾹 억눌러야만 했지.

우리는 해안가를 따라 걸었어. 손을 잡지는 않았지만, 손끝이 닿을 정도로 가까이 서있었어. 모래사장에 부츠가 푹푹 빠졌어. 바람은 점점 더 차가워졌지만 미칠 것처럼 갑갑한 우리 집보다는 낫다고 생각했어. 사나운 바람이 우리 주변을 맴돌았어. 바람에 머리카락이 어지러이 휘날리고, 입가에도 귓가에도 웅웅대는 소리만 가득했지. 스스로를 보호하려는 본능에 손은 저절로 주먹을 꽉 쥐고 있었어. 그래도 손가락에 감각이 없더군. 세찬 바람을 뚫고 말을 하려니 어쩔 수 없이 목소리를 높여야 했는데, 그건 조니나 나한테는 어울리지 않는 거였어. 우리는 다른 사람에게 큰소리를 내는 사람들이 아니었으니까. 마침내 조니가 그렇게 했을 때, 그래서 모든 게 더 힘들었던 게 분명해.

"난 못하겠어, 마고, 당신……." 그는 뺨에 흐르는 눈물을 닦으며 말했어. "난 여기 못 있겠어."

나도 모르게 조니의 눈물을 닦아주려고 손가락이 움찔했지만, 그만뒀어.

"왜 못 있겠다는 건데?" 나는 파도를 향해 소리쳤어.

이 세상 모든 바람이 우리에게 휘몰아쳐 모든 걸 다 허무하게 만든 것만 같았어. 그리고 잠깐 동안, 사방이 고요해졌지.

"당신 눈만 보면 그 애 생각이 나." 조니가 낮은 목소리로 말했어.

∽

마고는 쓸쓸히 웃었다.

나는 눈을 감고 마고가 있는 그 바닷가로 가 옆에 섰다. 11월의 공기는 살을 에는 듯 차가웠고, 바닷바람이 내 잠옷 가운과 파자마를 사정없이 때리고 지나갔다. 바람이 모든 소리를 휩쓸어가는 가운데, 갈색 코트를 입은 젊은 마고가 모래사장에 앉아 울고 있었다. 나는 분홍색 슬리퍼를 신은 발을 젖은 모래에 박았다가 내 앞으로 쭉 끌어당기며 작은 호를 만들었다. 내 주위로 둥글게 원 하나가 그려졌다. 바람에 나부끼는 짙은 색 머리카락의 마고는 지금과는 아주 달라 보였다. 마고가 다리를 쭉 뻗으며 머리를 떨궜을 때, 나는 마고에게 다가가 어깨를 어루만졌다.

"다 괜찮아질 거예요." 내가 말했다.

"고맙다."

그녀가 웃었고, 우리는 다시 로즈룸으로 돌아왔다. 교실 안의 다른 사람들은 천연덕스럽게 자기 할 일만 하고 있었다. 나는 월터나 엘스가 옆에서 칼로 파고 긁고 손으로 문지르는 동안 우리 이야기를 듣지 않았을까 궁금했다.

마고는 목탄을 집어 벼랑 위 풀숲에 명암을 만들었다. 그런 다음 소매에서 티슈를 꺼냈는데, 그걸로 코를 풀거나 눈가를 닦지는 않았고, 목탄으로 그린 조니의 주변을 살살 문질러 흐릿하게 만들었다. 그림 속 조니는 키가 크고 늘씬했으며, 등을 보이고 서서 얼굴이 보이지 않았다.

"그래서 그분은 아기랑 마고만 남겨두고 그냥 떠난 거예요? 저라면 너무 화가 났을 것 같아요."

"아니, 그런 건 아니었어."

"하지만 떠난 건 맞잖아요?"

"그랬지."

"그럼 아기는 어딨죠?"

오토바이 타는 아서 신부님

아서 신부님은 성당 구석에 놓인 전자 피아노 앞에 앉아있었다. 신부님이 건반 하나를 누르자, 탁한 소리가 흘러나왔다. 그는 또 다른 건반을 눌렀다. 이번에는 두 건반을 동시에 눌렀다. 소리가 별로 좋지는 않았다. 신부님은 한숨을 쉬더니 자리에서 일어났다.

"계속 치세요. 듣기 좋아요."

"아이쿠, 하느님!"

몸이 휘청거릴 만큼 깜짝 놀란 아서 신부님은 손을 가슴에 갖다 대며 피아노 의자에 다시 주저앉았다.

"어쩜 매번 그렇게 기척도 없이 들어오는지, 난 정말 이해할 수가 없구나."

나는 피아노 쪽으로 걸어갔다.

"신부님 피아노 칠 줄 아세요?" 내가 물었다.

"아니. 그냥 먼지 좀 닦다가 한번 눌러본 거란다. 우리 성당에는 오르간 연주자도 없는데, 이게 왜 여기 있는지도 사실 잘 모르겠구나."

나는 신부님과 나란히 피아노 의자에 앉아 건반 하나를 눌렀다. 담요로 감싼 것처럼 둔탁한 소리가 났다. 건반 몇 개를 더 눌렀다.

"은퇴하시고 난 다음에 피아노 배우시면 되겠네요."

신부님은 피아노 건반을 덮개로 덮었다.

"그럴 수도 있겠지."

"그러려고 은퇴하는 거 아닌가요? 하고 싶은 마음은 늘 있지만, 한번도 시도해 보지 못한 일을 하려고?"

"그럼 난 오토바이를 타야겠구나?"

"신부님이 입고 있는 그 드레스를 입고 오토바이를 탈 수도 있지 않을까요?"

"드레스가 아니란다, 레니."

"아니었어요?"

"그래, 전에도 말했잖니. 이건 수단(성직자의 평상복으로, 로만 칼라에 발꿈치까지 내려오는 긴 옷 – 옮긴이)이야."

"소매가 달린, 그 검고 긴 옷이요?"

"그래, 레니. 드레스가 아니라 수단이라고 하는 옷이야."

나는 아서 신부님이 그 검은색 긴 수단을 입고, 다리가 너무 많이 보이지 않게 바이크에 올라타려고 애쓰는 모습을 상상하느라 잠시 아무 말도 하지 않았다. 신부님이 구식 고글을 쓰고 돛처럼 불룩해진 예복을 바람에 휘날리며 오토바이를 타고 도시를 지나가자, 그 뒤로 할리데이비슨을 탄 신부님 한 무리가 따라갔다.

아서 신부님은 약간 슬픈 표정이었다.

"은퇴하고 나면 사실 수단을 입을 일은 없어."

"정원 가꾸는 일을 할 수도 있잖아요? 그런 거 할 때 그 옷이 딱일 것 같은데. 바람만 약간 불어주면 햇볕을 막는 데 좋을 것 같아요."

"수단을 입고 정원을 가꿀 순 없어!"

"왜요?"

"이건 성스러운 의복이야."

"그런가요?"

"종교적 임무를 띠고 일할 때 말고는 입을 수 없단다."

"그거참, 아쉽네요. 잠옷으로 입으면 진짜 편할 것 같았는데."

"잘 때는 파자마가 좋지."

아서 신부님은 피아노에서 일어서더니 성당 반대편으로 걸어갔다. 스테인드글라스 창의 자줏빛과 핑크빛 조각들이 카펫 위로 떨어졌다. 신부님이 그 조각들을 밟고 지나갈 때마다 잠시 신부님도 자주색, 핑크색이 되었다.

"그래, 레니." 신부님은 누군가 신도석에 두고 간 성경책을 집어 들며 물었다. "네가 말한 백 년은 어떻게 돼 가니?"

나는 피아노 위 덮개를 다시 벗겨내고 가장 높은 음의 건반과 가장 낮은 음의 건반을 같이 눌렀다.

"이제 그림은 열다섯 개가 됐어요."

"대단하구나. 마고님도 잘 계시고?"

나는 왼쪽에서 오른쪽으로 건반 세 개를 연이어 눌렀다. 소리가 꽤 괜찮았다.

"잘 계세요. 마고는 그림을 정말 잘 그려요. 그림을 그렇게 잘 그리는 줄 진작 알았더라면 전 제 그림에 사인을 안 했을 거예요. 마고 그림 옆에 나란히 놓으면 비교될 거 아니에요?"

"레니." 신부님은 내 뒤 어디선가 부드럽게 내 이름을 불렀다.

"그래서 전 제 이야기를 글로 쓰고 있어요. 제 그림 실력을 그렇게라도 만회하려고요."

나는 검은 건반 세 개를 눌렀다.

"마고는 어떤 분이니?" 아서 신부님이 물었다.

"제가 예전에 만났던 사람들과는 전혀 달라요." 내가 대답했다.

내가 건반 몇 개를 빠르게 누르자, 종이 딸랑이는 듯한 소리가 났다.

"아무래도 마고의 아기가 죽은 것 같아요."

두 번째 겨울

1953년 12월 3일, 글래스고 세인트제임스 병원
마고 도커티, 스물두 살

"남편분하고는 연락이 안 되네요." 간호사가 문가에 서서 가쁜 숨을 몰아쉬며 말했어.

간호사가 하는 말은 하나도 안 들리고, 단어들이 흰색과 검은색 점이 되어 내 눈앞에서 어른거렸어. 간호사가 움직이는 것도 느낄 수 있었어. 간호사가 다가오자, 내 뺨에 있던 거품이 그녀를 따라 움직였어.

"괜찮으세요?" 간호사가 더 가까이 오며 물었어. 살짝 더듬거리며 묻더군. "그러니까…… 눈 말이에요, 괜찮으신 거예요?"

나는 손으로 눈을 가린 채 고개를 끄덕였어. 간호사가 이제 그만 나가줬으면 싶었는데, 오히려 더 가까이 다가오더라고.

"눈에 이상 있으신 건 아니죠?" 간호사가 다시 물었어.

나는 간호사가 나가길 바라며 고개를 돌렸지만, 간호사는 나가지 않았어. 간호사에게 나가달란 말을 하고 싶은데 그 말이 생각나질 않더라고.

간호사가 내 앞에 무릎을 꿇고 앉았고, 나는 그녀가 움직일 때마다 내 얼굴 전체에 어떤 빛 같은 게 느껴졌어.

"절 보세요."

간호사가 말했고, 나는 시키는 대로 했어. 그녀의 입과 턱이 다 사라지고, 모든 게 회색빛으로 뿌옇기만 했어.

"눈을 깜빡여 보세요."

간호사가 시키는 대로 나는 눈을 깜빡였어. 그녀가 바로 내 앞에 있는데도 엄청 멀리 떨어져 있는 것처럼 느껴졌어.

"펜 끝이 어떻게 움직이는지 보세요."

그녀가 말한 대로 해보려 했지만, 펜은 계속 시야에서 사라졌어.

"선생님?" 간호사의 목소리는 차분했지만, 걱정하는 기색이 느껴졌어.

또 다른 남자 형체가 다가오더니 간호사 옆에 섰어.

"눈이 잘 안 보이는 것 같아요." 간호사가 말했어.

'전 괜찮아요'라고 말하려 했는데, 발음이 새면서 혀가 빨리 움직이질 않더라고. '괜' 소리가 안 나와서 '저 개차나여'라고 말했지. 내가 잘못 말했다는 걸 알면서도 어떻게 고쳐 말해야 할지 모르겠더라고. 다른 말을 하려 했지만, 무슨 말을 하려 했는지도 생각나지 않았어.

의사가 특이한 소리를 내면서 간호사가 했던 걸 다시 반복했어. 조금 전 간호사를 볼 때처럼 그의 얼굴 일부가 보이지 않았고, 이마와 턱이 있어야 할 부분이 회색으로 뿌옇게 보였어. 사진 찍는 사람이 아무도 없는데도 누군가 내 눈앞에서 계속 카메라 플래시를 터트리는 것 같았지.

의사는 내게 입을 벌렸다 다물어 보라고 했고, 고개를 돌려보라고도 했어. 그리고 내 이름을 말해보라고 했지. 내 이름이 뭔지 머리로는 분명 알겠는데, 어떤 소리를 내야 하는지를 모르겠는 거야. 나는 사람들에게 '지금 이 시간이 내겐 너무 소중하다, 난 괜찮으니 혼자 있게 내버려 둬라'라고 말하고 싶었지만, 말이 안 나왔어.

어디선가 쉬쉬 소리를 내는 스네이크(뱀 – 옮긴이)처럼 '스트로크(뇌졸중 – 옮긴이)'라는 단어가 내 귓속으로 스르르 들어왔어.

한 번도 그런 생각을 해본 적이 없었는데, '스트로크'라는 단어가 '스네이크'라는 단어하고 정말 비슷하더라고. 그 생각을 몇 번이나 하고 또 했는지 몰라. 우리 집 전화번호를 외울 때처럼 말이야. 나중에 필요할지도 모른다는 생각이 들었어. 스트로크와 스네이크. 정말 비슷해. 그전에는 왜 그걸 몰랐을까?

"구역질이 나진 않으세요?" 의사가 물었어.

나는 고개를 저었지만, 그건 거짓말이었어. 위산이 올라와 이미 입에서 역한 냄새가 나고 있었어. 말하는 법만 기억했더라면 물 한잔만 달라고 했을 거야.

스트로크라는 단어가 울림과 함께 내 귓속으로 다시 스르르 들어왔어. 스트로크 스네이크 스트로크 스네이크.

"아뇨." 의사는 누군가를 향해 단호하게 말했어. "편두통일 가능성이 커요." 마치 외국어를 들은 것처럼 그 단어들은 내게 아무런 의미도 주지 못했어. 말의 의미를 파악하기 위해 단어를 쪼개보려고도 해봤어. 편-두통.

"아이의 예후는 어떤가요?" 의사가 물었어.

"과장님 말씀으로는 시간문제일 거라고 하셨어요." 간호사가 대답했어.

"부인." 의사가 나를 불렀고, 내 왼쪽 어깨에 뭔가의 무게가 느껴졌는데, 아마도 손일 거라고 생각했어. "부인께서는 눈 편두통(두통과 시각 변화를 동반하는 편두통 - 옮긴이)이 있으신 것 같습니다. 이런 증상이 예전에도 있으셨나요?"

나는 고개를 저었어.

"스트레스로 인해 생기는 증상입니다. 통증을 조절하는 약을 드릴 수는 있는데, 그 약을 먹으면 몸이 나른해지면서 잠이 올 수 있어요. 지금 상황이 이런데, 음⋯⋯ 그래도 약을 드시겠습니까?"

"노(아뇨)." 나는 겨우 대답했어. '노(no)'라는 말은 '노(know)'라는 말과 어찌나 비슷한지. 거의 비슷하다고 생각했어. 아예 똑같은 것 같기도 하고.

"알겠습니다. 구토를 하실 수도 있는데, 그럴 때는 여기 빈 용기를 사용하시면 됩니다. 빛에 대해 공포심이 생기거나 심한 두통, 정신 착란 같은 다른 증상이 생길 수도 있는데요. 뭔가 다른

증상이 나타난다거나 심해진다 싶으면 얼른 저희에게 알리셔
야 합니다."

나는 고개를 끄덕였어.

"남편분께는 계속 연락을 취해보도록 직원에게 말해두겠습
니다."

그는 내 어깨에서 손을 떼더니 간호사를 향해 빠르게 뭐라고
말했어. 하지만 소리를 의미로 이해하는 데도 너무 많은 노력이
필요해 힘에 부치더라고.

"필요할 땐 언제든 절 부르세요."

간호사가 말했고, 그녀가 침대 주변에 커튼을 치는 소리가 들
리더라고. 앞으로 몸을 구부려 매트리스 끝을 만지는데 손가락
끝이 얼얼했어.

내 옆에는 아기가 누워있었어. 내 아기. 작별 인사를 해야 할
시간이었어.

"데이비."

말이 제대로 나오지 않는 순간에도 혀는 그 이름을 기억하고
있었어. 그나마 남은 시야로 아기가 작은 눈을 뜨고 있는 걸 볼
수 있었어. 얼굴은 여전히 창백했고, 유아용 잠옷을 입은 몸에
는 담요가 둘둘 감겨있었어. 아기가 눈을 뜨고 나를 봤어. 내 꼴
이 얼마나 말이 아니었을까. 한 손으로 왼쪽 눈을 가리고 있는
엄마라니. 우리가 했던 까꿍 놀이를 아기가 기억할까, 지금 그
걸 한다고 생각하진 않을까, 그런 생각을 했어.

아이에게 뭐라고 작별 인사를 해야 할지 모르겠더라고. 그때

도 그랬고, 지금도 모르겠어. 그래서 인사를 하는 대신 앞으로 아기가 살아갈 날들에 관해 말해줬어. 앞으로 입게 될 학교 교복, 햇볕이 내리쬐는 여름날 함께 공원에 가면 뭘 할 건지 그런 얘기. 이런 얘기도 했어. 앞으로 채소 가게에서 알바를 하고, 그러다 가게를 인수해 직접 운영하고. 그리고 파인애플을 사러 온 젊은 아가씨를 만나 사랑에 빠지는 이야기. 둘의 결혼식에 나는 노란색 모자를 쓸 거라고 했지. 둘 사이에서 아이가 셋쯤 태어나 집이 시끌벅적해지고, 아이가 자라면 사과로 숫자 세는 법을 가르쳐 줄 거라고. 그리고 아이들이 가게 일을 도우며 자라는 동안 어른들은 또 어떻게 늙어갈지. 얼마나 행복하고 찬란한 날들을 살게 될지, 그리고 내가 꼬부랑 노인이 되었을 때 나를 찾아올 그런 순간을 조용조용 얘기하는 동안 아기의 눈이 나를 가만히 쳐다보고 있더라고.

아기 옆에 나란히 누워 뺨에 키스를 했더니, 볼이 너무 부드럽고 말랑말랑했어. 내가 뺨에 뽀뽀를 해주며 턱 밑을 간질간질할 때마다 아기가 무척 좋아했었는데. 그래서 나는 계속 뺨에 뽀뽀를 해줬어. 내가 얼마나 사랑하는지 말해줬어. 너를 영원히 사랑한다고, 내가 죽어 사라져도 계속 사랑할 거라고 말했지.

시야를 가리며 잿빛으로 춤을 추듯 흔들리던 빛이 점점 더 커지더니 나중에는 아예 아무것도 보이지 않았어. 잠이 든 데이비의 사랑스러운 얼굴이 분명 이 앞에 있을 텐데 아무것도 보이질 않더라고. 나는 눈을 감고 이 세상 모든 신에게 내 말을 들어

달라고 간절히 기도했어.

　내가 거기 계속 있다는 걸 데이비가 알 수 있게, 그리고 데이비가 거기 계속 있다는 걸 내가 알 수 있게, 나는 데이비의 머리를 계속 쓰다듬었어. 데이비의 작은 가슴에 손을 올렸더니 데이비가 숨을 쉴 때마다 가슴팍이 올라갔다 내려갔다 하는 걸 느낄 수 있었어. 내 심장보다 오히려 더 힘차게 뛰고 있는데, 도대체 심장에 무슨 문제가 있다는 거지? 나는 마지못해 눈을 감았어. 눈물이 내 팔 위로 흘러 옷소매를 다 적셨지. 나는 데이비의 머리를 쓰다듬고 볼에 뽀뽀를 하면서 세상과 정글, 동물들, 별에 관해 계속 이야기를 들려줬어.

　잠에서 깼을 때, 편두통은 사라졌더군.

　데이비도 사라졌고.

레니

"레니, 내 말 들려?"

"레니, 아무 말이라도 좀 해 봐."

"레니?"

나는 딱딱한 침대에 누워있었고, 몇 사람의 목소리가 들렸다.

"괜찮아, 레니. 우리가 옆에 있을게. 마음 편히 먹어, 알았지?"

2부

The One Hundred Years of Lenni and Margot

레니

전신 마취를 할 때마다 나는 항상 아주 생생한 꿈을 꾼다. 꿈이 워낙 생생하다 보니 한번은 내가 꿈 얘기를 지어냈다는 의심도 받았다. 다른 도시, 다른 병원에 입원한 어떤 여자애에게 내 꿈 이야기를 한 적이 있었는데, 그 아이도 내 말을 믿지 않았다.

어쨌든 이 꿈은 정말 믿을 수 없을 만큼 굉장하고, 며칠에 걸쳐 계속되는 기분이 드는, 그런 꿈이다. 문어가 한 마리 등장하고, 우리는 누구보다 가까운 친구 사이이다. 문어는 자주색이고, 꿈속의 모든 것이 다 밝고 특별하다. 그리고 무척 환상적인 음악 소리도 들린다.

마고와 일기장

안녕, 레니. 나 마고야.

네가 많이 보고 싶구나.

너희 병동의 빨간 머리 간호사가 어제 나를 찾아왔었어. 네가 수술실에 들어가기 전에 이 일기장을 내게 주라고 했다면서 말이야. 간호사 말이, 네가 매일 여기에 뭘 썼다면서, 자기 얘기도 있는 것 같다고 하더구나. 내가 너를 위해 아무 글이라도 써주면 좋겠다고 했다면서?

네가 날 믿고 이걸 준 건 정말 영광이야. 하지만 네가 알아야 할 게 있는데, 난 이걸 잠시 맡아두기만 할 거야. 네가 이걸 내게 유품으로 남길 생각이었다면 난 받지 않을 거야, 요 꼬마 아가씨야.

넌 담담하게 수술을 받을 거라고 생각해. 아무것도 두려울 게 없을 거야. 하지만 사실 난 너무 두려워.

아무튼 네가 깨어났을 때 읽을 수 있게 여기에 이야기 한 편을 남길게.

　이번 주 로즈룸에서 난 내가 살았던, 내가 진심으로 좋아했던 첫 번째 장소를 그림으로 그렸어. 소설 속 최고의 캐릭터들이 원래 다 그러는 것처럼 그 집도 비뚤어지고 지저분한 곳이었지만, 난 그곳을 정말 사랑했어.

　그림 자체는 나쁘지 않아. 하지만 옛날 우리 학교 미술 선생님이 봤다면 원근법이 좀 어색하다고, 지붕이 너무 뒤로 기운 느낌이 든다고 말했을 거야. 그래도 난 무척 만족해. 내 기억 속에 사는 나라는 사람, 그 작은 집에 사는 나라는 여자는 지금의 나보다는 너랑 훨씬 많이 닮았어.

　이야기는 지금까지 내 이야기들이 모두 그랬던 것처럼 스코틀랜드에서 시작해.

1959년 2월, 글래스고에서 런던으로
마고 도커티, 스물여덟 살

　스물여덟 살이 되니까 내 옆에는 아버지 말고 아무도 없었어. 어머니는 내가 스물여섯 살 때 돌아가셨는데, 그러고 나니 꼭 고아가 된 것 같더라고. 전쟁신경증 — 요즘엔 다른 말로 부르던데 — 으로 인해 완전히 무너진 아버지는 심지어 내가 당신 옆에 앉지도 못하게 하셨어. 마침내 전화가 와서 아버지 옆에 앉았을 땐 아버지는 이미 돌아가신 뒤였지. 나는 병원 침대에 누운 아버지 곁에 앉아 아버지 얼굴을 기억 속에 새겼어. 그동안 미안했던 일에 대해 조용히 용서를 빌고 편안히 가시라고 빌어 드리는데 마음이 찢어지는 것 같더라. 아버지가 돌아가시니, 내가 겨우 줄타기하던 줄이 마지막으로 끊어지고, 유일하게 남아 깜빡이던 불씨마저 꺼지고, 하나밖에 없는 구명보트도 모두 떠내려간 기분이었어.

슬프면서도 한편으로는 홀가분했어. 난 이제 더 이상 누군가의 무엇이 아니었으니까. 자식 없는 엄마, 남편 없는 아내, 부모 없는 딸이었고, 코딱지만 한 유산뿐, 정해진 주소도 없었어.

이제 난 어디든 갈 수 있었지. 내 마음대로 다시 시작할 수 있다는 걸 깨달았고, 유스턴 역의 지저분한 승강장에 내릴 때까지도 희망의 씨를 품고서 남편을 꼭 찾겠다고 다짐했었어. 내게 남은 유일한 사람이었으니까.

우선 경찰서부터 찾아가기로 했어. 이른 아침이었고, 기차에서 잠을 자긴 했지만, 정신이 멍했어. 혀로 이빨을 훑었더니 엄청 텁텁한 느낌이 들었고, 한번 그러고 나니 자꾸만 혀로 이를 훑게 되더라고. 폴로 캔디를 몇 개나 먹었는데 텁텁함은 가시질 않았어.

역에서 나와 밝은 곳으로 걸어가니, 도로에는 자동차와 빨간 버스들로 가득했고, 출근하는 사람들은 바쁘게 서로를 밀치며 지나갔어. 멍하게 그 모습을 보고 있으려니 나를 땅에 붙어있게 하는 건 내 손에 든 짐 가방뿐이라는 생각이 들더군.

나는 지나가는 모자를 쓴 한 남자에게 여기서 제일 가까운 경찰서가 어디냐고 물었고, 전부 똑같아 보이는 길에서 몇 번이

나 길을 잃고 헤매다가 마침내 경찰서를 찾아냈어. 잠깐이라도 망설이면 뒤돌아서게 될까 봐 일부러 곧장 안으로 들어갔어.

책상 앞에 직원 한 명이 앉아있었고, 얼룩이 묻은 의자들이 한 줄로 놓여있었어. 기차 안에서 나는 뭐라고 말하면 좋을지 머릿속으로 계속 연습을 했었거든. '제 이름은 마고 도커티예요. 실종자를 찾고 있어요. 제 남편 조니요.'

'어떻게 남편이 있는 곳을 모를 수가 있죠?'라는 질문을 제일 먼저 듣게 될 거라고 확신했어.

그런데 아니었어. 처음 들은 말은 질문도 아니었고, 그저 자리에 앉아 서류를 작성하라는 말이었어.

나는 자리에 앉았어. 서류는 내가 쓸 수 있는 것 이상의 정보를 요구하더라고. 내 이름이 뭐냐고? 그건 쓸 수 있었지만, 내 주소는? 현재 내 주소는 런던, 홀본 경찰서였지. 그럼 사는 곳은 어디냐고? 최근에 비워준 글래스고의 연립주택? 실종자와는 어떤 관계냐고? 우리가 결혼한 사이냐고? 그랬지. 하지만 아직 부부 사이인 게 맞나? 조니가 떠난 뒤 다른 여자랑 결혼했으면 어쩌지? 그 사람을 마지막으로 본 게 언제였냐고? 그리고 본 장소는? '몇 년 전 해변에서'라고 쓰면 되려나? 그런 말은 아무 도움도 안 되려나? 그의 인상착의는? 아직도 호리호리하려나? 지금도 가운데 가르마를 타고 양옆으로 머리카락을 빗어 넘겼을까? 그리고 나는 왜 그를 런던에서 찾고 있는 거지?

내가 답할 수 있는 건 이 마지막 질문뿐이었어. 몇 년 전 아직 아기가 태어나지 않았을 때, 조니는 내 옆에 누워 내 배에 손을 올리고 도시로 가고 싶다는 말을 했었거든. 그때까지 우리는 한 번도 도시에 가본 적이 없었어.

손에 자꾸 땀이 나서 펜을 떨어뜨렸어. 나는 펜을 줍고 축축해진 손을 치마에 문질러 닦았어. 말을 걸어볼 사람이 있을까 싶어 접수 담당자를 쳐다봤지만, 그녀는 고개를 젓더라고.

나는 질문들을 계속 들여다봤어. 당연히 알아야 할 뻔한 질문인데도 답을 할 수가 없더라고. 남편의 키, 건강 기록, 직업 같은 것들. 이렇게 아는 게 없어서야 남이라고 하는 게 낫겠다 싶었어.

"지금 뭐 하시는 거예요?"

옆에 누가 있는 줄도 몰랐는데, 옆에 있던 어떤 여자가 묻더라. 그 여자는 나보다 어렸지만, 그렇다고 훨씬 어려 보이는 정도는 아니었어. 파란색과 초록색 무늬가 있는 원피스를 입었고, 금발인 머리카락은 며칠은 안 감은 것처럼 보이더라고. 그리고 그 순간 이곳을 너무나도 편안하게 여기는 것 같았어.

"어, 전……."

"가방엔 뭐가 들었어요? 시체?"

그 여자는 깔깔거리고 웃으면서 눈 밑 화장을 닦았는데, 아래쪽 속눈썹의 마스카라가 번져 두 줄이 됐더군.

"그거 마약이에요?"

"아뇨, 이건……."

"폭탄!?" 이렇게 외친 여자는, 대기실에 있던 다른 사람들이 우리를 쳐다보고 있다는 걸 깨닫고는 내 옆으로 몸을 기대면서 속삭였어. "폭탄이에요?"

"아니에요!" 나는 펜을 바닥에 또 떨어뜨렸어.

"여기요."

그 여자가 펜을 집어 건네더군. 여자가 머리카락을 귀 뒤로 넘기니까 손목에 주렁주렁 걸린 팔찌들이 짤랑거렸어.

"놀라게 하려던 건 아닌데, 미안해요."

"놀라지 않았어요."

나는 정말로 그녀 때문에 놀란 건 아니었는데 갑자기 울고 싶어지더라고.

나는 지칠 대로 지쳐있었어. 최근에 아버지를 여읜데다 어떤 사람인지 제대로 설명조차 할 수 없는 사람을 찾겠다고 실종 신고를 하고 있으려니 말이야. 사실 그 남자는 실종된 건 아니었고, 다만 내가 찾을 수 없었던 것뿐이었지. 시어머니는 돌아가시고, 조니의 동생은 주소를 남기지 않고 다른 곳으로 이사를 가버렸거든. 내게 자기 인생을 걸겠다던 그 남자가 나는 무척 그리우면서도 한편으로는 눈곱만큼도 보고 싶지 않았어.

여자는 가는 팔로 팔짱을 끼면서 의자에 등을 기댔어. 여자는 자신의 금발 머리를 손가락으로 쓸어내리다가 손가락에 낀 반지를 돌렸어.

나는 다시 서류에 집중했어. 그나마 중요하다고 할 수 있는, 조니의 생일은 알고 있었지. 그 밑에는 실종자 신고를 하는 이유를 적는 칸이 있었어. 서류의 절반은 아직도 비어있었지. 나는 이유를 적는 칸에 '남편이 어디 있는지 모릅니다'라고 쓰나

마나 한 이유를 썼다가 너무 무성의하게 보인다는 생각에 죽죽 줄을 그었어.

"뭐 하시는 건데요?"

여자가 속삭이며 묻는데, 향수와 알코올 냄새가 나더라고.

"저는……." 설명할 수가 없어서 그냥 클립보드에 끼운 서류를 보여줬어.

"실종 신고." 서류를 본 그녀의 눈썹이 올라갔어. "실종된 사람이 누군데요?" 대답하려는데 여자가 이러더군. "설마 자신을 신고하는 건 아니겠죠? 그거 진짜 좋은 아이디언데요! 스스로 실종 신고를 한 다음 사라진다……. 와, 이거 진짜 기발한데? 언젠가 한번 해보고 싶네요." 여자의 눈이 반짝거렸어.

"남편이요." 며칠 만에 처음 말하는 것 같은 기분이 들더라고.

무슨 이유에선지 나는 처음 만난 여자에게 내 사연을 전부 얘기했어. 중요한 한 사람, 아기 얘기만 빼고.

"남편이 그리워요?" 내 이야기를 전부 듣고 그녀가 물었어.

"모르겠어요. 남편은 나한테 남은 유일한 사람이거든요."

"그럼 남편을 다시 찾으면 그분과 오래 함께 지내고 싶으신 거예요?"

"아뇨, 난……."

"남편이랑 같이 살고 싶어요?"

"글쎄요……."

"남편에 의해 정의되는 게 좋으세요?"

"정의된다고요?"

"네, 그러니까 오로지 남편을 찾아 이 멀리까지 오신 거잖아요. 현재의 목적은 남편이고, 그 남자가 당신을 규정하는 거죠."

여자는 약간 화가 난 것 같았어.

"난 그저 내가 아는 사람을 찾고 싶은 것뿐이에요."

그 말을 하면서 나도 이게 내 진심이라는 걸 깨달았지.

"그럼 신고서에 그 말을 쓰세요. 경찰에서도 이 사람을 찾는 일이 얼마나 시급한지 알아야 더 열심히 찾을 거 아니에요?"

무슨 생각을 하는지 알 수 없는, 신고서의 무표정할 얼굴이 나를 빤히 쏘아보는 것 같았어.

"실종 신고 접수를 한 다음엔 어떻게 하실 거예요?"

"모르겠어요." 나는 대답했어.

"지낼 곳은 있으세요?"

"아뇨." 그렇게 말하는데 얼굴이 달아오르더군.

"용감하시네요." 여자가 말했고, 난 정말 그게 용감한 걸까 생각했어.

"모르겠어요."

나는 자꾸만 눈물이 나올 것 같아서 이 말만 반복했어.

"저는 여기서 뭘 하는 중인지 궁금하지 않으세요?" 그녀가 물었어.

난 아무 대답도 안 했는데 그녀가 세 가지를 이야기하더군. 첫째, 자신은 친구 애덤을 기다리는 중인데, 애덤은 최근 대학 실험실에 몰래 들어가 실험용 동물을 풀어주려다 경찰에 잡혔다고 했어. 둘째, 자신 역시 같은 죄로 체포되는 건 아닌지 결과를 기다려 봐야 한다더군. 그리고 셋째는 첫째, 둘째가 잘 해결되면 내게 잘 수 있는 곳을 마련해 주겠다는 거였어.

그러면서 여자는 내게 실종 신고서는 그냥 찢어버리고 스스로를 '해방'시키라고 했어. 처음에는 '해방'이 뭔가 성적인 걸 가리키는 속어인가 했는데, 사실은 홀로서기를 해보라고 권유하는 말이란 걸 나중에야 알게 됐지. 나를 두고 도망친 남편을 찾아다닐 게 아니라 손 흔들며 잘 가라고 보내주라는 거였어.

첫째, 둘째 문제가 해결되는 데는 우리가 예상했던 것보다 훨씬 오랜 시간이 걸렸어. 그래서 내 손은 계속 실종 신고 서류를 붙잡고 있었고, 땀이 밴 손바닥으로 계속 누르고 있다 보니 나중에는 종이가 쪼글쪼글해졌더군. 자전거를 도둑맞은 남자와 경찰 한 명이 내 짐 가방에 걸려 넘어지면서 욕을 했고, 두 사람 다 내게 무슨 일로 왔냐고 물었어.

애덤이 수갑을 차지 않은 채로 감방에서 나왔을 때, 내 새로운 동료는 환성을 질렀고, 경찰에게 조용히 하라고 혼이 났어. 그 경찰은 애덤에게 소지품을 돌려주면서 차마 입에 담을 수도 없는 욕을 해가며 빨리 꺼지라고 하더군.

"억울하게 옥살이 한 남자가 드디어 풀려났도다. 당연히 축하할 일이 아닌가." 여자가 말했어.

셰익스피어의 어느 한 구절을 인용한 게 아닐까 하고 나는 혼자 생각했지.

"이 사람이 애덤이에요. 이 분은 스코틀랜드에서 온 도망자, 마고."

애덤이 내게 악수를 청했어. 내 손은 아직도 땀으로 축축했고, 남자가 나와 악수를 한 다음 슬쩍 바지에 손을 닦아내는 걸 봤지.

우리는 저무는 햇살 속에 거리로 나섰어.

"아, 맞다." 그녀는 까먹고 있었다는 듯 말했어. "내 이름은 미나예요."

우리는 거리를 걸어 경찰서에서 조금씩 멀어졌어. 그러다 문득 내가 클립보드와 실종 신고 서류를 아직도 손에 들고 있다는 걸 깨달은 거야.

"아, 깜빡했어요!"

나는 서둘러 경찰서로 돌아가려 했지만, 미나가 나를 따라오더니 경찰서 바로 앞에서 내 팔을 잡고 막아서더라고.

"뭐 하는 거예요?" 그녀가 물었어.

"경찰서 물건을 훔칠 순 없어요!"

"클립보드는 돌려주더라도 이건 안 돼요."

그녀는 집게에서 서류를 뺐어.

"운명에 맡겨봐요."

그러더니 그녀는 실종 신고서를 마구 구겨 납작하게 만들더니, 쓰레기통으로 쏙 던져 넣었어.

로즈룸으로 돌아온 레니

마고가 나를 향해 어찌나 빠른 속도로 달려오는지, 내 눈에는 자주색 어떤 형체가 빠르게 다가오는 것처럼 보일 정도였다. 두 팔로 나를 꽉 안아주는 마고에게서 라벤더 향이 풍겼다.

"잘 지냈죠?" 내가 물었다.

나를 안은 팔을 풀지 않은 채 마고가 고개를 끄덕였다.

"조심하셔야 해요."

신입 간호사가 경고했지만, 마고는 이미 내 몸에 새로 생긴 수술 부위를 꽉 누르고 있었고, 이제 와 뭘 하기에는 너무 늦은 상태였다.

"정말 너무 보고 싶었어!" 마고가 말했다.

교실 안 사람들이 모두 나만 쳐다봤다. 하지만 내 시선은 오로지, 내가 없는 동안 마고가 새로 그린 그림과 스케치에서 떨어질 줄 몰랐다. 그림이 어찌나 훌륭한지 그만 나도 모르게 욕을 하고 말았다. 나는 욕을 해서 미안하다고 사과했지만, 마고는 그다지 개의치 않는 눈치였다. 내가 죽지 않고 살아났다는 사실에 어찌나 기뻐하는지, 그날만큼은 더한 짓을 해도 다 용서받을 수 있을 것 같았다.

그날 수업 주제는 바다를 추상 기법으로 표현하는 것이었다. 피파는 파란색과 초록색 물감을 섞는 법에 대한 설명을 마치자마자 곧장 내게로 왔다.

"레니, 널 안아주지는 못하겠다." 피파는 앞치마에 잔뜩 묻은 초록색 물감을 손짓으로 가리키며 말했다. "기분은 어때?"

"좋아요, 고마워요."

"이제 다 괜찮은 거지?" 피파가 재차 확인했다. 나는 로즈룸에 오지 못하는 동안 어떤 일이 있었는지 한마디도, 아무 말도 하지 않은 채 고개만 끄덕였다. 피파는 단지 내가 걱정되어 그랬겠지만, 모든 걸 궁금해하고, 특히 수술의 자세한 과정을 전부 알고 싶어 하는 사람들 때문에 나는 좀 짜증이 나 있었다. 사람들은 내가 정확히 *얼마나* 죽을 것 같았는지 알고 싶어 했다.

"네가 돌아와서 정말 기뻐." 피파가 웃으며 말했다.

피파가 다른 곳으로 갔을 때, 마고와 나의 시선이 서로 마주쳤다. 우리 부모님에 관해 묻고 싶지만 꾹 참고 있다는 걸, 마고의 눈빛으로 알 수 있었다. 내가 대답하지 않으리라는 것도 마고는 이미 알고 있는 것 같았다.

그날 우리가 그린 그림은 별로 중요하지 않았다. 우리가 나눈 이야기들 역시 중요하지 않았다. 내가 로즈룸에 있고, 마고가 내 옆에 있다는 사실 말고는 그 어느 것도 중요하지 않았다.

레니와 추수 감사제

신입 간호사가 오더니 자신이 늘 앉는, 내 침대 끝자리에 앉았다. 다른 간호사들도 가끔 그러긴 했다. 나를 달래거나 불편한 얘길 해야 할 때 무심한 척 내 침대 끝에 앉았지만, 대개는 가식적인 행동이란 게 금세 드러났다. 하지만 신입 간호사는 좀 달랐다. 편안한 척하는 게 아니라 정말로 편안해했다. 그녀는 여분의 베개를 맘대로 집어다가 등이 배기지 않게 침대 난간에 대고 기댔다. 신고 있던 구두를 벗어 던지고, 입고 있던 카디건은 어깨에 툭 걸친 다음, 책상다리를 한 자세로 자리를 잡았다. 그리고 침대 주변에 커튼을 꼭 둘러쳤다. 그래서 우리끼리만 있을 수 있게. 가능한 우리끼리만 있다는 느낌이 나게.

신입 간호사의 머리카락은 여전히 체리 맛 탱고(영국의 탄산음료 브랜드 - 옮긴이) 같은 선홍색이었지만, 처음 봤을 때보다는 좀 더 길어져 있었다. 머리가 얼마나 자란 걸까, 궁금했다. 체리 탱고 생각을 하면 나도 모르게 먹고 싶어졌다. 학교에서 디스코

파티를 할 때 마시거나 길을 가다가 신문가판대에서 사 마시면, 쉬익 소리와 함께 혀 위에서 폭죽이 터지며 쏩쓸한 단맛이 나곤 했었는데.

신입 간호사는 체리 탱고 색 머리카락을 귀 뒤로 넘겼다. 그녀는 모든 걸, 아주 사소한 것까지 전부 알고 싶어 했다. 자신이 일하는 방식에 대해 내가 어떻게 생각하는지도 알고 싶어 했다. 간호사로서 자신이 확실하게 합격인지 아닌지 정말 궁금한 것 같았다. 그래서 나는 내가 이 병원에서 좋아하는 간호사라고 할 수 있는 사람은 그녀뿐이라고 말해주었다.

"다시 돌아가게 될 것 같아?" 그녀가 물었다.

"스웨덴으로요?" 나는 잠시 생각해 봤다. "가지 않을 가능성이 커요."

"너희 옴마 거기 계시잖아, 그렇지?" 그녀가 물었다.

신입 간호사가 방금 한 말은 어느 지역 사투리일까 궁금했다. 내가 영국 태생이라면 알았을 텐데.

"맞아요. 하지만 그래서 더더욱 돌아가지 않을 거예요."

입 근육을 당겨 어색하게 웃고 있는 걸 보니, 나를 걱정하는 눈치였다.

"만약 제가 스웨덴으로 돌아간다면 엄마를 찾아간 건 아닐 거예요. 하지만 엄마가 거기 산다는 걸 알기 때문에 어쩔 수 없이 자꾸만 엄마를 찾게 되겠죠? 내 옆을 지나가는 검은 머리 여자만 봐도 우리 엄마인가 싶어 얼굴을 확인할 거라고요. 그러다 결국엔 우연히 마주치게 될 테고. 그러고 싶진 않아요."

신입 간호사는 또 뭔가를 물어보려 했지만, 내가 먼저 선수 쳤다. "어쨌든, 여기만 벗어날 수 있다면 거기보다 먼저 가보고 싶은 곳이 정말 많거든요."

"어딜 가보고 싶은데?"

"파리, 뉴욕, 말레이시아, 러시아, 핀란드, 멕시코, 오스트레일리아, 베트남, 이 순서대로요. 한 바퀴를 다 돌면 처음부터 다시 갈 거예요. 그래서 죽을 때까지 계속 돌고 돌 거예요."

"러시아는 왜?"

"안 될 이유는 뭐죠?"

"난 혼자 여행 가본 적이 없어. 그럴만한 용기가 없어."

"저도 그래요!"

그녀가 내 얼굴을 어찌나 빤히 들여다보는지 나는 그만 시선을 돌리고 말았다.

"레니, 넌 내가 아는 사람 중에 가장 용감해." 그녀는 다정하게 말했다.

"왜 그렇게 생각해요?"

"그냥." 그녀가 말했고, 우리 사이에 그 순간이 찾아왔다.

"죽는 게 용감한 건 아니에요. 우연히 그렇게 된 거지. 전 용감하지 않아요. 아직 죽지도 않았고요."

신입 간호사가 두 다리를 앞으로 뻗어 내 다리와 그녀의 다리가 철로의 침목처럼 나란히 놓이게 됐다. 이번에는 양말을 제대로 신고 있었다. 컵케이크 무늬가 있는 핑크색 양말이었다. 병원 밖 그녀의 삶은 어떤 모습일까? 나는 그녀의 집, 자동차,

양말 서랍 등을 잠시 상상해 봤다.

"그래도 난 네가 용감하다고 생각해." 그녀가 조용히 말했다.

"쌤이 혼자 여행을 가면 저도 쌤을 용감하다고 생각할게요."

그녀는 옷 주머니에서 건포도가 든 작은 빨간색 상자를 꺼내 윗부분을 까더니, 손가락 하나를 밀어 넣어 쭈글쭈글한 건포도 하나를 입에 넣었다.

"쌤이 만약 러시아에 가면 그곳 사람들도 분명 쌤을 좋아할 거예요."

때로 나는 신입 간호사 말고 다른 간호사를 상대할 때도 있다. 그들도 모두 이름과 얼굴이 있지만 그들은 내게 아무런 인상도 남기지 못한 채 그저 왔다가 멀어진다. 그들의 빨갛지 않은 머리카락은 규칙에 순응하라고 소리치고, 다른 사람과 나를 똑같이 대하는 태도는 기분을 불쾌하게 만든다. 그 간호사들은 절대 밤늦게 내 침대에 와서 건포도를 먹지 않는다. 굳이 확인해 보진 않았지만, 컵케이크 무늬 양말도 신지 않는 게 분명하다. 물론 그 사람들을 비난하려는 건 아니다. 그들은 교도관이고 우리는 죄수이기 때문에 서로 너무 가까워지면 누가 갇힌 사람이고 누가 자유인인지 경계가 모호해질 수밖에 없다.

아무튼 신입 간호사가 가고 난 뒤, 병원에 기부된 신문과 잡지 묶음을 가져온 건 다른 간호사 중 한 명이었다. 나는 《크리스천 투데이(Christian Today)》부터 집어 들었다. 다음에 성당을 방문했을 때 아서 신부님과 대화할 거리가 필요했기 때문이다. 제일 앞 장에는 큰 글씨로 '그리스도의 추수 감사제 메시지'라는 제목이 적혀있었고, 그 밑에는 한 줄로 놓인 통조림 뒤에서 웃고 있는 어린아이들 사진이 있었다. 그 사진은 마치 예수의 탄생을 그린 그림과 매우 비슷해 보였는데, 다만 아기 예수가 강낭콩 통조림으로 바뀌어 있을 뿐이었다.

아서 신부님도 병원 성당 제단에 콩 통조림을 쌓아두시려나? 어쩌면 기증받은 것들이 전부 병원 음식뿐이라 성당 안에는 플라스틱 그릇에 담긴 칙칙한 셰퍼드 파이(다진 고기에 으깬 감자를 올려 구운 파이 – 옮긴이)나 라이스 푸딩(쌀에 설탕과 우유를 넣어 만든 푸딩 – 옮긴이), 오렌지 맛 환자용 영양식만 잔뜩 쌓여있을지도 모를 일이었다. 그리고 신부님이 성당을 찾아오는 사람들에게 음식 기부를 기대한다 하더라도 나 말고는 기부할 사람이 없을 터였다. 신부님에게는 내 도움이 절실하다는 걸 나는 다시 한번 깨달았다. 신부님을 찾아가 추수 감사제 준비를 도와드려야지. 참치 통조림을 놓고 사진을 찍을 수 있도록 아이들 한 무리를 모아 데려가는 것도 좋을 것 같았다.

한동안 문어와 시간을 보내고 나니, 예전보다 허락받지 못하는 일들이 훨씬 늘어나 있었다. 내가 간호사실에 가서 성당에 가도 되냐고 물었더니, 간호사 둘이 서로 한참을 의논하는데, '감염'과 '면역 체계'란 두 단어가 지나치게 자주 등장했다. 그들은 결국 나를 침대로 돌려보냈다.

처음에는 나도 항의하지 않았다. 하지만 한 시간쯤 침대 끝에 걸터앉아 다리를 흔들며 자주색 문어에 대해 생각하고,《크리스천 투데이》의 표지를 보고 있으려니, 문득 어떤 깨달음이 찾아왔다. 내겐 하라는 대로 그렇게 고분고분하게 앉아있을 시간이 없었다. 남은 시간이 별로 없다는 생각이 마음속 욕구를 자꾸만 건드렸다.

나는 간호사실 앞으로 걸어갔다. 나를 본 간호사 재키가 떨떠름한 얼굴로 말했다.

"레니, 그 얘기라면 듣고 싶지 않아. 우리 오늘 정말 바빠."

"무슨 일인데요?" 섀런이 재킷을 팔에 걸치며 물었다.

"교회에 가겠대." 재키가 말했다.

섀런은 한숨을 쉬고 눈을 굴리더니, 자기 머그잔과 도시락 가방을 집어 들었다.

"그럼, 내일 봐요." 그녀는 재키 뒤에서 이렇게 외치고는 퇴근했다.

섀런이 나가자, 재키가 나를 향해 고개를 돌렸다.

"레니, 네 침대로 돌아가."

"하지만 전 죽어간다고요."

재키는 내 눈을 보았다.

"전 곧 죽을 거예요." 나는 다시 말했지만, 그녀는 들은 척도 하지 않았다.

아직은 낮 시간이라 주변에는 바쁘게 돌아다니는 사람들이 많았다. 침대 시트가 담긴 철제 카트를 밀며 세탁실로 가는 이송 요원들, 병원의 더운 실내 온도에 맞지 않게 옷을 너무 많이 껴입고 부지런히 걸어가는 문병객들, 복도에서 걷는 연습을 하는 노인들.

"전 곧 죽을 거예요." 나는 더 큰 소리로 말했다. 재키는 나를 쳐다보지도 않았다.

"오늘은 널 데리고 성당까지 동행할 사람이 아무도 없다고 벌써 말했잖아. 이 병동에는 너 말고도 돌봐야 할 환자가 열다섯이나 더 있어. 그러니까 바보 같은 짓 그만하고 네 침대로 돌아가."

재키의 입가에는 흡연자들에게서 흔히 나타나는 팔자주름이 있었다. 나는 그녀의 피부 아래는 단단한 돌덩이로 이루어져 있을 거라고 상상했다. 어떤 열도 녹일 수 없고, 어떤 빛도 밝힐 수 없는 화강암으로 만들어져 있는 게 분명했다. 그래서 피부를 벗겨내면 그 위에 이름을 새길 수도 있겠지.

물론 침대로 돌아갈 수도 있었다. 이론상으로는. 하지만 실제로, 내 발은 너무나 무거워 내 의지와는 상관없이 더 강한 힘으로 나를 잡아당겨 스스로 있을 곳을 정했다. 제어할 수가 없었다. 내 몸이 맞서면 나는 몸과 함께 있는 수밖에 없었다. 우리는 한 팀이었다. 가끔은.

"우리 나중에 얘기하자." 재키가 말했다. 이제 나를 보는 눈은 더 늘어나 있었다.

"아서 신부님을 뵙고 싶어요." 내가 말했다.

그녀는 주변을 두리번거렸다. 지나가던 의사나 다른 간호사처럼 자길 지지해줄 사람을 찾는 것 같았다.

"이 얘기는 더 이상 하고 싶지 않아. 바쁘단 말이야."

그러고는 컴퓨터 화면의 엑셀 시트를 다시 열심히 쳐다봤다. 클릭, 드래그, 클릭, 드래그, 그런 다음 삭제 버튼을 몇 번 연속으로 빠르게 눌렀다. '하, 실수했나 보군.'

재키는 그냥 나를 계속 무시하면 내가 제풀에 지쳐 돌아갈 거라고 생각한 것 같았다. 하지만 난 여전히 그럴 수 없었다. 재키는 클릭과 드래그를 몇 번 더 했고, 컴퓨터 화면만 보고 있었지만, 주변 시야로는 나를 보고 있다는 걸 알 수 있었다. 나는 계속 거기 서서 내 밝은 머리카락과 분홍색 파자마 때문에 내가 공포 영화에 나오는 아이처럼 보일 거라는 생각을 했다. 재키는 계속 클릭을 하거나 자판을 두드렸고, 나는 옆에서 기다렸다.

마침내 재키의 시선이 다시 나를 향했다. 레이저 광선을 쏘고도 남을 것 같은 눈빛이었다.

"내가 어떻게 할 건 줄 알아? 지금 당장 내 책상 앞에서 비키지 않으면, 보안 요원을 부를 거야."

"저도 책상 앞에 있고 싶지 않아요. 성당에 가서 아서 신부님을 만나고 싶어요."

"기다려야 한다고, 몇 번을 말했니?"

"시간이 없다고요!"

나는 불만에 가득 차 나도 모르게 큰 소리를 냈고, 그 바람에 지나가던 사람들이 전부 쳐다봤다.

"레니, 솔직히 말해서 시간이 없긴 나도 마찬가지야. 사람들 이목이나 끌려고 하는 네 우스꽝스러운 행동, 네 연극에 같이 장단 맞춰줄 시간 없단 말이야!"

"하지만 선생님은 시간이 있잖아요."

"뭐?"

"선생님은 40년은 족히 사실 거잖아요. 그렇게 계속 담배를 피우다 보면 25년이나 30년이 될 수도 있지만, 그래도 살날이 저보다는 훨씬 많이 남았잖아요."

허락도 없이 눈을 벗어난 눈물 한 방울이 세상 밖으로 나가기로 결심한 듯 내 뺨을 타고 또르르 굴러 바닥으로 떨어졌다. 나는 눈물이 계속 구르고 굴러 성당에 있는 아서 신부님을 찾아가 내가 여기 잡혀있다고 대신 말해줬으면 싶었다.

"그만하자."

재키는 수화기를 들고 번호 세 개를 눌렀다. 재키는 기다렸고, 나도 기다렸다. 또 다른 눈물이 내 눈을 이탈해 자기 전우를 따라 바닥으로 떨어졌다.

마침내 수화기 너머에서 누군가 대답하자, 재키가 말했다.

"메이 병동으로 안전 요원 좀 보내주세요. 간호사실에서 업무를 방해하는 환자가 한 명 있어서요."

그녀는 다시 기다리더니, 심각한 목소리로 '알겠다'고 말하고 수화기를 내려놓았다. 나는 아무 말도 하지 않았다.

재키는 책상 위의 서류들을 뒤적거리더니 초록색 형광펜의 뚜껑을 열고 서류에 줄을 긋기 시작했다. 나 같은 건 조금도 신경 쓰지 않는다는 걸 보여주려고 계속 뭔가를 하는 게 분명했다.

"저 지금 성당 가도 돼요? 선생님이 바쁘시면 저 혼자라도 갈게요."

"여기가 무슨 '레니 쇼' 녹화장인 줄 알아? 네가 특별한 뭐라도 되는 것처럼 해달라는 대로 다 해주는 직원이 몇몇 있다는 건 나도 아는데, 넌 그저 다른 사람들하고 똑같은 환자일 뿐이야. 다른 환자들보다 두 배로 손이 간다는 것 빼고는."

"아뇨, 그렇지 않아요." 나는 그렇게 말했지만, 그렇지 않다는 증거를 내놓지는 못했다.

"진짜 웃기지도 않군." 재키는 낮은 소리로 중얼거렸다.

또 다른 눈물이 자유를 찾아 떠났다.

보안 요원이 바로 오지 않자, 내가 재키를 싫어하는 만큼 병원 보안 요원도 재키를 싫어하는 게 아닐까 싶었다. 그렇게 생각하니 흐뭇했다. 빨리 나를 처리해달라는 재키의 요구는 전혀 이뤄지지 않고 있었고, 그래서 나는 눈가의 눈물을 닦지 않은 채 계속 거기 서 있었다. 재키도 나와 같은 생각을 했는지, 다시 전화기를 들었다.

"네, 메이 병동의 재키입니다. 조금 전에 보안 요원 좀 보내주시라고 말씀드렸는데요."

방문객, 직원, 그리고 다른 메이 병동 수감자들이 드나드는 문에서 신호음이 울리고, 보안업체 유니폼을 입은 키 큰 남자가 문을 지나 나타났다. 나이가 스물다섯도 안 된 것 같았다.

이제 눈물은 내 통제를 벗어나 뺨을 타고 줄줄 흘러 파자마 상의로 떨어지고 있었다. 콧물도 더 이상 안 되겠다 싶었는지, 윗입술을 타고 흘러내렸다.

"거기, 너…… 괜찮니?"

"성당에 가서 신부님을 뵙고 싶어요." 내가 말했다.

"저기요?" 재키가 날카로운 목소리로 그를 불렀다.

"수닐입니다. 그냥 써니라고 부르세요." 그가 손을 내밀었지만, 재키는 악수를 받아주지 않았다.

"보안 요원을 부른 건 접니다. 이 환자가 업무를 방해하고 있어서요."

"성당에 있는 제 친구를 만나러 가고 싶어요." 나는 다시 말했고, 더 많은 눈물이 얼굴을 타고 흘러내렸다.

써니는 나와 재키를 번갈아 보더니 다시 나를 보았다.

"제가 데려다줄게요." 그는 대수로운 일도 아니라는 듯 말했다.

재키의 얼굴은 금방이라도 폭발할 것 같았다.

"안 돼요. 저 환자는 기다려야 합니다. 기다리라고 제가 이미 얘기했어요."

보안 요원은 당혹스러운 표정이었다.

"어려운 일도 아닌데요."

"병원에는 규칙이란 게 있어요. 다른 환자에게는 규칙을 따르게 하면서 이 환자에게만 다른 규칙을 적용할 수는 없어요." 재키는 형광펜 뚜껑으로 손바닥을 꾹 누르며 말했다.

"성당에 가고 싶어 하는 분이 또 있나요? 제가 전부 다 동행해 드릴 수 있거든요. 전 괜찮아요." 써니가 웃으며 말했다.

나는 모르는 사람이 보이는 잔인한 말과 행동에는 그다지 마음이 상하지 않았지만, 모르는 사람이 보이는 친절한 말과 행동에는 이상하게도 쉽게 무너졌다. 써니가 내게 괜찮냐고 다시 묻고, 가고 싶은 곳이 어디든 동행하겠다고 했을 때 나는 정말 제대로 울기 시작했다.

"전 이 환자가 침대로 돌아갈 수 있게 안내해달라고 보안 요원을 부른 겁니다. 그쪽이 못하시겠다면 다른 사람을 부르겠어요." 재키가 말했다.

써니는 나를 보았다. 나를 억지로 끌고 갈 생각은 전혀 없어 보였다. 그는 나를 향해 한 걸음 다가오더니 말했다.

"그렇다면, 친구, 나를 네 침대로 안내해 줄 수 있겠니?"

나는 코를 훌쩍이며 고개를 끄덕였다. 나는 걷기 시작했고, 그는 자신이 말한 대로 약간 떨어져 내 뒤를 따라왔다. 병동의 다른 사람이 보면 내가 길을 안내한다고 생각할 것 같았다.

나는 침대에 도착했고, 그곳에서도 재키와 간호사실이 보였다. 재키는 내가 자리로 갔는지 확인하려고 목을 길게 빼고 이쪽을 보고 있었다. 풀숲에서 벌레를 찾는 왜가리처럼. 나는 침대 끝에 앉았고, 그녀는 만족한 듯 고개를 돌렸다.

써니는 커튼을 쳐 재키가 나를 보지 못하게 가려주며 말했다.

"기운 내."

마침내 커튼을 마저 칠 기운이 생겼을 때, 나는 물 한 병을 거의 다 마셨다. 나는 침대에 누워 편안한 상태로 있고 싶지 않았다. 편안해진다는 건 굴복한다는 의미였다. 나는 재키가—이제는 분명 나를 볼 수 없었다—자신의 결정이나 현재 나의 억류 상태를 내가 온순하게 받아들인다고 생각하게 하고 싶지 않았다.

나는 한두 시간쯤 거기 앉아 내가 운 이유가 뭘까 생각해 보았다. 계획이 좌절됐기 때문일까? 아서 신부님을 보러 가지 못해서? 내가 죽어간다는 사실을 재키가 전혀 개의치 않아서? 아니면 내가 정말 죽어가고 있어서? 어쩌면 죽는다는 일이 전혀 특별하지 않은 그런 곳에 내가 살고 있어서 인지도 모른다는 생각이 들었다.

그때, 커튼 너머에서 어떤 목소리가 조용히 속삭였다.

"레니?"

"아서 신부님?"

"그래, 나 아서 신부야." 그가 속삭이는 목소리로 답했다.

"진짜 아서 신부님이에요?"

"그래."

"들어오세요!"

신부님은 제2차 세계 대전 중 작전을 수행하는 사람처럼 내 커튼 칸막이 안으로 조심스레 들어왔다.

"써니가 나를 찾아왔더구나." 그가 속삭이며 말했다.

"써니를 아세요?"

"알지. 지난여름 병원에서 열린 종교인 화합 행사에서 만났었어. 정말 괜찮은 청년이라고 생각했지. 안 그러니?"

"맞아요."

"아무튼, 나를 찾아와서 하는 말이, 메이 병동 환자 하나가 성당에 가려는 걸 허락받지 못해 무척 속이 상해있다고 하더구나." 신부님은 침대 끝 주변에서 어색하게 서성이며 웃었다. "나를 만나러 오지 못해 실망할 사람은 이 병원을 통틀어 딱 한 사람, 너뿐일 거라고 생각했지."

"맞아요, 추수 감사제 얘기를 좀 하고 싶었거든요."

"추수 감사제?" 신부님 이마에 주름이 잡혔다.

"추수 감사제 행사에 관한 글을 읽고 있었어요."

"하지만 추수 감사제는 9월인데……."

나는 침대 옆 탁자에 놓여있던 《크리스천 투데이》의 표지를 내려다보았다. 신부님도 그걸 본 게 분명했다. 왜냐하면 손을 뻗어 집어 들고는 표지의 날짜를 확인했기 때문이었다.

"그러니까 지금이 9월이 아니란 말이에요?" 내가 물었다.

"응, 아니지." 신부님은 걱정스러운 표정을 지으며 천천히 대답했다.

나는 웃어버렸고, 신부님도 웃었다. 하지만 그때, 내가 참고 말고 할 새도 없이 눈물이 흐르기 시작했다.

"레니, 왜 그러니?"

"저도 제가 왜 이러는지 모르겠어요."

신부님은 내게 노란색 손수건을 내밀었다. 나는 손수건을 가지고 다니는 사람은 영화 속에서만 봤을 뿐, 실제로 본 건 처음이었다. 노란색 손수건이 봄날의 유령처럼 우리 둘 사이 공중에 떠있는 듯했다.

"깨끗한 손수건이야. 정말이야." 신부님이 말했다.

나는 손수건을 받아 정확히 정사각형 모양인 손수건을 펼쳐 거기에 얼굴을 묻었다. 교회 냄새가 났고, 눈물을 잘 빨아들였다. 교황의 가장 좋은 옷깃에 기대 우는 기분이었다.

"와주셔서 정말 감사해요." 나는 손수건에 얼굴을 묻은 채 말했다.

"친구 좋다는 게 뭐니."

마고와 유리병

미나는 내가 상상했던 모습과는 전혀 달랐다. 마고는 최근 요양원에서 보내온 가방에서 찾았다면서 사진 한 장을 보여주었다. 사진 속 미나는 무척 여리고 우아했다. 금발 머리는 생각보다 더 밝았고, 피부색은 창백했으며, 눈은 더 동그랬다. 귀 모양도 어딘가 요정 같은 데가 있었다.

마고는 유리병을 세상에서 가장 밝은 초록으로 칠하는 동안, 우리 둘 사이 책상 위에 그 사진을 올려 두었다.

1960년 3월, 런던
마고 도커티, 스물아홉 살

아버지는 겨울에 돌아가셨어. 바깥 날씨는 어둡고 춥고 잔인했었지. 그랬는데, 미나를 만나 그녀가 사는 단칸방으로 쭈뼛쭈뼛 거처를 옮기고, 이제는 전 룸메이트가 된 로렌스가 불같이 화를 내며 짐을 챙겨 나가는 동안 어느새 계절은 여름이 되어있었어. 미나를 만난 후로는 늘 여름이었지.

우리는 하우스 파티에 가려고 준비 중이었어. 나는 거울 앞 카펫에 앉아 마스카라를 바르고 있었지. 그 거울은 원래 벽에 걸려있던 건데 떨어져서 벽난로에 기대 세워둔 거였어. 거울은 우리의 화장대면서 금이 간 벽난로에서 들어오는 외풍을 막아주는 역할도 했어. 가끔은 굴뚝을 타고 구구거리며 내려오는 비둘기도 있었거든.

미나가 음반을 틀었지만, 레코드 바늘이 자꾸 한곳에서 걸렸어. 마이클 홀리데이의 노래는 '에브리 타임 아이 룩 앳 유, 폴링 스타즈 컴 인투 뷰(Every time I look at you, falling stars come into view).'라는 부분에만 오면 긁는 소리가 나면서 멈췄어. 다음 트랙으로 건너뛰었을 때, 나는 마스카라 브러시로 눈 화장을 하다가 그만 안쪽 눈꺼풀을 찌르고 말았지. 눈을 미친 듯이 깜빡였더니 눈물이 줄줄 흘러 뺨 위로 시커먼 강물이 생겼어. 나는 한숨을 쉬었지.

"마고, 마지막으로 즐거운 시간을 보낸 게 언제야?"

내가 그 집에 들어간 지 일주일쯤 됐을 때, 미나가 물었어. 난 대답할 수가 없었지. 제일 먼저 떠오른 건 크리스타벨과 뛰어다닌 일이었어. 그냥 막 여기저기 뛰어다녔거든. 어디서 어디로 뛰어갔는지도 기억나지 않지만, 숨이 찰 때까지 뛰면서 깔깔거리고 웃었던 것만 기억났어. 길바닥을 요란스럽게 때리던 샌들

소리랑.

"어때, 재밌는 거지?" 그때 미나가 물었어.

나는 미나를 향해 고개를 돌렸고, 내 기분이 어떤지는 내 얼굴에 이미 다 드러나 있었을 거야. 난 파티에 가기 전엔 늘 잔뜩 긴장했거든. 미나의 친구들을 많이 알게 되긴 했지만 그래도 모르는 친구들이 많았어. 나란 사람은 글래스고의 텅 빈 교회에 앉아 있거나 아이 잃은 어머니 모임에 나가 데이비의 곰 인형을 손에 들고 눈물이나 흘리고 있어야 하는 게 아닐까, 그런 생각을 하며 살다 보니 항상 남의 삶 속을 헤매고 있다는 느낌이 들었어.

"자, 이거 좀 마셔 봐."

미나가 내 눈앞에 병 하나를 내밀었어. 나는 술병을 받았어. 병 표면에 과일 문양이 양각으로 새겨진 가는 유리병이었지. 스페인어로 라벨이 붙어있었고, 안에는 내가 본 중 가장 밝은 초록색 술이 들어있었어.

"이게 뭐야?"

"나도 모르겠어."

"그럼 이걸 왜 산 거야?"

"내가 산 거 아니야. 교수님이 주신 거야."

미나는 의과 대학의 한 교수 밑에서 타이피스트로 일하고 있었어. 내가 런던 도서관에서 일할 수 있게 나를 추천해 준 사람도 같은 대학에서 일하는 미나의 동료 타이피스트였지. 미나는 자신이 교수와 함께 일한 덕분에 의과 대학에서 동물 실험을 한다는 정보를 얻을 수 있었다고 말했어. 하지만 다른 파티에 갔을 때, 미나 친구인 애덤 말에 의하면 미나는 거기서 일한 지 워낙 오래되어 그 정보들을 진작부터 다 알고 있었다는 거야. 애덤은 그 말을 하고는 눈썹을 추켜올리더니 다른 곳으로 어슬렁어슬렁 가버렸어.

미나가 레코드플레이어를 고치는 동안 나는 술병의 마개를 열어 밝은 초록 빛깔의 술을 조심스럽게 한 모금 맛봤어. 이 세상 배란 배는 모두 증류해 한 병에 담은 것 같은 맛이더군.

그녀는 내 반응을 기다렸어. 나는 두어 번 더 꿀꺽꿀꺽 들이켰지.

미나가 침대 위로 올라가더니 마치 강아지를 부르듯 이리 오라고 이불을 손바닥으로 툭툭 쳤어. 미나는 내 맞은편에 자리를 잡았어. 우리는 둘 다 책상다리를 하고 무릎이 거의 닿을락 말락 가까이 마주 앉았지.

"이제, 눈을 감아." 미나가 말했어.

잠깐 동안 나는 눈을 감지 않았어. 요정같이 생긴 귀와 함께 반짝거리는 파란 눈이 어딘가 그녀를 굉장히 짓궂어 보이게 했어. 그냥 웃고 있을 때조차도 뭔가 다른 꿍꿍이가 있는 것처럼 느껴졌지.

미나는 가지고 다니는 무민 화장품 가방의 지퍼를 열었고, 나는 눈을 감았어.

미나는 눈썹이 내 얼굴에 닿을 정도로 내게 몸을 기울였어. 그리고 티슈와 라벤더 향이 나는 크림 같은 걸로 눈 밑의 마스카라를 닦아냈어. 내 눈꺼풀 위에 아이섀도를 바르고, 뺨에는 볼 터치를 바르는 게 느껴졌어. 브러시가 어찌나 부드럽던지 나도 모르게 진저리를 치게 되더라고.

그러더니 미나가 화장품 가방 안을 뒤적여 뭔가를 찾았어. 그제야 내 얼굴에 뭔가를 그리고 있다는 느낌이 들었어. 처음에는 눈썹을 그리는 줄 알았는데, 연필이 눈썹을 지나 눈 주변을 따라 둥글게 움직이더라고. 그런 다음, 눈가에 원 하나를 그리고 광대뼈 부위에서 아래쪽으로 직선을 그렸어.

"뭘 하는 거야?" 내가 물었어.

"가만히 있어 봐."

그래서 난 시키는 대로 했어. 이미 그린 어떤 모양 사이에 젖은 브러시로 뭔가를 하는 느낌이 났어. 하지만 그때쯤 되니까 내 얼굴 어디에 무슨 그림을 그리는지 전혀 감을 잡을 수가 없더라고.

아주 잠깐 동안 미나가 나를 자기 앞으로 더 바짝 끌어당기니, 머스크 향의 향수 냄새와 함께 조금 전 마신 술 냄새가 풍겼지.

"됐어!"

미나의 말에 나는 불현듯 정신을 차리고 눈을 떴어.

"자, 어때?"

나는 침대에서 내려와 거울에 비친 내 얼굴을 봤어.

미나가 나를 꽃으로 만들었더라고. 내 오른쪽 눈에 파란색 꽃술이 있고, 그 둘레로 끝이 흰색인 분홍색 꽃잎이 나 있었어. 초록색 줄기는 둥글게 말리면서 분홍색으로 칠한 뺨을 지나 턱 부위까지 이어져 있었고.

"난⋯⋯."

"걱정 마. 내 얼굴에도 그릴 거니까. 자, 이제 옷 갈아입고 술도 좀 더 마셔 둬. 곧 나가야 돼."

우리는 버스 뒷자리에 앉았어. 얼굴에는 둘 다 꽃 그림을 그린 채로. 미나는 초록 술을 병째 가져와 버스가 어두컴컴한 모퉁이를 돌 때마다 마셨지.

통로 반대편에 앉은 할머니가 쯧쯧거리며 큰 소리로 혀를 차더군. 할머니는 백화점 점포정리 세일이라도 갔다 오는 길인지 쇼핑백들을 잔뜩 들고 있었어.

"뭐 문제 있어요?" 미나의 목소리는 쾌활하면서도 날이 서있었어.

그 할머니 얼굴에는 언짢은 티가 역력했지. 만약 비둘기였다면 깃털을 잔뜩 곤두세우고 있었을 거야.

"저능아들 같아, 너희 둘 다. 도대체가 품위라는 게 없어." 할머니는 낮은 목소리로 뇌까렸어.

나는 속이 울렁거렸어. 버스가 속도를 늦추다가 멈춰 섰고, 우리는 버스에서 내려 걷기 시작했지. 미나가 앞에서 걷고 있었고, 나는 뒤따라가면서 치맛단을 허벅지 아래로 자꾸만 끌어내리며 걸었어.

"그만해." 미나는 돌아보지도 않고 말했어.

"뭘 그만해?"

"창피해하는 거 말이야."

"창피한 게 사실인 걸. 이렇게 입지 말 걸 그랬어. 내가……."
나는 'ㅆ'으로 시작하는 단어를 말하려다 말았어. "내가 알아서
잘했어야 했는데 그랬어."

미나가 걸음을 멈추고 내가 자기 옆으로 올 때까지 기다렸어.
미나는 뭔가를 살피듯 내 얼굴을 들여다봤는데, 그 1초가 무척
길게 느껴지더라.

"너 신경 쓰는 거지, 그렇지?" 그녀가 물었어.

난 미나가 좋은 의미로 말한 건지, 나쁜 의미로 말한 건지 전
혀 알아들을 수가 없었어.

내가 대답을 하지 않으니까 미나가 말했어. "아까 그 할머니
대충 예순에서 예순 다섯쯤 돼 보이더라."

"그래서?"

"그러니까 1895년에서 1900년 사이쯤 태어났다는 소리지.
빅토리아 시대 사람들 밑에서 자랐을 거야. 코르셋을 입고 발목
이 보이는 옷을 입으면 안 된다는 어른들 말을 들으며 자랐는
데, 말년에는 텔레비전을 보면서 미니스커트를 입은 여자들 사
이에 둘러싸여 있다고 상상해 봐." 미나는 말을 멈췄다가 이내
내게 물었어. "너, 지금 재밌어?" 미나는 내 표정을 살피더니 심
술궂게 웃으면서 말했어. "이제부터 재밌어질 거야."

하우스 파티에 가면 나는 꼭 물속에 들어간 것 같은 기분이

들곤 했어. 음악 소리와 떠드는 소리, 여러 가지 소음이 내 귀를 가득 채웠지. 모든 게 부드럽게 둥둥 떠다니는 느낌이었어. 초록 술을 마시고 감각이 무뎌진 나는 집안을 돌아다니다 어디에 부딪쳐도 아픈 줄도 모르겠더라고. 나는 평소보다 더 느리게 움직였고, 춤추거나 걸으며 나를 지나치는 사람들도 전부 나처럼 물 위를 떠다니는 것처럼 보였어. 나는 꽤 행복한 기분으로 집 주변을 이리저리 흘러 다니면서 떠들고 춤추는 사람들 무리를 구경했지. 흐릿한 바닷속에서 물고기들을 구경하는 것 같기도 하고, 무리 안에 끼지 않고 밖에서 들여다볼 수 있는 또 다른 세상을 구경하는 기분도 들었어. 둥둥 떠서 부엌으로 가면 거기에는 진주를 찾아 벽장 안을 살피고 상자를 여는 사람들이 있었고, 거실로 헤엄쳐 가면 거기엔 춤추는 사람들이 있었지. 공중에 붕 뜬 것처럼 자유로운 기분이었어.

복도에서 미나를 마주쳤어. 미나는 희한한 모자를 쓴 어떤 남자와 손가락 깍지를 끼고 있더군.

"재밌는 거지?" 그녀가 소리쳤어.

"뭐라고?" 미나가 뭐라는지 알아들을 수가 없었어.

미나는 가까이 다가오더니 내 귀에다 대고 악을 쓰다시피 소리를 질렀어. "재밌냐고!"

"어, 재밌어!"

몇 시간을 더 헤엄쳐 다니다 보니 사람들이 썰물처럼 빠지기 시작했고, 집은 다시 집으로 돌아왔어. 더 이상 나만의 바닷속 세상이 아니었어. 나는 미나를 찾아 돌아다니다가 뒷마당에서 그녀를 찾아냈어. 자세히 보니까, 전 룸메이트였던 로렌스가 미친 듯이 손을 흔들어대며 미나에게 무슨 얘기를 하고 있는데, 분명 뭔가를 비난하는 것 같더라고. 그리고 미나는 담배꽁초를 손가락에 낀 채 입가에 대고서 그 모습을 무심하게 쳐다보고 있었고.

나는 추운 실외로 걸어 나갔어.

"너 그거 알아? 나를 진짜 짜증 나게 만드는 게 뭔지?" 로렌스가 말했어.

미나는 눈을 가느다랗게 뜨고 담배를 한 모금 빨았어.

"그렇게 신경조차 쓰지 않는, 네 태도라고."

"네 말이 맞아. 나 신경 안 써." 미나가 실실 웃으면서 담배 연기를 내뿜으니까 그 모습이 꼭 중국 용 같았어.

로렌스는 졌다는 듯 두 손을 쳐들더니, 나를 밀치며 집 안으로 들어갔어. 미나는 담배를 몇 모금 더 빨았는데, 그 모습이 너무 차분하고 아무렇지 않아 보였어. 나는 미나를 혼자 내버려 둬야 한다고 생각했어.

"저 소리 들려?" 미나가 물었어.

나는 귀를 기울였어. 물이 빠진 거실에는 아직 몇몇 무리가 집에 가지 않고 남아있었고, 거기서 여자 웃음소리가 들렸어.

"들어봐." 미나가 말했어.

미나는 담배꽁초를 풀숲에 던지고, 정원 끝 쪽으로 걸어가기에 나도 미나를 따라갔어. 정원 가장 구석진 곳까지 가니 짙은 색 나무들이 한 줄로 늘어서 있었고, 내 귀에도 그 소리가 들렸어. 꼭 아기 우는 소리 같았어.

어떻게 간 건지 기억은 잘 안 나는데, 우리는 어느새 담장 너머 이웃집 정원에 가있었어. 풀은 제멋대로 자라고, 쓰레기들이 어지럽게 흩어져 있었어. 잡초들 사이로 낡은 철제 욕조와 녹슨 잔디 깎는 기계도 보였어. 팔이 하나도 없는 아기 인형 하나는 눈을 동그랗게 뜨고 나를 쳐다보며 풀밭 위에 누워있었어.

아이가 칭얼거리는 듯한 그 소리가 갑자기 들리지 않았어. 우리는 정원 뒤, 나무들이 줄지어 서있는 쪽으로 긴 풀숲을 헤치며 걸어갔어. 그리고 다 썩어가는 헛간 뒤에서 녀석을 발견한 거야. 목에 쇠사슬이 채워진 채 은빛 느릅나무 몸통에 묶여있는 녀석을. 녀석도 우릴 보더니 낑낑하고 작게 우는 소리를 냈어.

"아, 세상에." 미나는 낮게 탄식했어. 그러더니 조용히 달래는 목소리로 그 개에게 이렇게 말했어. "안녕, 귀염둥이."

미나는 몸을 반쯤 웅크리고 개를 향해 천천히 기어갔어. 개는 높고 구슬픈 소리로 낑낑거렸지.

내가 뒤에서 망설이는 동안 미나는 더 가까이 다가갔어.

"그러다 물면 어떡해?" 내가 물었어.

"안 물 거야. 그렇지, 귀염둥이?"

미나는 개를 만질 수 있을 만큼 가까이 다가갔어. 개도 애절한 눈빛으로 미나를 올려다보며 울었어. 개의 코에는 뭔가에 베인 상처가 있었어. 상처 가장자리는 검게 변했고, 그 속에 붉은 살점이 다 드러나 세균에 감염돼 있었지.

미나는 충분히 가까워지자, 개 옆에 웅크리고 앉아 손바닥을 내밀었어. 개는 킁킁거리며 손바닥 냄새를 맡고는 미나를 쳐다봤지. 목에 채워놓은 가죽 목줄은 쇠사슬과 연결돼 나무에 묶여 있었고, 거기서 벗어나려고 얼마나 안간힘을 썼는지 개의 목 주위는 피부가 다 벗겨져 온통 빨갛게 돼있었어.

"착하지, 그렇지?"

미나가 개의 머리를 천천히 쓰다듬으니 개도 가만히 있었어. 개는 눈을 감고 머리를 미나에게 기댔어. 개가 숨을 쉴 때마다 앙상한 갈비뼈가 드러났지.

"우리랑 같이 갈래, 로저?" 미나가 개의 머리를 계속 쓰다듬으며 물었어. 개는 뭉툭한 꼬리를 살랑살랑 흔들었어.

"이 개 이름이 로저야?"

"아무래도 이름이 필요할 거 같아서. 로저라고 하면 안 되는 이유라도 있어?"

그러더니 미나는 손안에서 은빛이 도는 뭔가를 탁 폈어.

"뭐야? 그거 칼이야?" 내가 물었어.

"너도 언제 이런 게 필요할지 몰라. 난 부츠 안에 늘 넣고 다녀." 미나는 로저의 머리를 쓰다듬으면서 매우 진지한 목소리로 말했어. "가만히 있어야 해." 로저는 큰 갈색 눈으로 미나를 올려다봤어.

미나는 톱질하듯이 가죽 목줄을 조심스럽게 자르기 시작했어. 목줄 때문에 목 부위가 눌릴 때마다 로저는 울부짖었고, 미나는 '괜찮아, 귀염둥이'라며 개를 살살 달랬지.

마침내 가죽끈이 잘렸을 때, 로저는 미나를 향해 고개를 돌리고 손을 혀로 핥았어. 고맙다고 인사하는 것 같았어.

우리는 담장에 뚫린 구멍을 통해 로저를 데리고 나온 다음, 빈 아이스크림 통에 물을 부어 주고, 주인집 냉장고에서 고기도 꺼내다 줬어. 집 안에서는 파티가 계속되고 있었지만, 이제 셋이 된 우리는 파티 장소로 돌아가지 않았지.

우리는 개를 데리고 마당 정문으로 걸어갔어.

그때 내가 말했어. "개를 동물 병원에 데려가야 해."

미나는 스위스 군용 칼을 왼쪽 앵클부츠 안에 다시 밀어 넣으면서 고개를 끄덕였어.

그런데 내가 정원 문을 열자마자, 개가 총알같이 튀어 달아나는 거야. 긴 발톱으로 아스팔트 포장된 도로를 마구 긁으면서. 개는 순식간에 시야에서 사라졌어.

"기다려! 로저!" 나는 개를 쫓으며 소리쳤어.

"쉿!" 미나가 나를 제지했어. "개 주인이 안에 있는 거면, 차라리 이게 나을 수도 있어."

"하지만……."

"로저 혼자서도 잘 해낼 거야. 자유롭게 놔둬야 해." 미나가 말했어.

✖

집으로 걸어가는데 미나가 헛구역질을 하기 시작했어. 집에서 멀지 않은 길가 풀밭에 서서 몸을 구부리고 있었지만, 나오는 건 없었어.

"집에 거의 다 왔어." 나는 미나의 머리를 쓰다듬으며 말했어.

우리는 계단을 올라가 공용 화장실로 갔어. 화장실 상태는 말도 못할 지경이었지. 변기 안은 누가 거기에 차를 끓이기라도 한 것처럼 갈색 얼룩이 항상 잔뜩 묻어있었으니까.

화장실 문을 열자마자 미나가 변기로 뛰어가더니 트림을 한 번 하고는 괴로운 듯 토하기 시작했어.

나는 변기 물을 내려주고는 세면대로 달려가 손을 찬물로 적신 다음, 그 손으로 미나의 이마를 짚어줬어.

미나는 '어' 하는 소리 말고는 아무 말도 못 하다가 다시 구토를 시작했어. 속에 있는 걸 다 게워내는 동안 미나의 몸은 잔뜩 긴장돼 있었지.

나는 미나가 다 토할 때까지 계속 옆에 같이 있었어. 우리는 둘 다 욕조에 기댄 채 바닥에 주저앉았어. 조금 있으면 우리 위층에 사는 남자들이 출근 준비를 하러 욕실로 올 시간이었지.

그때 미나가 무릎을 대고 일어서더니 머리카락을 손으로 잡은 채 변기 안으로 다시 머리를 집어넣었어. 아무것도 나오지 않았고, 침만 뱉었어.

잠시 후 미나는 변기에 계속 머리를 밀어 넣은 채로 내게 부탁했어.

"아무 얘기나 좀 해줘."

"무슨 얘기?"

"내가 모르는 얘기, 아무거나."

나는 생각했지.

"난 너 같은 애는 처음 봤어."

"그건 나도 알아. 내가 모르는 얘길 해달라니까."

"나, 널 사랑하는 것 같아."

미나가 고개를 돌렸고, 눈이 서로 마주치자 다리가 저릿해지는 기분이었어. 잠시 그렇게 서로 바라보다가 미나는 온몸을 뒤틀면서 다시 토하기 시작했고, 밝은 초록색 토사물을 변기에 게워냈지.

레니와 마고,
그리고 말할 수 없는 것들

"레니, 그런 말 하면 안 돼!" 신입 간호사가 속삭이듯 말했다.
"재키가 날 죽이려고 할 거라고. 우리 둘 다 죽일 거야!"

"쌤이 방금 한 말을 들어도 죽이려고 할 거 같은데요."

신입 간호사는 자기 손으로 자기 입을 찰싹 때렸다.

"우리가 한바탕한 건 어떻게 알았어요?" 내가 물었다.

"다 방법이 있지."

신입 간호사는 자기 코를 톡톡 쳤다. 그러더니 자세를 바로 잡고 앉아 어깨를 툭 내렸다. 미소도 거두고는 살피는 표정으로 내 얼굴을 뚫어져라 쳐다봤다. 그녀는 울지 않으려 할 때 그런 표정을 짓곤 했다.

"그게 그렇게 힘들었어?"

나는 그때 상황을 다시 떠올려 보았다. 맞다, 그때 나는 울었고, 약간 바보 같은 짓을 하긴 했었다. 하지만 그게 그렇게 힘들어서라기보다는 창피하고 무안한 마음이 커서 그랬다는 생각이 들었다.

"보안 요원이 되게 친절했어요." 내가 말했다.

"재키 말이 네가 울었다던데?"

"그랬죠."

"난 너 우는 거 한번도 못 봤어."

"여하튼 결국 아서 신부님을 만나긴 했어요."

"진짜?"

"나중에 몰래 오셨더라고요."

"그 얘긴 못 들은 걸로 할게." 신입 간호사가 말했다.

나는 싱긋 웃었다.

"레니, 그게 그렇게 힘들었어?"

신입 간호사는 내가 속마음을 다 털어놓길 바라는 듯 내 표정을 조심스럽게 살피며 또 물었다. 소문으로만 들었지, 실제로는 본 적 없는 내 눈물을 직접 보고 싶은 것 같기도 했다.

"그냥 그날 기분이 좀 별로였어요."

신입 간호사는 고개를 끄덕였다. 그러면서도 뭔가를 더 알고 싶어 하는 눈치였다. 사람들은 다들 그랬다.

"재키, 해고될까요?" 내가 물었다.

그녀는 내 침대에 두른 커튼 틈새로 시선을 돌리며 복도의 차가운 조명을 바라보았다.

"지금 재키, 곤란한 상황이에요?"

"난 말 못해." 그녀는 간호사실 쪽을 계속 보면서 대답했다.

간호사실에서는 이송 요원이 어떤 우스갯소리를 했는지 간호실습생이 깔깔거리며 큰 소리로 웃고 있었다.

"쌤, 재키한테 막 큰소리쳤어요?"

"말 못한다니까."

신입 간호사의 입꼬리가 슬며시 올라가는 걸로 봐서는 정말로 재키에게 소리를 질렀을지도 모른다는 생각이 들었다.

"비행기표 예약했어요?" 내가 물었다.

"웬 비행기표?"

"러시아 가는 비행기요."

"아직."

"왜 안 했어요?"

신입 간호사는 내게 모든 걸 다 말해줄 것 같은 표정을 짓고 있었지만, 사실은 아무 말도 해주지 않았다. 그래서 나는 내가 환자인 걸 내세워 피곤하다고 말했다.

신입 간호사는 약간 멋쩍어하며 내 침대에서 내려갔다. 자신의 흰색 운동화를 꿰신더니 아무 말 없이 운동화 끈을 묶은 다음, 침대 둘레에 커튼을 쳤다. 사실 나는 조금도 피곤하지 않았고, 몸 상태는 평소랑 똑같았다. 그냥 신입 간호사가 평소처럼 은밀히 내 침대에서 쉬지 못하게 쫓아내 조금이라도 마음을 졸이고 불안해했으면, 싶을 뿐이었다. 그러면 그녀도 내게 조금은 고마운 마음을 갖게 될 테고, 지금처럼 사람을 잔뜩 궁금하게 해놓고 정작 본론은 입도 뻥긋 안 하는 게 얼마나 사람을 짜증나게 하는지, 그런 태도로는 친구 관계를 유지할 수 없다는 걸 깨닫게 해주고 싶었다.

피곤한 척하려고 자리에 누웠는데, 눈을 떠보니 어쩐 일인지 다음 날 아침이었다. 마고가 우리 병동까지 찾아와 반쯤 열린 커튼 옆에 초조하게 서있었다.

"레니, 심장이야." 마고가 조용히 말했다.

"무슨 말이에요?" 나는 아직 잠이 덜 깬 채로 속삭였다.

"내가 여기 온 이유 말이야, 심장 때문이야."

나는 몸을 세워 앉았다. 로즈룸이 아닌 곳에서 만난 마고는 굉장히 왜소해 보였다.

"아, 죄송해요. 전 마고의 마음씨가 좋아요. 마고는 정말 따뜻한 마음을 가졌다고 생각해요."(원문에서 마고는 심장인 'heart'에 문제가 있어 병원에 온 거라고 말하지만, 레니는 그걸 신체 부위가 아닌 '마음'으로 이해한다. - 옮긴이)

"우리 서로에게 모든 걸 말하기로 했잖아. 그러니까 나도 어디가 안 좋아서 병원에 온 건지 말해줘야겠다는 생각이 들었어."

나는 손짓으로 더 가까이 오라고 했고, 마고는 커튼 안으로 살짝 들어와 침대 위 내 옆에 앉았다.

"병원에서 고칠 수 있는 거죠?" 마고가 울지 않는 걸 보고 나는 마음을 놓으며 물었다. 사실 마고는 매우 침착했다.

"쉽진 않은가 봐. 그래도 하는 데까진 해봐야지. 기도해 줘."

마고는 웃었고, 그 미소는 그녀의 얼굴에 잠시 내려앉은 햇살 같았다.

레니와 자동차

"레니, 아버지는 어디 계셔?"

"레니, 아버지는 어디 계셔?"

"레니, 아버지는 어디 계셔?"

마고는 세 번이나 물었지만, 나는 세 번 다 대답하지 않았다. 그래서 내가 빨간색, 은색, 파란색, 흰색 등 작은 점처럼 생긴 자동차들이 한 줄로 늘어선 그림을 그리다 말고 문득 이야기를 시작했을 때, 마고는 좀 놀란 것 같았다.

"전 미나 말이 맞는 것 같아요."

"어떤 말?"

"쫓지 말라고 한 거요."

마고 이마에 주름이 잡혔다.

"마고가 남편의 실종 신고를 하려 했을 때, 새로운 삶을 찾아 떠나려는 사람을 쫓아갈 게 아니라 잘 가라고 손 흔들어 주라고 했댔잖아요. 떠날 사람은 떠나도록 보내주는 게 맞는 거 같아요. 자유롭게 해줘야 해요."

2013년 11월, 글래스고 프린세스 로열 병원
레니 페테르손, 열여섯 살

진료실 내부는 매우 어두웠지만, 책상 뒤로는 커다란 창이 있었어요. 창의 위쪽 절반으로는 회색 하늘이 보이고, 아래쪽 절반으로는 병원 주차장이 내려다보였죠. 작게 보이는 자동차들이 나무 열매처럼 빛나고 있어서 그걸 보고 있으니 내가 세상에서 아주 멀리 떨어져 있는 것 같은 기분이 들더라고요. 의사는 하루 종일 주차장에 정신을 뺏겨 멍하게 시간을 보내지 않으려면 지금처럼 책상이 창을 등지도록 가구 배치를 할 수밖에 없었겠구나 싶었어요.

"죄송합니다. 실내가 너무 어둡죠? 동작 감지 센서 등이 더 친환경적이라고 이번에 병원에서 조명을 새로 설치했는데, 제 방은 작동이 제대로 안 되는 것 같아요. 빌어먹을 센서 앞에서 스무 번도 넘게 손을 흔들었는데도 전혀 반응이 없네요."

실내가 캄캄하니 창문은 더더욱 매력적으로 다가오는 듯했어요.

저는 아빠와 함께 의사 선생님 책상 앞에 놓인 플라스틱 의자에 앉았어요. 아빠의 새 여자친구인 아그니에슈카 아줌마는 잔뜩 겁먹은 표정으로 바깥 대기실에서 우릴 기다리고 있었고요. 아그니에슈카 아줌마는 이성적이면서도 부드러운 사람이었고, 아빠를 웃게 했어요. 아빠는 누가 옆에서 챙겨주지 않으면 좀처럼 웃질 않는 사람이어서 두 분이 같이 살면 좋겠다고 생각했죠.

"자, 페테르손 양, 내가 리니아라고 불러도 될까요?" 의사가 물었어요.

"다들 '레니'라고 불러요."라고 내가 말함과 동시에 아빠도 "얘 이름은 '레니'예요."라고 말했어요.

"아, 그렇군요. '레니'였군요. 그러니까, 검사 결과가 전부 나왔어요, 레니."

의사가 마우스를 몇 번 클릭하자, 컴퓨터 모니터에 새로운 창들이 뜨면서 의사의 얼굴에 초록색 불빛을 내뿜었어요.

의사는 마우스를 클릭하고 스크롤을 내리더니 잠시 동안 모니터 화면만 뚫어져라 쳐다봤어요. 다음 말을 할 용기를 내보려고 애쓰는 것 같았죠. 의사는 숨을 한 번 깊이 들이쉬더니 말했어요.

"우리가 걱정했던 대로예요."

저는 집에 있는 의사 선생님의 모습을 상상해 봤어요. 부인과 함께 침대 속에 들어가 머그잔에 담긴 보브릴(영국 브랜드의 소고기 추출물로, 뜨거운 물을 부어 차로 마시기도 한다. - 옮긴이) 차를 들고 책을 보며 저를 걱정하고 있는 모습을요(지금껏 딱 한 번 본 그 열여섯 살의 나란 환자는 그가 매주 만나는 수백 명의 환자 중하나일 게 틀림없었죠). 의사 선생님이 스쿼시를 치다가 볼을 놓치고 잠시 멈춰서 제 검사 결과를 걱정하는 모습도 상상해 봤어요. 우리가 검사 결과를 기다린 지난 2주 동안, 의사 선생님이 매일 차를 몰고 병원 주차장을 나서면서 엄지손톱을 물어뜯으며 절 걱정했을 모습도 상상해 봤죠.

의사는 이제 두렵지 않은듯 태연한 말투로 전문용어를 섞어가며 치료 절차, 한계, 걸리는 시간 등을 설명했어요.

의사가 말하는 동안, 전 창밖으로 빨간색 차 한 대가 후진해서 주차하는 걸 보고 있었어요. 운전자가 시동을 끄자 자동차 라이트가 꺼지고, 차에서 어떤 여자가 무거운 가방 하나와 하얀 뭔가를 손에 들고 내리더군요. 그녀는 차 문을 잠그고 천천히 주차장을 가로질러 병원으로 들어갔어요. 그다음에는 파란색 차가 그 옆으로 조심스럽게 후진했고, 흰색 차가 그 앞으로 지나가려다 파란 차가 비켜주길 기다리며 멈춰 서 있었어요.

의사가 모니터를 돌려 정밀 검사 결과를 아빠에게 보여줬을 때, 아빠의 얼굴은 잿빛이 돼있었어요. 시선을 우리 앞 책상에 고정한 채 숨도 쉬지 않았죠.

그리고 의사가 앞으로 할 수술과 치료 방법들에 관해 말하는 동안 진료실 조명이 갑자기 탁 켜졌어요.

경찰에 체포된 마고

1964년 7월, 런던
마고 도커티, 서른세 살

미나와 나는 5년 전 우리가 처음 만났던 그 경찰서에 다시 가게 됐어. 그런데 이번에는 우리 둘 다 손목에 수갑을 차고 있었지. 미나를 알게 된 후로 미나가 그렇게 아무 말 없이 가만히 있는 건 처음 봤어. 미나는 나보다 일곱 살이나 어렸지만, 나는 항상 미나를 우러러봤어. 그녀는 내게 런던 구석구석을 보여줬고, 인생을 사는 법도 알려줬지. 뭘 해야 하는지 항상 알고 있었어. 그런데 사실은 그녀도 아무 생각 없이 살고 있는지도 모르겠다는 생각을 그때 처음 하게 된 거지.

우리는 맞은편에 있는 경찰관이 구속 영장에 사인하기를 기다리고 있었어. 나는 대기실 안에 있는 어떤 사람과도 눈이 마주치지 않으려고 부단히 애를 썼지. 나는 미나의 주의를 끌어보려 했지만, 미나는 입술을 깨물며 바닥만 내려다보고 있었어.

우리 옆에 있던 경찰관 중 한 명이 내 억양을 듣더니, 다른 경찰관에게 '아일랜드인'이라고 말했어. 내가 스코틀랜드 출신이라고 했더니, '그게 그거'라고 중얼거리더군.

"이름하고 주소 말하세요." 책상 앞에 앉은 여자가 말했어.

체포된 후로 처음 입을 연 미나가 웅얼거렸어.

"캐서린 아멜리아 호튼."

가슴이 철렁 내려앉는 기분이었어. 가짜 이름을 대고 있잖아? 경찰에게 거짓말을, 그것도 저렇게 눈 한번 깜빡이지 않고 천연덕스럽게 하고 있다니 믿을 수가 없었어. 잘못을 저지른 미나는 싹 빠져나가고, 존재하지도 않는 인물인 캐서린 아멜리아 호튼이 대신 감옥에 갈 수 있는 상황이었지.

미나는 내가 이해할 수 있는 영역에서 완전히 벗어나 있구나 하고 그때 깨달았어. 곧 내 차례가 될 텐데, 나도 가짜 이름을 대야 하나? 우리가 거짓말을 한 게 들통 나면 어떻게 되는 거지? 속이 울렁거렸어.

책상 앞에 앉아 있던 여자가 이번엔 나를 보며 윽박지르듯 물었어.

"이름이?"

그때 나는 우리 어머니의 옛 친구 이름인 '해리엇'을 내 이름이라고 해야겠다고 마음 먹었지. 하지만 막상 입 밖으로 내려니 내 이름과 새로 만든 가명이 뒤섞여, '마가리엇'이라고 하고 말았어.

"뭐라고요?"

침을 삼키려고 했지만, 입이 바짝 말라 그럴 수도 없었어.

미나가 나를 쳐다봤어. '너 미쳤어?'라는 표정으로.

"이쪽 이름은 마고예요." 미나가 대신 말했어. 날 배신하려고 하는구나, 생각했지. 다시 침을 삼키려 했지만, 입안이 바짝 말라있었어.

"우리가 체포된 이유가 뭐죠?" 미나가 물었어.

경찰관이 코웃음을 치며 말했어. "아주 변호사 나셨네."

미나는 전혀 변호사처럼 보이지 않았어. 그날 미나가 뭘 입고 있었는지 나는 지금도 아주 생생하게 기억해. 팔랑거리는 넓은 소매가 달린 빨간색 페이즐리 무늬 원피스를 입고 오래된 가죽 샌들을 신었는데, 신발을 벗을 때마다 거기서 쿰쿰한 냄새가 났지. 미나는 경찰서 대기실에 있는 동안, 자신의 긴 머리카락을 신경질적으로 계속 꼬아대고 있었어. 그리고 평소 주근깨에 엄청 집착해서 그날도 얼굴에는 메이크업 펜슬로 그린 주근깨가 잔뜩 찍혀있었고. 확실히 변호사처럼은 보이지 않았지.

"자기 주제도 모르고 왜 그런 짓을 했어?" 같이 있던 다른 경찰이 마치 미나가 홀딱 벗고 있기라도 한 것처럼 능글맞게 쳐다보며 말했어.

미나는 용케도 그 말에는 대구하지 않고, 아까 했던 질문을 반복했어.

"진정해." 경찰관이 느릿한 어조로 그렇게 말하는데 내 팔에 소름이 쫙 끼치더라고.

그들은 우리를 각각 다른 감방에 가뒀어. 나는 끌려가면서 미나와 눈을 마주치려 했지만, 미나는 내 쪽을 아예 쳐다보지도 않더군. 감방에서는 오줌 냄새가 났고, 나는 아무것도 만지고 싶지 않았어. 그래서 계속 서성거리면서 뭐라고 말하면 좋을지, 경찰은 어디까지 알고 있을지 생각을 짜 맞춰보고, 미나, 아니 *캐서린 아멜리아*는 뭐라고 했을지 추측해 보려고 했지.

그때 일을 있는 그대로 말해줄게. 그날 새벽 1시, 내가 생명과학부 건물 바깥에서 망을 보는 동안, 미나, 애덤, 로렌스, 그리고 미나의 친구 몇몇이 미나가 일하는 의과 대학 실험실의 문을 따고 들어갔어. 정확히 말하면, 미나가 그 대학의 의과 대학장인 교수 밑에서 타이피스트로 일하면서 실험실 열쇠를 미리 빼돌렸기 때문에 열쇠로 문을 열고 들어간 거였어. 거기 들어간 건, 그 안에 갇혀있는 쥐 수백 마리를 풀어주기 위해서였어. 하지만 그들은 쥐를 찾지도 풀어주지도 못했고, 실험실 벽에 붉은 페인트로 동물 실험을 중단하라는 말만 휘갈겨 쓰고 나왔지. 그들은 내부인의 소행으로 보이지 않도록 창문은 열어놓고, 사무실 안은 다 뒤집어 놓은 다음, 나를 만나 우리의 비공식 본부인 미나의 단칸방으로 돌아왔어. 그곳에서 우리는 미지근한 레드 와인으로 우리의 용기를 자축했지. 잔 안에는 코르크 조각들이 둥둥 떠다녔어.

솔직히 말해, 난 쥐들의 목숨이 불쌍해서 참여한 건 아니었어. 미나를 위해 한 거였지.

나는 감방 침대에는 한번도 앉지 않고 계속 서성대면서 뭐라고 말하면 좋을지 생각하고 또 생각했어. 두 번인가 문을 두드리면서 물 좀 달라고 했지만, 아무도 오지 않았어. 침이 말라붙어 혀에 점액이 끈적끈적하게 달라붙었지.

일요일 아침이었어. 예전의 나라면, 춥고 소리가 울리는 세인트 어거스틴 교회에 나가 조니, 토마스와 나란히 앉아있을 시간이었지. 그 시절, 지루했던 나는 스테인드글라스 창에 소용돌이 모양으로 그려진 꽃이 몇 송이나 되는지 개수를 세곤 했었어. 어떨 때는 찬송가 책을 보지 않고도 가사를 얼마나 기억하는지 시험해 보기도 했고. 토마스는 조니의 귀에다 대고 일부러 틀린 음의 찬송가를 크게 부르곤 했는데, 그러면 조니는 토마스의 정강이를 발로 차며 화를 냈고, 나는 그런 조니에게 눈짓을 보내곤 했었어. 손이 너무 시려 장갑 낀 두 손을 문지르기도 했었어.

하지만 현재, 새로운 삶 속의 나는 감방에 혼자 서있었지. 왠지 캐서린 아멜리아는 무슨 수를 써서든 금세 이곳을 나가게 될 것 같았어. 그러니까 나는 이 감방을 나가는 일도, 이 곤란한 상황을 해결하는 일도 오로지 내 몫이라는 생각이 들었지.

교회 사람들이 이런 나를 본다면 뭐라고 할까, 상상해 봤어. 나와는 어울리지 않는 사람들과 함께 어울려 다닌다고 하겠지? 슬퍼하며 살아야 할 사람이 가당치도 않은 즐거움을 누리며 산다고 할 것 같았어.

그때 감방 문의 길쭉한 구멍이 열리더니 눈 두 개가 안을 들여다보더라고.

"마고트." 경찰관이 내 이름을 이상하게 부르면서 나오라고 했어.

취조실 탁자에 물 한 컵이 놓여있는 걸 보니, 어찌나 반가운지 진짜 눈물이 날 것 같더라고. 그걸 꿀꺽꿀꺽 한 번에 다 마시고는 손등으로 입을 닦았지. 우리를 체포한 경찰 둘은 안 보이고, 갈색 정장을 입은 조사관이 있었는데, 뭔가에 잔뜩 찌든 듯한 얼굴에 무척 살이 찐 남자였어. 단추를 채운 셔츠 앞부분이 벌어져서 그 사이로 털북숭이 배가 다 보였지. 그 옆에는 토끼처럼 생긴, 유니폼을 입은 젊은 경관이 같이 있었어.

"리디아?" 뚱뚱한 조사관이 물었어.

"아닌데요." 내가 말했어. "제 이름은 마고…… 도커티예요."

내가 나가려고 자리에서 일어서자, 그는 나를 손짓으로 잡아세웠어. "앉아요, 앉아." 좁은 실내에서는 발 냄새가 났어.

"마고, 마고, 마고." 조사관은 자기 앞에 놓인 서류 더미를 뒤적거리면서 작은 소리로 중얼거렸어. "그런 노래 있지 않나요?"

"그랬던 것 같아요." 나는 어떻게든 그의 비위를 맞추고 싶어서 그렇게 말했어. 그런 노래가 있다면 내가 들어본 적이 없던 거겠지.

"좋아요." 그는 마구 휘갈겨 쓴 글씨의 종이 한 장을 빼내면서 말했어. "이거로군. 대학 건물 난입."

심장이 마구 쿵쿵대기 시작했지. 조사관은 마이크가 달린 기계의 '녹음' 버튼을 눌렀어.

"최근 에드워드 스트리트에서 벌어진, 의과 대학 건물 난입 사건에 대해 아는 대로 말해보세요." 그가 말했어.

"맞아요." 내가 대답했어. 내 입은 다시 바짝 말랐지.

"맞아요라뇨?" 그는 짜증이 난 것 같았어.

"죄송해요. 방금 뭐라고 하셨죠?" 내가 말했어.

"어젯밤 당신은 어디에 있었죠?"

"생각하시는 그곳에요."

"생각하는 곳?" 조사관이 앉은 자세로 몸을 숙이니, 배의 맨살이 탁자에 닿았어.

"거기요. 의과 대학이요."

"좋아요." 그가 말했어. 그리고 그는 기다렸고 나도 기다렸어. "계속하세요."

"저는 망을 봤어요."

"망을 봤다고? 맡은 일을 제대로 못했군."

그러면서 조사관이 웃음을 터트리자, 토끼 경관도 눈치를 보다가 뒤늦게 가식적으로 따라 웃었어.

"농담이었어요." 조사관은 눈가를 닦으며 말했어. "이번 사건 현장에서는 무단 침입의 전형적인 특징들이 전부 나타났어요. 내부 사정을 잘 아는 누군가가 증거를 조작하려는 시도가 있었던 것 같지만, 여러 면에서 허술했고요." 그는 놀란 척 어조를 바꿔 말했어. "그런 정황 증거들을 토대로, 이미 서너 번 심문했던 호튼씨가 어떤 사람인지 조사해 봤더니, 아니나 다를까, 의과 대학장 사무실에서 타이피스트로 일하고 있다는 사실을 알게 됐어요. 자, 어떤가요?"

그게 질문인지 아닌지 나는 알 수가 없었어.

"그래서 호튼씨가 조직한 무리의 일원으로 이번 일에 가담했다는 걸 인정하십니까?"

"네."

"방금 당신이 범죄 행위에 연루된 사실을 시인했다는 건 알고 계시죠?"

"네."

"교육기관의 자산을 훼손하고 손해를 입힌 사실도 인정하시고요?"

"그 부분은 제가 하지 않았습니다." 나는 말했어. 조사관이 짜증 난다는 듯한 표정을 지어 나는 얼른 이렇게 덧붙였어. "그렇지만 인정합니다."

조사관이 의자 뒤로 등을 기댔어.

"오늘 감방에 있어 보니, 지낼 만하던가요?"

"아니요."

"이 사건이 재판에 넘겨지면 7년 이하의 징역에 처해질 수 있다는 사실은 알고 계시죠?"

심장이 걷잡을 수 없이 빨리 뛰는 것 같았어. 숨이 턱 막히는 기분이었지.

"알고 계시냐고요?" 그가 다시 물었어.

"네……." 나는 작은 소리로 대답했어.

그는 앞에 놓인 종이에 뭔가를 쓰더니 경관에게 건넸어.

"그쪽에게는 참 다행스럽게도, 의과 대학장님께서 이번 사건을 이 정도에서 마무리 짓자고 하셨어요."

나는 그게 무슨 뜻인지 정확히 알 수가 없었어.

"이 진술서에 사인하세요. 그리고 기록을 위해 지문 채취한 다음 훈방 조치 될 겁니다. 이해하셨죠?"

나는 고개를 끄덕이며 대답했어. "네."

그러더니 조사관은 내 눈을 똑바로 보면서 이러는 거야.

"다시는 만나는 일 없도록 합시다, 미스 도커티."

토끼 경관이 자리에서 일어나 나를 취조실 밖으로 안내했어.

"기혼이에요. 중요한 건 아니지만……."

"잠시만요." 조사관이 말했어. "그럼 남편이 누구죠? 이번 일을 같이 했나요?"

"아뇨."

"흠, 왜 같이 안 했죠?"

"그 사람은…… 전……." 뭔가 덜 비참하게 들릴만한 말이 필요했어. "그 사람이 어디 있는지 전 몰라요."

뚱뚱한 조사관이 흥미로워하며 물었어.

"남편분이 실종됐다는 뜻인가요?"

"아뇨. 그러니까 그 사람은…… 절 떠났어요." 내가 말했어.

"아." 경관은 더 이상 궁금해하지 않았어. 그는 서류 어딘가에 엑스 자를 찍찍 그으며 말했어. "감사합니다. 나가보세요."

전혀 감사해하는 기색은 아니었지.

더운 경찰서 실내를 벗어나 아직 한낮의 열기가 남아있는 밖으로 나오니, 나도 모르게 눈을 찡그리며 손으로 햇빛을 가리게 되더라고. 지금이 몇 시지? 방금 무슨 일이 있었던 거지? 방금 내 옆을 지나간, 갈색 정장을 말쑥하게 차려입은 저 남자는 내가 체포됐던 걸 아는 게 아닐까? 이마에 낙인이라도 찍힌 기분이었지.

"드디어 나왔구나!"

미나는 아랫입술에 담배를 문 채, 환호성을 지르며 나를 향해 달려왔어. 가느다란 팔로 나를 껴안으며 깔깔거리고 웃더군.

"교수님이야! 교수님이 고소를 취하해 주셨어! 내 영웅!"

따가운 햇볕과 길거리 냄새, 이런 것들로 정신이 혼란스러웠지만, 그중에서도 나를 가장 혼란스럽게 한 건 미나였어. 체포됐을 때는 그렇게 꼼짝도 못하더니. 그제야 미나가 좀 이상하게 보이더라고. 어떻게 이 상황에서 재밌어 할 수가 있지?

"두 번 다시는 안 해." 그렇게 말하는데 목이 메어 목소리가 갈라지더라고.

"브레이킹 락스 인 더 핫 썬(Breaking rocks in the hot sun, 뜨거운 태양 아래 바위를 부수며)!" 미나는 노래를 불렀어.

"두 번 다신, 안 한다고."

나는 걷기 시작했고, 미나는 내 옆에서 경중경중 뛰듯이 걸었어.

"아이 포트 더 로 앤 더 로 원(I fought the law and the law won, 법과 싸웠지만, 내가 졌네)!"

치밀어 오르는 화를 발꿈치에 실어 걸으며 나는 아무 말도 하지 않았어.

"두 번 다시는 안 해. 나 이제 막 훈방됐다고. 미나, 이건……
잠깐만."

내가 걸음을 멈추자, 미나도 멈췄지. 나는 미나의 얼굴을 쳐
다봤어. 그녀는 담배를 뒤쪽 산울타리로 휙 던졌어.

"왜?" 미나가 물었어.

"네 이름 말이야. 왜 가짜 이름을 댄 거야?"

"가짜 이름?"

"아멜리아 캐서린 호튼?"

"캐서린 아멜리아 호튼이겠지." 그녀가 정정했어.

"그게 뭐야? 체포됐을 때 네가 댄 이름?"

"내 이름이야." 미나는 나를 미친 사람 보듯 쳐다봤어. "미나
가 내 진짜 이름일 거라고 생각한 거야?" 그녀는 다시 깔깔거리
며 웃었어. "아일랜드 출신에 가톨릭 신자인 우리 엄마가 나한
테 미나 스타라는 이름을 지어줬을 거 같아?"

"그럼 *미나*가 가짜 이름이라고?"

"새 이름이지. 개명까지 할 시간은 없었어. 그래도 네가 마조
리엇인지 뭔지 그 가명을 못 쓰게 막은 건 정말 다행이지 않아?
경찰에서 분명 문제 삼았을 거라고."

미나가 앞장서 걷기 시작하다가 고개를 돌렸을 때, 나는 너무
어처구니가 없어 헛웃음이 나더라고. 말도 안 되는 일이라고 생
각했어. 진짜 이름도 모르는 여자랑 5년이나 같이 살다니. 런던
에 와서 다른 사람이 되려 했던 건 나만이 아니었던 거야. 내가

가장 닮고 싶던 사람도 사실은 만들어 낸 사람이었던 거지.

"내가 모르는 게 또 있어?" 나는 미나의 등 뒤에서 소리쳤어.

미나는 내가 자신을 따라잡을 때까지 멈춰서 기다렸어.

"너 진짜 바보구나." 그녀는 깔깔거리며 웃었어.

그러더니 두 손으로 내 어깨를 잡고는 입술에 키스했어.

한 남자가 쓰고 있던 모자로 우리 사이를 밀치며 지나갔어. 그 남자는 낮은 소리로, 하지만 우리에게 충분히 들릴만한 소리로 이렇게 내뱉었어.

"더러운 레즈비언 년들."

25년

로즈룸 책상 위에 우리가 살아온 25년의 시간이 펼쳐졌다.

방공호 바닥 위에 놓인 양철 양동이, 화려하지만 차갑게 식어버린 아침 식탁, 첫 키스 하는 모습을 내려다보는 해골의 텅 빈 눈, 노란 모자를 쓴 아기. 우리끼리 간직했던 스물다섯 개의 이야기들이 이제는 벽에 걸려, 누군가에게 감동을 주고, 찬사를 듣다가 폐기될 그날을 느긋이 기다리고 있었다. 우리가 사라진 후 그림들이 어떻게 될지는 별로 중요하지 않았다.

"진짜 대단해." 피파가 작게 감탄했다.

"아직 다 마무리한 것도 아닌데요, 뭐."

나는 돼지 인형 베니 그림 앞에 서서 나의 재능 부족을 여실히 느끼고 있었다. 그동안 그린 그림들을 모두 모아놓고 보니, 일흔다섯 가지 기억을 마저 그려 방 안을, 우리의 마음과 생각을 그것들로 채운다는 게 어쩌면 불가능할지도 모르겠다는 생각이 문득 들었다. 내 기억도 이렇게 흐릿하거나 애매한 날들이 많은데, 마고도 분명 기억나지 않는 그런 세월이 있을 게 분명했다. 그리고 우리에게 곧 닥칠 죽음이 유령처럼 우리 주위를 기분 나쁘게 맴돌고 있었다.

"그래도 봐봐!" 피파가 말했다. "이대로 이미 근사하지 않아? 정말 대단한 걸 해냈어!"

"반의반밖에 못했어요."

"레니." 마고가 부드럽게 나를 불렀다.

나는 마고를 향해 고개를 돌렸지만, 마고는 앞의 그림만 내려다보고 있었다. 우리 엄마가 태어나기도 전에 있었던 기억의 한 장면, 해변에 선 마고와 남자의 그림이었다. 전시장에 걸린 그림을 보고 사람들은 뭐라고 생각할까 궁금했다. 그때 일어났던 일들을 조금이라도 추측할 수 있을까?

우리는 그림 주변을 좀 더 걸어 다녔다. 나는 마고의 결혼식, 중등학교에 간 첫날, 꽃무늬 이불 위에 가만히 놓여있는 폭탄 그림을 지나쳤다. 완성은 불가능하게 느껴졌지만, 그래도 이 스물다섯 개의 그림은 이미 이대로 생생하고 기분을 좋게 만드는 뭔가가 있었다. 살면서 가장 힘들었던 순간을 추억한 그림에도 희망이 담겨있었다.

마고는 반쯤 마신 초록색 술병 그림의 캔버스 끝을 쓰다듬으며 물었다.

"레니, 다음 이야기는 뭐니?"

마고의 지도

"걔들도 월터를 정말 좋아해."

나는 로즈룸에 들어서며, 엘스가 마고에게 이렇게 말하는 소리를 들었다.

월터는 손사래를 쳤다.

"애들이 착해서 그냥 하는 소리야."

"무슨 얘긴데요?" 피파가 물었다.

"아, 민망하게도 엘스가 자기 아들들에게 내 얘기를 했나봐요." 월터가 말했다.

피파는 그럴 줄 알았다는 듯 웃었다. 그리고 교실 앞으로 걸어가더니 촘촘하게 평행선을 그어 음영 넣는 법을 설명하기 시작했다. 나는 그런 피파를 보며, 피파는 어쩜 저리도 눈치가 빠를까 의아한 생각마저 들었다.

나는 20분이 넘도록 사과 주스 갑 옆면에 음영을 넣어보았지만, 삼차원으로 보이기는커녕 상자에 털이 난 것처럼 보이기만

해 맥이 빠졌다.

　나는 그림을 다 끝낸 다음, 내 다섯 번째 생일 기념으로 미술관에 갔다가 떼를 쓰며 울었던 이야기를 마고에게 했다. 너무나 조용했을 미술관에서 내가 골을 부린 일, 그래서 엄마 역시 발끈 화를 냈고, 보안 요원이 우리에게 나가라고 하는 바람에 이번에는 엄마가 보안 요원에게 화를 냈던 일을 이야기했다. 보안 요원은 워키토키로 자신의 상사와 이야기하다가 상사가 나타나지 않자, 그 역시 흥분해서 언성을 높였었다. 부모님 말에 의하면, 나는 그러는 내내 악을 쓰고 울었는데, 이유는 사과 주스에 꽂힌 빨대가 쪼개져서였다고 했다.

　그런 뒤, 잠시 나는 마고가 그림 그리는 모습을 가만히 지켜보았다. 그림을 그릴 때 마고의 얼굴은 매우 평화로워 보였다. 맘대로 되지 않아 얼굴을 잔뜩 찡그린 채로 그림을 그리는 나와는 정반대였다. 하지만 지금 마고는 어딘가 다른 곳, 여기가 아닌 완전히 다른 곳에 있었고, 나는 평화로운 마고의 표정이 바뀌길 참을성 있게 기다릴 생각이었다. 그림이 모양을 갖추기 시작하면 마고는 만족한 듯 이야기를 시작할 거라는 걸 알기 때문이었다. 마고의 이야기를 듣기 위해서라면 나는 언제까지도 기다릴 수 있었다.

　"이번 이야기는 런던의 단칸 셋방에서 있었던 일이야. 무척 더운 날이었지."

　마고가 이야기를 시작했다.

　"못 견디게 더운 날씨였어. 그런데 룸메이트가 난로를 켜려고 하는 거야……."

1965년 8월, 런던
마고 마크래, 서른네 살

정확히 말하면 난로가 아니라 낡은 여행 가방 위에 올려놓은 작은 가스버너였어. 여하튼 미나가 그걸 켰지. 주방이라고 해봐야 그게 다였어. 미나는 매번 그걸로 담배에 불을 붙여서 하루에도 서너 번씩 버너를 켰지. 그러면 창문을 여는 것 말고는 달리 도리가 없었어. 그 말은 곧, 망가진 창문 걸쇠 때문에 다시는 창문을 닫지 못할지도 모를 위험을 감수해야 한다는 뜻이었어.

그런데 이번에는 가스버너의 열기에 밑에 깔린 여행 가방의 인조 가죽이 타면서 그 냄새가 코를 찌르더라고. 나는 안 그래도 더운 날씨에 도대체 뭐 하는 짓이냐고 묻고 싶은 걸 꾹 참았어. 미나는 아무 말 없이 담배에 불을 붙였고. 나는 내 침대에 똑바로 누워 천장만 올려다봤어.

"그럼 하던 얘기로 다시 돌아가 보자." 애덤이 창문 아래 앉아 말했어. "난 이번 일에 망볼 사람이 꼭 필요하다고 생각해."

다들 아무 말도 없었지.

"마고 마크래는 법을 어기는 일은 더 이상 하지 않기로 했잖아." 미나가 담배를 빨면서 말했어. "그러니까 망볼 사람은 없다는 거지."

나는 뱃속이 마구 뒤틀리는 기분이었어. 경찰서 사건 이후로 나는 마고 도커티라는 이름은 이제 쓰지 않기로 했어. 다시 마고 마크래가 된 거지. 원래의 나로 돌아와서인지, 아니면 배에 털이 난 조사관에게 약속을 해서인지 정확한 이유는 나도 모르겠지만, 그 이후로 미나가 하는 일에는 다시 참여하지 않았어.

로렌스가 자기 가방에서 지도 하나를 꺼내더니 갈색 카펫 위에 펼쳤어.

"거기까지 가는데 대략 두 시간쯤 걸릴 거야. 하지만 밴에 기름을 넣어야 되니까 그거보다 조금 더 걸린다고 생각하면 될 것 같아."

"지도는 필요 없어. 내가 가는 길을 알아." 미나는 하나밖에 없는 냄비에 담뱃재를 털면서 말했어.

회의는 계속됐어. 창문을 열었는데도 방 안은 찜통 같았어. 배에서 땀이 줄줄 흐르는 게 느껴졌지. 앨런이 자기 관자놀이를 손으로 꾹꾹 누르더니 한숨을 쉬며 말했어.

"그냥 빨리 시작하면 안 돼?"

"좋았어. 해보자!"

미나가 사람들을 응원하며 자리에서 일어났어. 그들은 손전등, 철사 절단기, 테이프, 밧줄을 다 잘 챙겼는지 가방을 점검했어. 나는 계속 침대에 누워있었지. 제일 얇은 민소매 원피스를 입고 있었는데도 땀이 줄줄 흘러 옷이 몸에 달라붙었어.

"경찰이 오면" 미나가 말했어.

"캐서린 아멜리아 호튼을 찾으라고 할게."

내가 대답하자 미나는 깔깔거리면서 내게 키스를 날렸지.

그들이 나가자마자 나는 문을 잠갔어. 그들이 계단을 내려가면서 이따 돌아올 때 운전자를 뺀 나머지는 히치하이크로 다른 차를 얻어 타면 밴에 동물을 몇 마리나 더 태울 수 있을까 서로 떠들어대는 소리가 방에서도 들리더군.

당장이라도 문을 열고 그들을 쫓아가야 할 것 같은 기분이었어. 하지만 체포되던 날, 난 '두 번 다시는 하지 않겠다'고 맹세했고, 그 말은 진심이었지.

나는 가스버너를 끄고 로렌스가 두고 간 지도를 집어 들었어. 미나는 지도를 좋아해서 한쪽 벽은 온통 지도로 덮여있었어. 대개는 우리 둘 다 가본 적 없는 곳의 지도였어. 미나는 지도만 보면 몰래 훔쳐다가 테이프로 붙여놓는 버릇이 있었지. 나는 즉흥적으로 로렌스의 지도를 벽에 붙였어. 영국 전체가 다 나온 거여서 그날 저녁 가져가 봐야 아무 소용도 없을 게 뻔해 보였어. 나는 앨런의 밴 뒷좌석에 다 같이 끼어 앉아 있을 사람들을 떠올리며, 내가 과연 언제까지 '난 더 이상 너희 같은 운동가 무리가 아니야'라는 원맨쇼를 계속할 수 있을까 생각했지. 아무도 좋아하지 않는 그 연기를 말이야.

이제 나는 미나가 벌이는 그 무모한 행동에 가담하지 않았고, 서서히 과거의 마고로 돌아가고 있다고 느꼈어. 난 원래 활기 없고 남의 이목을 의식하는 사람이었어. 친구들의 넘치는 호의 덕분에 조금 달라지긴 했지만, 이제 다시 두려움 속에서 그 호의를 저버리고 있었지. 나는 미나가 자기 사무실에서 '빌려온' 작은 게시판에서 핀을 하나 뽑은 다음, 눈을 감고 지도에 꽂았어. 핀은 헨리-인-아덴을 살짝 빗겨간 곳에 꽂혔어.

그날 밤 미나가 집에 돌아왔는데, 피를 흘리고 있었어.

미나는 거칠게 문을 열고 들어오다가 발이 걸려 넘어질 뻔했지. 침대 머리맡 전등을 켰는데, 한쪽 팔에 애덤이 입었던 티셔츠를 감고 있더라고. 팔꿈치 바로 위에서부터 손까지 피가 팔을 타고 흘러 강물 자국처럼 말라붙어 있었어.

나는 침대에서 일어나 앉아 미나를 봤어.

"그 쪼그만 새끼가 날 물었어!" 미나가 말했어.

미나의 다른 편 옆구리에는 털이 거의 다 빠진 비실비실한 닭 한 마리가 끼워져 있었어. 그날 밤 서섹스 변두리의 대량 사육 농장에서 풀어준 여러 닭 중 한 마리였겠지.

그 닭을 보니까 난 아직 떠날 준비가 안됐구나 싶었어. 하지만 핀은 지도의 헨리-인-아덴 바로 외곽에 꽂힌 채 계속 남아 있었고, 언젠가 때가 되면 그곳으로 가겠다고 생각했지.

레니의 엄마

우리는 매일 밤 죽음을 연습했다. 어둠 속에 누워 휴식과 꿈 사이 무(無)의 세계로 스르르 미끄러져 들어가면, 그곳에는 자아도 의식도 없고 연약한 몸을 지배할 어떤 것도 존재하지 않았다. 우리는 밤마다 죽었다. 설령 죽지 않는다 해도 죽기 위해 자리에 누웠다. 밝아 올 새 아침을 꿈꾸면서도, 이 세상의 모든 걸 놓아버리려 했다. 어쩌면 우리 엄마가 잠들지 못했던 건 그래서 그런 게 아니었을까. 잠드는 건 죽는 일과 너무 비슷한데, 엄마는 그럴 준비가 되지 않았던 게 아니었을까. 그래서 엄마는 의식을 좇고, 삶에 목을 매며 항상 깨어있으려 한 게 아니었을까. 모든 걸 놓아버리기엔 두려운 게 너무 많았던 엄마는 그렇게 몇 년 후 다른 건 아무것도 할 수 없는 사람이 되고 말았다.

2012년 9월, 글래스고
레니 페테르손, 열다섯 살

엄마가 차에서 내려 현관문을 향해 걸어오는 모습을 전 제 방 창문으로 봤어요. 위에서 내려다보니까 정면에서 볼 때와는 다른 곳에 그림자가 생겨 엄마 얼굴이 더 나이 들어 보이더라고요. 신이 우리를 내려다보면 이렇게 보이지 않을까? 분명 신에게 우리는 아주 오래된 존재로 보일 게 분명하다는 생각이 들었죠.

초인종 소리나 엄마 목소리가 들리진 않았어요.

"레니? 엄마가 널 보러 왔어."

아빠가 1층에서 절 불렀어요.

엄마는 몇 달 밤을 새다시피 하더니 저를 아빠의 새집에 데려다 놨어요. 엄마의 눈에는 긴 자주색 그림자가 다시 드리워졌죠. 나를 태우고 아빠 집까지 운전해 가는 동안에도 계속 그런 표정이었고, 내가 누군지도 모르는 것 같았어요. 거리에서 마주쳐도 절 알아보지 못할 것 같았죠.

일주일쯤 지나서 엄마는 자기 집에 남아있던 제 물건을 전부 가지고 왔어요. 스웨덴으로 돌아갈 거라는 편지 한 장 달랑 써놓고 제 물건을 전부 집 앞 진입로에 두고 가버렸더군요. 그러고선 그날 나타난 거였어요. 택시 미터기가 계속 돌아가는 채로 작별 인사를 하러 왔더라고요. 그걸로 아빠는 꼼짝없이 저의 공식적인 양육자가 됐고, 엄마는 그 역할에서 영원히 빠지게 됐죠.

저는 무릎을 세우고 다리를 두 팔로 감싼 채 바닥에 앉아있었어요. 아동학대 방지 캠페인에서 본 아이처럼요. 갑자기 도토리처럼 작아진 느낌으로 거기 앉아 기다렸어요.

"내려오고 있니?" 아빠가 다시 소리쳤어요.

전 아무 말도 하지 않았죠. 옷장에 붙은 거울에 언뜻 제 얼굴이 보였는데, 바보 같아 보였어요. 전혀 도토리 같지 않았어요.

"내 말 들었니?" 아빠가 다시 소리쳤어요.

"들었어요." 생각보다 제 목소리는 굉장히 침착하더라고요.

10분, 어쩌면 20분쯤 바닥에 계속 앉아있었던 거 같아요. 내가 엄마한테 얼마나 화가 나 있는지 보여주고 싶었거든요.

엄마가 당연히 기다릴 거라고 생각했어요. 작별 인사를 못 했으니 떠나지도 못할 거라고 생각했어요. 그러다 엄마가 혹시 울고 있나 보려고 창밖을 내다봤는데, 택시도 엄마도 가버린 걸 알고는 충격을 받았죠.

엄마는 아빠한테 새 주소를 남겼더라고요. 아빠는 그걸 냉장고에 테이프로 붙여놨고, 전 그걸 보자마자 가스레인지 불에 태워버렸어요. 연기가 나서 화재경보기가 울렸고, 전 손가락을 데었어요.

전, 엄마가 기다릴 줄 알았어요.

하지만 비행기 시간은 다 됐지, 골방에 있는 딸은 나올 생각을 안 하지. 전남편 집 현관 앞에서 엄마는 돌아가는 비행기가 훨씬 더 나은 선택으로 보였던 게 분명했어요. 아무 꿈도 없는 외로운 삶보다는.

～

"엄마도 아시니?" 마고가 부드럽게 물었다.

"아마 아빠가 편지했을 거예요." 나는 잠시 말을 멈췄다. "아빠는 외할머니 집 주소로 편지를 보내는 것 같았어요. 엄마가 우리에게 알려준 마지막 주소는 '스콤마르함'이라는 작은 바닷가 마을의 호텔이었거든요. 그게 벌써 몇 달 전이었어요. 거기 있는 엄마 모습을 상상하면 기분이 좋아요. 나무에 둘러싸여서 수면 위를 내려다보고 있는 모습을요. 엄마가 제 상황을 알든 모르든 상관없어요. 만약 아는데도 오지 않는 거면 전 엄마를 상상 속 모습 그대로 남겨두고 싶어요. 스웨덴을 이곳저곳 여행하고 밤새 잠도 잘 자면서 행복하고 자유롭게 지냈으면 좋겠어요."

마고는 내가 안됐다고 생각했는지, 아니면 나와 엄마 둘 다 안됐다고 생각했는지 슬픈 표정이었다.

"만약 엄마가 모른다면?"

"메이 병동에 있으면 얼굴에 수심이 가득한 엄마들을 많이 봐요. 그걸 안 하게 해주는 게 딸로서 제가 할 수 있는 마지막 일인 것 같아요."

산책하는 레니와 마고

　시곗바늘이 1,740번이나 째깍거렸는데도 마고는 여전히 아무 말도 하지 않았다. 마고가 연필을 손에 쥐고 눈앞의 빈 종이만 응시하는 동안 나는 시계 초침이 몇 번이나 움직이는지 세고 있었다. 종이가 마치 거울이라도 되고, 거기에 비친 자기 모습이 전혀 이해되지 않는다는 듯 마고는 계속 종이만 내려다보고 있었다.

　"거긴 건너뛰면 안 돼요?" 내가 물었다.

　마고는 먼 곳을 보는 듯한 표정으로 나를 보았다.

　"그러니까 다음 해로 넘어가도 되잖아요?"

　마고는 계속 종이 거울을 내려다봤다.

　"그럴 순 없어."

　"왜요?"

　"왜냐하면 그다음에 일어난 모든 일이……." 마고는 말을 멈췄다.

마고가 어찌나 작아 보이는지, 나는 마고를 두 팔로 안아 보들보들한 인형과 쿠션을 쌓아놓은 더미 위에 내려놓고 포근한 담요를 덮어주고 싶은 마음이었다.

"그 이야기를 제게 말하지 않고 넘어가면 도움이 될까요?"

"아니야, 우리 강아지. 네가 알았으면 좋겠어. 내 생각은 그래."

시계가 하염없이 째깍거리는 동안 우리는 아무 말 없이 앉아 있었다.

마침내 나는 자리에서 일어섰다. 마고가 멍한 표정으로 나를 올려다봤다.

"어서요." 나는 마고의 팔을 잡아당기며 말했다. "우리 산책해요."

우리는 아주 느린 걸음으로 병원 투어를 시작했다. 먼저 로즈 룸을 나가 우회전한 다음 중앙 홀로 나가니, 비싼 WH스미스(간단한 먹을거리와 잡지, 책을 파는 영국의 서점 – 옮긴이)와 항상 베이컨 냄새가 풍기는 카페가 나왔다. 우리는 평상복을 입은 사람들은 못 본 척 지나쳤지만, 우리처럼 병원복을 입고 있는 사람들과는 이따금 시선을 교환했다. 칙칙한 갈색 타월 가운을 입은 한 남자는 우리 옆을 지나가며 끙 하고 앓는 소리를 냈는데, 그게 서로를 알아봤다는 인식의 표현인지 우리 때문에 짜증이 나서 그런 건지는 알 길이 없었다.

복도를 따라 한참 걸으니 그 끝에 혈액검사실과 외래 진료실이 있었다. 거기에는 평범한 외부인들이 너무 많았기에 우리는 방향을 돌려 소아과와 산부인과가 있는 쪽으로 향했다.

나, 마고, 침대 시트를 담은 철제 카트뿐인 조용한 복도에 이르자, 마고가 말했다.

"이 이야기를 들으면 넌 나를 다르게 볼지도 몰라."

"무슨 얘기를 들어도 마고를 다르게 보지 않겠다고 약속하면요?"

"그런 걸 약속할 수는 없어." 마고가 말했다. 정말 마고 말대로 될지 어떨지 나는 궁금했다.

"경찰에 체포된 얘기를 들었을 때도 전 그냥 멋지다고만 생각한걸요." 내가 말했다.

그녀는 고개를 저었다.

"그런 거랑은 달라."

우리는 둘 다 조심스럽게 발을 떼며 조금 더 걸었다.

"하지만 제가 알았으면 좋겠다고 하셨잖아요?" 내가 물었다.

"그렇기도 하고, 아니기도 해."

그렇게 대답해놓고 마고는 어딘가 만족스럽지 못한 표정을 지었다.

"이 얘기는 아무한테도 한 적이 없어."

"그럼 비밀이에요?"

"그렇기도 하고, 아니기도 해." 마고가 다시 같은 대답을 했다.

병원 직원이 시리얼 그릇이 가득 놓인 쟁반을 들고 재빨리 우리를 지나가 버리자, 복도는 다시 조용해졌다.

"가요." 나는 마고의 손을 잡았다.

"이번엔 어디 가는 건데?" 마고는 그렇게 물으면서도 복도를 이리저리 돌아다니는 내내 내 손을 놓지 않았다. 메이 병동에 도착했을 때, 나는 간호사실에 있는 간호사들에게 손을 흔들어 보인 다음 마고를 내 침대로 데려갔다.

"레니?" 마고가 나를 불렀다.

나는 마고를 방문객 의자에 앉힌 다음, 아무도 우리를 보지 못하게 침대 주변에 커튼을 쳤다.

나는 침대 매트리스를 들어 올렸고, 그 아래에는 내 비밀이 숨겨져 있었다. 나는 그걸 끌어냈다. 그 애의 색은 예전보다 옅어진 바랜 분홍빛을 띠었고, 평소 나와 늘 코를 부비며 인사를 했기 때문에 주둥이 부분이 약간 해져있었다. 그 애는 좀 남다른 데가 있었다. 곰도 양도 담요도 아니었다. 하지만 어쨌든 나는 사랑했다. 사람 인형, 곰 인형으로 가득한 방에서 그 애가 돼지라는 게 좋았다.

"얘가 여기 있는 줄 아무도 몰라요." 내가 말했다.

내가 그를 마고에게 건네자, 마고는 대단히 귀중한 보석이라도 본 듯한 표정이었다. 마고는 마치 갓난아기처럼 인형의 작은 머리를 팔꿈치 안쪽에 얹어 안아 들었다. 빈백으로 된 인형의 몸을 잘 받쳐 들었다.

"네가 바로 베니로구나."

마고는 인형의 작은 발을 흔들며 말했다. 마고는 웃으며 베니를 내게 다시 넘겨주려 했다.

"아니에요. 가지고 계세요. 당분간."

"왜?"

나는 어깨만 으쓱했다. 하지만 내가 마고에게 베니를 준 건, 그 애가 내가 가진 유일한 비밀이기 때문이라는 사실을 마고가 알길 바랐다. 그리고 마고가 그 비밀을 지켜주리라는 걸 전적으로 믿기 때문이라는 것도.

며칠 뒤, 마고가 메이 병동에 나타났다. 나는 바쁜 낮잠 일정을 취소하고 잠시 시간을 내어 침대 끝에 마고를 위한 자리를 마련했다. 마고는 주머니 속에서 베니를 꺼내더니 머리에 짧게 키스를 했다. 그러고는 내 비밀을 꼭 잡고 자신의 비밀을 이야기했다.

1966년 7월, 런던
마고 마크래, 서른다섯 살

내 머릿속 밑바닥 어딘가에 그 기억이 살아있어.

때로 그것은 빛나는 꼬리를 수면 위로 튕겨 올려 내 눈앞에 반짝이는 물방울을 뿌리곤 해. 또 어떨 때는 그게 거기 아래 있다는 것도 잊고 지내. 그러다 한없이 무겁고 가라앉을 때, 이러다 물속에 잠겨 죽을 것 같은 기분이 들 때 쿵 소리와 함께 우리는 충돌해. 나와 내 기억이.

그녀에 대한 기억이.

11개월 동안 한집에서 함께 즐겁게 살았는데, 어느 날 갑자기 수탉 제레미가 사라진 거야. 수탉과 함께 살았다는 사실도 이미 우스꽝스러운 일이었지만, 그걸 이웃에게 설명한다는 건 더 우스꽝스럽게 느껴졌지. 이웃들에게 물어보던 중 한 사람이 안전 고리를 채운 채 문을 빼꼼 열었던 게 기억나.

"죄송하지만, 닭을 찾고 있어요."

"아일랜드 사람하고는 상대 안 해."

그가 문을 닫으려는 순간, 얼핏 턱에 난 수염이 보였지.

"저 아일랜드 사람 아니에요."

내 눈앞에서 쾅 하고 문이 닫히는데, '감자'라는 말 외에는 어떤 단어도 알아들을 수가 없었어.

나는 우리가 사는 집 건물의 어두운 복도에 서있었어. 안은 서늘했지만, 바깥은 여름 날씨가 기승을 부릴 때였어. 미나는 이미 거리로 나가 지나가는 사람마다 붙잡고 닭을 찍은 폴라로이드 사진을 보여주고 있었어. 미나는 어쩌면 제레미가 함께 소풍 갔던 장소를 기억하고 그리로 갔을 지도 모른다면서 공원 쪽으로 가보겠다고 했어. 제레미가 신선한 풀이 먹고 싶었는지도 모른다면서.

나는 막막한 기분으로 어두컴컴한 복도에 서있었어.

1층 현관문 뒤쪽을 꼼꼼히 살펴봤어. 누군가 몰래 침입하려다 실패했는지 유리에는 금이 가있었고, 네모난 바구니 모양의 철제 우편함이 그 아래 달려있었지. 그 우편함 열쇠는 집주인만 가지고 있어서 그는 우리 편지 전부를 포로처럼 잡아뒀다가 일요일마다 터덜터덜 돌아다니며 나눠주곤 했었어. 우리는 돈이 들었을 것 같은 봉투는 집주인이 중간에서 가로채고 있는 건 아닌가 의심했었지.

현관문 걸쇠는 매우 높이 달려있어서 나도 발뒤꿈치를 들어야 손이 닿을 정도였어. 누군가의 도움 없이는 닭이 문을 열고 나갈 방법은 없어 보였지.

미나가 처음 제레미를 집에 데려왔을 때, 나는 제레미가 우리 집에 잠깐 온 손님인 줄 알았어. 좀 특이한 손님이긴 해도, 어쨌든 금방 나가겠지 생각한 거지. 우리랑 계속 살게 될 줄 몰랐는데, 며칠 지나 미나가 철망을 사온 거야. 제레미가 전기 콘센트에 가까이 가지 못하게 방 안에 '방목장'을 만들어 줄 거라는 말을 듣고 나는 이해가 안 됐지.

"동물학대방지협회에 데려다주는 거 아니었어?" 내가 물었어.

"넌 우리 *아*들을 동물학대방지협회에 보내고 싶어? 무슨 엄마가 이래?"

미나가 농담으로 그렇게 말한 건 알았지만, 난 심장이 멎는 것 같았어. 아직 미나에게 데이비 얘기를 못 하고 있었거든.

"그러니까 계속 여기 살 거란 말이야?"

"우리가 여기 사는 동안 제레미도 쭉 함께 살 거야." 미나가 말했어.

나는 아무렇지 않은 척 반응했지만, 살 게 있다면서 동네 구멍가게에 다녀온다고 하고 급히 밖으로 나왔어. 우는 걸 미나에게 들키고 싶지 않았거든. 나는 한번도 애완동물을 자식처럼 키워본 적이 없었어. 생명을 온전히 책임지고 돌본 건 데이비가 처음이었지. 그토록 참담한 실패를 겪은 내가 막중한 책임감을 가지고 살아 숨 쉬는 생명체를 돌본다는 건 불가능하게 느껴졌지.

현관 밖으로 나오니 햇볕이 무섭게 내리쬐고 있었어. 지금쯤 미나는 공원을 뒤지고 있을 거라고 생각했지. 우리 집 맞은편 집들이 전부 한꺼번에 커졌다 작아졌다 하는 것 같았어. 집 앞 계단을 걸어 내려와 도로를 건너다 자전거를 타는 남자아이와 부딪힐 뻔했어.

나는 맞은편 집의 현관문을 조용히 두드렸어. 우리 집처럼 어느 부지런한 집주인이 건물을 사들여 여러 개의 단칸 셋방으로 개조한 그런 집이었어. 거의 들리지도 않게 노크를 해서인지 문 앞으로 아무도 나오지 않아 나는 차라리 마음이 놓였지. 최소한 노력은 해봤다고 미나한테 사실대로 말할 수 있었으니까. 나는 집의 왼편, 오른편으로 옮겨가며 그걸 반복했어. 그러다 어느 집 문 앞으로 다가가 막 문을 두드리려는데, 담갈색 재킷을 입은 키 큰 남자가 문을 열고 나왔어. 그 남자는 내가 들어갈 수 있게 문을 잡아줬고, 나는 고맙다고 하고 안으로 들어갔지.

복도에는 빵 구운 냄새와 양파, 피망을 볶은 냄새만 가득할 뿐 아주 조용했어. 나는 거기 서서 내가 우리 집이 아니라 이 집에 살았다면 어땠을까 잠시 상상해 봤어. 길 건너 집이 아닌 이 집이 우리 집이 될 수도 있었을 텐데. 난 이 복도를 걸어 다니며 2A호실의 문을 잠그고 거기를 집이라 부를 수도 있었을 텐데. 내가 만약 여기 살았다면 미나는 길 건너에 사는, 가끔 마주치는 여자일 뿐이었겠지? 미나가 긴 원피스를 입고 내 옆을 지나칠 때 나는 영원히 그녀를 모르는 채로 그저 호기심을 가지고 볼 수도 있었겠지?

✖

데이비를 집으로 데려오고 한 3일 후부터 조니는 다시 출근하기 시작했어. 그때까지도 나는 담요에 싸인 작고 여린 아기를 내 팔에 안고서도 두렵다거나 불안하다는 느낌을 받진 않았었는데, 새벽어둠 속을 걸어가는 조니의 모습을 거실 창문으로 보고 있으려니 갑자기 불안감이 무겁게 나를 짓누르는 거야. 나는 침 거품을 입에 문 채 자고 있는 데이비를 봤다가 깊고 어두운 창밖으로 시선을 돌렸어. 난 운전도 할 줄 모르면서 어떻게 아이를 키우려는 거지? 심지어 세금도 낼 줄 모르는데? 닭을 통째로 굽는 법도 모르는데? 엄마 노릇을 어떻게 해야 하는 줄도 모르면서 난 어쩌자고 아이를 낳은 거지?

✖

밝은 오렌지색 민소매 원피스를 입은 여자가 계단을 내려오더군.

"닭 한 마리 못 보셨어요?" 나는 여자에게 물었어.

여자는 당황스러운 듯 웃더니, 선글라스를 끼고 아무 말 없이 문을 열고 나가버렸어. 여자가 지나간 쪽에서 향긋한 화장품 냄새가 풍겼어. 나는 여자를 따라 햇볕 속으로 걸어 나갔어.

그리고 길을 따라 이리저리 헤매고 다녔어.

✖

데이비가 아프기 시작했을 때, 조니는 병원에 데려갈 정도는 아니라고 했었어.

✖

나는 눈 씻고 찾아봐도 없는 닭을 찾아 길거리를 10분쯤 헤매다가, 햇볕을 피해 우리 집 앞 길모퉁이의 신문 가판대로 갔어. 가게 주인이 의자 위에 화질이 거친 흑백텔레비전을 올려놓고 크리켓 경기를 보고 있더군. 텔레비전 안테나에는 철사 옷걸이가 연결돼 있었어.

가게 주인은 아웃이 되자 끙 소리를 내고는 고개를 돌렸어.

"어, 마고. 뭐 줄까?" 그가 말했어.

"혹시" 목을 가다듬었지만, 그래도 여전히 목 졸린 듯한 소리가 나왔어. "혹시 닭 한 마리 못 보셨어요?"

"미안. 냉장고 수리가 다 끝나기 전엔 고기를 팔 수 없어."

"아니요. 우리 닭 말이에요. 저랑 미나가 애완닭을 키우는데 그 닭이 없어졌어요."

"애완닭을 키운다고?"

나는 고개를 끄덕였어.

가게 주인은 코를 찡그리며 재밌다는 표정을 지었어.

"걔가 혹시 먹을 걸 사러 우리 가게에 오면 내가 얼른 가서 알려줄게."

그러더니 숨이 넘어갈 것처럼 웃어댔어.

✖

데이비가 우리 곁을 떠난 지 이틀이 지났을 때, 나는 한밤중에 잠에서 깼어. 분명 조금 전까지 데이비가 울고 있었는데 우는 소리가 갑자기 뚝 끊겼다는 생각이 드는 거야. 난 얼른 아기 침대로 달려갔지만, 데이비는 거기 없었어. 데이비가 어디 간 거지? 아기 침대 밖으로 기어 나오기에는 아직 너무 어린데. 데이비의 울음소리가 귓가에서 울리는 것 같았어. 나는 우리가 쓰던 침실로 다시 달려갔어. 조니는 한 팔을 침대 밖으로 늘어뜨리고 잠들어 있었는데, 손끝이 거의 카펫에 닿았더군.

"조니, 조니, 일어나 봐!"

조니가 눈을 떴어.

"아기가 없어!" 내가 소리쳤어.

"나도 알아." 조니는 잠에 취해 중얼거렸어.

"누가 아기를 데려갔나 봐!" 나는 닫힌 창을 쳐다봤어. "경찰에 신고해야 해!"

나는 거실에 있던 전화기를 들어 가져왔어. 전선이 팽팽히 당겨지다 결국엔 콘센트에 꽂혀있던 플러그가 뽑히고 말았지. 나는 들고 있던 전화기를 조니에게 내밀었어.

"경찰에 빨리 신고해!"

조니는 그제야 침대에서 일어나 나를 빤히 보는데, 그 눈빛에 못마땅한 기색이 역력했어.

"왜?"

잠의 베일이 걷히고, 나는 침대 끝에 전화기를 내려놨어.

✖

신문 가판대 옆은 미용실이었어. 파마할 때 머리를 넣고 말리는 기계가 한 줄로 늘어서 있었지. 차마 그 안으로는 들어갈 수가 없었어. 어색하고 무안한 상황을 마주하고 싶지 않았거든. 도로 위를 계속 걷다가 어느 교차로에 이르렀을 때, 나는 이 세계 끝에 존재하는 교차로 위에 서있는 기분이 들었어.

✖

시어머니가 말한 시간에 묘비 가게에 도착해 보니, 시어머니는 벌써 가게에 와 계셨어.

"난 조금 일찍 왔다. 이거 봐라."

어머니는 석공이 투사지에 스케치해 둔 문구를 우리에게 보여줬어. 묘비에 새겨져 지금까지도 데이비 무덤 앞에 세워져 있는데, 이런 문구였어.

'신께서 사랑스러운 데이비드 조지 도커티의 영혼에 자비를 베푸시길.'

나는 그 문구가 싫었어. 신이 우리 아기에게 자비롭지 않을 수도 있다는 의미가 내포돼 있다고 생각했거든.

내가 울기 시작하니, 시어머니는 조니에게 내가 감정이 너무 격해졌다면서 집으로 데리고 가라고 했어. 나머지는 당신께서 알아서 하시겠다고.

✖

미나가 집 현관 앞 계단에 앉아있었어. 제레미의 폴라로이드 사진을 들고 있는 미나의 어깨가 햇볕에 타서 온통 발갛게 됐더라고.

"없어." 내가 가까이 다가가자, 미나가 말했어. "제레미가 어떻게 나간 건지 진짜 이해가 안 가."

"내가 그런 거 아니야." 내가 말했어.

미나는 이상하다는 표정으로 나를 봤어.

"아닌 거 알아."

나는 자꾸 숨이 막힐 것만 같아 억지로 공기를 들이마셨어.

"왜 그래?" 그제야 미나가 나를 다시 보며 물었어. 나는 미나

옆에 앉아 흐느껴 울었어. 어찌나 심하게 흐느꼈는지 숨쉬기조차 힘들었어. 뜨거운 눈물이 온통 얼굴을 적시고 있었지.

미나가 그렇게 진지한 표정을 짓는 건 본 적이 없었어.

"무슨 일 있었어?" 미나가 물었어.

데이비 이야기를 하지 않을 수 없었어. 더 이상은 속에만 담고 있을 수가 없더라고.

"내 아기, 우리 아기." 나는 숨을 들이쉬며 말했어.

미나는 아주 차분했어.

우리 사이로 산들바람이 불어와 내 얼굴에 닿았어. 마침내 내가 미나에게 데이비 얘기를 하는 동안, 지난 7년간 입 밖으로 꺼내지도 않았던 그 이름을 말하는 내내, 미나는 아무 말도 하지 않고 듣기만 했어. 나는 지갑에 있던 사진을 꺼내 미나에게 보여줬어. 머리에 잘 들어가지도 않던 노란 모자를 쓰고 내 팔에 안겨있던 작은 데이비와 우리 어머니가 준 꽃이 배경에 놓인 사진이었지.

내가 이야기를 마치자, 미나는 내 손을 잡고 현관 계단을 올랐어. 내 손을 계속 잡은 채로 현관문을 잠그고, 다시 계단을 올라 우리 방에 가서 나를 내 침대에 앉히더라고.

미나가 내 신발을 벗겨 침대 옆에 가지런히 놓고, 자기 신발도 벗어 그 옆에 나란히 놓는 동안 나는 가만히 지켜봤어. 그러더니 찬장에서 유리잔을 꺼내 방 밖으로 나갔어. 침대에서도 공용 화장실의 수도꼭지 트는 소리가 들리더군. 미나는 평소에도 물이 아주 차가워질 때까지 기다렸다가 받곤 했어. 미나가 다시 돌아왔을 때, 유리잔 안에는 하얗고 작은 입자들이 소용돌이치는데, 그 모습이 꼭 눈보라 같았어. 나는 마치 처음 물을 입에 대 본 사람처럼 유리잔의 물을 꿀꺽꿀꺽 마셨지.

내가 물을 마시는 동안 미나는 문을 잠그고 커튼을 쳤어. 그러더니 머리 판이 없는 자기 침대를 내 침대 쪽으로 밀었고, 바닥에서는 끽끽 소리가 났지.

여전히 밝은 햇볕이 주름진 파란색 커튼을 통과해, 방 안이 꼭 바닷속 같더라고.

미나는 내 손에서 유리잔을 받아 서랍장 위에 내려놨어. 그런 다음 내 옆에 앉았는데, 우리 사이가 너무 가까워서 미나의 심장 뛰는 소리가 다 들리더라고. 지나고 나서 생각해 보니, 사실 그건 내 심장 소리였던 것 같아. 미나의 눈 사이에 그동안 모르고 있던 주근깨 하나가 보였고, 미나의 입술이 천천히 내 입술에 닿는 동안 난 그것만 쳐다봤어.

미나는 나를 침대에 눕히더니 키스했어.

잠에서 깼을 때, 나는 해가 빛나는 걸 보고 깜짝 놀랐어.

이 세계의 축이 기울어진 건지도 모른다고 생각했지.

미나의 침대는 방 반대편 원래 자리로 돌아가 있었고, 미나는 없었어.

닭들과 별들

"미나를 사랑했나요?" 나는 마고에게 물었다.

우리는 로즈룸 앞 복도에 앉아있었다. 피파의 개인 사정으로 이번 주 수업이 취소된 걸 우리 둘 다 까맣게 잊고 있었던 것이다. 피파는 조카가 중간 방학(영국 학교에서 학기 중에 하는 짧은 방학 – 옮긴이)이어서 조카를 데리고 자연사박물관에 공룡을 보러 갈 거라고 했었다.

가끔씩 이송 요원만 지나갈 뿐 복도는 조용했다. 분홍색 파자마를 입은 여자애와 자주색 파자마를 입은 노부인이 반들거리는 복도 바닥에 나란히 앉아있는 모습을 흥미롭게 보는 사람은 아무도 없는 것 같았다.

"물론이지." 마고가 대답했다.

그러더니 천장을 올려다보며 뭔가를 생각하는 듯했다.

"미나는 항상 움직였고, 항상 뭔가를 하고 있었어. 뭘 만지작거리거나 말하거나 담배를 피우거나 하면서 가만히 있질 않았지. 미나를 처음 봤을 때 내 가슴이 두근거렸던 이유는 미나가 자꾸만 진화하는 사람처럼 보였기 때문이야. 나도 그런 사람이 되고 싶었거든. 나라는 사람의 틀에서 벗어나 더 나은 다른 사람이 되고 싶었어. 더 행복한 사람. 더 나은 사람까진 아니더라도 전과는 다른 사람. 미나에겐 좋은 점도 많았지만, 한편으로는 고집이 지나치게 셌고, 무모했고, 변덕도 심했지. 미나에게서 맘에 안 드는 점을 발견하면 할수록 나는 내가 싫어졌는데, 그런 것들이 사실은 별로 중요하지 않았고, 어찌 됐든 그녀를 사랑할 수밖에 없기 때문이었지. 하지만 난 그 문제들은 중요한 문제고, 그런 이유로 그녀를 사랑할 수 없다고 결론 내렸어. 그래서 나는 더 많은 이유를 찾았어. 그 이유들이 산처럼 쌓이면 결국엔 정말 중요해져서 런던을 떠날 수 있을 거라고 생각했지. 그렇게 하면 미나와 내 침대 사이 거리에 관한, 풀리지 않는 질문으로부터 달아날 수 있을 거라고 생각했어."

마고와 교수

1966년 8월, 런던
마고 마크래, 서른다섯 살

1957년 이후로 난 뭘 다려 입어본 적이 없었어. 그래서 어느 날 오후 일을 마치고 집에 돌아와 보니 한 남자가 미나 침대 끝에 앉아있는데, 그 남자가 입은 양복이 어찌나 정성스럽게 다림질되어 있던지 건드리면 반으로 툭 부러질 것처럼 보여서 깜짝 놀랐어.

"아……." 서로 눈이 마주치자, 우리는 둘 다 그렇게 말했어.

남자는 나보다 나이가 많아 보였어. 한 40대 후반 정도. 손바닥 위에 결혼반지를 쥐고 있더라고.

"경찰이에요?" 내가 물었어.

그의 이마에 주름이 잡혔어.

"아뇨." 그가 말했어.

"TV 시청료 받으러 오셨어요?"

"우리는 텔레비전 없잖아, 마고."

내 뒤에서 미나 목소리가 들렸어. 미나는 아주 짧은 잠옷 반바지에 속이 다 비치는 캐미솔 차림으로 방에 들어왔어.

"그동안 어디 있었어?" 내가 물었어.

미나는 마치 내 말을 못 들은 것처럼 멍한 표정으로 나를 보고 웃기만 했어.

"그 이후로 집에 들어오질 않아서…… 난 네가…….."

말을 끝맺고 싶었지만, 남자가 계속 나를 보고 있다는 걸 알았지.

"돌아온 거야?" 내가 물었어.

"돌아왔냐고? 난 떠난 적 없는데." 미나는 빈정대는 말투로 말했어.

난 미나가 사라진 동안 제레미의 사육장을 다 정리하고 모이도 갖다버렸어. 그리고 미나의 침대를 깔끔하게 정리해 놓고, 녹색 테두리의 거울을 새로 사서 벽에 걸었어. 미나는 분명 바뀐 점들을 알아차렸을 텐데 아무 말도 하지 않았어. 남자 옆에 앉아 알 수 없는 미소만 짓고 있었지. 그 정장을 입은 남자와 내 옷차림 때문에 미나의 모습이 더 벌거벗은 것처럼 느껴졌어.

"자기부죄거부의 원칙이란 게 있거든. 다음에는 그걸 좀 알려줘야겠어." 미나가 말했어.

"뭐라고?"

"우리 집에 들어온 낯선 남자를 보자마자 '날 체포하러 온 사람인가?' 하고 생각하면 어쩌자는 거야?"

"날 체포하러 왔다고 생각한 거 아니야." 나는 쏘아붙였어. "네가 죽었단 말을 전하러 경찰이 찾아온 줄 알았다고."

"세상에, 마고, 난 일주일 휴가를 갔다 온 거뿐이야."

"3주겠지."

"그러니까 내가 실종됐다고 생각했단 말이야?"

"그래서, 이 남자는 누군데?" 내가 물었어.

"이분은 너의 구세주시지."

나는 남자를 보았어. 그는 재킷 안주머니에 결혼반지를 밀어 넣고 있었어.

"너 설마, 사이비 종교에 들어간 건 아니지?"

미나는 어찌나 깔깔거리고 웃는지 나중에는 코에서 씩씩 소리가 나더라고.

"우리 엄마가 맨날 나만 보면 그렇게 말하는 거, 어떻게 알았어? 마고, 이분은 말이지, 내⋯⋯." 미나는 '남'이라는 소리로 단어를 시작했지만, 순간 남자의 눈에서 불길이 확 일면서 무서운 표정이 얼굴에 스치자, 미나는 '우리 교수님이야'라고 얼른 말을 바꿨어. "우리가 감옥에 간 지 20분 만에 자유의 몸이 되게 해주신 바로 그분."

"아⋯⋯." 나는 그렇게 말했고, 교수는 내게 처음으로 웃어 보였어. 난 교수가 스웨터를 입고 갈색 색안경을 낀, 턱수염이 있는 젊은 남자일 거라고 상상했었는데, 그런 모습과는 거리가 멀었어. 이 남자는 깔끔하게 빗어 넘긴 머리에 머리카락 옆으로 흰 머리가 듬성듬성 비치는, 단정하고 세련된 사람이었어. 교수라기보다는 정치인 같았지.

"그 교수님······."

나는 남자와 호칭을 서로 맞춰보려고 했어.

"여하튼 자리 좀 피해줄래?"

미나가 물었고, 나는 그게 남자에게 하는 말인 줄 알고, 미나는 쳐다보지도 않고 내 침대로 걸어가 신발을 벗었어. 빨간색 가죽 샌들이었는데 양말 없이 신으면 항상 꼬릿한 냄새가 나는 신발이었어. 내 발 냄새가 방 반대편의 정장 입은 남자와 거의 벗다시피 한 내 룸메이트한테까지 전해지는 건 아닐까 생각했지.

"마고?" 미나의 목소리에 날이 서있어서 나는 좀 놀랐어.

"왜?"

"자리 좀 피해줄래?" 미나가 다시 물었어.

"나보고 나가라는 거야?"

나는 공원으로 걸어가 풀밭에 털썩 주저앉았어. 흰색 출근용 원피스에 초록 물이 드는 줄도 모르고 말이야. 그리고 남자의 주머니에 들어있던 결혼반지와 그와 결혼한 여자, 그리고 내가 사랑하는 여자를 떠올리면서 언제쯤 집에 가면 될까 생각했지.

레니와 생의 끝에 선 남자

신입 간호사가 고해성사를 하러 왔다. 고해성사까진 아니더라도 적어도 뭔가를 실토할 것 같은 분위기였다. 내 침대를 향해 종종걸음으로 다가오는 게 어딘가 어색하고 당황한 듯 보였다. 나는 아서 신부님의 영혼과 교신하며 침대에서 일어나 앉았다.

"주께서 이 어린 양을 용서하시길."

나는 사제가 된 것처럼 (상상 속) 긴 예복으로 환복하기 위해 과장하여 내 몸을 쓸어내렸다.

"응?"

"자매님, 고해를 하러 오셨군요?"

"뭐라는 거야?" 그녀는 숨을 헐떡이며 말했다. "실은, 나 뭐 하나 부탁하려고 왔어."

솔직히 말하면, 그 말에 기운이 쭉 빠졌다. 신입 간호사가 저지른 엄청난 악행과 비밀을 들을 준비가 다 되어 있었는데. '난 너의 모든 비밀을 알고 있고 절대 잊지 않겠다'고 말하는 표정으로 예수님께 그녀의 죄를 사하여 달라고 기도할 작정이었는데 아쉬웠다.

내가 아무 대꾸도 하지 않자, 그녀가 먼저 말을 이어갔다.

"레니, 스웨덴어 할 줄 아는 거 맞지?"

"주님은 모든 언어로 말씀하십니다."

"통역도 할 수 있어? 그러니까 스웨덴어를 영어로?"

"할 수 있죠. 부모님이 이혼할 때 공식적인 통역사도 사실 저였어요."

"지금 상태가 꽤 심각한 남자 환자가 한 명 있는데, 스웨덴어 통역사랑 연락이 안 돼서 그래. 그 환자 담당 의사한테 너라면 통역이 가능할지도 모른다고 내가 말했거든. 해줄 수 있어? 나 도와준다 생각하고?"

나는 어깨를 으쓱했다. 그녀가 왜 그토록 안절부절못하는지 이해할 수가 없었다. 돕겠다고 말했는데도 그녀의 얼굴에선 죄책감이 가시질 않았다. 나는 슬리퍼를 신으려고 침대 끝으로 몸을 움직였다.

그리고 죄책감의 원인이 모습을 드러냈다. 검고 폭이 넓고 어딘가 사람을 구차하게 만드는 것. 그것이 아무 소리 없이 굴러와 신입 간호사 앞에 놓여있었다. 그녀가 내 침대로 오면서 왜 나와 눈을 마주치지 못했는지 그제야 이해했다. 지금껏 친구라고 여겼는데, 사실은 유다였단 말인가. 직접 선택한 무기를 내 침대까지 밀고 온, 비열한 배신자.

"이게 있으면 더 빨리 갈 수 있을 것 같아서 그랬어……."

조용한 말투에서 나를 배신하기보다는 차라리 늦는 쪽을 택할 걸 그랬나 하는 후회가 배어 나왔다.

나는 아무 말도 하지 않았다. 때로는 말하지 않는 편이 더 나았다. 배신행위에 대한 극도의 실망감을 표현하는 데는 침묵이 말보다 더 효과적일 수도 있었다. 나의 어떤 말도 상대의 기분만 나아지게 할 뿐이었다.

나는 슬리퍼를 신고 일어섰다. 그리고 맞춘 시선을 절대 떼지 않고 천천히 위엄 있게 걸음을 내디뎠다.

"미안해……." 그녀는 나의 타는 듯한 분노에 땀을 줄줄 흘리고 있었다. "이거 안 타도 돼. 걸어가도 돼!" 그녀의 목소리에는 긴장한 티가 역력했다. 하지만 그것은 이미 거기서 나를 기다리고 있었다.

"그냥 혼자 생각에……." 그녀는 더듬거리며 말했다. "거기까지 가려면 꽤 멀거든. 병원 반대편이라……."

나는 당당하게 등을 펴고 돌아서서 거기에 앉는 나를 신입 간호사가 돕도록 내버려 두었다. 검은색의 그것은 자리가 널찍해서 분명 나처럼 마른 사람을 위해 만든 것 같진 않았고, 누가 앉아도 맞을 만큼 일률적이었고 개성이라곤 없어 보였다. 시트에는 병원 이름과 고유 번호가 적혀있었는데, 누군가 훔쳐갈까 봐 그렇게 한 듯했다. 도대체 왜 그런 짓을 하는지, 나로서는 이해가 가지 않았다. 나는 자세를 낮추면서 생각보다 편한 걸 깨닫고 좀 놀랐다. 그리고 양쪽 팔걸이에 두 손을 올렸다.

"진짜 괜찮겠어?" 신입 간호사가 물었다.

나는 두 발을 발 받침대 위에 놓았다.

"좋았어. 그럼 간다."

그녀는 짐짓 명랑한 척했다. 나는 신입 간호사가 울기라도 하면 어쩌나 싶었다. 그녀는 그걸 살짝 뒤로 빼서 방향을 돌린 다음 앞으로 밀었다. 나는 그게 원래 메이 병동에 있었다는 것, 그 말인즉슨 그동안 내내 나를 위해 준비되어 있었다는 걸 묻지 않아도 알 수 있었다.

내가, 혹은 지금처럼 내 친구가, 나를 걷지도 못할 만큼 쇠약해졌다고 판단할 때 내가 쓰도록 준비해둔 거였다. 썩어가는 팔다리처럼 자립의 마지막 조각이 내게서 떨어져 나갔을 때. 이제 의료진이 내게 해줄 수 있는 건 가능한 나를 편안하게 해주는 것뿐이라는 걸 인정하게 될 때.

편안하게 해주는 것보다 나쁜 건 없었다.

나를 열렬히 지지해주던 사람조차 나란 사람은 죽지 않고서는 병원 반대편까지 갈 수 없다고 믿고 있다니.

신입 간호사가 메이 병동 밖으로 휠체어를 밀 때, 나는 일부러 재키가 있는 쪽은 보지 않았다. 그녀는 간호사실 책상 앞에 앉아 감자 칩을 먹고 있었다.

나는 예전에 들었던 이야기를 떠올렸다. 어쩌면 들은 게 아니라 읽은 것인지도 모르지만, 어쨌든 그 이야기를 알게 됐을 때 상당히 좋은 이야기라고 생각했었다. 병원에 두 남자가 있었고, 둘 다 아팠다. 한 남자는 상태가 좋아지고 있으며, 시간이 지나면 완치되어 오래 살 거라는 말을 들었다. 한편 다른 남자는 1년

안에 죽게 될 거라는 말을 들었다.

1년 뒤, 사망 선고가 내려졌던 남자는 죽었고, 나아질 거란 말을 들었던 남자는 살아남아 상태가 호전됐다. 하지만 병원 측에서 실수가 있었고, 두 남자의 진단이 서로 바뀌었다는 걸 깨달은 건 그때였다. 죽은 그 남자는 사실 건강했고, 아직 살아있는 그 남자는 불치의 병을 가지고 있었던 것이다.

내가 죽지 않을 거라고 믿는 사람이 오직 나뿐이라면 내 운명을 받아들이고 결국 죽게 되는 건 시간문제일 거라는 생각이 들었다.

혹시 검사 결과를 바꿔치기라도 했더라면 나는 지금쯤 병원 밖 어딘가, 대학이나 일터에 있진 않았을까? 건강하게 상기된 얼굴로 엄마를 찾겠다고 스웨덴 거리를 헤매고 있진 않았을까? 병이 없던 사람을 죽게 만들고 죽어가는 사람도 살릴 수 있을 만큼 마음가짐이 그렇게 강력한 거라면, 나는 나아질 수 있다는 희망을 버리고 내 뇌가 스스로를 죽이도록 내버려 두고 싶지는 않았다.

예전에 병원에서 휠체어를 탄 사람을 봤을 때는 그 사람들이 그렇게 낮은 곳에 있다고 생각하지 못했었다. 그런데 실제 앉아보니 매우 낮았다. 지나가는 다른 사람들 키의 반밖에 안 되는 높이에 있다는 게, 스스로 움직이는 것도 조절하지 못할 만큼 힘이 없다는 게 사람을 얼마나 작게 만드는지 예전엔 미처 몰랐었다. 휠체어에 앉으니, 다시 어린애가 된 것처럼 모든 게 크게 보였다.

다른 병동을 지나 계속 나아갈 때마다 반들거리는 복도 바닥의 선은 파란색에서 다홍색으로, 다시 회색으로 바뀌었다. 나는 아무 말도 하지 않았고, 신입 간호사도 입을 열지 않았다. 차라리 다행이라고 느낀 건 침묵으로 그녀의 마음을 불편하게 만들 수 있어서가 아니라, 내 기분 때문이었다. 나는 지금 상황에서 농담을 해야 할지, 왈칵 눈물을 쏟아야 할지 알지 못했다. 아직 살아있다고 웃어야 할지, 드디어 올 것이 왔으니 이제 남은 건 아래로 내려가, 다시 더 아래 땅속으로 내려가, 어둠 속에서 비슈누, 부처, 예수 중 누가 가장 시간을 잘 지켜 먼저 나를 찾아오는지 기다리는 일뿐이라고 생각해야 할지 알 수가 없었다.

목적지에 가까워지자, 신입 간호사는 속도를 늦추면서 방 번호를 확인했고, 그렇게 우리는 응급 병동에 도착했다. 여러 기계가 있었고, 규칙적으로 삑삑거리는 소리가 들렸다. 그리고 눈부신 햇살이 방을 가르며 들어와 침대들을 빛과 그늘로 나누고 있었다. 그 침대 중 하나에 한 남자가 누워있었다. 턱수염이 지저분하게 마구 엉켜있었고, 입은 병원복도 더러웠는데, 목 부위에는 핏자국이 묻어있었다. 침대 옆에는 의사가 서있었다. 신입 간호사가 휠체어를 멈춰 나는 그들을 올려다봤다.

의사는 몸을 낮추며 나에게 악수를 청했다.

"네가 엘리인가 보구나. 이번 일을 도와주겠다니 정말 고맙다."

"레니예요. 제 이름."

"아, 미안. 레니라…… 이크, 꽤 독특한 이름이구나."

세련된 분위기의 의사는 멋쩍은 듯 손가락으로 머리카락을 쓸어 넘겼다.

"스웨덴 이름이에요. 당연히……." 나는 우리가 놓인 상황을 손짓으로 가리키며 말했다.

"그렇구나. 스웨덴 이름이라니. 멋지다."

그가 하도 어색해해서 나도 모르게 웃고 말았다. 그는 자기 턱을 손으로 문질렀다.

"아무튼, 레니. 이분은 에크룬드 씨야. 대략 일주일 전쯤 병원에 오셨어. 집 주소도 없고, 스웨덴어 통역사를 구해보려 했지만 공휴일이라 너무 어려웠어. 당장 내일 수술이 잡혀있는데, 그 말을 전해줬으면 해. 그리고 어디 아픈 곳이 있는지도 좀 물어봐 줬으면 좋겠고. 이건, 음……." 그는 머리카락을 다시 손으로 쓸어 넘기며 말했다. "뭐랄까, 워낙 특이한 상황이라, 못할 것 같다고 생각되면 꼭 말해줘야 해."

의사는 상당히 매력적이어서 그의 파란 눈을 보고 있으니 나도 모르게 온몸이 짜릿해지는 기분이었다. '정신력을 발휘해 10년만 더 산다면, 이 남자랑 결혼할 수도 있겠다'고 나는 생각했다. 나는 스웨덴어를 쓴 지가 좀 됐기 때문에 익숙해지는 데 약간 시간이 걸리겠지만, 해보겠다고 했다.

에크룬드 씨는 무척 지쳐 보였다. 하얀 수염은 좀 씻어야 할 것 같았고, 얼굴에는 베인 상처가 있었다. 몇 달은 제대로 못 먹은 것처럼 야위었지만, 눈빛만은 살아있어서 이불 아래로 나를 유심히 관찰하고 있었다.

의사는 침대 옆 의자를 손으로 가리켰다. 나는 내가 얼마나 건강한지 보여주고 싶어 얼른 휠체어에서 일어났다. 그리고 침대로 걸어가 에크룬드 씨 옆에 앉았다.

"그럼, 레니, 먼저 네 소개부터 하고 이분에게 기분이 어떤가 물어봐 줘. 그런 다음 본론으로 들어가자." 의사가 말했다.

"헤이, 여 히에떼르 레니 페테르센(Hej, jag heter Lenni Pettersson)."

에크룬드 씨는 깜짝 놀라 물었다. "스벤스카(Svenska)?"

나는 고개를 끄덕였다.

그는 침대에서 일어나 앉으며, 반가움과 놀라움이 뒤섞인 표정으로 나를 보았다. 수염을 긁는 그의 손등이 온통 울긋불긋한 멍투성이였다. 누군가 그의 두 손을 발로 밟고 짓이긴 것 같았다.

나는 그에게 기분이 어떠냐고 물었다.

그는 웃으며 자신의 발끝을 내려다보았고, 그 침대 끝에는 신입 간호사가 내 빈 휠체어를 지키며 서있었다. 이제부터 그가 했던 말을 우리말로 옮겨보겠다.

"난 곧 죽을 거야." 그가 말했다.

"그렇게 말하면 뭔가 얻는 게 있을 것 같지만, 사실은 그렇지도 않더라고요."

"무슨 소리야?" 그는 몸을 앞으로 숙이며 물었다.

"저도 그러면 얻는 게 있을 줄 알았거든요. 사람들이 더 친절하게 대할 줄 알았는데 아니었어요."

"너도 많이 아프니?" 그는 자기 가슴에 두 손을 포개며 물었다.

나는 고개를 끄덕였다. 에크룬드 씨는 내 운명에 진심으로 마음 아파하는 것 같았다.

"의사가 지금 기분이 어떤지 물어보래요."

"죽을 것 같은 기분이야." 그는 이렇게 말하고 웃었다.

"내일 수술할 거래요."

"시간 낭비일 뿐이지. 그래봐야 소용없을 거야."

"그럼 수술하지 말라고 할까요?"

그는 멍든 손으로 눈썹 부위를 긁으며 잠시 생각하는 듯했다.

"그래도 시도는 한번 해보는 게 좋겠지?"

나는 고개를 끄덕이고는 내내 우리를 흥미롭게 지켜보던 의사에게 그의 말을 전했다.

"스웨덴어 할 줄 아는 사람을 만나니 좋네. 넌 어떻게 여기까지 오게 된 거야?" 에크룬드 씨가 물었다.

"말하자면 길어요. 기회 되면 다음에 말해드릴게요." 나는 그에게 말했다.

"스웨덴이 그립니?"

"가끔요. 하지만 돌아갈 순 없어요."

"그럼 안 되지!"

그는 두 번 다시는 돌아가지 못할 자신의 현실을 지금 막 깨달은 사람처럼 말했다.

"글래스고에서는 어디서 사세요?" 내가 물었다.

그는 미소 지었다.

"여기저기 아무 데나."

"의사 말이 할아버지가 노숙자라던데요."

그는 고개를 끄덕였다.

"왜 집이 없어요?"

"난 정말 형편없이 살았거든. 뭘 가질 자격이 없는 사람이야."

나는 손을 뻗어 그의 손을 쓰다듬을까 생각했지만, 선명한 붉은 멍 자국이 너무 아파 보였다.

"제가 뭐 도와드릴 일 없을까요?" 내가 물었다.

"나쁜 늙은이를 살리려고 애써줘서 고맙다고 대신 말해줘. 그리고 의사에게 이 말 좀 전해줄래? 사실 난 내 딸을 찾으러 글래스고까지 온 거거든. 내가 죽으면, 혹시 그게 가능하면, 나 대신 그 앨 좀 찾아봐달라고 해줘."

그는 피 묻은 청바지 옆 탁자 위에 놓인 파란색 큰 가방을 손짓으로 가리켰다. 에크룬드 씨는 앞으로 몸을 숙이더니, 우리가 무슨 얘길 하는지 다들 짐작조차 못 하고 있는데도 속삭이는 목소리로 이렇게 말했다.

"가방에 딸의 출생증명서가 들어있거든. 혹시라도 그 앨 찾으면 내가 한 짓 전부 다 미안했다는 말 좀 꼭 대신 전해줘. 하루도 잊은 적이 없었다고. 그리고 가방에 든 건 전부 그 애 거니까 다 가지라고. 만약 그 앨 못 찾으면 처음 본 노숙자에게 줘버리라고 해."

나는 고개를 끄덕이고는 잠시 가방을 쳐다봤다. 가방 색이 처음부터 저 색깔은 아니었던 게 분명했다.

"의사가 지금 아픈 데가 있는지 물어보래요."

"있어. 하지만 난 아파도 싸."

이 남자는 도대체 어떤 짓을 저질렀길래 이 모든 게 자업자득이라고 생각하는 걸까, 궁금했다.

"나, 이제 자고 싶다고 말해주겠니?"

"자고 싶으세요?"

"아니, 죽고 싶어."

"수술을 받고 나면 훨씬 좋아지실 거예요. 따님도 직접 찾으실 수 있을 거고요." 내가 말했다.

그는 손녀를 보고 웃어주는 할아버지처럼 나를 향해 미소 지었다. 따뜻하고 다정한 미소였지만, 그 속에는 나보다 세상을 더 오래 봐왔고 그래서 그 속에 숨은 비밀을 더 많이 아는 사람의 눈빛이 담겨있었다.

"난 준비 됐어."

"그걸 어떻게 알아요?"

그는 멍든 손을 내 손 위에 가만히 포갰다.

"난 알아."

그를 구하고 싶었다. 그 방에서 그와 말이 통하는 사람은 나뿐이었고, 그는 삶을 포기하려 하고 있었다.

"도대체 그걸 어떻게 아냐고요?" 나는 다시 물었다.

"느낄 수 있어. 그게 다야."

"할아버지는 무섭지 않으세요?"

그는 힘겹게 숨을 들이쉬고는 내 눈을 보며 다시 부드럽게 웃었다.

"얘야, 죽는 걸 겁낼 필요는 없어."

"그렇지만 겁나는 걸요." 나는 속삭였다.

"그럴 이유가 하나도 없다니까!" 그는 웃더니, 영어로 이렇게 말했다. "잠자는 거랑 다를 게 없어."

그 말에 의사가 고개를 들었다.

에크룬드 씨는 다시 스웨덴어로 말했다.

"그냥 눈을 감으면 돼."

"그걸 어떻게 알아요?"

"음, 아직 죽지 않고 살아있는 건 맞지만, 그렇게 될 거야."

그가 한 번 더 힘겹게 숨을 들이쉬자, 폐에서 거친 쇳소리가 났다.

나는 의사에게 에크룬드 씨는 아프지 않다고 전했지만, 거짓말을 했다는 생각이 들었다.

"너 자신을 믿어도 돼. 그러니까 말이지, 너 자신을 믿어봐. 배가 고프고 목이 마르면 그냥 아는 것처럼 그때가 되면 알게 될 거야. 넌 아직 오래 겪어보질 않아서 그런 거야."

"전 이미 백 년이나 살았는데요." 내가 말했다.

그는 어떻게 그럴 수 있느냐고 묻지 않았다.

"그리고, 이 말 좀 전해주겠니? 내가 물을 찾는 것 같으면, 사실은 와인을 찾는 거라고. 술 때문에 죽기엔 이미 너무 늦었지만, 술 한잔으로 기분을 낫게 하기엔 아직 늦지 않았거든. 혹시라도 다시 눈을 뜬다면 말이야, 레드 와인 한잔 마셨으면 좋겠어. 병원에 메를로가 있을까 모르겠다만, 난 그렇게 까다로운 사람은 아니라서. 뭐, 쉬라즈나 진판델도 괜찮다고 해줘."

내가 웃자, 그도 같이 웃었다.

"꼭 전할게요." 나는 약속했다.

"고맙다, 레니 페테르손. 이제 난 잔다고 말해주렴."

그가 눈을 감고 주름진 이마와 눈썹에서 긴장을 풀자, 그의 얼굴이 평온해 보였다. 하지만 죽은 것 같아 보이지는 않았고, 오히려 죽은 척하는 것처럼 보였다.

"뭐라고 하셔?" 의사가 물었다.

나는 영어로 다시 돌아왔다.

"일단 수술은 받으시겠대요. 그리고 딸을 찾아서 가방과 출생증명서를 전해줬음 좋겠대요. 이분 딸을 찾으면 제게도 알려주세요." 나는 의자에서 일어나 휠체어를 향해 조심스럽게 걸어갔다. "나머지는 제가 직접 말할게요."

나는 휠체어에 앉아 직접 바퀴를 밀기 시작했다. 생각보다 어려웠다.

"그리고 할아버지가 잠에서 깼을 때 레드 와인을 줄 수 있는지 물었어요. 가능하면 메를로가 좋지만, 있는 거 아무거나 줘도 괜찮대요."

미나와 마고,
그리고 말할 수 없는 것들

1966년 9월, 런던
마고 마크래, 서른다섯 살

한밤중이었는데, 누군가 내 손을 만지는 느낌이 나는 거야.

내 손을 만질 사람이 있나? 나는 잠결에 그렇게 생각했지.

눈을 떴더니 그녀가 거기, 내 침대에 있었어. 그녀의 찬 발가락이 내 발에 닿았어.

그녀는 어떤 말을 작게 속삭였지만, 나는 알아들을 수가 없었어.

"뭐라고?"

"네가 했던 말 기억 안 나?" 그녀가 물었어.

그때는 무슨 말을 하는 건지 몰랐는데, 나중에 문득 생각나더라고. 초록 술을 마셨던 그날 밤, 나는 욕실에 앉아, 미나에게 사랑한다고 말했었지. 그 말을 얘기했던 거야.

미나는 어둠 속에서 눈 한번 깜빡이지 않고 아주 오랫동안 나를 바라봤어. 그러더니 눈을 깜빡이며 눈물을 흘렸어.

난 미나가 그 말을 하길 바랐어.

미나도 자신이 그 말을 하길 바랐던 것 같아.

하지만 하지 못했어. 내가 무슨 말을 하기도 전에 그녀는 가 버렸어.

레니와 다시 만난 인연

계약직 직원은 글래스고 프린세스 로열 병원에서 잘린 후로도 계속 일이 잘 풀리지 않았다. 처음 구직 활동을 시작했을 때만 해도 포부가 컸었기에 재밌어 보이고 영감을 얻을 만한 일에만 지원했던 그녀였다. 하지만 지원에 대한 회신은 하나같이 거절의 메시지였다. 그래서 그녀는 눈을 낮춰 타자치기, 자료 입력, 접수 업무 같은 일자리에도 지원했지만…… 여전히 성과는 없었다. 꿈의 직장에 지원해 듣는 거절의 메시지만큼이나 늘 냉담하고 가차 없는 대답만 돌아올 뿐이었다. 다른 점이 있다면, 그렇게 원하는 일도 아닌데 거절을 당하니 기분이 더 더럽다는 것이었다.

한번은 24시간 문을 여는 슈퍼마켓에서 임시 판매 보조원을 제로 아워 계약(정해진 노동 시간 없이 고용주가 요청할 때만 일을 하여 시급을 받는 노동 계약 – 옮긴이) 조건으로 뽑는다기에 지원해, 면접을 보기 위해 매니저 사무실 밖에서 대기한 적이 있었다. 그러다 우연히 그곳에 함께 있던 지원자들이 정비 기술자, 박사 준비 중인 학생, 그리고 각각 역사, 수학, 영어를 전공한 세 명의 대학 졸업생이란 사실을 알게 되었다.

놀랍게도 매니저는 그날 오후 그녀에게 전화를 걸어 즉석식품 코너에서 일하겠냐고 물었다. 그녀는 대학에 다닐 때, 졸업 후 유명 갤러리의 전속예술가로 활동하는 자신을 상상하곤 했었다. 한밤중 출근해 불면증에 시달리는 사람들에게 어떤 허니 글레이즈드 햄을 고르면 좋을지 추천하는 일은 상상조차 못했었다. 하지만 그녀는 해보기로 결심했다. 다음 날 저녁, 자존심은 접어두고 헤어네트를 머리에 쓴 채 슈퍼마켓에 도착했다.

몇 달 후, 계약직 직원이 슈퍼마켓 일을 마치고 집에 돌아왔는데, 어머니가 거실에 잠시 앉아보라며 그녀를 불렀다. 어머니는 그녀와 눈도 마주치지 못한 채 초조한 듯 소파 쿠션만 만지작거렸다. 어머니는 작은 목소리로 그녀에게 말했다. 그녀가 아주 어렸을 때 딱 한 번 만난 적 있는 아버지가 나타났고, 대략 22년 전쯤 없어진 출생증명서를 그 사람이 갖고 있더라고 했다. 이 소식을 듣고 계약직 직원은 자신의 감정이 무엇인지 몰라 가슴이 답답해지는 걸 느꼈다. 그 감정이 뭔지 알아차리지 못한 건 어쩌면 좋은 일이었는데, 만약 어머니의 말에 조금이라도 행복했더라면 이어진 이야기에 더욱 힘들어졌을 것이기 때문이었다. 어머니는 지금 아버지의 건강 상태가 그리 좋지 못하며, 병원에서도 오래 살지 못할 거라는 말을 했다고 전했다.

그날 밤 계약직 직원과 어머니는 어떻게 해야 할지에 대해 한참을 의논했다. 병원으로 찾아갈지 아니면 편지를 쓸지, 혼자 갈지 아니면 어머니와 함께 갈지, 이미 오래전에 재발급 받은 출생증명서를 달라고 할지 아니면 가지고 계시라고 할지 그런 것들을 논의했다. 그녀는 자신을 버리고 떠난 아버지에게 화가 난 건지 아니면 지금이라도 돌아와 기쁜 건지, 다시는 찾지 말라고 해야 하는 건지 아니면 그래도 인사를 해야 하는 건지 고민했다.

하지만 두 사람이 미처 결정을 내리기도 전에 다시 전화가 왔다. 계약직 직원의 아버지가 돌아가셨다는 연락이었다. 그녀는 그제야 울었다. 그건 낯선 이의 사망 소식이면서 동시에 돌이킬 수 없는 자신의 일부가 죽었다는 소식이기도 했다. 엄청난 걸 잃었지만, 동시에 전혀 잃은 게 없기도 했다.

수화기 너머 간호사는 애도하는 목소리로 고인이 돌아가시기 전 마지막 소원을 이뤘다고 말하며, 이런 사실을 알면 가족들도 조금은 위로가 될 거라고 했다. 평소 남자에게 습관적으로 물건을 훔치는 버릇이 있다는 걸 알고 있던 어머니는 그가 뭘 훔쳤냐고 물었고, 한참 말을 잇지 못하던 간호사는 고인이 병원 성당에서 와인 한 병을 훔쳤다고 대답했다. 그러면서 와인이 사망 원인은 아니었고, 고인이 돌아가신 뒤 성당 신부도 그 일을 용서했다는 말을 황급히 덧붙였다.

어머니는 이쯤에서 대화를 끝내려 했지만, 간호사는 고인 소유의 물건이 하나 있고, 고인은 딸을 찾아 그걸 전달하려 했다는 말을 전했다.

다음 날 아침, 계약직 직원은 병원으로 차를 몰았다. 잘 알지도 못하는 아버지가 한때 자신이 일했던 바로 그 장소에 있었다고 생각하니 기분이 묘했다. 간호사는 어머니에게, 아버지가 병원에 오기 전까지 그 인근에서 아내와 딸을 찾고 있었다고 말했다. 주차장을 지나 안으로 들어가는데, 주변 풍경들이 전부 특별하게 다가왔다. 아버지도 이 문을 지나갔을까? 이 병원 건물에 아버지도 있었을까? 이 길을 걸어 지나갔을까? 그때가 그나마 아버지를 가장 가까이에서 느낄 수 있었던 순간이었다.

평생 그녀는 아버지를 한 번밖에 만나지 못했었다. 어머니는 그녀와 아버지가 함께 찍은 낡은 사진 한 장을 가지고 있었는데, 사진 속 그녀는 줄무늬 멜빵바지를 입고 소파를 잡고 옆에 서 있었다. 어머니 말에 따르면 그때가 이제 막 서는 법을 배웠던 시기였다고 했다. 아버지는 소파에 앉아 그녀를 내려다보고 있었고, 얼굴은 반쯤 그림자에 가려진 모습이었다.

간호사실에 앉아있던 간호사는 계약직 직원의 아버지나 그가 남긴 물건에 관해 아무것도 알지 못했다.

"성함이 어떻게 된다고 하셨죠? 레크랜드?"

"에크룬드요. 스웨덴 이름이에요." 계약직 직원이 말했다.

간호사는 고개를 저으며 다른 간호사를 찾았고, 그 간호사 역시 이름이나 내용을 전혀 알지 못했다. 결국 그녀를 도와주러 온 사람은 팔뚝에 멋진 문신을 한 이송 요원이었다.

"에크룬드 씨 때문에 오신 분?" 간호사실로 걸어오던 그는 계약직 직원을 보고 물었다.

"네."

"연세 많으신 남자분? 흰 머리에?"

"그건 잘 모르겠어요."

"스웨덴 사람? 와인 슬쩍 하신?"

"네, 맞는 것 같아요."

"따님이신가요?"

"네."

"따님이 맞네요. 꼭 닮으신 걸 보니."

그녀는 그 한마디에 세게 한 대 맞은 기분이었다.

이송 요원은 말했다. "상심이 크시겠어요."

지금 어떤 말이라도 했다간 눈물이 날 것 같아 그녀는 고개만 끄덕였다.

책상 앞에 앉아있던 간호사가 큰 소리로 말했다.

"레크룬드라는 남자가 딸에게 남겼다는 물건이 어디 있는지 알아요, 폴?"

"물론 알죠." 그가 밝은 목소리로 대답하고는 병동을 나가자, 그곳에는 간호사와 계약직 직원만 남게 됐다.

간호사는 초콜릿 다이제스티브 비스킷을 차에 찍어 먹고 있었다. 머그잔 표면에는 밝은색으로 그려진 고양이 캐릭터들이 옆으로 재주넘기를 하는 그림이 그려져 있었다. 계약직 직원은 머그잔만 쳐다봤다. 지금 이 순간, 다른 사람들은 평범한 하루를 보내는 중이라는 사실을 그녀는 스스로에게 상기시켰다. 고양이가 그려진 머그잔에 차를 마시면서.

"안에 뭐가 들었는지는 저도 몰라요."

이송 요원이 다시 나타나 그걸 그녀에게 내밀면서 말했다. 꼬질꼬질한 파란색 더플백이었다. 습한 곳에서 올라오는, 암모니아와 흙냄새가 뒤섞인 듯한 냄새도 났다. 주황색 긴 끈이 가방 양옆에 붙어있었고, 손잡이 부분은 다 해져 주황색이 갈색으로 변해있었다.

계약직 직원은 그걸 보고 뭐라 말해야 할지 알 수가 없었다.

"뭔가 찾으시는 게 있으신가요?" 이송 요원이 물었다.

계약직 직원은 고개를 저었다. 가방은 생각보다 가벼웠다.

"출생증명서는 받으셨어요?" 그가 물었다.

계약직 직원은 다시 고개를 저었다.

이송 요원은 간호사실 안쪽 책상으로 다가갔다.

"폴! 지금 뭐 하는 거예요?"

그가 간호사의 책상 맨 위 서랍을 열고 서류들을 뒤적거리기 시작하자, 간호사가 말했다. 새로 담근 다이제스티브 비스킷의 반이 흐물흐물해지면서 컵 안으로 떨어졌다.

"출생증명서요. 이 여자분 아버님이 따님의 출생증명서를 가지고 계셨었거든요." 그가 말했다.

간호사는 관심 없다는 표정으로 말했다. "못 봤어요. 나 지금 쉬는 시간이라고요."

그녀는 차 스푼을 들더니 차 위에 둥둥 떠다니는 비스킷 조각을 떠내려 했다.

"찾았다!" 그는 서랍에서 핑크색 종이를 꺼내며 말했다. 폴은 증명서에 적힌 이름을 읽었다. "그쪽 맞으시죠?"

계약직 직원은 고개를 끄덕였다.

계약직 직원과 어머니에게 사라진 출생증명서는 항상 미스터리였다. 줄무늬 멜빵바지를 입고 사진을 찍은 그날 이후로 부엌 서랍에 있던 출생증명서가 없어졌던 것이다. 딸의 옆자리를 지키지 못했던 아버지는 도대체 무슨 목적으로 딸의 출생증명서를 가지고 있으려 했을까? 출생증명서는 종이를 가로로 반 접고 다시 세로로 반 접어 중앙에 십자 자국이 생긴 것 말고는 매우 양호한 상태로 보관돼 왔다는 걸 알 수 있었다. 꽤 소중히 간직해온 모양이었다.

계약직 직원은 아버지의 도둑질을 항상 부정적으로 생각했었다. 어머니에게서 들은, 두 사람의 연애 이야기는 아버지의 도둑질로 항상 안 좋게 끝이 났기 때문이었다. 난처한 상황에 부딪치거나 경찰에 잡히거나 싸움이 일거나 하며 늘 문제가 생겼다. 하지만 이번 일은 좀 달랐다. 이건 아버지에게 그녀가 중요한 사람이라는 표시였고, 기념품이었고, 사랑의 행위였다.

"중간에서 스웨덴어를 영어로 통역해준 여자아이가 있는데, 걔 말이, 아버님이 당신이 했던 행동에 대해 미안하다는 말을 하고 싶어 하셨대요. 그리고 가방 안에 있는 걸 따님이 간직했으면 좋겠다는 말도 했다고 하고요."

"뭐가 들었는데요?"

"저야 모르죠. 열어 보지 않았거든요."

계약직 직원은 고개를 끄덕이고 고맙다고 말했다. 하지만 문가에 닿기 전 그녀는 되돌아서서 물었다.

"여자애가 통역을 해줬다고 하셨죠?"

"네, 분명 그랬죠."

그러자 계약직 직원은 미소를 지으며 물었다.

"여기서 메이 병동으로 가려면 어떻게 가야 하죠?"

계약직 직원은 병원 이쪽 건물의 지리를 잘 알지 못했다. 아버지가 있던 병동에서 메이 병동까지 가는 길을 이송 요원에게 듣긴 했지만, 금세 까먹고 방향 감각도 잃은 채 한동안 헤맸다. 한 손에는 가방, 다른 한 손에는 출생증명서를 든 그녀의 머릿속은 여러 생각으로 복잡했다. 결국 그녀는 걸음을 멈췄다.

복도는 텅 비어있었다. 복도를 따라 창문들이 나있었고, 창턱이 거의 바닥까지 내려오는 긴 창문이어서 앞에 앉아있기에 딱 좋았다. 계약직 직원은 창턱에 쭈그리고 앉았다. 그리고 가방을 앞에 내려놓았다.

가방 위에 길게 달린 지퍼는 가방끈과 같은 빛바랜 주황색이었다. 잠시 동안 계약직 직원은 자신이 정말 가방을 열 수 있긴 한 건지 궁금했다. 혹시라도 이게 슈뢰딩거의 고양이 같은 거라면 결국은 가방을 열어보지 않는 게 나을 수도 있었다. 아버지의 유품은 그런 식으로 아주 경이로우면서 동시에 아주 끔찍한 것일 수 있었고, 의미 있으면서 동시에 아무 의미 없는 것으로 남을 수도 있었다. 하지만 그녀는 알아야 했다.

그녀가 처음 끄집어낸 건 검은색 스웨터였다. 역한 냄새가 났고, 그건 누가 맡아도 오줌 냄새였다. 그럼에도 불구하고 그녀는 스웨터를 꺼내 자신의 옆 창턱에 내려놓았다.

가방 속에는 뒤엉킨 파란색 밧줄 하나와 편의점 자체 브랜드인 에너지 드링크 빈 캔 서너 개도 들어있었다. 한 캔에 19펜스짜리로, 계약직 직원이 친구들과 밤에 놀러 나가면 보드카에 섞어 마시곤 했던 음료수였다.

낡은 신문을 옆으로 들췄을 때, 첫 번째 지폐가 눈에 띄었다. 그녀는 가방 속에 든 지폐 한 장을 꺼내려다 하마터면 돈을 찢을 뻔했는데, 다시 보니 그건 똑같은 모양의 지폐 여러 장을 머리 끈으로 묶어놓은, 묵직한 돈뭉치였다. 긴 턱수염을 기르고 둥근 모자를 쓴 남자가 그녀를 무뚝뚝한 표정으로 바라보고 있는, 생소한 모양의 지폐였다. 가치가 어느 정도인지는 몰라도 앞뒤로 1,000이라는 숫자가 적혀있었고, 돈뭉치를 손에 들어보니 적어도 200장은 될 것 같았다. 두 번째 돈뭉치도 거의 비슷한 양이었고 역시 머리 끈으로 묶여있었다.

'에트 투센 크로노(Ett Tusen Kronor)'라는 글자가 지폐 위쪽에 인쇄돼 있었다.

계약직 직원이 지금 당장 이야기를 나누고 싶은 사람은 딱 한 사람뿐이었고, 안 그래도 이미 그녀를 만나러 가던 중이었다.

그렇게 계약직 직원은 스웨덴 돈이 가득 든 더플백을 들고 내 침대 옆에 서게 되었다.

마고와 노란색 풍선

1967년 5월 11일, 런던
마고 마크래, 서른여섯 살

데이비의 존재보다도 데이비의 생일이 나한테는 더 유령처럼 느껴졌었어. 그 날짜는 항상 달력 위에서 집요하게 나를 괴롭혔고, 내 머릿속에서도 잊히질 않았지.

그런데 데이비의 열네 번째 생일날, 집으로 돌아와 방문을 열었더니 노란색 풍선이 방 안을 가득 채우고 있는 거야. 수백 개는 되는 것 같았어.

나중에 시내에 있는 펍에서 미나를 발견했는데, 주위에 교수는 보이지 않았어. 그제야 참고 있는 줄도 몰랐던 숨을 훅 내쉬게 되더라고. 가끔 교수가 옆에 없을 때면 미나도 다시 자기 모습을 되찾았어. 조금은 내 사람 같았지.

나는 미나에게 고맙다는 말을 하려 했지만, 음악 소리가 너무 시끄러워서 내 말을 알아듣질 못했어. 그래서 난 미나를 그냥 꼭 껴안아 주었지.

내가 미나에게 데이비 얘기를 하자마자, 미나는 데이비를 사랑해줬어.

그래서 나도 미나를 더 사랑할 수밖에 없었지.

레니와 미사

　아서 신부님이 은퇴하기까지 이제 겨우 몇 주밖에 남지 않았다. 흑백 영화 시절에는 여배우가 은퇴를 선언하면 팬들이 이렇게 하지 않았을까 생각하며, 나는 가능한 자주 신부님을 찾아가기로 마음먹었다. 나는 신부님이 은퇴해 발을 뻗고 쉬든, 진정한 사랑을 찾아 결혼을 하든, 영화배우로 성공하기 위해 로스앤젤레스로 이사를 가든, 그전까지는 마지막 남은 그의 공연을 빼놓지 않고 모두 관람할 생각이었다. 그러다 보면 언젠가 내 손주들을 앉혀놓고 낡은 프로그램 북을 보여주며 '예전에 나도 거기 있었다'고 말할 날이 올지도 모를 일이었다. 그러면 나는 손주들이 지루해하거나 말거나 반짝이 옷을 입은 아서가 어떻게 자신만의 노하우로 관중을 열광시켰는지 신이 나서 떠들 터였다.

　처음으로 내게 휠체어를 들이댄 신입 간호사에게 나는 아직 화가 풀리질 않고 있었다. 휠체어가 아직도 그 자리에 있다는 사실 때문에 더 그런 것 같았다. 그날 이후로 신입 간호사는 나를 로즈룸이나 다른 곳에 데려가야 할 일이 생길 때마다 계속 그걸 사용했다. 그녀의 그런 행동은 내 묘석에 문구를 절반 이상 새긴 것이나 다름없었다. *'레니 페테르손, 1997년 1월 – 곧 사망 예정'*

그래서 나는 수지에게 성당까지 데려다 달라고 부탁했다. 수지는 메이 병동 간호사지만, 나는 아직까지 그녀가 간호사 일을 하는 걸 본 적은 없었다. 나는 성당까지 내 발로 걸어가고 싶었고 그녀라면 휠체어를 가져오지 않을 것 같았다.

"가톨릭 미사인 거지?" 그녀가 물었다.

"아마도요." 나는 그녀가 내민 손을 잡고 침대에서 일어서며 말했다.

"모른단 말이야?" 그녀는 나를 이상한 눈으로 쳐다봤다.

"기억을 못 하는 거예요."

"허, 미스터리군. 나 미스터리 좋아해. 우리 아빠는 이제 나랑 클루도 게임(대저택에서 벌어진 살인사건의 범인을 찾는 보드게임 – 옮긴이)은 안 하겠대. 내가 너무 공격적이라나 뭐라나." 그러면서 그녀는 깔깔 웃었다. "난 일주일에 추리 소설을 적어도 한 권 이상은 꼭 읽거든. 아무리 읽어도 질리지가 않는단 말이야. 우리 아빠는 내가 그런 걸 자꾸 읽어서 망상에 빠지는 거라고 싫어하지만."

수지와 함께 메이 병동 밖으로 걸어 나가는데, 갑자기 메스꺼운 느낌이 발가락 끝에서부터 목구멍까지 확 타고 올라왔다. 몸이 뜨거워지며 토할 것 같았다.

"난 미스 마플 시리즈는 전부 다 좋아해. 그리고 생일에 내 친구가 명탐정 푸아로 책도 선물해줬는데, 푸아로가 자신을 제삼자인 것처럼 말하는 게 되게 재밌더라." 나는 아무 말도 하지 않았지만, 그녀는 하던 얘기를 계속했다. "그러니까 말을 꺼낼 때, '수지는 아무래도 그 군인이 의심스럽다' 이런 식으로 얘길 시작하는 거지."

복도를 따라 걸으며 우리는 메이 병동에서 점점 멀어졌고, 내 머릿속은 온통 '바닥을 더럽히지 않고 토할 수 있는 데가 이제는 없을 텐데 어떡하지?'라는 생각뿐이었다. 압축 마분지로 만든 구토 용기(어렸을 때 나는 그걸 보고 남자들이 쓰는 일회용 정장 모자인 줄 알았다)가 지금 이 순간 너무나 절실했다. 어린 시절 나는 병원이란 곳이, 환자가 급하게 정장을 입어야 할 때, 임시로 입을 수 있는 마분지 정장 모자 같은 것들을 구비해 둔 곳이라고 알고 있었던 적이 있었다. 열 살의 내가 믿었던 그 세상 속에 계속 살았더라면 좋았을 텐데.

불행하게도 복도는 다시 복도로, 다시 건물과 건물을 잇는 통로로, 다시 병원 성당이 있는 복도로 계속 이어져 어디에도 구토를 할 만한 통은 찾을 수가 없었다. 이쯤 되면 병원 관계자들도 여긴 모퉁이마다 구토 용기가 필요하다는 사실쯤은 알았어야지. 그러면 대걸레를 사는 데 드는 비용을 아낄 수 있었을 텐데. 수지는 계속 내 팔을 끼고 걸었고, 나는 내 위장을 훑고 올라와, 내 혀를 뒤로 잡아당기며 쏟아져 나와, 내 입을 막으려는 욕지기를 애써 무시하면서 그녀가 하는 말에만 집중하려고 애썼다.

"······책에서 읽은 얘긴데 진짜 재밌어!"

손가락 끝이 저릿저릿했다. 지나가겠지. 갑자기 온 것처럼 그렇게 갑자기 지나갈 거야. 한 번만 잘 넘기면 돼.

"······그래서 이 어부가 칼에 찔린 채 항구에 죽어있었던 거야. 그런데 찔린 상처랑 맞는 범행 도구를 찾을 수가 없었어. 아, 미안." 그녀는 말을 멈췄다. "내가 너무 자세하게 묘사했나? 너 비위 약하거나 그런 거 아니지?"

나는 그저 웃으며 고개를 저었다. 우리는 다시 천천히 앞으로 걸어갔다.

"여하튼, 다음 피해자는 비바람이 몰아치던 날 주차장 지붕 위에 죽은 채 누워있던 남자였어. 그는 뭔가에 찔려 사망했지만, 역시나 상처와 일치하는 범행 도구가 어디 있는지 누구도 찾질 못했지. 그러다 학교에서 일어난, 다음 살인 사건에서 드디어 결정적인 단서가 발견된 거야. 세 번째 희생자의 피를 검사했더니, 물 때문에 피가 희석됐다는 사실을 알게 된 거지."

우리는 마지막 문을 통과했고, 저만치 앞에 성당이 보였다. 당장 허리를 구부리고 있는 대로 다 게워내려는 자연스러운 몸의 본능과 싸워 이긴다는 건, 그래도 내 상태가 아직은 괜찮다는 뜻이기 때문에 무사히 거기까지 가는 데에는 매우 상징적인 의미가 있었다.

"그제야 그들은 주차창에서 두 번째 살인 사건이 일어났던 날도 비가 왔고, 항구에도 당연히 주변에 물기가 많아서 중요한 단서를 놓쳤었단 걸 깨달은 거지. 사실 범행 도구는 얼음으로 만든 단검이었어. 그래서 범인은 그걸 숨기기보다는 피해자 몸에 박아둔 채로 저절로 녹아 없어지게 했던 거였어. 진짜 대단하지 않아?"

나는 고개를 끄덕였다.

"아무튼 마지막 장면은 여자 형사랑 남자 형사가 만나서 스케이트를 타면서 끝나. 두 사람은 얼음은 정말 위험하니까 조심해야 한다고 농담을 하지. 내 생각에는 이걸 영화로 만들어도 끝내줄 거 같아. 난 그 책을 이틀 만에 다 읽었다니까!"

나는 지금껏 어떤 책을 정말 읽고 싶어지도록 줄거리를 잘 설명해준 사람을 본 적이 없었다.

수지는 아직 할 얘기가 더 남았는지, 성당에 가까워질수록 더 천천히 걸었다. 나는 그녀가 잡고 있던 내 팔을 슬그머니 풀었다.

"데려다줘서 고마워요."

목에 너무 힘이 들어가 있어서인지 목소리가 이상했다. 내 목소리가 아닌 것 같았다.

"별말씀을. 내 얘기 너무 지루했던 거 아닌가 모르겠네!"

나는 아니라는 뜻으로 손을 저었다.

"그럼 한 시간 있다 데리러 오면 되지?"

"고마워요."

나는 그녀가 다른 말을 하기 전에 얼른 성당의 육중한 문을 밀어 열었다. 이러다 성당에 들어서자마자 토하거나 기도하는 사람처럼 무릎을 꿇고 쓰러지는 건 아닐까 싶었지만, 다행히 그러진 않았다. 그 대신 불룩하게 튀어나온 아서 신부님의 배에 부딪치면서 둘 다 동시에 뒤로 튕겨져 나갔다.

"레니?" 신부님은 반가움을 감추지 못했다.

"미사 드리러 왔어요."

"시간 잘 맞춰 왔구나." 신부님이 말했다. 성당 안을 둘러보니, 예배를 보러 온 다른 신도는 딱 한 사람뿐이었다. 줄무늬 파자마를 입고 그 위에 재킷을 걸친 나이 지긋한 할아버지였다. 내가 그 할아버지에게서 아서 신부님에게로 시선을 돌리자, 신부님은 어깨만 으쓱해 보였다. 나는 신부님이 더 이상 아닌 척하지 않아 좋았다.

아서 신부님은 미사를 위해 검은 바지와 셔츠를 입고, 목에는 포도 문양을 수놓은 긴 스카프 같은 것을 두르고 있었다.

혹시라도 제일 앞줄에 앉으면 뭔가를 시킬 수도 있을 것 같아 나는 세 번째 줄로 걸어갔다. 메스꺼운 속이 조금씩 가라앉고 있었다. 나는 자리에 앉아, 아서 신부님이 예배당 구석의 초에 불을 켜고 CD 플레이어를 눌러 찬송가를 트는 모습을 지켜보았다.

앞줄에 앉은 할아버지는 큰 소리로 코를 훌쩍이더니, 상의 주머니에서 손수건을 꺼내 코를 풀었다. 그런 다음, 손수건을 펼쳐 내용물을 한번 확인하고는 다시 접어 윗주머니에 밀어 넣었다.

재빠르게 제단 앞으로 걸어간 신부님은 잠시 동작을 멈추고 신도 둘을 차분히 바라보았다. 예수님의 따뜻한 사랑의 품에 안

기길 기다리는 어린 양들을 바라보는 듯한 눈빛이었다.

"잘 오셨습니다." 신부님이 말했다.

나는 신부님이 들려주는 좋은 말과 성가에 오롯이 귀 기울이며, 이 모든 것들을 다 기억에 새겼다. 심지어 제일 앞줄에 앉은 할아버지가 고개를 끄덕이며 조는 걸 보고도 웃지 않았다.

하지만 그때, 할아버지가 요란하게 코를 골기 시작했다. 아서 신부님이 한껏 고조된 목소리로 말을 이어나가던 찰나, 할아버지는 거칠게 숨을 들이마시다 말고 갑자기 고개를 번쩍 들며 소리쳤다. "저요?!"

나는 도저히 참지 못하고 큰 소리로 웃어버렸다. 아랫입술을 깨물며 참던 아서 신부님도 결국 참지 못하고 나와 함께 웃었다.

마고와 호찌민 대통령

마고는 연보라색 파자마를 입고 있었다. 마고의 주변 책상 위로 햇볕이 쏟아지고 있어 마치 마고에게서 광채가 나는 것처럼 보였다.

"이 얘기 들으면 너도 재밌어 할 거야."

마고는 연필을 깎고, 캔버스에 떨어진 연필 부스러기를 입으로 후 불었다.

그녀는 딱히 고민하는 기색도 없이 캔버스 위에 달걀 모양의 타원들을 잔뜩 그리고, 양옆으로 커다란 건물 두 개를 그리기 시작했다. 옆으로 나란히 줄지어 그려진 타원에는 서서히 어깨와 얼굴이 생기고 옷이 입혀지고 손에는 피켓이 들리더니, 이야기가 시작되었다.

1968년 3월 18일, 런던, 새벽 1시
마고 마크래, 서른일곱 살

나는 우리 집 현관으로 이어지는 계단에 앉아있었어. 팔은 여기저기 긁혀 피가 흐르고, 왼쪽 무릎의 피부는 아예 살점이 들려 그 아래로 속살이 다 드러났어. 검붉은 멍이 든 오른쪽 무릎에는 커다랗게 혹이 나있었고. 손바닥에는 작은 돌조각들이 잔뜩 박혀 손톱으로 빼보려고 했지만, 오히려 손바닥만 얼얼하고 피가 날 뿐이었어.

주위는 깜깜했어. 추웠고. 하지만 나는 계속 기다렸어.

전날 아침을 먹은 이후로 아무것도 먹지 못한 상태여서 배에서 꼬르륵 소리가 났어. 잠깐이지만, 배 속에 있던 데이비가 세상 밖으로 나올 준비를 하며 속에서 몸을 틀어 꼬물거릴 때 같다는 생각이 들었지.

차가운 돌계단에 너무 오래 앉아있었더니 엉덩이에 감각도 없었어. 머리는 산발이었고, 옷도 더러웠지. 꼭 아이를 낳은 직후처럼 그렇게 피곤하더라고.

그런데도 나는 계단에서 기다리는 게 좋겠다고 생각했어. 런던에서 출발하는 첫 기차는 오전 6시가 되어야 운행을 시작했거든.

내 옆에는 짐 가방 두 개가 놓여있었어. 나는 가방에서 스웨터를 꺼내 입지 않고 어깨에 둘렀어. 입으면 소매에 핏자국이 남을 것 같아서였어.

✹

앞으로 두 번 다시는 시위나 사회 운동에 참여하지도, 법을 어기지도 않겠다고 다짐했건만, 1968년 3월 17일, 나는 어느샌가 트래펄가 광장에 나와있었어. 귀에서는 내 심장이 쿵쿵대는 소리가 들렸고, 손도 벌벌 떨리고 있었지. 그런 내 모습을 미나가 알아봐 주길 바랐어.

그 자리에는 교수도 함께 있었어. 사실 그 무렵 교수는 우리 인생에 자주 등장하는 주요 인물이 됐고, 그만큼 잊지 않고 결혼반지를 빼야 하는 횟수도 훨씬 많아졌지. 나는 우리 방 창문으로 현관 앞에 서있는 그의 모습을 지켜보곤 했었어. 그는 항상 반지를 당기거나 빙빙 돌려서 한참 씨름한 끝에 반지가 빠지면(결혼 전에는 몸무게가 덜 나갔었나 봐) 재킷 왼쪽 주머니에 안전하게 집어넣곤 했지.

두 사람이 그렇게 사람 많은 장소에서 만난 건 그날이 처음이었어. 미나는 잔뜩 들떠있었지. 교수는 담배를 피우며 애써 태연한 척했지만, 나처럼 긴장하고 있는 게 분명했어. 동그란 은색 선글라스를 끼고 있었는데, 아내가 아닌 다른 여자의 손을 잡고 있는 자기 모습을 누가 알아보기라도 할까 봐 그러는 것 같았어.

우리가 서있던 그곳은 더 이상 트래펄가 광장이라고 할 수 없었어. 벌떼처럼 몰려든 사람들로 거대한 벌집이 되어있었거든. 군중들은 서로 밀고 당기며 웅성거렸어. 나를 밀치면서 앞으로 나가기 위해 애쓰는 두 남자의 손에는 나무 피켓이 들려 있었지. 피켓에는 웃고 있는 호찌민 대통령의 얼굴과 미군에게 보내는 메시지, '고 홈(Go Home)'이라는 두 글자가 적혀있었어. 애덤과 로렌스도 '우리는 베트남전에 참전하지 않겠다'라고 검정 마커로 휘갈겨 쓴 티셔츠를 입고 군중 속 어딘가에 있었지.

✶

나는 깜깜한 어둠 속 계단에 앉아 기다렸어.

위층에서 가지고 온 타월로 무릎에 난 피를 살살 눌러 닦았어. 찌르는 듯한 통증에 얼른 수건을 뗐더니, 덜렁거리던 피부도 함께 떨어져 나갔어. 그 아래 속살이 분홍색으로 빛나고 있었지. 나는 너무 아팠지만, 그래도 움직이지 않았어.

도로 끝, 가로등 불빛 아래 어떤 사람이 걸어오는 모습이 얼핏 보였어. 눈에 힘을 주고 쳐다봤지만, 그녀는 아니었어.

✶

믿기 어려울 만큼 주위는 시끄러웠어. 여배우가 항의 서한을 전달하기 위해 그로스베너 광장으로 이동하기로 한 시간이었지. 인파는 그 즉시 방향을 틀었어.

교수는 담배를 바닥에 던지고 발로 비벼 끄지도 않고 말했어.

"나는 갈게."

미나가 그를 쳐다봤어.

"뭐라고요? 지금 가면 안 돼요. 이제 슬슬 시작하려는데."

하지만 교수는 미나의 뺨에 가볍게 키스를 하고는 사람들 숲을 헤치며 걸어갔어. 그러면서 어떤 여자가 선글라스를 낀 자신의 눈앞에 피켓을 들고 흔드니까 저리 치우라고 말하더군.

미나는 그 자리에 우뚝 멈춰 섰어. 나도 멈춰 섰고. 꼭 울 것 같은 표정이었어. 미나의 토라진 얼굴을 보니, 속에서 천불이 나더라고.

미나도 내 표정에서 그걸 느꼈는지 이렇게 묻더라.

"왜, 뭐?"

우리 주변으로 사람들이 점점 더 몰리면서 웅성거림도 더 커졌어. 빠져나갈 길은 없어 보였지.

"이제 그만해. 그냥 다 관둬!" 나는 소리쳤어.

우리 양쪽으로는 사람들이 끊임없이 움직이고 있어서 너무나도 혼란스러웠어. 주변이 너무 시끄러워서 내가 아무리 큰소리로 외쳐도 그녀 말고는 아무도 못 들을 거라고 생각했지.

"네가 원하는 사람은 저 남자가 아니잖아! 그러니까 그런 척 그만해!"

사람은 점점 더 많아졌고, 모두 어서 그로스베너 광장으로 가 편지가 전달되는 걸 보고 싶어 했어. 그렇게 앞사람을 밀며 계속 나아가니, 마치 강한 해류가 흐르는 바다 한가운데 서있는 것만 같더라고. 하지만 미나는 움직이지 않았어. 나도 그랬고.

나는 손을 뻗어 미나의 손을 잡았어.

■

　　가로등 불빛 아래로 우리 아래층에 사는 커플이 소란을 피우
며 모습을 드러냈어. 남자는 신발을 한 짝만 신고 있었지만, 여
자는 하이힐을 양쪽 다 신고 있었거든. 하이힐을 신고 손을 잡
고 달리니 길바닥을 때리는 소리가 아주 요란하게 울렸지.

　　커플은 계단 아래 도착해 나를 봤지만, 아무 말도 하지 않고
조심스럽게 계단을 한 발 한 발 밟으며 올라갔어. 하지만 여자
가 발목을 삐끗하는 바람에 비틀거리다 내 가방 위로 넘어지고
말았지. 내 가방은 계단 아래로 굴러떨어졌고, 작은 가방의 걸
쇠가 풀리면서 속에 있던 것들이 길바닥 위로 다 쏟아졌어.

　　"이크!" 여자는 겨우 이 말만 하며 일어났고, 두 사람은 현관
문 안으로 쏙 들어가 문을 닫아 버리더군. 안에서는 두 사람이
깔깔대는 소리가 들렸어.

　　　■

　　미나가 나를 쳐다봤어. 대혼란이 우리를 휩싸는 동안 우리는
둘 다 꼼짝도 하지 않았어.

　　"가게 해줘." 미나가 말했어.

　　그 말이 얼른 이해가 되지 않아 잠시 멍하게 있었는데, 미나
가 잡혀있던 자기 손을 빼더니 사람들 속으로 달려가더라고.

　　"미나!"

나는 미나를 쫓아갔어.

✖

나는 계단 아래로 손을 더듬거려 열린 가방을 찾았어. 그러고
는 옷가지와 신발들을 집어 다시 안으로 밀어 넣었지. 그때 맨아
래 계단에 떨어진 풍선이 눈에 띄었어. 노란색 풍선이었지. 일주
일 동안 방 안을 가득 채운 노란 풍선을 치우지 않고 지내다가
마지막에 전부 터뜨릴 때 진짜 재밌었어. 나는 바람 빠진 풍선
하나를, 묶인 실도 풀지 않은 채 그대로 간직해뒀어. 미나가 데
이비의 생일을 기억해줬다는 사실을 잊고 싶지 않았거든.

✖

상황은 점점 더 심각해졌어. 내 옆을 지나가던 한 남자는 코
피가 터져 피를 엄청나게 쏟았고, 입안에 고인 피를 계속 바닥
에 뱉고 있었어.

미나는 사람들 사이를 지나, 피켓 아래로 재빠르게 움직였어.

"미나!"

경찰관이 한 시위 참가자의 어깨를 경찰봉으로 내리치니, 그
사람이 푹 고꾸라지더라고. 주변에 있던 사람들이 경찰관을 향
해 맹렬히 덤벼들어 상의를 잡아당기고 바닥에 넘어뜨렸어.

나중에 파테 뉴스(과거 극장에서 영화 상영 전에 보여주던 뉴스―옮

긴이)에서 봤는데, 기자는 그 시위가 지금껏 런던에서 있었던 시위 중 가장 폭력적인 시위였다고 소개하더군.

✖

사진도 뒤집힌 채 길바닥 위에 떨어져 있었어. 내가 가방에 챙겨 넣은 사진은 두 장뿐이었지. 한 장은, 런던에 와서 처음 맞은 제야 행사에서 내가 초록색 원피스를 입고 미나와 춤을 추는 사진이었어. 런던에 온 그해 마지막 날, 미나 친구인 샐리가 파티를 열었거든. 거기서 우리는 서로 팔을 걸고 빙글빙글 돌며 춤을 췄고, 미나와 나는 즐겁게 웃고 있었어. 그날 밤, 나는 사는 게 이렇게 즐거울 수도 있다는 걸 알고 무척이나 놀랐던 기억이 나.

그리고 또 한 장은 내가 제일 좋아하는 사진이었어. 미나와 내가 얼굴에 꽃을 그리고, 어떤 사람의 하우스 파티에 가서 찍은 거였지. 그날 밤 우리는 개 한 마리를 풀어줬어. 미나가 스스로를 해방시키도록 도와준 상대가 나뿐만이 아니라는 걸 그때 난 다시 한번 깨달았지.

나는 사진 두 장을 집어 들고 계단에 다시 앉았어. 새벽 3시쯤 됐을 거라고 생각했지. 하지만 나는 여전히 기다리고 있었어.

✖

말 한 마리가 놀라서 큰 소리로 울었고, 등에 타있던 경찰은 말을 진정시키려고 애를 썼어. 경찰과 시위 참가자들이 들것에 실려 나가는 동안 연막탄이 더 터졌어.

"미나!"

나조차 내 목소리를 듣지 못할 정도였지만, 그래도 나는 소리쳤어. 이제 미나는 꽤 앞쪽까지 간 게 분명했어. 그리고 어쩌면 아직도 달리고 있을 거라고 생각했지.

누군가 무거운 피켓으로 내 머리를 내리쳤고, 한순간 모든 게 흐릿해졌어. 흰 연기가 피어올랐고, 내가 거기 있다는 게 너무 비현실적으로 느껴지더라고. 그때 누군가가 나를 세게 들이받았고, 그 충격으로 나는 바닥에 쓰러졌어.

✶

그녀가 걸어오는 소리는 듣지 못했지만, 계단 아래에 그녀가 있었어. 누군가의 코트를 걸치고 '평화'라고 적힌 피켓을 들고. 몸에는 상처 하나 없더라고.

그런 상황에서 어떻게 저렇게 멀쩡할 수 있는지 의아했어.

그녀의 시선이 멍든 내 정강이에서 피 맺힌 무릎으로, 팔뚝에 난 상처로, 그리고 마지막에는 내 옆에 놓인 짐 가방으로 옮겨 갔어.

미나에게 하고 싶은 말이 정말 많았어. 그녀에게 묻고 싶었지. 다른 일에는 항상 그토록 자유로우면서 왜 교수에게만은 그렇게 못 하는지. 그리고 나 때문에 겁먹을 필요 없다는 말도 하고 싶었어. 조니에게는 한번도 느껴보지 못한 감정을 그녀에게 느꼈다는 얘길 해주고 싶었어. 내가 그녀에게 느낀 감정은 의무감에서 비롯된 게 아니라 완벽히 자발적인 것이라는 걸. 허락만 해준다면 너를 영원히 사랑하겠다고 말하고 싶었어.

하지만 한 마디도 나오지 않았어.

✖

입에서 비릿한 피 맛이 느껴졌지만, 나는 시위 현장의 반대 방향으로 계속 걷고 또 걸었어. 골목길이 하나둘 나타났어. 그 길을 따라 계속 걷다 보니, 시위대가 무기로 썼던 돌멩이, 신발, 버려진 손 팻말, 이런 것들이 바닥에 어지럽게 널브러져 있었고, 거기서 호찌민 대통령의 웃는 얼굴을 다시 보게 됐어. 그의 얼굴은 사람들이 마구 밟고 지나가 더럽혀져 있었어. 그가 내게 말했어. '고 홈*(Go Home)!*'

하지만 나는 집이 없었어.

이젠 집을 찾아야겠다고 생각했지.

✖

미나는 차가운 돌계단의 내 옆에 앉아 내 어깨에 머리를 기댔고, 우리는 서로 아무 말도 하지 않았어. 나는 내 속마음을 말할 용기가 없었어. 미나의 생각을 듣지 않은 채로 함께 지낼 용기도 없었고.

어느 순간, 나는 얼핏 잠이 들었던 것 같아. 왜냐하면 눈을 떴을 때 어두웠던 하늘이 부옇게 밝아오고 있었거든. 해가 뜨고 있었어. 미나는 아직 거기 있었어. 머리를 내 어깨에 기댄 채 꿈을 꾸고 있었어.

다리에 감각이 없어서 나는 두 다리를 쭉 뻗었어. 내 움직임에 미나도 잠이 깼던 것 같아. 졸려서 겨우 눈을 뜬 미나의 얼굴을 보니, 계속 미나 옆에 있고 싶더라고.

하지만 그럴 수 없었어.

그래서 나는 한 달 치 집세가 든 봉투를 미나에게 내밀었어. 봉투 안에는 두 장 중 한 장인 제야 행사에서 함께 찍은 사진도 들어있었지. 그녀가 나를 기억해 주길 바랐거든.

그리고 나는 가방을 들고, 내 집을 찾아 어슴푸레한 새벽빛 속을 뚜벅뚜벅 걸어갔지.

등가교환

"한 35,000파운드 정도 돼요."

"농담이지!"

"아뇨."

"세상에. 하필 비번인 날, 이렇게 재밌는 일이 있었네! 그 분은 그 돈으로 뭘 할 거래?"

신입 간호사는 내게 항혈전제 주사를 놓으려던 것도 까맣게 잊고, 마치 주사기 카탈로그 모델처럼 (정말 그런 게 있는지는 모르겠지만) 한 손은 엉덩이에 대고, 주사기를 든 다른 한 손은 무심코 위로 치켜든 채 서있었다.

"일단은 아버지 장례식을 제대로 치른 다음에, 나머지 돈으로는 다시 대학에 갈지, 여행을 할지, 생활비에 보탤지, 아님 어머니께 드려야 할지 모르겠다고 했어요. 생각이 많은가 보더라고요."

"와!"

"저한테도 하나 주려 했어요."

"하나? 뭘?"

"지폐 한 장이요. 가방에 든 돈의 가치가 대충 어느 정도인지 묻더니, 저한테도 한 장을 주겠다는 거예요. 뭔가 스웨덴과 관계된 것 하나쯤 가지고 있으면 좋지 않겠냐면서요. 병원 일을 그만둔 후에도 나랑 만났던 일을 계속 기억하고 있었다고 하더라고요. 내 침대 옆에 노란 장미가 아직도 놓여있는 걸 보고 좋아했어요."

"그래서 받았어?"

"아뇨, 받을 수가 없었어요. 로즈룸 만들 생각을 처음 한 사람인걸요. 덕분에 제가 마고를 만났고요."

"아버지란 분 말이야, 노숙자면서도 그 돈을 쓰지 않고 계속 가지고 다녔다는 게 진짜 대단하지 않아? 아버지가 곁을 떠난 뒤에도 내내 딸 생각을 했다는 걸, 이젠 그 사람도 알았겠네."

"그분이 병원에 좋을 일을 했기 때문에 자신에게도 좋은 일이 생긴 거죠."

레니의 달이었던 남자

"오, 나 너희 아빠 기억나. 키 크시지? 안경 끼셨고?" 이송 요원 폴이 말했다.

"맞아요."

폴은 마침 그쪽으로 갈 일도 있고, 요 근래 같이 수다도 떨지 못했다면서 로즈룸까지 동행해주겠다고 했다. 내가 휠체어 바퀴를 굴리는 동안 그는 내 옆에서 걸었다. 밀어줄까 묻기에 괜찮다고 하자, 그는 내가 직접 휠체어를 밀게 내버려 두었고, 나는 폴의 그런 점이 참 마음에 들었다. 나는 폴에게 마음속으로 애정 포인트를 몇 점 더 주었다. 그의 포인트는 현재 다른 이송 요원들보다 한참을 앞서 나가고 있었다.

"예전에 자주 오셨었지?"

"네, 맞아요."

우리는 경사가 없는 복도에 들어섰고, 이런 곳에서 휠체어 굴리기는 식은 죽 먹기였다.

"말이 거의 없으시고." 폴은 뭔가를 생각하며 말했다.

폴이 우리 아빠의 모습을 제대로 기억하고 있는 건지 문득 궁금해졌다. 메이 병동에 온 아빠의 얼굴에는 항상 모든 색이 다 빠져있었다. 마치 병동 안으로 들어오려면 코트, 생화와 함께 얼굴의 모든 색깔을 전부 간호사실에 두고 와야 하는 것처럼 그렇게 무채색이 되어 나를 보러 왔었다.

"요즘엔 잘 안 보이시네." 폴이 나를 위해 문을 잡아주며 말했다.

"안 와요." 나는 문을 통과하며 말했다. "요즘 마고가 자꾸 아빠 얘길 물어요. 마고는 왜 그렇게 날 걱정하는지 모르겠어요. 난 아빠가 오는 걸 좋아하지도 않은데."

폴은 잠시 생각하더니 이렇게 말했다.

"아무래도 그분은 널 걱정하는 게 아니라 너희 아버지를 걱정하는 것 같아."

놀라운 통찰력을 보여준 폴에게 나는 애정 포인트 1,500점을 추가로 주었다. 로즈룸으로 가는 동안 폴과 이야기를 나누지 않았더라면 나는 오늘 마고에게 굉장히 신경질적으로 굴었을지도 몰랐다.

마고는 흰 머리카락을 묶어 동그랗게 올린 머리를 하고 있었고, 순간 나는 글래스고 해변에서 만났던 갈색 머리의 젊은 여자를 떠올렸다.

"나 어때?" 마고가 물었다.

"정말 예뻐요." 나는 휠체어를 움직여 내 자리로 가며 대답했다.

"우리 오늘 저희 아빠 만난 다음에 어디 재밌는 곳으로 가면 안 돼요?"

마고는 고개를 끄덕였다.

2013년 12월, 글래스고 프린세스 로열 병원
레니 페테르손, 열여섯 살

절 그토록 걱정해주는 의사 선생님과 상담하고 몇 주 후에 첫 번째 큰 수술이 있었어요.

전신 마취를 한 상태에서 제 꿈속은 온통 오렌지여서 맛을 느낄 수도 있을 정도였죠.

오렌지 꿈에서 깨어났을 때, 제 옆에는 아빠가 있었어요.

침대 옆에 앉아있는 아빠는 무척 초췌해 보였어요. 얼굴은 회색빛이었고 턱은 굳어서 돌처럼 보이더라고요.

"레니, 난 못하겠다. 여기 앉아서 네가 죽는 걸 지켜보는 건 도저히 못하겠어." 아빠는 잠긴 목소리로 그렇게 말했어요.

"그럼 하지 마요."

그랬더니 절 한참 동안 쳐다보더라고요. 제 얼굴에서 자신이 미처 이해하지 못한 무언가를 찾으려는 것 같았어요.

✖

처음에 아빠는 매일 찾아왔었어요. 3시부터 6시까지 면회 시간만 되면 아빠는 절 찾아와 서서히 가고일로 변하길 반복했죠. 가고일, 그 회색 괴물 석상 아시죠? 아그니에슈카 아줌마가 회사 일 때문에 폴란드로 돌아간 뒤였으니, 아빠는 이제 웃을 일도 없었어요.

병실에 와 앉아있는 시간이 점점 짧아졌고, 하루 이틀 건너뛰기 시작하더니 나중에는 일주일 동안 오지 않을 때도 있었어요. 아빠는 점점 더 말이 없어졌고, 점점 더 회색빛이 되어 갔어요. 전 아빠가 오지 않는 날에는 면회 시간이 끝날 때까지 벽시계만 보다가 등을 잔뜩 구부린 슬픈 아빠의 모습이 문가에 나타나지 않으면 안심이 됐어요.

어느 날 오후에 자는 척 누워있었는데, 그런 저를 티셔츠에 속바지만 입고 부엌에 서서 마당을 응시하던 옛날의 엄마를 보듯 절망스러운 표정으로 보고 있는 아빠를 실눈으로 봤어요.

"지난번에 했던 말, 진심이에요."

전 아빠에게 말했어요. 아빠는 저를 물 밖으로 끌어내고 싶어했어요. 하지만 엄마처럼 저도 이미 깊은 물속에 잠긴 상태였죠.

저는 때가 됐다고 생각했어요.

"아빠."

몇 년 동안 전 아빠를 그렇게 다정한 말투로 부르지도 않았는데, 그날은 제 진심을 보여주려고 최선을 다했어요.

"아빠한테 부탁이 하나 있어요."

아빠가 제 얼굴을 쳐다봤어요.

"다시는 여기 오지 않겠다고 약속해 줬으면 좋겠어요."

아빠는 정말 오랫동안 아무 말도 하지 않았어요.

"그럴 순 없어, 레니. 널 여기 혼자 내버려 둘 순 없어."

"전 혼자가 아니에요. 좋은 간호사, 의사 쌤도 많고, 제 몸에 연결된 이 관들도 있잖아요. 보세요! 이렇게 관을 주렁주렁 달고, 전 이미 제정신이 아니라고요!"

저는 제 몸에 꽂혀 여러 기계 장치로 연결된 관들을 가리키며 말했어요.

"레니." 아빠가 부드럽게 절 불렀어요.

저는 더 이상 좋게 말할 수가 없었어요.

"아빠가 오는 게 싫다고요."

아빠는 아무 말도 하지 않았어요.

"아빠가 폴란드로 갔으면 좋겠어요. 휴가 내서 아그니에슈카 아줌마랑 아줌마 가족들도 만나고요. 아줌마랑 함께 새로 시작하세요. 아줌마랑 웃으면서 사시라고요."

"안 돼, 레니."

"죽어가는 아이에게 안 된다는 말은 하는 거 아니에요."

"그런 농담은 하는 게 아니란다."

아빠는 그렇게 말했지만, 약간 웃었어요.

"아빠가 안 왔으면 좋겠어요."

아빠 눈가에 눈물이 맺혔고, 아빠는 안경을 벗어 눈물을 닦앉어요.

"약속해요. 오늘 가면 다시는 오지 않겠다고."

"하지만 난……."

"만약 제가 갈 때가 되면, 간호사가 알려줄 거예요. 오시라고 병원에서 전화가 갈 거예요. 그때는 와서 작별 인사를 해도 괜찮아요. 하지만 그게 진짜 작별 인사는 아닐 거예요. 지금이 진짜예요. 제가 아직 레니일 때. 지금은 이렇게 관을 꽂고도 저녁 식사가 언제 올지 기다리잖아요. 환자식으로 나오는 딸기 요거트를 좋아하니까요."

아빠는 머리를 저었어요. 눈물이 계속 흐르니까 안경을 벗어 그냥 무릎 위에 내려놓더라고요. 그러고는 젖은 손으로 관이 꽂혀있는 제 손을 잡았어요.

"혹시……."

"혹시 마음이 바뀌면 아빠한테 전화해서 와 달라고 할게요. 저도 알아요. 하지만 약속은 하셔야 해요."

"왜 그래야 하지?"

"왜냐하면…… 아빠를 그만 놓아주고 싶으니까요."

아빠는 몇 시간 동안 말없이 옆에 앉아있었어요. 그리고 저녁 식사가 나왔을 때, 간호사에게 제 식판의 레몬 요거트를 딸기 요거트로 바꿔 달라고 부탁했죠.

다음 날 아침 눈을 떴을 때, 아빠가 앉아있던 방문객용 의자에 돼지 인형 베니가 앉아있더라고요. 베니 무릎에는 사진도 한 장 놓여있었어요. 제 첫 번째 생일에 아빠와 제가 함께 찍은 사진이었죠. 사진 속 저는 아빠 팔에 안긴 채 한 손을 들어 손바닥으로 눈을 비비고 있었고, 아빠는 웃고 있었어요. 제 멜빵바지와 뺨에는 케이크 크림이 잔뜩 묻어있었고요. 사진은 아빠가 15년 동안이나 지갑 속에 넣고 다녀서 사진 가운데에 생긴 십자 모양 부분이 너덜너덜하게 닳아있더라고요.

사진 뒷면에는, 간호사실에서 빌린 초록색 형광펜으로 이렇게 적혀있었어요. '우리 꼬맹이, 영원히 사랑한다.'

∽

마고는 이해한다는 듯 나를 보고 미소 지었다. 물론 아닐 수도 있지만, 나를 대견하게 여기는 것도 같았다.

"이제 런던으로 가볼까요?" 내가 물었다.

"음, 런던도 좋지만, 오늘은 새로운 곳에 가볼까 해."

마고와 도로

레디치와 헨리-인-아덴을 잇는 A4189는 긴 길이 구불구불 이어진, 적막한 시골 도로야. 캄캄한 밤에는 정말 최악이지. 생각해 보면 런던의 겨울은 시골만큼 춥진 않았던 것 같아. 건물도 높고 조명도 밝아 보호받는다는 느낌이 있었거든. 하지만 시골에선 아무것도 막아주는 게 없어 추위에 그대로 노출됐지. 그때 내가 차를 몰던 도로는 미나와 살았던 단칸방 지도에 꽂힌 핀의 위치에서 겨우 몇 마일 떨어진 곳이었을 거야. 나는 지역 도서관에 직접 일자리를 구한 뒤, 그곳에서 혼자 조용하고 소박하게 살고 있었지.

나는 백미러에 비친 내 눈을 보고 너무 어른 같아 보여 흠칫 놀랐어. 12년 전 슬픔에 잠겨 혼자 유스턴 역에 내렸던 게 엊그제 같은데, 내 느낌과는 상관없이 시간은 잘만 흘러갔지.

아무튼, 거기 캄캄한 어둠 속 도로에는 나밖에 없었어. 따라갈 차도, 뒤따라오는 차도 없었어. 가파른 언덕길을 올라가니, 잎을 다 떨군 나무들이 하늘을 움켜쥘 듯 가지를 뻗고 있었어. 나는 커브 길을 돌며 헤드라이트 불빛이 닿는 곳을 열심히 눈으로 좇았는데, 바람이 거세서 도로 양쪽의 풀들이 전부 옆으로 누웠더라고. 자동차 유리창을 스치고 날아가는 낙엽을 보고, 순간 강한 바람에 중심을 잃은 새가 아닐까 생각했었지.

빗방울 몇 개가 앞 유리에 떨어지길래 나는 와이퍼를 작동시켰어. 벅벅. 나는 길에서 눈을 떼지 않았어. 이제 조금만 더 가면 헨리 읍내였어. 겁먹을 건 아무것도 없었지. 벅벅. 나는 또다시 커브 길을 돌며 오래된 교회 앞을 지났어. 밤에 본 교회는 유령이 나올 것만 같았어.

어둠이 내 작은 차 주위로 스름스름 차올랐고, 헤드라이트가 닿지 않는 곳은 온통 새까만 미지의 세계였어.

또다시 커브 길을 돌자, 가지만 남은 산울타리가 바람에 흔들렸고, 나는 운전대 앞으로 몸을 당겼지. 곧은길에 다다랐어. 그 길만 지나면 곧 헨리 읍내가 시야에 들어올 거라 그제야 긴장을 좀 늦추려는데 헤드라이트 앞으로 검은 사람 형상이 나타난 거야. 그 남자가 도로 한가운데에 서있어서 하마터면 난 그 사람을 차로 칠 뻔했어. 남자는 움직이지 않았고, 아주 잠깐이지만 나도 움직일 수가 없었어. 누가 있는 걸 안 순간 얼마나 놀랐는지 뇌가 얼어붙어 아무 생각도 할 수 없었는데, 발이 알아서 있는 힘껏 브레이크를 밟더라고. 차가 중심을 잃고 왼쪽으로 돌았어. 나는 반대 방향으로 핸들을 돌리면서 경적을 마구 눌렀지. 그제야 그 남자가 고개를 돌리더니, 풀이 난 길가 제방으로 성큼성큼 걸어가더라고. 자동차 엔진이 꺼진 건지 아예 고장이 난 건진 몰라도 차가 멈췄고, 왼쪽 앞바퀴가 갓길에 서있는 그 남자 바로 앞에서 멎었지.

모든 게 겨우 2~3초 만에 벌어진 일이었지만, 그 순간이 아주 느리게 흐른 것처럼 느껴졌어. 나는 한동안 움직이지도 못하고 멍하게 앉아있었지. 끝도 없이 이어진 것 같은 텅 빈 도로 위에 온통 새까만 옷을 입고 서있는 남자라니. 겁도 없이.

시동을 다시 켜려고 해봤어. 하지만 손이 바들바들 떨려서 자동차 키를 제대로 잡을 수도 없더라고.

남자가 차의 조수석 창문을 두드려서 나는 비명을 질렀어.

나는 다시 운전대 옆을 손으로 더듬어 열쇠를 잡았고, 이번에는 제대로 돌릴 수 있었어. 하지만 엔진에서 윙 소리만 날 뿐 아무 반응이 없더라고. 나는 액셀도 밟아보고 열쇠도 다시 돌려봤지만, 역시 반응이 없었어.

남자는 허리를 구부리고 나를 보며 웃고 있더라고. 그가 다시 창문을 두드렸어. 그 남자의 얼굴은 내가 생각한 그런 무서운 얼굴은 아니었어. 나이는 대략 쉰 살 정도 돼 보이고, 빨개진 코에 벙거지 모자를 쓰고 있었어. 모자 밑으로 머리카락이 덥수룩하게 삐져나와 있었는데, 옆은 흰머리가 희끗희끗했어.

"안녕하세요! 놀라게 해서 정말 죄송해요!" 남자가 소리쳤어.

나는 아무 말도 못 했어. 열쇠를 세게 돌려봤지만, 보닛에서는 툴툴거리는 소리만 들렸지.

"아무래도 엔진에 무리가 간 것 같아요!" 남자가 창문에 대고 소리쳤어.

나는 여전히 아무 말도 하지 않았어.

"엔진도 좀 쉬어야 하니까 1분만 기다렸다가 다시 해봐요."

나는 그가 말한 대로 했어. 그때 어찌나 몸속에서 아드레날린이 솟구치는지, 차를 버리고 집까지 달려갈 수도 있을 것 같았지.

"괜찮으세요?"

남자는 마치 내가 동물원의 원숭이라도 되는 것처럼 들여다보며 바보 같이 웃고 있었어.

나는 그가 좀 가버렸으면 생각하면서 고개를 끄덕였어.

"제 이름은 험프리예요! 험프리 제임스!" 남자가 자신을 가리키며 소리쳤어.

"차도에서 대체 뭘 하고 있었던 거예요?" 마침내 말을 할 수 있게 된 나는 운전석에 앉아 소리쳤지.

"뭐라고요?"

"도로에서요, 대체 거기서 뭘 하고 있었냐고요?"

그는 나보고 차에서 내려보라는 듯한 시늉을 해보였어.

내려도 되는지 확신이 서질 않더라고.

"무서워할 거 하나도 없어요. 물지 않을 테니 걱정 말아요!"

그는 그렇게 말하더니 마구 웃는 거야.

"도로에서 뭘 하고 있었던 거죠?" 나는 다시 물었어.

그는 손가락으로 위를 가리켰어. 나는 차 지붕을 올려다봤어.

"그거 말고요. 별이요!" 그가 낄낄거리며 말했어.

나는 앞 유리로 하늘을 보려고 운전석에 앉은 채 몸을 구부려봤지만, 유리에 습기가 차서 그가 무슨 소릴 하는 건지 알 수가 없더라고.

그가 다시 차창을 두드렸어.

"왜요?" 나는 딱딱거리며 말했어.

"나와서 한번 봐요!"

나는 고개를 저으며 말했어.

"아뇨, 괜찮아요!"

나는 다시 시동을 걸려고 해봤지만, 여전히 우웅 소리만 났어.

"이름이 뭐예요?" 그가 소리쳤어.

나는 한숨을 쉬고 대답했지.

"마고예요."

"마고, 내 생각엔 엔진에 무리가 간 거 같아요!"

"네, 아까도 말했잖아요!"

"엔진이 너무 뜨거워서 지금은 고칠 수가 없거든요. 한 20분 정도만 기다려주면 다시 시동을 걸 수 있게 해볼게요."

"차 고칠 수 있어요?"

"고칠 수 있어요! 하지만 엔진이 식을 때까지 기다려야 해요."

"아……."

"별 보지 않을래요, 마고?"

"모르겠어요."

"평생 단 한 번 볼 수 있는 우주 쇼라고요!"

무척 상기된 얼굴로 너무 열심히, 열정적으로 권하는 바람에 나는 비상등을 켜고 사이드미러를 확인한 뒤에 차에서 내렸어. 2월의 밤공기는 너무도 차가워서 볼이 따가울 정도였지.

"이리 와 봐요."

그는 이제 내 차의 비상등이 깜빡거리는 가운데 도로 한가운데로 다시 걸어갔어.

"이거, 이거 봐요." 그가 손으로 하늘을 가리켰어.

나는 그를 따라 갓길로 걸었지만, 도로 안으로는 들어가지 않았어. 고개를 들었는데, 내 눈을 믿을 수가 없었어. 별들이 있었어. 상상했던 것보다 훨씬 더 많은 별들이.

우리 머리 위에 반 고흐의 하늘이 펼쳐져 있었어. 하늘이 지구를 둥그렇게 감싸고 있는 것 같았어.

"아름다워요." 내가 말했어.

"저기 삼지창이랑 활처럼 생긴 게 서로 아주 가까이에 붙어 있는 거 보여요? 이게 지축과 관계가 있는 건데, 평소에는 저렇게 붙어있는 경우가 거의 없거든요."

"그러니까 이거 때문에 차도 한복판에 서있었단 말이에요?"

"물론이죠. 이런 건 천년에 한 번 볼까 말까 한 거라고요."

"제가 차로 칠 뻔했다고요. 그냥 거기…… 손전등도 뭣도 없이 있다가. 죽을 수도 있었다고요."

"오, 아니에요. 다들 잘 멈춰 서던 걸요."

우리는 아무 말 없이 별을 바라보며 서있었어. 마치 지구가 도는 걸 실제 보기라도 한 것처럼 별들이 움직이기 시작한다는 생각이 들더라고. 런던에 사는 동안은 내내 스모그와 도시의 강한 불빛 때문에 바로 내 머리 위에 별들이 있다는 것조차 잊고 살았는데, 지금 내 눈에 보이는 게 진짜인지 믿을 수가 없었어. 사실은 감색 벨벳 천 위에 밝은 전구들을 켜놓은 건 아닐까? 그런 생각까지 들었어.

"차는 정말 죄송해요. 혹시라도 망가진 곳이 있다면 수리비는 제가 다 낼게요." 남자는 하늘에서 눈을 떼지 않은 채로 말했어.

나는 고맙다고 했지.

"그리고 놀라게 한 것도 죄송해요. 이 도로에는 차가 거의 다니질 않는데, 제가 평소보다 좀 일찍 나오는 바람에 이렇게 됐네요."

"왜 그러셨죠?"

"마고, 조금 전에도 말했듯이, 이건 평생 한 번밖에 볼 수 없는 우주 쇼라고요!"

밤은 쥐 죽은 듯 고요했고, 계속 하늘을 보고 있으니 길에서 사람을 칠 뻔했던 공포와 불안감도 내 안에서 서서히 빠져나가는 기분이었어.

"그쪽이 밤하늘을 보며 왜 그렇게 흥분했었는지 알겠네요." 내가 말했어.

"아, 전 평생 별들만 보라고 해도 볼 수 있어요. 심지어 망원경도 안 갖고 왔는걸요. 내 눈이 보는 그대로 보고 싶어서요."

내 차는 뒤에 계속 서있었어. 헤드라이트 때문에 배터리가 나갈 것 같았지.

"다른 차가 또 오면 어떡하죠?" 내가 물었어.

"그럼 수리비가 굉장히 많이 나오는 밤이 되겠죠!"

그는 자기가 한 말이 세상에서 제일 웃기기라도 한 것처럼 껄껄거리고 웃었어.

"매일 밤 나오세요?"

"대개는 다락방에서도 충분한데, 이건 제대로 봐줄 가치가 있으니까요. 그럴만하다고 생각하지 않아요?"

"그렇지만 이렇게 깜깜한 곳에 혼자 있는 게 무섭지 않아요?"

그는 내 질문에 살짝 웃으며 대답했어.

"전혀요, 마고. 밤을 두려워하기에는 나는 별을 너무도 깊이 사랑하는 걸요."

그는 내 차를 고치지 못했어. 20분 정도 조용히 별을 바라본 후에, 그는 보닛을 열고 어설프게 이것저것 만지면서 흠, 아, 소리만 계속 냈지. 그러는 동안 난 옆에서 벌벌 떨면서 그 남자와 하늘을 번갈아 쳐다봤어.

결국 그는 사이드 브레이크를 풀고 차를 도로 갓길로 밀면서, 자기한테 빚진 정비사 친구가 있으니 내일 아침 그를 불러 차를 꼭 견인해 수리하겠다고 약속했어. 그래서 우리는 어둠 속에서 헨리-인-아덴까지 걸어갔어. 나는 도로 가장자리, 풀이 난 둔덕으로 계속 걸었지만, 몽상가인 험프리 제임스는 도로 한가운데로 걸었어. 그것도 마치 줄타기 곡예를 하듯 차도 중앙의 흰 선을 따라 한 발 한 발 옮기면서 말이야. 나는 계속 뒤를 돌아보면서 혹시라도 차가 오는 건 아닌지 확인했어.

"그래서 여긴 왜 온 거예요?"

"그쪽이 도로 한복판에 서있는 바람에 피하려다가 제 차가 고장 났잖아요."

"아니, 내 말은, 헨리-인-아덴엔 왜 왔냐고요?"

나는 아무 말도 하지 않았어.

"전원생활을 즐기려고?"

"아뇨."

"세상과 담쌓고 싶어서?"

나는 웃었어. "아니에요."

"대문호 때문에?"(헨리-인-아덴 인근의 '스트랫퍼드어폰에이번'이라는 도시는 셰익스피어가 태어나고 죽은 곳으로 유명하다. - 옮긴이)

"전 셰익스피어 같은 사람 신경 안 써요."

"*셰익스피어 같은 사람 신경 안 쓴다고요?*" 그는 내 말을 따라 했어.

"네, 안 써요."

이 말에 험프리 제임스는 배꼽을 잡고 웃느라 숨을 헐떡이면서 말했어.

"지금껏 들어본 말 중에 가장 멋진 말이었어요!"

우리는 계속 걸었어. 밤공기는 매섭도록 추웠지만, 상관없었어.

"그쪽은 무슨 일 하세요? 길 위에서 별 보지 않을 때는?" 내가 물었어.

"뭐, 이것저것 해요. 주로 별과 관련된 일이죠."

"별과 관련된 일이라고요?"

"맞아요."

그가 걸음을 멈춰서 나도 따라 멈췄어. 그는 손가락으로 하늘을 가리키며 말했어.

"저 위에 보이는 별 대부분이 태양보다 더 커요."

"진짜요?"

"네, 밝기도 더 밝고요. 흐릿하게 보이는 별은 태양과 비슷한 크기겠지만, 좀 더 밝게 보이는 별은 태양보다 더 커요. 사람들이 알지 못할 뿐이죠. 별이 작게 반짝거리는 것처럼 보이니까 별이 작을 거라고 생각하는데, 사실은 커요. 엄청나게 크고 엄청나게 강력하죠."

"어머."

"마고가 오늘 밤 볼 수 있는 거리는 대략 20 곱하기 10^{24} 마일 정도예요."

"진짜요? 전 안경을 안 쓰면 가끔 도로 표지판도 제대로 못 알아보는걸요."

"지금 별들이 보이잖아요, 그쵸?"

"보이죠."

"그럼 20 곱하기 10^{24} 마일을 볼 수 있다는 뜻이에요."

우리는 서로 마주 보고 빙긋 웃었어.

우리는 계속 걸어 철교가 있는 곳에 이르렀어. 거기서부터 헨리-인-아덴이었고, 그 말은 이제 인적 없는 도로는 다 지나왔다는 뜻이기도 했지.

"집이 어느 쪽이죠?"

그가 묻기에 나는 손가락으로 방향을 가리켰어.

"저도 그쪽에 사는 친구를 만나러 가야 하니까 같이 걸어도 상관없죠?"

"그러세요."

우리는 다시 걷기 시작했고, 이번에는 둘 다 인도로 걸었어. 그가 주머니에서 흰색 손수건을 꺼내 그걸로 코를 닦았어.

"스코틀랜드 출신인 건 확실한데, 혹시 런던에서도 살았어요?"

"네?"

"런던 아닌가요? 억양에 런던 억양이 섞였는데요."

"아, 맞아요. 런던에서도 살았어요."

"얼마나 오래 살았어요?"

"12년 정도요."

"진짜 멋진 도시죠. 훌륭한 도서관에, 대학들도 정말 최고 수준이고요."

"그쪽도 런던 살았었어요?"

"아뇨, 그냥 가끔 들르는 정도예요. 한꺼번에 시야에 들어오는 게 너무 많아서 거기선 못 살겠더라고요."

우리는 모퉁이를 돌아 읍내로 이어진 중심가로 들어섰어. 차분하고 조용한 빛 속에서 동네가 우릴 맞이하는 것처럼 느

꺼지더라고.

"어느 쪽이에요?" 그가 물었어.

"이 길을 쭉 따라가기만 하면 돼요." 나는 손짓으로 가리키며 말했어.

"하는 일은 뭐예요?"

"레디치 도서관에서 일해요."

"아, 그럼 말과 관련된 일을 하는 거네요?"

"네?"

"하는 일이 언어와 관련 있다고요."

"제 생각엔……."

"그런데도 셰익스피어의 팬은 아니라니……."

그는 마치 미스터리의 단서들을 꿰맞추다가 '이건 좀 안 맞는데?' 하는 사람처럼 말했어. 그는 내 말이 인상 깊게 들렸었나 봐.

"셰익스피어를 좋아하는 게 필수는 아니잖아요."

"따지는 걸 좋아하는군요. 그렇죠, 마고? 반항아 기질이 있는 것 같네요?"

"음, 아닌……."

"그게 나쁘다는 건 아니고요! 훌륭한 사람들은 전부 다 그런 기질이 있어요."

그러더니 그는 입을 다물었고, 우리는 잠시 조용히 걷기만 했어. 나는 핸드백에서 열쇠를 꺼냈지.

"그럼, 전 이만 가봐야겠군요."

내가 꽁꽁 언 손가락으로 집 열쇠를 집었더니, 그가 말했어.

"네."

"내일 아침 일어나자마자 차부터 가져올게요. 출근은 몇 시에 하죠?"

"8시요."

"그렇다면, 차는 7시까지 여기 갖다 놓을게요. 말끔히 고쳐서."

"정말요?"

"오, 믿음이 작은 자여." 그는 웃으며 말했어.

현관문을 여는데, 고마워할 일이 딱히 없는데도 왠지 고맙단 말을 해야 할 것 같더라고. 생각해 보면 불쑥 내 앞에 나타난 것도, 차를 고장 나게 한 것도 전부 그 사람 잘못이었지만, 그런데도 뭔가 빚진 것 같은 기분이 들었어. 여기까지 같이 와줘서 그런 건지, 몇 달만에 처음으로 일과 관련 없는 대화를 해서 그런 건지, 아니면 차를 고쳐주겠다고 해서 그런 건지…… 모르겠더라고.

"고마워요." 내가 말했어.

"잘 자요." 그는 웃으면서 고개를 까딱했어.

집 안으로 들어서는데, 이런 외침 소리가 들렸어.

"셰익스피어 같은 사람은 절대 신경 쓰지 말아요!"

그는 웃으면서 멀어져 갔지.

다음 날 아침, 밖으로 나갔더니 내 차가 집 앞에 주차돼 있는 건 물론이고, 엔진도 다 수리했는지 시동도 잘 걸리더라고. 조수

석 의자에는 봉투가 하나 놓여있었어. '나를 차로 치지 않기 위
해 무척이나 애를 쓴 마음씨 고운 분께'로 시작하는 그 편지에
는 조금 이른 감은 있지만, 그래도 괜찮다면 가능한 빠른 시일
내에 함께 타파스(스페인에서 식사 전에 술과 곁들여 간단히 먹는 전채
요리 - 옮긴이)를 먹으며 별을 보는 자리에 나를 초대하고 싶다고
쓰여있었어. 그리고 마지막에 '마고는 언어를 사랑하는 사람이
니까 내가 좋아하는 시 한 편을 소개하고 싶다'고 적혀있었어.

그러고는 어지럽게 흘려 쓴 글씨로 시 한 편을 써놓았더군.

티코 브레헤님을 저 아래에서 만난다면 난 보자마자 그분을
알아볼 테지.
황송한 마음으로 그분의 발치에 앉아 나의 지식들을 나누면,
모든 자연의 법칙을 알고 계신 분이지만
그때부터 지금까지 우리가 연구를 완성하기 위해 한 것들은
아직 모르실 거야.

부디 기억해 주게. 내가 발견한 모든 걸 자네에게 남기고 가니,
부족한 부분을 메꾸어 준다면 이론이 완성될 거라 믿네.
아무리 독창적이고 진실인 것도 사람들은 비웃을지 몰라.
생소하다는 이유만으로 온갖 악평이 자네에게 쏟아지겠지.

그러나 나의 제자여, 그대는 이미 나와 함께 비웃음의 가치를
깨닫지 않았던가.

우리는 비웃는 자들을 연민하며 웃었고, 고독한 순간도 기꺼워 했지.

사람들과의 유대감과 미소가 우리에게 무엇일까.

쾌락의 여신이 보내는 저속한 미소가 우리에게 무엇일까.

독일 대학이 성과를 빨리 인정해주지 않는다고 불평할지도 몰라.

하지만 그들도 반백이 된 학자의 운명을 두고 후회할 짓은 하지 않을 걸세.

비록 내 영혼이 어둠 속에 묻힌다 해도 결국엔 환한 빛 속에 다시 떠오를 테니,

밤을 두려워하기에는 나는 별을 너무도 깊이 사랑했다네.

(사라 윌리엄스, 〈늙은 천문학자가 그의 제자에게(The Old Astronomer to His Pupil)〉의 시 전문 – 옮긴이)

3부

The One Hundred Years of
Lenni and Margot

레니

"전 죽고 싶지 않아요."

그 말을 하는데, 몸이 떨리며 피부 위로 소름이 돋는 게 느껴졌다. 난 그런 게 좋았다. 내 몸의 일부가 정상적으로 작동하고 있다는 걸 드러내면 나는 그 사실이 그렇게 뿌듯할 수가 없었다. 온도 차에 대한 내 피부 반응? 전혀 문제없다는 뜻이다.

그 남자는 고개를 돌리며, 무시와 당혹스러움이 담긴 시선으로 나를 봤다. 그가 피던 담배는 그의 어깨와 입 사이쯤에 머물러 있었고, 쭉 뻗은 그의 손은 마치 내게도 한번 빨아보라고 청하는 듯했다.

남자의 정수리에는 머리카락이 없었지만, 양옆으로는 희끗희끗한 검은 뭉치가 남아있었다. 그래도 이런 추운 날에는 남은 머리카락이 그나마 귀를 따뜻하게 해주지 않을까, 하고 나는 생각했다. 그는 맨살이 드러난 무릎까지 내려오는 갈색 잠옷 가운을 입고 있었다. 다리 피부는 창백했지만, 다리털은 정말 까맣고 길었다. 너무 길어서 빗으로 빗을 수도 있을 정도였다⋯⋯.
굳이 빗는다면.

나를 보는 남자의 표정은 완벽히 무기력했다.

그럴 거라고 예상은 했지만, 내 말을 알아들었거나 동의한다
는 표시로 얼굴 표정이 달라지거나 하지도 않았다.

"그거 아세요? 담배꽁초를 줍기에 가장 좋은 곳이 버스 정류
장이라는 거. 이제 막 담배를 피워 물었다가도 버스가 오면 비
벼 끄고 버리는 경우가 많잖아요. 그래서 그렇대요. 거기 가면
몇 번 피지 않은 담배가 수두룩하게 많대요."

"혹시 몰라서요. 아저씨도 담배를 공짜로 좀 구하고 싶을 수
도 있잖아요." 그가 내 말을 알아들었는지 알 수가 없어서 나는
이렇게 덧붙였다.

"제 친구 중에 노숙자인 친구가 있었는데⋯⋯ 뭐, 저한테는
별 쓸모가 없을 거라면서도 그 사실을 알려줬어요. 이제 제가
아저씨한테 알려드렸으니, 아저씨도 그걸 다른 사람한테 또 알
려줄 수도 있고, 그렇게 계속 전해지고 전해지는 거죠, 뭐."

그는 담배를 든 채 미동도 하지 않았고, 나는 담배 연기가 뱀
처럼 구불구불 피어오르며 하늘로 사라지는 걸 지켜보았다.

"그 친구는 벌써 죽었어요."

그는 여전히 반응이 없었지만, 나는 그에게 계속 말했다. 가
벼운 바람이 우리를 스치고 지나갔고, 나는 그 남자가 뭔가를
느끼긴 하는지 궁금했다.

"하지만 전 아직 준비가 안 됐어요."

내가 이렇게 말해도, 그는 담배를 입가에 댄 채 고개를 돌려 주차장만 바라봤다.

"준비가 안 됐다고요."

그가 다시 나를 돌아봤다. 이번에는 당혹스러움은 사라지고, 무관심한 눈빛만 남아있었다. 나는 그의 휴식을 방해하고 있었고, 그는 내가 가기를 바랐다. 하지만 나는 그걸 다행으로 여겼다. 적의는 괜찮았다. 날 무너뜨리는 건 호의였으니까.

바깥의 왁자한 소음이 사방에서 들려왔다. 먼 도로에서 들리는 자동차 소음, 나뭇가지를 스치는 바람 소리, 사람들의 웅성거림, 주차요금 정산기의 동전 투입구 안으로 들어가지 못하고 바닥에 떨어진 동전의 쨍그랑 소리. 원래 소음은 불쾌하고 괴로워야 하지만, 나에게는 그렇지 않았다. 내게 그 소리는 자유롭게 들렸다. 병원 안은 너무 조용했다. 하지만 여기 바깥에서는 소리들이 갈 곳을 잃기도 했다.

"전 죽는 게 이렇게 두려운데 어떻게 죽죠?" 나는 그에게 물었다.

남자는 내가 가길 바랐겠지만, 나는 아직 그럴 수가 없었다. 입 주위에 까칠하게 자란 잿빛 수염이 씰룩이는가 싶더니, 남자가 순간적으로 누르스름한 이빨을 드러냈다. 이런 건 동물의 타고난 반응인 걸까? 자꾸 주변에서 귀찮게 맴도는 새를 향해 이를 드러내는 한 마리 살쾡이 같았다. 그가 바닥에 담배를 휙 던지자, 담배는 포물선을 그리며 앞으로 날아가 보도블록 위를 구르다가 벤치 아래에서 멎었다.

내가 그 남자의 휴식 시간을 방해한 게 분명한 듯 그는 확실히 기분 나쁘다는 표정을 짓고 있었다. 남자는 뒤돌아서서 왼쪽 다리를 살짝 절뚝이며 회전문을 밀고 안으로 들어갔다. 회전문은 남자가 반쯤 들어섰을 때 어중간하게 멈춰 섰다. 그 회전문은 사람이 유리 벽에 너무 가까이 다가섰다 싶으면 센서가 작동해 자주 그랬다.

나는 벤치로 다가가 담배꽁초를 집어 들었다. 담뱃불이 조금씩 사그라들고는 있었지만, 아직 꺼지진 않은 채였다. 나는 지금껏 한번도 담배를 만져본 적이 없었기 때문에 두 가지 사실에 놀랐다. 첫째는 담배가 매우 가볍다는 것, 그리고 둘째는 매우 매끈하다는 것. 나는 담배를 손가락 사이에 끼워 앞으로 뒤로 굴리면서도 아무도 이런 내 모습을 보지는 말았으면 하고 바랐다.

담배를 한번 빨아보면 어떨까? 그런 생각이 슬그머니 떠올랐을 때, 나는 아예 고민하지 않기로 하고 꽁초를 쓰레기통으로 던져 버렸다. 그건, 일종의 내가 할 수 있는 착한 일 같은 거였다.

내가 사라진 걸 신입 간호사가 알아차리기 전에 침대로 돌아가야 한다는 건 나도 알고 있었다. 하지만 나는 자동차들이 왔다 갔다 하며 즐겁게 춤추는 모습을 구경하며 몇 분 더 어슬렁거렸다. 차들은 후진했다가 잠시 멈추고, 다른 차에게 길을 양보하고, 작은 로터리 주변을 빙글빙글 돌았다.

초록색 작은 쓰레기통 안에서 연기가 조금씩 구불구불 피어오르는 걸 보고, 나는 이제 가야 할 시간이라고 생각했다. 쓰레

기통 위에 그려진, 모두 같은 방향으로 돌아가는 세 개의 화살
표시 기호 위로 불꽃이 솟아오르는 게 보일 때쯤엔 이젠 정말
가야 한다고 생각했다(그 기호가 뭘 의미하는 건지는 알 수가
없었다. 건강, 부귀, 행복? 성부, 성자, 성령? 세상에는 찬양해야
할 위대한 세 가지가 너무 많았다).

마고와 천문학자

"피파, 혹시 반짝이 가루 있어요?"

"반짝이 가루라고, 레니?" 마고는 내가 피파에게 묻는 걸 듣고 그게 왜 필요하냐는 듯 물었다.

"네, 반짝이 가루요. 그게 있어야 해요!"

"그걸 쓰면 크리스마스카드처럼 보이지 않을까?" 마고가 물었다.

"당연히 아니죠. 그래서…… 반짝이 가루는요?"

"없는 것 같아, 레니." 피파는 책상 서랍들을 차례로 열어보며 말했다. "하지만 구매 품목에 넣을 순 있어."

나는 꼭 그렇게 해달라는 뜻으로 고개를 끄덕여 보였다.

"금색으로 부탁드려요."

마고는 앞에 놓인 캔버스를 내려다보고 있었다. 작은 별들이 총총히 박힌 짙은 남색 하늘과 그 아래 자리 잡은 작은 오두막 집 그림을 마무리하는 중이었다.

"분명 그 남자랑 사랑에 빠진 거죠? 그렇죠, 제 말이 맞죠?"

"그런 건 이야기를 망칠 뿐이야."

"제게 얘기하는 일이 이야기를 망친다는 거예요, 사랑에 빠지는 일이 이야기를 망친다는 거예요?"

마고는 웃기만 했다.

"들려주실 수 있어요?"

"물론이지."

1971년, 워릭셔
마고 마크래, 마흔 살

그 사람의 집은 혼돈 그 자체였어. 조금씩 무너져 내리는 높은 석조 건물은 한때 농가로 사용되던 집이라고 했지. 농장을 물려줄 자식이 없는 농부에게서 그 집을 처음 사들일 때는 현대식으로 개조할 생각이었다는데, 수도와 전기시설을 새로 하고 지붕 아래에 창 달린 관측소를 만들자마자 바로 포기했다더라고. 바람이 불면 창문에서 삐걱대는 소리가 났고, 라디에이터는 작동도 하지 않았어.

건물이 몇 채 더 있어서 한 건물에는 닭을 키우고, 다른 건물에는 자동차를 보관하고 있더라고. 그리고 세 번째 건물에는 더 큰 관측소를 만드는 중이라고 했어. 그 사람 말이, 전년도 겨울에 운이 좋아서 지붕 기와가 몇 장 떨어져 나갔다고 하더라고. 그는 주변을 걸어 다니며 집을 구경시켜 주면서, 기와가 떨어진 자리에 투명 유리를 끼울 거라고 말했어. 그렇게 하면 오줌발이 그대로 얼 만큼 추운 날씨에 바깥에 나가지 않아도 별을 볼 수 있다면서.

닭이 꽤 여러 마리였는데, 그는 닭들이 자기 말을 알아듣기라도 하는 것처럼 말을 걸고 안아주고 모이도 주면서 무척 즐거워했어. 그는 닭들을 옛 할리우드 영화 스타의 이름을 따서 마릴린, 로렌, 벳, 주디…… 하고 부르더라고. 내가 왜 하필 배우들 이름이냐고 물었더니, 그 사람들이 스타라는 게 일단 마음에 들기도 하고, 별자리에서 이름을 따오는 게 좀 식상하기도 해서 그런 이름을 붙였다고 하더군. 나도 한때는 닭을 자식처럼 키웠었노라고 말했더니, 그는 내 말을 못 믿더라고. 미나한테 전화해서 확인이라도 해주고 싶은 심정이었어. 난 그때까지도 제레미는 어떻게 됐을까, 가끔 궁금해하곤 했었거든. 지금도 여전히 런던 이곳저곳의 바닥을 쪼고 다니면서 자유롭게 살고 있을까?

우리는 집 뒤편에 넓게 펼쳐진 들판에 서서 하늘을 올려다봤어. 원래 소들이 풀을 뜯던 목초지에는 이제 풀과 잡초들만 제멋대로 무성하게 자라고 있었지. 매우 추운 밤이어서 하얀 유령 같은 입김이 뿜어져 나왔지만, 난 그것도 싫지 않았어. 그 사람과 함께 있던 그 순간의 내 기분은, 마음속 안식처를 찾은 느낌이랄까? 그 사람과 함께 있으면 대화가 끊기지 않았고, 볼거리도 어찌나 많던지. 그 사람에게 잘 보이거나 그 사람을 웃게 하려고 애쓸 필요도 없었어. 그와 함께 있으면 마음이 참 편안해졌어.

우리는 금방이라도 쓰러질 것 같은 허술한 식탁 앞에 앉아 매콤한 타파스를 함께 먹었어. 식탁 다리의 한쪽은 전화번호부 책으로, 다른 한쪽은 모노폴리 보드게임 상자로 받쳐놓은 식탁이었지.

험프리는 그동안 내가 알던 사람들과는 전혀 다른 사람이었어. 그는 세상과 이어져 있으면서 또 한편으로는 분리되어 있었어. 난해한 별들의 움직임, 각 위성의 위치와 상태, 성운과 달과 지구의 관계, 이런 것과는 이어져 있었지만, 그 외 다른 것하고는 모두 분리되어 있었어. 가령 냉장고에 든 버터는 유통기한이 2년이나 지나있고, 벽에 걸린 달력은 아직도 1964년에 머물러 있었지. 그는 오래전 관람했던 공연 입장권이나 전단지 같은 걸 아직도 가지고 있었고, 대학 시절 즐겨듣던 라디오 2채널 프로그램에서 자주 언급되던 말들도 기억하고 있었어. 하지만 그날 닭들에게 모이를 줬는지, 자기 여동생 생일이 언제인지, 그런 건 기억하지 못했어.

"닭들이 배고픈 건 아닌지 가서 확인 좀 하고 올게요."

그가 이렇게 말하기에 나는 그가 닭에게 모이를 이미 두 번이나 줬고, 그게 불과 두 시간 전이었다는 걸 말해주지 않고 그냥 가만히 있기로 했어. 덕분에 나는 부엌에 혼자 남아 이런저런 것들을 마음껏 구경할 수 있었거든. 집안 곳곳에는 험프리가 자기 자신에게 남긴 메모들이 가득했고, 라벨을 붙일 필요가 없는 것들에도 라벨이 잔뜩 붙어있었어. 예를 들면, '큰 숟가락'이라고 써 붙여둔다든가, 냄비 하나에는 '상태 좋음', 다른 하나에는 '상태 나쁨'이라고 적은 라벨이 붙어있는 식이었지. 상태가 안 좋은 걸 왜 가지고 있는 건지 나로서는 절대 알 수 없었지.

그 사람은 다시 집안으로 돌아와 진흙투성이인 도어 매트에 고무장화 바닥을 탁탁 털며 말했어.

"닭 모이는 충분했나 봐요. 먹어도 너무 많이 먹었어요!"

그 사람은 그 말이 엄청 웃긴 농담이라도 되는 것처럼 껄껄거리고 웃었어. 그는 내 손을 잡더니 눈을 반짝이며 물었어.

"이제 가서 별들을 제대로 관찰해 볼까요?"

그는 다락으로 올라가는 계단으로 나를 안내했고, 그곳에서 한낱 인간에 불과한 우리는 잠시나마 거대한 우주의 비밀을 살짝 들여다볼 수 있었어.

내 친구, 내 친구

"우리 집 화장실 구석에 좀벌레가 살더구나."

아서 신부님은 신도석 내 옆자리에 앉았다.

"새벽에 화장실에 갔다가 처음 발견했을 땐 민달팽이인 줄 알았는데, 민달팽이가 아니라 좀벌레더라고. 바닥 타일하고 목조 널빤지 틈새에서 짙은 색 좀벌레 한 마리가 스르르 기어가는 걸 봤지.

내가 그 벌레들을 전부 없애고 싶어 할 거라고 생각하겠지? 마릿수가 점점 더 늘어나 수천 마리가 벽 속에서 우글거리면 어쩌나 걱정하면서? 그런데 난 걔들이 싫지 않아. 그것들을 보면, 이렇게 혹독한 환경 속에서도 살아가는 게 생명이구나, 새삼 깨닫게 되거든. 녀석들은 뭔가 되게 묘하게 생겼어. 번들거리는 은색 작은 몸체가 마치 물처럼 움직이잖아. 우리가 아는 다른 생명체랑은 너무 다르게 생겼어.

요즘은 목욕할 때—이 얘기가 내키지 않으면 언제든 말하려무나— 책을 읽지 않고, 대신 바닥을 살피면서 기다려. 내가 움직이지 않고 가만히 있으면 녀석들이 혹시나 밖으로 기어 나오지 않을까 하면서 말이야. 우리 집 욕실 미지의 땅으로 모험을 좀 떠나라고 녀석들을 살살 구슬리는 중인데, 좀처럼 나오질 않는단 말이야. 그래서 걔들이 나오지 않는 두 가지 이유를 생각해 봤지. 첫 번째는, 빛을 싫어하는 게 아닐까 싶어. 내가 한밤중 화장실에 갈 때마다 불을 켜면 녀석들은 항상 후다닥 도망치거든. 두 번째는, 걔들이 아무래도 야행성인 거 같아. 솔직히, 무척추동물 친구들의 수면 패턴에 대해서는 아는 게 전혀 없다만, 그들이 낮을 싫어하고 밤에 돌아다니는 걸 더 좋아하지 않을까, 그런 생각이 들더라고.

난 그들을 죽이지 않으려고 힐 부인에게도 욕실 바닥을 청소할 때 가능한 청소 세제는 쓰지 말아 달라고 부탁했지. 힐 부인 말이, 욕실에 세균도 생기고 비위생적이라면서 뭐라 하더라고. 정 그렇다면 청소 세제를 아예 안 쓸 수는 없겠지만, 적어도 당분간은 참아달라고 사정했지. 난 걔들을 우리 집에 찾아온 이주민이자 세입자라고 생각해. 난 그들을 지켜줘야 할 보호자이자 관찰자이자 친구고."

"몇 마리나 있어요?" 내가 물었다.

"적어도 두 마리. 좀 더 있었으면 좋긴 하겠지."

"목조 널빤지를 떼어내고 한번 보세요."

"그런 다음에는?"

"몇 마리인지 세보셔야죠."

"녀석들 집을 파괴하고 나면 기분이 썩 좋을 것 같진 않은걸?"

"그럼 주무시기 전에 물을 많이 마시는 것 말고는 방법이 없겠네요."

"그건 또 왜?"

"밤에 화장실에 가셔야 하니까요."

신부님은 웃었다. 처음에는 조용히, 그러다 나중에는 점점 더 큰 소리로 웃었다.

"오, 레니야, 그거 좋은 방법이구나."

"그게요?"

"그래."

"왜요?"

"왜냐면 난 그런 생각은 전혀 못 했었거든."

그러더니 신부님 얼굴에서 웃음기가 사라지면서 내가 아까 성당에 막 왔을 때처럼 다시 슬픈 얼굴이 되었다. 조금 전 신입 간호사가 나를 성당에 데려다준 뒤, 병원 정문 쪽으로 가면서 초콜릿과 잡지를 가져오겠다면서 뭔가 더 필요한 게 있으면 지금 말하라고, 아니면 영원히 기회는 없을 거라며 자리를 뜰 때도 신부님은 조금 슬픈 표정을 짓고 있었다.

신부님은 갈색 스테인드글라스 십자가를 바라봤다.

"이 스테인드글라스 창을 꽤 여러 해 동안 봐왔는데, 그동안 내가 이걸 너무 당연하게 여겼던 건 아닌가 하는 후회가 드는구나."

"당연하게 여기셨다고요?"

"신부로 지낼 시간이 이제 일주일밖에 남질 않았어."

"네? 일주일이요? 언제 그렇게 됐죠?"

"레니?"

신부님은 내가 날짜도 모르는 것 같은지, 걱정스러운 표정으로 나를 바라봤다. 하지만 우리처럼 하루 종일 파자마만 입고 사는 사람에게는 날짜에 연연할 이유가 전혀 없었다.

"4개월은 남은 줄 알았는데요."

"그랬었지."

"벌써 4개월이 지났다고요?"

"다음 주말이면 4개월이 된단다."

신부님은 눈으로는 계속 스테인드글라스 십자가를 바라보며 코로 천천히 숨을 들이마셨고, 나는 그 모습을 가만히 지켜보았다.

"뭐 걱정되는 일이라도 있으세요?" 나는 최대한 부드러운 목소리로 이렇게 물었다.

"아무도 안 오면 어쩌지?" 마침내 신부님을 나를 바라보며 말했다.

"어디에요?"

"내가 하는 마지막 미사 말이다. 오는 사람이 없을까 봐 걱정이구나."

"그분은요? 지난번 졸고 계셨던 할아버지요."

"그분은 퇴원하셨어." 신부님은 급히 숨을 들이마셨다. "미안하구나, 레니. 널 도와주는 게 내 일인데, 그 반대가 아니라."

"신부님은 절 돕고, 전 신부님을 돕고. 다 그런 거 아니겠어요?"

"고맙구나."

"있죠, 신부님, 전 신부님을 항상 친구라고 생각할 거예요."

신입 간호사는 하필 그 순간을 택해 육중한 성당 문을 밀었고, 문이 덜컥 열리자 살짝 비틀거리며 안으로 들어왔다. 비록 그녀가 일부러 그 순간을 택해 들어온 건 아니었겠지만(그처럼 투박한 문 반대편에서 무슨 일이 벌어지는지 알 도리는 없었을 테니……), 조금만 늦게 왔더라면 좋았을 텐데.

조금만 더 거기 있고 싶었다.

마고의 결혼식

마고와 나란히 앉아 그림을 그리는 동안 밖에서는 비가 연신 로즈룸 유리창을 두드렸다. 빗줄기는 하늘에서 수직으로 떨어지지 않고 바람에 날려 옆으로 날아들고 있었다.

나는 어린이집 문 앞에서 울고 있는 세 살의 나를 특징적으로 묘사해 그려보려 했지만 쉽지 않았다. 그러다가 파자마 소매에 물감만 잔뜩 묻히고 말았다.

그래도 비가 오는 날, 이렇게 따뜻한 실내에 앉아있으니 매우 아늑한 기분이 들었다. 마고는 어찌나 섬세하게 그림을 잘 그리는지, 그림 속 이파리에서는 바스락거리는 소리가 들리는 듯했고, 앙상한 가지와 갈색의 마른 꽃잎을 리본으로 묶은 미니 드라이플라워가 정말 눈앞에서 향기를 내뿜고 있는 것만 같았다.

1979년 9월, 웨스트미들랜즈
마고 마크래, 마흔여덟 살

거실 바닥을 반쯤 덮은 카펫 위로 햇살이 슬금슬금 다가오고 있었지만, 나는 여전히 한 글자도 쓰지 못하고 있었어. 카펫이 바닥 사이즈에 꼭 맞질 않아서 그 끝에 툭하면 발이 걸려 넘어질 뻔하곤 했었지. 우리 둘 다 자주 그랬어. 접착테이프로 고정시키려고 해봤지만, 바닥이 석재 타일이라 잘 붙질 않았어.

돌바닥은 특히 겨울 아침에 얼음장처럼 차가웠지. 그래서 우리는 아래층에 내려가 가스레인지에 물 주전자 좀 올리라고 서로 미루곤 했었어. 그 공간은 부엌이면서 식당이고, 거실이기도 했어. 그리고 돌계단을 따라 2층으로 올라가면 거기가 침실이자 별 관측소였고. 내가 앉아있던 책상은 험프리가 나에게 글 쓰라고 만들어준 거였지. 나는 거기 앉은 채 다리 한쪽을 쭉 뻗어 카펫과 바닥 틈새로 발가락을 밀어 넣었어.

"다 썼어?"

험프리가 웃으며 물었어. 손에는 닭 모이가 든 양동이를 들고 있었는데 양동이가 흔들릴 때마다 부스러기가 바닥에 조금씩 떨어지고 있었어. 그걸 쪼아 먹으려고 우리의 작은 딸들이 당장이라도 들이닥칠 것 같았지. 험프리는 내 책상 말고도 부엌문에 닭 출입구도 만들었거든. 내가 말을 말아야지. 글쎄, 험프리가 '이렇게 좋은 걸 왜 고양이만 써야 돼?' 이러면서 그런 걸 만든 거야. 나는 그의 말에 고개를 저었어.

"내 건 그 옆에 있어."

나는 종이를 집어 들었어. 우리의 '작은 파티'에 초대할 그의 손님 명단이 거기 적혀있었어. 형, 여동생, 숙모와 삼촌들, 대학 동기, 선후배들, 런던 천문대에서 일하는 사람 몇 명과 펍에서 만난 동네 사람 한둘. 거미 같은 그의 글씨체가 친구들과 가족들의 이름으로 거미줄을 짓고 있었지. 그를 중심으로 쳐진 안전망은 참 튼튼해 보였어.

반면 내 종이는 텅 비어있었지.

마침내 딱 한 사람의 이름을 쓰긴 했어. 검은색 잉크로 그 이름을 쓰는데, 마치 이름 따라 내 가슴을 칼로 도려내는 기분이었어. 그 벌어진 틈새로 험프리가 내 마음속을 들여다볼 것만 같았지.

분명 거기 살진 않을 거라고 생각하면서도 나는 마지막으로 알고 있던 주소를 그냥 적었어.

하나뿐인 흰색 봉투를 초대장이 담긴 가방 안에 내려놓으면서 나도 모르게 숨을 크게 들이마셨지.

당연히 답장은 오지 않았어. 험프리의 숙모, 삼촌, 대학 동기들은 작은 종이 빈칸에 참석 여부와 선호하는 음식 종류를 표시해 다시 보내왔어. 나는 혹시라도 내가 적은 그 단 하나의 초대장이 아직 거기 있을까 봐 가방 바닥을 다시 확인했지. 그리고 상상했어. 저 멀리 런던의 낯선 이들이 사는 현관 매트 위에 떨어진 그 봉투를. 사람들이 이게 뭔가 하면서 살펴보고는 자기들끼리 뭐라 뭐라 하고, 결국은 쓰레기통 속 달걀 껍데기와 김이 피어오르는 티백 위로 그걸 던지는 장면을 머릿속에 그려봤지.

험프리는 내가 안쓰러웠는지 기분을 북돋워 주려 했고, 그래서 우리는 코번트리까지 드라이브를 가기로 했어. 우리는 래컴스 백화점 안에서 각자 헤어져 그 사람은 자신의 첫 예복을, 나는 두 번째 웨딩드레스를 사러 갔지.

창문 하나 없는 여성복 코너에는 옷걸이와 선반에 옷들만 가지런히 놓여있었고, 사람은 하나도 없이 텅 비어있었어. 은은한 조명이 켜진 한밤중에 백화점을 돌아다니는 기분이었어. 매장 안을 두리번거리고 있으니 한 여점원이 나를 보고 다가왔어. 순간 내가 뭘 훔치러 왔나 의심하는 것 같아서 나는 아무렇지 않게 행동하려고 애를 썼지.

"도와드릴까요?" 그녀가 웃었어.

"저, 결혼식에 갈 거예요."

나도 왜 그런 식으로 말했는지 모르겠지만, 그렇게 말을 꺼냈어.

"오, 멋진데요! 결혼식이 언제죠?"

"돌아오는 주말이요."

그녀는 '앗' 하는 표정을 짓더니 입으로 공기를 훅 빨아들였어. 특별한 행사에 입을 옷을 사러 다니기에는 시간이 너무 촉박한 게 확실했지. 나는 그 결혼식이 내 결혼식이란 건 밝히지 않고 옷을 고르기로 마음먹었어.

"자, 그럼, 한번 볼까요?" 그녀는 나를 위아래로 훑어보더니,

물었어. "혹시 좋아하는 색 있으세요?"

"흰색만 아니면 돼요." 내가 말했지.

"물론 그래야죠!" 점원은 당연한 얘길 왜 하냐는 듯이 막 웃더니 말했어. 다른 사람의 결혼식에 하객으로 가는 사람이 흰옷을 입는 건 말도 안 된다는 듯한 반응이었어.

"괜찮으시죠?" 그녀가 물었어.

"네, 그럼요." 나는 점원이 뭘 묻는 줄도 모르면서 그렇게 대답했어. 그녀가 옷걸이 사이를 돌아다니면서 드레스를 고르기 시작했을 때에야 그게 무슨 말인지 알았어. 불과 몇 분 만에 그녀는 빨간색, 녹색, 파란색 원피스를 적어도 열 벌 이상 들고 돌아왔더라고. 정작 내 손에는 아무것도 없는데.

"입어볼까요?"

그녀가 물었고, 나는 그녀를 따라 탈의실로 들어갔어.

그날 점원이 처음 상대한 사람이 나였을지도 모른다는 생각이 들더군.

먼저 입어본 두 벌은 정말 별로였어. 빨간 원피스는 엉뚱한 곳에 걸린 우편함 같았고, 초록색 새틴 드레스는 반들거리는 통 같았어. 괜히 시작했다는 생각이 들면서 슬슬 마음이 불편해지기 시작했지만, 점원은 내 옆에서 떠날 생각이 전혀 없어 보였어. 그녀는 계속 탈의실 문을 두드리면서 나와보라고 했어. 네 번째인지 다섯 번째 옷을 입었는데, 그나마 이건 점원에게 보여줘도 괜찮겠다 싶더군. 짙은 감청색 원피스였는데, 소매가 팔꿈치까지 내려오고 치마는 무릎 높이에서 살짝 벌어져서 움직이면 살랑살랑 흔들렸어.

친절하게도 점원이 머리에 꽂을 파란색 패시네이터(여성들이 예복을 입을 때 머리에 꽂는 머리 장식 – 옮긴이)를 가져다 줬어. 그리고 원피스랑 소매 길이가 딱 맞는 약간 보송보송한 소재의 파란색 카디건도 찾아줬고.

"완벽해요." 내가 거울을 보고 있으니, 옆에서 점원이 말했어.

나는 웨딩드레스를 고르게 도와줘서 고맙다는 말을 하고 싶었지만, 이제 와 사실대로 말하기도 그렇더라고. 그래서 옷을 백에 담고 있는 점원을 향해 "신부가 정말 좋아할 거예요."라고 말하며 고맙다고 했지.

나는 쇼핑센터에 있는 카페에서 차를 마시고 있는 험프리를 발견했어. 그는 쇼핑센터 천장을 향해 목을 길게 빼고는 유리 지붕을 통해 파란 하늘을 올려다보고 있더군.

"어땠어?" 그가 물었어.

"성공했어요!" 나는 종이 가방을 가리키며 말했어.

"음." 그는 차를 꿀꺽 삼키고는 말했어. "나도. 이런 얘기 미리 해도 되나 모르겠지만, 난 파란색 예복을 골랐어."

결혼식 전날 밤, 험프리는 친구 앨 집에서 자기로 했어. 문 앞에서 키스하고 헤어지는데, 그가 연극배우 말투를 흉내 내면서 '으, 떨려!' 그러더군. 그는 예복 가방을 손에 들고 앨의 차에 타면서 이렇게 소리쳤어.

"우리 결혼식장에서 봅시다!"

두 번째 결혼식 날 아침, 나는 직접 토스트를 굽고 마멀레이드를 발라 차와 함께 먹었어. 발을 쿵쿵거리면서 물건을 아무데나 놓고 방을 잔뜩 어질러놓는 험프리가 없으니 집이 이상하리만치 고요하게 느껴지더라고. 나는 머리카락을 동그랗게 말고 조심스럽게 화장을 한 뒤에 연한 분홍색 립스틱을 발랐어. 그 립스틱은 내가 런던에 살 때 책 더미 위에 굴러다니던 건데, 다행히도 아직 쓸 만하더라고.

교회까지 걸어가니, 교구 목사님이 따뜻하게 반겨주시며 손을 내밀었어. 목사님은 교회 옆의 작은 방을 대기실로 쓰라고 안내해주면서 함께 기다릴 사람이 올 거냐고 물었어. 나는 나뿐이라고 대답하면서 슬퍼 보이지 않으려고 노력했지.

그렇게 거기서 결혼식이 시작되길 기다렸어. 교회에 너무 일찍 도착한 바람에 그 작은 방에서 할 거라곤 의자 위에 놓인 성경책을 읽는 일뿐이었지.

그때 방문이 열렸는데, 문밖에 그녀가 서있었어.

나는 숨을 들이마시며 동시에 침을 삼키려다가 그만 사레가 들려 캑캑거리기 시작했어. 흰색 레이스 장갑을 끼고 있었는데, 우리 어머니가 내 첫 번째 결혼식 때 만들어 주셨던 거였지. 장갑을 더럽히고 싶지 않아서 벗으려 했지만, 너무 꽉 껴서 빠지질 않더라고. 기침이 터지려는 순간, 미나가 얼른 다가와 내 앞으로 팸플릿을 내밀었어. 덕분에 난 레이스 장갑이 아닌 우리 결혼식의 식순이 적힌 팸플릿에다가 침을 잔뜩 튀겼지.

그녀가 깔깔거리고 웃는 동안 나는 계속 미안하다고 했어.

진정된 뒤에야 나는 그녀를 제대로 볼 수 있었어. 여전히 구불거리는 금발 머리를 핀으로 가지런히 묶었더군. 얼굴이 약간 통통해지긴 했지만, 내가 기억하던 모습 그대로였어. 분홍색 원피스는 불룩 나온 배를 부드럽게 감싸며 무릎 아래까지 살짝 내려와 있었고.

한참이 지나도록 실감이 나지 않다가 문득 그런 생각이 들더라. 그녀 손을 잡고 같이 도망가 버릴까? 어디 먼 곳으로 도망가면 그녀와 살 수 있지 않을까?

그때 그녀가 미소를 지었고, 방금 들었던 생각은 험프리와 내가 손을 잡고 침대에 누워 별을 보는 이미지로 금세 다시 바뀌었어.

이미 엄마가 되고도 남을 만큼 나이가 들었는데도 그녀의 모습은 꼭 임신한 십 대 미혼모 같았어. 그녀는 어깨를 한번 으쓱하고는 웃었어. 그 모습을 보니, 예전 기억이 떠오르더군. 가끔 그녀의 눈을 들여다보고 있으면 뱃속이 막 뒤틀리는 기분이 들곤 했었는데, 하면서.

나는 물속으로 잠수하는 사람처럼 숨을 깊이 들이마시고는 그녀를 향해 팔을 뻗었어. 그리고 꼭 끌어안으면서 생각했지. 죽은 사람을 다시 만나면 이런 기분일까? 너무 오랫동안 그녀를 떠올리고 생각하고 상상하면서 시간을 보낸 나머지, 그녀가 진짜 살아있는 사람이고, 지금 여기 내 옆에 있을 수 있는 존재란 걸 잊고 있었던 거지.

"축하해." 그녀가 내게 말했어.

"축하해." 나도 그녀에게 말했어.

멀리 떨어진 곳에서 들려오는 어떤 소리가 귓가에 울려 퍼졌을 때, 그게 신부 입장 전에 나오는 오르간 소리란 걸 깨닫기까지 시간이 좀 걸렸어. 원래 우리는 피아노 칠 사람을 섭외하고 싶었지만, 목사님이 교구의 오르간 연주자에게 맡기는 게 어떻겠냐고 권하셨고, 난 목사님에게 엘스페스라는 이름의 그 여자가 등을 구부리고 연주하는 음악을 들을 때마다 신경이 날카로워진다는 말은 차마 할 수가 없더라고.

교회 주차장이 내다보이는 창문턱에 리본으로 묶은 드라이 플라워 다발이 우유병에 꽂혀있는 게 눈에 띄었어. 가운데 분홍색 꽃송이는 카네이션을 말린 것 같았지. 나는 유리병에서 꽃다발을 뺐고, 최대한 조심스럽게 들었는데도 이파리들이 바스라지면서 바닥에 떨어졌어. 나는 그걸 미나에게 내밀면서 말했어.

"자, 내 들러리가 되어줘."

다 식어버린 찻잔을 앞에 두고 그녀는 그동안 있었던 일을 대강 말해줬어. 가능한 신중하게 단어를 골라 얘길 하는데도 듣는 내 마음은 조각조각 부서져 땅에 떨어지는 것 같더라고.

어차피 아이는 자신이 혼자 키울 거라서 아이 아빠의 성은 중요하지 않다고 그녀는 말했어. 그 사람은 처음엔 동료였다가 다음엔 친구였다가 애인이었다가 애 아빠였다가 결국엔 아무것도 아닌 사이가 됐다고 했지. 그 사람이 교수라는 걸 난 물론 알고 있었어. 아이의 성은 자기 성을 따서 '스타'로 할 거라고 했어. 몇 년 전에 드디어 정식으로 개명했다면서.

"내가 도와주면…… 아니, 우리가 도와주면……."

내가 말을 다 끝맺기도 전에 그녀는 고개를 저었어.

배 속에 아기를 느끼게 해주려 그녀는 내 손을 잡더니 타이츠가 끝나는 배 부위에 내 손을 갖다 댔어.

나는 지금도 가끔 그런 것처럼, 그때도 지구의 움직임을 감지할 수 있었어. 지구가 돌면서 우리를 앞으로 끌어당겼고, 순간순간이 화살처럼 빠르게 흘러갔지. 나는 그녀와 함께 있는 그 순간이 너무나 소중하게 여겨졌어. 험프리와 있는 시간보다도 더 소중했어. 그와 함께하는 시간은 한정되지 않았기에 덜 가치 있다고 느꼈거든. 미나랑 같이 있으면 시간은 언제나 평소보다 빠르게 흘렀고, 모든 게 순식간에 지나가는 것처럼 느껴졌어.

서로 눈이 마주치자, 그녀는 의자 등받이에 손을 대면서 몸을 일으켰어.

"더 있어도 돼." 그러지 않을 걸 알면서도 나는 말했지.

그녀는 내 뺨에 키스했어.

그러고는 떠났어.

몇 주 뒤, '제임스 부인에게'라고 쓴 봉투 하나가 현관 앞에 놓여져 있더라고. 봉투 안에는 아기 사진이 한 장 들어있었어. 사진 뒷면에는 낯익은, 흘려 쓴 글씨체로 이렇게 적혀있었어.

'제레미 데이비 스타, 3kg.'

레니의 첫 번째 작별

신부님을 알게 된 건 그리 오래전 일은 아니었다. 어쩌다 보니, 텅 빈 성당을 지키던 나이 많은 신부님을 만나게 됐고, 악수를 나눴고, 그렇게 친구가 됐다. 나는 신부님을 통해 예수님에 관해 아무것도 배우지 못했다. 오히려 나 때문에 신부님의 신에 대한 믿음에 혼란스러움만 가중된 것 같았다. 어쨌든 그게 중요한 건 아니었다.

드디어 신부님이 마지막 주일 미사를 집전할 준비를 마치고 집무실에서 나와 모습을 드러냈다. 평소 미사에 참석하는 평균 인원이 두 명 정도였기에, 신부님은 두 명의 신도를 예상하며 제단에 닿을 때까지도 고개를 들지 않았다. 그리고 마침내 고개를 들었을 때, 그의 앞에는 꽤 많은 사람들이 미소 지으며 앉아 있었고, 이미 붉어진 신부님의 눈이 깜짝 놀라 크게 떠졌다. 피파의 미술 수업에서 온 두 명의 학생이 대략 마흔 명의 사람들을 이곳에 불러 모은 것이다. 파자마를 입은 사람도 있었지만,

제일 좋은 옷을 갖춰 입고 나온 사람도 있었다. 우리 모두가 아서 신부님의 마지막 미사를 듣기 위해 기다리고 있었다. 나는 마고, 엘스, 월터와 함께 맨 앞줄에 앉아있었다.

"이런, 세상에." 신부님은 독서용 안경을 쓰면서 말했다. "잘 오셨습니다!"라고 말하는 신부님의 목소리가 살짝 잠겨있었다.

내가 신부님을 향해 손을 흔들자, 신부님은 내게 미소를 지어 보이며 고개를 약간 끄덕였다. 사람들은 모두 내가 만든 안내문을 들고 있었다. 성당 미사에 안내문 같은 게 필요하다고 생각하는 사람은 아무도 없었지만, 나는 미래의 손주들에게 보여줄 뭔가가 있어야 한다고 생각했다. 이 미사는 아서 신부님의 위대한 마지막 무대가 될 테니까.

"모두 이렇게 와주시니 너무 감사해서 몸 둘 바를 모르겠습니다. 몇몇 분들은 이미 아시겠지만, 오늘 예배는 제가 이곳에서 진행하는 마지막 미사입니다." 아서 신부님이 말했다.

"저희도 알아요." 엘스가 말했다.

그녀는 오늘 미사를 위해 특별히 상하의를 모두 검은색으로 맞춰 입고 머리에는 스팽글 장식이 달린 까만 모자를 쓰고 있었다. 엘스가 어느 병동에 입원해 있는지는 몰라도 병실 침대 옆에 꽤 큰 수납장을 가지고 있는 것만은 확실했다. 그동안 나는 엘스가 같은 옷을 두 번 입은 것을 본 적이 없었다.

"그러니 제가 감정이 조금 격해지더라도 너그러이 양해해 주시길 바랍니다. 한 가지 덧붙이자면……." 신부님은 크게 재채기를 하고는 얼른 사과를 한 다음, 웃으며 말을 이어갔다. "제가 감기에도 걸렸거든요."

아서 신부님은 제단 뒤로 걸어가 잠시 마음을 가다듬었다. 스테인드글라스 창을 통과한 분홍, 빨강, 자줏빛 때문에 신부님의 흰색 예복이 붉은 기를 띠었다. 나는 익숙한 이곳의 향내를 깊이 들이마시며 이 장면, 성당에 있는 아서 신부님의 모습을 머릿속에 저장했다. 잠시 후, 주변이 고요해진 가운데 신부님이 두 팔을 들었다.

"하늘에 계신 우리 아버지여, 이름이 거룩히 여김을 받으시오며……."

주기도문에는 의미가 생소한, 내가 잘 모르는 단어들도 섞여 있었다. 하지만 아트(art는 '예술, 미술'이라는 뜻의 명사면서 동시에 앞의 문장에서처럼 be동사의 고어체로도 사용됨. – 옮긴이)만큼은 확실히 아는 단어였다. 아트라는 건 우리에게 꼭 필요한 것이구나, 우리는 모두 아티스트가 되어야만 하는 사람들이구나, 하고 나는 생각했다. 특히나 하느님께서 하늘에서 아트를 하고 계시다니, 우리가 그를 본받아야 하는 건 당연한 일이었다.

"우리의 삶은 축복으로 가득합니다. 가끔 우리는 걸음을 멈추고 축복받은 것들을 헤아려 보기도 하지만, 가끔은 그러지 못하기도 합니다. 그동안 저는 꽤 여러 해 이 병원에서 근무하면서 나는 이 병원에 어떤 기여를 했던가를 종종 생각해 보곤 했습니다. 하지만 이제 와보니, 확실히 알게 되었습니다. 제가 병원에 기여를 한 것보다 병원이 제게 기여한 바가 더 크다는 사실을 말입니다. 이곳에서 시간을 보내고 일하고 기도할 수 있었던 것은 제게 매우 큰 축복이었습니다. 그리고 제가 이곳에서 만났던 사람들, 그들이 제게 보여줬던 용기와 정신력, 영적인 빛은 제 삶을 영원히 바꿔놓았습니다." 신부님은 나를 바라보고 깊이 숨을 들이마시며 말을 이었다. "그 점을 마음에 새기며, 주님께 감사의 기도를 올리도록 하겠습니다."

이번에는 아무도 졸지 않았고, 웃고 싶은 마음도 생기지 않았다. 할 수만 있다면 시계를 멈추고 싶었다. 아서 신부님이 좀 더 이곳에 계셨으면 싶었다. 한편 신부님이 걱정되기도 했다. 앞으로 신부님에게는 어떤 일이 벌어질까? 연금은 받으실까? 신부님이 일을 그만두시더라도 힐 부인은 계속 달걀과 물냉이를 넣은 샌드위치를 만들어 주실까? 도대체 하루 종일 무슨 일을 하실까?

미사는 너무도 빨리 끝이 났다.

"미사가 끝났으니 가서 복음을 전합시다."

신부님의 말에 나는 나도 모르게 박수를 치고 있었다. 옆에서 마고도 합세하며 박수 소리는 더 커졌고, 나중에는 로즈룸의 다양한 예술가들이 모두 박수를 친 덕분에 박수 소리가 파도처럼 번져 나갔다.

신부님은 얼굴을 붉히며 고개를 끄덕여 인사했다.

"고맙습니다."

우리가 아주 느릿느릿 문가를 향해 움직이고 있을 때, 아서 신부님이 피파에게 물었다.

"레니랑 잠깐 이야기를 나눠도 될까요? 오래 안 걸릴 거예요."

피파는 알겠다고 하고 다른 사람들과 함께 밖으로 나갔다.

마고는 문을 향해 걸어가면서 엘스에게 말했다. "아서 신부님 말이에요, 어딘가 낯이 익은데 어디서 봤는질 모르겠네요. 텔레비전 같은 데 나오셨었나?"

"글쎄요, 미사가 좀 특이하긴 했던 것 같아요."복도에서 엘스가 하는 말이 얼핏 들렸다. "제 첫 번째 남편은 성공회 신자, 두 번째 남편은 감리교 신자, 세 번째 남편은 가톨릭 신자였는데, 이 세 가지가 모두 섞인 것 같았어요."

그 말 뒤로 육중한 문이 닫히는 바람에 누군가 엘스의 말에 동의했는지 어떤지는 알 수가 없었다.

나는 다시 앞으로 걸어가 슬픈 미소를 띠고 있는 아서 신부님과 마주 섰다.

"고맙다." 신부님이 말했다.

"뭐가요?"

"네가 정말 보고 싶을 거야, 레니."

나는 팔을 뻗어 신부님을 껴안았다. 예복에서 섬유 유연제 냄새가 났고, 이처럼 성스러운 예복에서 집 냄새가 난다는 게 약간 터무니없게 느껴지기도 했다.

"전부 다 감사했어요, 아서 신부님." 나는 신부님의 어깨에 얼굴을 묻은 채 말했다.

신부님이 뒤로 물러섰다.

"면회와도 될까?" 신부님이 물었다.

"안 오시면 절대 용서 안 할 거예요." 내가 말했다.

나는 옆에 있는 신도석으로 손을 뻗어 몸을 기댔다. 모든 게 다 너무 힘들었다. 나는 조금 전 '내 휠체어'를 성당 밖에 놓고 가겠다고 피파에게 고집을 부렸었다.

"꼭 온다고 약속하마." 신부님은 잠시 말을 멈췄다. "레니, 네가 처음 여기 왔을 때, 뭔가 진실인 걸 말해달라고 했던 거 기억하니?"

"기억하죠."

"그래, 내 마지막 진실을 말해줄게. 나한테 손녀가 있었다면 꼭 너 같은 아이였으면 하고 바랐을 거라는 거야."

신부님이 곧 울 것 같은 얼굴이어서 나는 얼른 오른손을 내밀었다. 신부님은 어리둥절해 했다.

"그럼 악수하고 이제부터 손녀랑 할아버지 하기로 해요." 내가 웃으며 말했다.

그제야 알겠다는 듯 신부님은 내 손을 맞잡았다.

"다음에 다시 만날 때까지, 레니." 신부님은 잡은 손을 흔들며 말했다.

내가 잡은 손을 놓았을 때, 신부님은 '몸조심해'라고 말했다. 마치 그 말을 힘주어 할수록 그럴 가능성이 더 높아지기라도 하는 듯 음절 하나하나에 무척이나 힘을 주어 말했다. 제길, 이게 내가 스스로 조심해 될 일이었다면 처음부터 죽는 일도 없었을 텐데.

나는 울지 않기 위해 무척이나 애를 쓰고 있었기에 성당에 서있는 신부님을 그대로 남겨두고 넘어지지 않도록 신경 쓰면서 겨우 휠체어에 올라탔다. 신부님이 바랐던 대로 아주 조심스럽게 움직였다.

그리고 이제 정말 끝이었다. 고맙게도 피파가 휠체어를 밀어주었고, 로즈룸 사람들과 다 함께 그림 도구들이 기다리는 교실로 돌아갔다.

"고마워요."

내가 사람들에게 인사하자, 사람들은 별일 아니었다고 답해주었고, 나는 흐르는 눈물을 막으려고 복도 천장의 밝은 빛을 올려다보며 눈을 깜빡여야 했다.

60년의 시간

    신입 간호사가 로즈룸까지 휠체어를 밀어주었다. 우리가 최근 특별한 숫자를 달성했기에 그걸 축하하기 위해서였다. 50년, 즉 반세기를 완성했던 날은 까먹고 지나가 버린 바람에 60년이 된 날은 그냥 넘길 수가 없었다.

    "이걸 전부 어디에 보관해야 할지 모르겠네."

    피파는 싱크대 위 선반에 올려뒀던 큰 그림들을 내려 책상 위에 펴놓으며, 특별히 누구에게랄 것도 없이 중얼거렸다. 피파는 그림을 보기 좋은 순서로 배열하면서 교실 벽면을 따라 그림들을 하나하나 조심스럽게 내려놓았다. 가장 먼저 눈에 띈 것은 다채로운 색감이었다. 헨리-인-아덴의 시골집 위로 펼쳐진 밤하늘, 털이 거의 다 빠진 닭, 병원 식판 위에 놓인 딸기 요거트를 어설프게 묘사한 내 그림.

    "이거 네가 그린 그림이야, 레니?"

    신입 간호사가 어떤 그림을 가리키며 물었다. 초록색 공원에 앉아 교수가 가길 기다리는, 마고의 그림이었다.

"지금 나 놀리는 거죠?"

"얘 뭐래니?"

"당연히 제 그림이 아니니까 하는 말이잖아요!"

나는 휠체어에서 일어났다. 그러면 신입 간호사가 나를 말리며 다시 앉으라고 할 줄 알았는데, 그러지 않았다. 나는 요행을 바라며 뛰어 도망치거나 깡충깡충 점프를 하거나 책상 위에 걸터앉아 다리를 흔들어보고 싶었다. 나는 높은 곳에서 내려다본 엄마와 택시를 그린 그림 옆에 섰다.

"진짜 대단하다." 신입 간호사가 말했다.

"뭐가요?"

"전부 다 말이야." 신입 간호사의 얼굴은 진지하다 못해 약간 어두워졌다. "정말 대단한 걸 해냈어. 물론 마고님도 그렇고요."

"전부 레니의 아이디어였어요." 마고가 말했다.

"진짜 멋진 생각 아닌가요?" 피파가 웃으며 말했다.

나는 그때 깨달았다. 지금 이곳에 60개의 그림과 미술 도구들, 아직까지 뛰고 있는 내 심장만 아니었다면 이 장면은 내 장례식장에서 볼 법한 모습이라는 것을. 사람들은 내 장례식에 와서 나에 관해 말하고, 뻣뻣해진 접시 위 샌드위치를 만지작거리며 나의 좋은 점을 실제보다 과장해서 칭찬하고, 만약 내가 더 오래 살았더라면 어떤 사람이 되었을지 서로 이야기 나눌 거라는 생각이 들었다.

한번 그런 생각이 드니, 다른 생각은 할 수가 없었다. '이거 봐요, 우리가 그림 60장을 완성했어요'의 느낌이 아니라 '이제 끝이로군요' 하는 그런 느낌. 내가…… 언젠가 생을 끝내면 사람들은 이렇게 모여 다정하면서도 침울한 말투로 내 이야기를 하겠지?

나는 그곳을 떠나고 싶지 않았다. 거기 더 오래오래 있고 싶었다. 하지만 어쩌면 모두가 그 순간이 오길 기다리는지도 모른다고 생각했다.

나는 사람들이 이렇게 말하는 걸 듣고 싶었다. '레니 페테르손? 그럼 기억하지. 기적적으로 완치돼서 서커스에 들어간 그 애 말이잖아?'

나는 휠체어에 다시 주저앉았다. 팔의 힘이 모기보다도 약한 주제에 수동 휠체어를 타고 자유를 찾아 도망치는 건 기적에 가까웠고, 그래서 사람들이 눈치채지 못하게 슬쩍 달아나는 건 불가능했다. 그런데 고맙게도 그들은 굳이 날 막으려고 하지 않고 내가 문밖으로 나가게 그냥 내버려 두었다.

복도를 따라 얼마 못 갔을 때 뒤에서 흰색 캔버스화가 익숙한 끽끽 소리를 내며 다가오는 소리가 들렸다.

"레니……."

내 이름을 부르며 다가온 그녀가 바로 내 휠체어의 손잡이를 잡아 밀지 않고 내가 쩔쩔매며 바퀴를 돌리도록 놔두어 나는 좀 감동했다.

"저 그냥 어디 좀 가려고요."

"아, 그래?" 그녀의 목소리에서 걱정이 묻어났다.

"네."

"어디 가고 싶은 데라도 있어?"

"그냥 여기 말고 아무 데나요."

"아서 신부님한테?"

나는 복도를 따라 계속 휠체어를 굴리며 힘없이 말했다.

"아뇨, 신부님 떠나신 거 기억 안 나요?"

"그럼, 어딜 간다는 거야?"

"그냥 거기서 벗어나고 싶어서요."

"어디? 그림에서?"

"아까 거기서 하고 있던 제 장례식에서요."

내가 복도 끝에 다다라 모퉁이를 돌 때까지 그녀는 아무 말
도 하지 않았다. 내 앞에 이중문이 나타났다. 신입 간호사는 문
을 잡아주며 내가 가도록 내버려 두었다.

나는 일부러 길을 잃으려고 휠체어 방향을 이리저리 틀었다.
정말 길을 잃으면 메이 병동으로 돌아가지 못한 일에 대한 합법
적인 변명 거리가 생기는 셈이었으니까. 혈관외과 앞을 막 지나
쳤을 때, 익숙한 얼굴들이 보였다. 월터와 엘스가 가운 차림으
로 나란히 서서 아주 천천히 걷고 있었다. 월터는 이전에는 사
용하지 않던 보행 보조기에 기대어 걷고 있었다. 아마도 최근에
무릎 수술을 한 모양이었다. 월터가 무슨 말을 하자, 엘스가 큰
소리로 웃었는데, 뭐가 그리 재밌는지 웃으며 월터의 팔을 잡았
다. 그렇게 웃는 엘스의 모습은 어딘가 다른 사람 같았다. 어쩌

면 그녀는 그렇게 차분한 사람이 아닐지도 모른다는 생각이 들었다. 어쩌면 프랑스 패션 잡지의 에디터가 아니라 자동차 정비사처럼 몸을 쓰는 사람이었는지도 몰랐다.

월터는 조금씩 아주 조심스럽게 발을 뗐고, 두 사람은 나를 보지 못한 채 모퉁이를 돌았다.

나란히 걷는 밝은 표정의 두 사람을 보니, 왠지 모르게 반가웠다.

마고의 첫 휴가

　자주색 털 스웨터를 입고 앉아있던 마고는 내가 로즈룸에 들어서자마자 두 팔을 크게 벌려 나를 꽉 안아주었다. 내가 마고에게 바라는 건 바로 이런 거였다.

　마고는 책상 위를 깨끗하게 치우고는 그림을 그리기 시작했다. 길쭉한 유리잔을 옅은 수채물감으로 노랑, 주황, 빨강 순서대로 칠하자, 근사한 칵테일이 내 눈앞에 나타났다.

1980년 8월, 마요르카
마고 제임스, 마흔아홉 살

　난 제대로 휴가라는 걸 가본 적이 없었어. 그건 험프리도 마찬가지였고. 우리는 신혼여행이란 건 아예 생각조차 안 하고 있었는데, 시누이가 마요르카의 어떤 호텔을 추천하면서 우리 둘 다 따뜻한 햇볕 좀 쬐는 게 좋겠다고 권했어.

우리는 그곳에 쉽게 적응하지 못했어. 반면 수영장에 있던 다른 사람들은 뭘 해야 하는지 정확히 알고 있더라고. 우리가 아침 식사를 하러 식당에 내려가기도 전에 사람들은 이미 선베드에 타월을 가져다 놓고, 음료도 한번에 세 가지씩 주문해서 올인클루시브 패키지를 최대한 활용했어. 뿐만 아니라 오후에는 해가 움직이는 각도를 따라 수영장 건너편으로 선베드도 미리 옮겨다 놓았지.

읽을거리라곤 내가 중고품 가게에서 사온 스파이 소설 한 권뿐이고, 여기서 보내야 할 시간은 아직도 많이 남은 그런 상황에서 머리를 쓸 일이 조금도 없는 상태를 인지적 도전으로 받아들이고 그걸 극복하려고 애쓰는 험프리 모습을 보는 건 진짜 재밌었어. 햇볕을 쬐며 누워있으니 내 속에 단단해졌던 뭔가가 말랑말랑해지고 있다는 기분이 조금씩 들기 시작했을 때에도 험프리는 편안해지려고, 즐길 거리를 찾으려고 무척이나 노력하고 있었어.

도착한 첫날, 저녁 식사를 하려고 줄을 서서 기다리는 동안 험프리는 생전 처음 보는 사람에게 웰링턴 천문대에 관해 어떻게 생각하냐고 물었어.

"아, 잘 몰라요. 전 웰링턴 장화는 안 신거든요." 그 남자가 말했지.

식사 후 밤에는 호텔 바에 가보기로 했어. 한낮의 열기가 가시고 바람이 불어 야외는 시원했지. 바에 사람이 그렇게 많지만 않아도, 눈부시도록 밝은 조명 아래 호텔 밴드가 〈돈 크라이

포 미 아르헨티나(Don't Cry For Me Argentina)〉를 그렇게 시끄럽게 연주하지만 않았어도, 풀벌레 소리와 해변에 부딪치는 파도 소리를 들을 수 있었을 텐데 아쉬웠어.

그때 상냥해 보이는 한 커플이 다가오더니 우리 테이블 빈 자리에 같이 앉아도 되겠냐고 물었어. 이제는 그 사람들 이름도 기억이 안 나지만, 그냥 톰이랑 수라고 할게. 험프리는 앉으라고 손짓했고, 그렇게 커플은 우리와 합석하게 됐지. 그러면서 너무 당황스러운 질문들이 시작된 거야.

"두 분은 아이가 있으세요?"

어색한 분위기를 깨려고 몇 차례 잡담과 질문이 오고 가던 끝에 수가 물었어. 그때 무대에서는 새카맣게 탄 한 여행객이 놀랄 만큼 우렁찬 목소리로 〈본 투 비 얼라이브(Born to Be Alive)〉를 부르고 있었지.

나는 다정하지도 무례하지도 않은 수준에서 우리는 아이가 없다고 말하려고 입을 여는데, 험프리가 먼저 대답하는 거야.

"그럼요, 있죠."

나는 그만 입이 떡 벌어지고 말았어.

"딸이 둘 있어요." 험프리가 덧붙였어.

그 말에 톰과 수는 '와', '이야'하는 소리를 냈지.

나는 스페인어로 오렌지 주스를 주문한다는 게 잘못해서 밝은색 칵테일이 나왔고, 그게 뭔지도 모르면서 한 모금 삼켰어. 그러면 내가 바로 대답하지 못해도 사람들이 이상하게 생각하지 않을 것 같았거든.

"따님 이름이 어떻게 돼요?"

"벳하고 마릴린이에요."

험프리의 대답에 나는 칵테일 잔을 거의 떨어뜨릴 뻔했지.

"이름이 독특하네요." 수가 말했어.

"저희가 둘 다 영화광이거든요." 험프리는 마치 범행 도중 경찰에 붙잡힌 사람처럼 두 손을 번쩍 들면서 말했어.

나는 험프리에게 '*암탉이 우리 애들인 척 말하는 거 그만둬요*'라는 눈빛을 계속 보냈지만, 험프리는 내 무릎에 손을 올리며 능청스럽게 웃었지. 톰이 벳과 마릴린은 지금 몇 살이냐고 물었어.

"둘 다 여덟 살이에요." 험프리가 말했어.

"그럼 둘이 쌍둥이예요?" 수가 흥분하며 물었지.

"그렇죠. 둘이 함께 왔으니까요!" 험프리가 웃으며 대답했어.

"전, 쌍둥이가 너무 좋아요. 저희 할머니도 쌍둥이를 낳으셨거든요. 할머니 말씀이, 한 세대 걸러 쌍둥이가 나올 가능성이 크다면서 우리가 아이를 낳으면 또 쌍둥이가 나올 수도 있다고 그러셨어요."

수는 마음이 아플 만큼 간절한 표정으로 톰을 바라봤어.

"쌍둥이를 낳은 부부가 잘 없더라고요." 톰은 물방울이 맺힌 맥주잔을 내려놓으며 말했어.

"네, 저희가 정말 운이 좋았어요." 그렇게 말하는 험프리의 눈이 반짝거렸지. 그건 험프리가 정말 재밌을 때 나타나는 눈빛이었거든. "먹을 거랑 물만 잘 주면 걔들은 진짜 행복해해요."

나는 칵테일을 한입 가득 더 마셨지.

"둘 다 딸이면 집이 온통 핑크투성이겠네요." 톰이 말했어.

"그렇지도 않아요. 벳과 마릴린은 둘 다 바깥에서 노는 걸 좋아하거든요. 가끔은 말도 잘 안 듣고 완전히 제멋대로예요. 맨날 입을 어디에 박고 있잖아. 그렇지, 마고?"

순간 나는 풉 하고 칵테일을 뿜고 말았어. 과일 향의 끈적이는 술로 흰색 플라스틱 테이블 위에는 여러 개의 물웅덩이가 생겼고, 내가 연신 사과하는 동안 톰은 기겁해서 보고 있고, 수는 냅킨으로 내가 내뿜은 칵테일을 닦아냈지.

"잘못 삼킨 모양이네, 그렇지?" 험프리는 눈을 반짝이며 물었어.

사제의 고통

"아프니, 레니?"

데릭의 눈빛을 보니, 솔직한 대답에 대한 두려움이 어려있는 것 같았다. 하지만 나 역시 사실대로 다 털어놓고 싶은 마음은 없었으니, 그에게는 오히려 다행일 수도 있었다.

"아뇨."

의자에 앉으면서 나는 얼굴을 일그러뜨리지 않으려고 무진 애를 써야 했다.

"며칠 전에 딸을 먼저 떠나보낸 한 아주머니와 대화를 나눌 일이 있었거든. 그분 따님도 그⋯⋯."

그는 단어를 고르느라 한참을 망설이던 끝에 손바닥을 펴서 나를 가리켰다. 레니 병. 아무튼 내가 걸린 병. 그가 내 앞에서 그 병의 이름을 소리 내어 말하지 않으려고 애쓴다는 게 일단은 마음에 들었다.

"그분 따님은 많이 아파했었다고 하시더라. 그게⋯⋯ 진행될

수록 말이야."

데릭은 다시 손으로 나를 가리키더니 손을 힘없이 무릎으로 툭 떨어뜨렸다. 죽음이라는 개념 앞에서 내 존재를 떠올렸다는 게 나로서는 영 달갑지 않았지만, 그는 그런 사실조차 모르는 것 같았다.

"아무튼." 모든 걸 다 용서받기라도 한 듯 그의 목소리 톤이 다시 밝아졌다. "그분 얘길 들으니 네 생각이 나서 너한테도 한 번 물어봐야겠다 싶었어. 아서 신부님은 고통에 관해 별로 말하고 싶어 하시지 않지만, 난 그렇지 않아. 증상에 대해 솔직해지는 건 무척 중요하다고 생각하거든."

"의료 분야에서 일하신 적이 있으세요?"

"그런 건 아니지만⋯⋯."

그의 뺨이 붉어졌다. 내가 성당으로 데릭을 만나러 갈 거라고 마음을 먹었을 때 아서 신부님이 했던 말이 문득 떠올랐다. '상냥하게, 알겠지?'

그게 말처럼 쉽지는 않았다.

데릭이 매끈매끈한 자신의 턱을 손으로 문지르며 말했다.

"기도회를 열어보면 어떨까 생각 중이란다."

"그 말씀은, 아직까지 절 위해 기도하고 있지는 않다, 그런 말씀이시네요?"

"난⋯⋯."

"제겐 좀 냉정하게 들리네요, 데릭."

"그렇게 부르지 말라고 했는데도 그러는구나. 날 '우즈 주임 신부님'이라고 불러줬으면 좋겠다."

"하지만 그럼 운이 안 맞는다고요."

"뭐가 안 맞아?"

나는 한숨을 내쉬며 스테인드글라스 창을 올려다봤다. 아름다운 자주색 글라스님, 제게 힘을 주세요.

"아서 신부님(원어로는 Father Arthur라서 발음이 '-덜' '-썰'로 끝나며 운율이 생긴다. - 옮긴이)은 운이 깔끔하게 맞잖아요."

데릭은 이 말에 뭐라고 답해야 할지 모르는 게 분명했다. 아마도 그는 나를 만나기 전부터 어떤 말을 해야 할지 속으로 미리 연습을 해둔 것 같았다. 그런데 지금 내가 대본에 없는 이야기를 해버리니, 어떡하면 이 상황에서 벗어날 수 있을지 전혀 감을 잡지 못하는 것 같았다.

"다른 걸 배워보면 어떨까 생각해 본 적은 없으세요?"

"어떤 걸 말이니?" 데릭은 못마땅한 기색을 애써 누르며 물었다.

"의사나 간호사가 되는 교육 같은 거요. 그랬으면 사람들의 고통 앞에서 뭔가 실용적인 도움을 주실 수도 있었을 거 아니에요?"

"레니, 지금 무슨 말을 하고 싶은 거니?"

"병원 안에 성당을 두는 건 날씨가 어떨지 보려고 유화를 들여다보는 거나 마찬가지라는 생각이 들어서요."

그의 얼굴이 굳어졌다. 그는 뭔가를 말하려는 듯 입을 벙긋거리다가 크게 숨을 들이마셨다.

"병원 성당은 어려움에 처한 사람들을 돕기 위해 만든 곳이야. 그게 우리가 하는 일의 전부이기도 하지만, 가끔은 예수 그리스도의 사랑을 널리 퍼뜨리는 일을 하기도 하지. 우리는 전 세계 모든 문화와 종교를 존중한단다. 그리고 이런 말 해도 될지 모르겠다만, 네겐 다른 사람을 존중하는 태도가 좀 부족하다는 생각이 드는구나."

"버터처럼요?"

"뭐?"

"방금 예수님의 사랑을 퍼뜨린다고 하셨잖아요. 사람들이 그런 표현을 쓸 때마다 전 버터를 펴 바르듯이 예수님의 사랑을 펴 바르는 장면이 머릿속에 그려지거든요."(원문에 쓰인 spread라는 단어에는 '퍼뜨리다, 확산시키다'는 의미와 '(얇게 펴서) 바르다, 칠하다'는 두 가지 의미가 있다. – 옮긴이)

"레니, 이건 버터가 아니라……."

"그럼, 잼이요."

"예수님의 사랑은 잼이 아니야."

"잼이면 왜 안 되는데요? 예수님은 빵도 포도도 양도 사자도 유령도 될 수 있는데, 잼은 왜 안 돼요?"

신도석에 나와 나란히 앉아있던 데릭은 숨을 크게 들이마시더니 자리에서 벌떡 일어섰다. 그러고는 통로에 세워뒀던 내 휠체어를 지나 자신의 사무실로 사라졌다. 나는 이런 그의 행동을 나에 대한 포기 또는 단념으로 해석했지만, 잠시 후 그는 책 한 권을 들고 다시 나타났다.

다시 돌아온 데릭은 내 옆 통로에 쭈그리고 앉았다. 그토록 뻣뻣했던 사람에게는 걸맞지 않은 자세였다.

"이거 받으렴." 그는 내게 책을 건네며 말했다.

《예수님에 관한 질문》이라는 책이었다. 표지에는 각기 다른 인종의 세 친구가 성경을 가운데 두고 웃고 있었다.

"이건 아무리 봐도 뭔가가 너를 부른 거야. 그렇지 않고서야 네가 왜 계속 성당을 찾아오겠니?" 그렇게 말하며 웃는 그의 표정이 어딘가 음흉해 보였다. "나는 그렇게 생각해. 네가 자꾸만 다시 오는 건, 네가 사람들과 말씨름하는 걸 좋아해서도 아니고, 단지 아서 신부님을 좋아해서도 아니야. 넌 믿을 만한 뭔가를 찾고 있는 거야."

데릭이 몸을 일으키니 무릎뼈에서 우두둑 소리가 났다.

"그리고 오늘 대화는 이쯤에서 마무리 짓는 걸로 해야겠다."

"저한테 아무 대답도 안 주시고요?"

"스코벨 병동을 방문하기로 돼있거든."

"이대로 가시면 안 돼요. 예수님에 관해 질문할 게 아직 많이 남았다고요!"

사고 친 레니와 마고

한밤중 잠에서 깼는데 숨을 쉴 수가 없었다. 끈끈한 목공 풀이 내 목구멍을 꽉 막고 있는 그런 느낌이었다. 아무리 힘껏 숨을 들이쉬려 해봐도 풀이 목구멍 안을 꽉 막고 있어서 전혀 공기가 통하질 않았다. 기침을 억지로 해보기도 했지만, 그래도 전혀 나아지질 않았다. 이렇게 공기를 들이마실 수도 없고, 기침을 해서 목공 풀을 빼낼 수도 없으니 어찌해야 할지 알 수가 없었다. 나는 침대에서 겨우 일어나 커튼을 젖혔다. 다른 침대에는 모두 커튼이 쳐진 채 아무런 인기척도 느껴지지 않았다. 어두웠지만, 열린 문을 통해 복도에서 들어온 빛이 바닥을 비춰 커다란 사각형을 만들고 있었다. 다른 사람의 주의를 끌 수만 있다면……. 가슴이 타들어 가는 듯했고, 눈에서는 눈물이 솟아올랐다.

'지금은 아니야. 아직은 안 돼. 그림을 다 끝내지도 못했어. 아직 해야 할 얘기들이 남았단 말이야.'

다음 순간 정신 차려 보니, 내가 메이 병동의 매끈한 바닥을 두 손으로 짚고 있는 걸 보면, 분명 나는 쓰러진 모양이었다.

"젠장!" 재키가 달려왔다. "왜 그래!"

나는 고개를 저으며 숨을 쉬려고 안간힘을 썼고, 내가 숨을 제대로 쉬지 못하고 있다는 걸 재키도 알아차렸다.

"진정해야 돼." 그녀가 말했다.

나는 다시 숨을 쉬려 해봤지만, 여전히 꽉 막혀있었다. 나 정말 큰일 났구나, 그런 생각이 들었다.

"레니, 정신 차리고 진정해야 돼!" 그녀가 말했다.

눈물 한 방울이 뺨을 타고 흐르는 게 느껴졌다. 그리고 내가 생각할 수 있는 거라곤 산소가 공급되지 않은 채 몇 분이 지나면 사람이 죽는지 지금은 잘 기억이 안 난다는 사실뿐이었다. 2분 30초였던가? 이 상태가 이미 2분 가까이 된 게 틀림없었다. 메이 병동을 자기 손에 넣고 주무르는 잔인한 수간호사 재키는 내 옆에 무릎을 꿇었다.

"뭘 삼켰어?"

나는 머리를 저었다.

재키는 두 손으로 내 어깨를 잡으며 말했다.

"나를 봐."

나는 되지도 않는 숨을 들이쉬려고 한 번 더 애써봤다.

"괜찮을 거야. 기도를 막고 있는 것만 없애면 돼. 기침을 한번 해봐."

기침을 했지만, 목공 풀 덩어리가 빠지기는커녕 오히려 몸이 반으로 접히며 토할 것 같았다.

재키가 일어서더니 잠시 어디론가 사라졌다.

"자, 마셔."

재키가 내 손에 물이 든 플라스틱 컵을 쥐여줬다. 나는 물을 한입 가득 물었다가 눈을 질끈 감으며 꿀꺽 삼켰다. 물이 내려가면서 목공 풀 덩어리가 움직였다. 숨이 쉬어졌다. 헐떡거리며 공기를 들이마시는데, 풀 덩어리가 원래 있던 곳으로 다시 돌아왔다.

"다시." 재키가 말했다.

물을 더 많이 삼켰고, 풀 덩어리가 움직이면서 나는 다시 숨을 쉴 수 있었다.

"이제 천천히 숨을 들이마셔 봐."

나는 헉헉거리면서도 한 번, 또 한 번 천천히 숨을 들이마셨다. 풀 덩어리는 아직 목구멍에 걸려있었다. 나는 다시 숨을 들이마시며 뇌세포들을 걱정했다. 산소가 없으면 뇌세포들이 죽는다는데. 이번에 몇천 개는 죽었겠지?

"잘했어." 재키는 그렇게 말하며 내 옆에 주저앉았다. 그러고는 떨리는 내 무릎에 한 손을 얹었다.

"준비가 되면, 기침을 크게 한 번 해. 가래를 뱉어내야 해." 재키가 말했다.

나는 다시 숨이 막힐까 봐 겁이 났다.

"레니, 지금 해야 해."

옆에서 다그치는 재키가 싫었지만, 나는 있는 힘껏 기침을 했다. 처음에는 그게 기도를 다시 막았고, 숨이 막혔고, 닫힌 후두의 경계 부분에서 떨리는 게 느껴졌다.

"다시 기침해 봐!"

재키가 말했고, 나는 시키는 대로 했다.

다시 세게 기침을 했고, 풀 덩어리 일부가 입으로 올라왔다. 나는 그걸 뱉었다.

재키가 내 손에 묻은 피와 가래 덩어리를 닦아주었다.

물을 한 모금 더 마셨더니 피 맛이 났다.

아, 이런.

피를 토한 죄로 레니 페테르손은 예민해진 기도가 다시 막히지 않게 침대에서 휴식을 취해야 하는 형벌에 처해졌다. 그녀는 로즈룸, 성당처럼 조금이라도 행복을 느낄 수 있는 어떤 곳도 가지 못하게 됐다. 의료진이 그녀에게 권한 것은 오로지 수면뿐이었다.

그녀는 잠을 청하는 동안, 그날 저녁 그 순간 이제 막 잠이 들려 하는 세상의 모든 다른 사람들을 생각했다. 대기실에서, 공항의 탑승구 앞에서, 야간열차의 좌석에 웅크린 채 잠이 들려는 사람들을. 그리고 손을 꽉 움켜쥔 신생아들을. 이제 막 잠이 들어 무(無)의 세계로 들어가려 하는 모두를 떠올렸다.

"레니?" 낮게 속삭이는 소리가 들려왔다.

침대 둘레에 쳐진 커튼이 살짝 열리고, 그 틈으로 마고의 얼굴이 나타났다.

내가 들어오라고 손짓하자, 마고는 얼른 안으로 들어와 커튼을 다시 쳤다. 마고는 연보라색 누비 가운을 입고, 자주색 슬리퍼를 신고 있었다. 마고의 발이 그렇게 작다는 걸 그때 처음 알았다. 어린아이가 신어도 될 만큼 작은 슬리퍼였다. 그리고 그런 것들 때문에 마고가 더 소중하게 느껴졌다.

"괜찮아, 레니?" 마고가 속삭이며 물었다.

나는 고개를 끄덕였다. 마고는 가까이 다가오더니 내 머리에 뽀뽀를 해주었다. 그러더니 한 발 뒤로 물러서 장난기 어린 표정으로 나를 바라봤다.

"레니, 우리 사고 한번 쳐볼까?"

우리는 세상 연약하면서, 가장 눈에 띄지 않는 도적 떼처럼 메이 병동을 탈출했다. 마고는 내가 아직 잘 걸을 수 있다고 믿는지 내 휠체어 앞을 자연스럽게 지나쳤다.

마고는 어디로 가는지 말하지 않았지만, 나는 미스터리를 즐기는 편이었다. 구불구불 이어진 병원 복도를 따라 걸으며 어쩌면 지금 마고는 나를 납치하려고 하는지도 모르겠다고 생각했다. 만약 그렇다면 마고가 나를 힘으로 제압할 가능성은 전혀 없었기에 이건 가장 자발적인 납치가 될 터였다. 일단 마고의 키는 내 어깨높이 정도밖에 되지 않았다. 우리가 뉴스에 보도된다면 어떤 사진이 화면에 나올까? 문득 궁금해졌다. '스웨덴 태생의 십 대 말기 환자가, 역시 말기 환자이며 스코틀랜드 출신에 나이가 많은 한 여성에게 납치됐습니다.' 기자는 우리 둘이 함께 찍은 사진을 구하지 못했을 가능성이 컸다. '연못에 떠 있는 거위 사진이 자료화면으로 나간 점 양해 바랍니다. 두 사람 모두 발견되기 전 이미 사망했을 가능성이 매우 높은 것으로 알려졌습니다.'

"우리 같이 사진 찍어요." 나는 마고와 걸으며 말했다.

"지금?"

"지금 말고, 조만간이요. 우리 둘이 같이 나오게요."

마고는 나를 높은 유리 천장과 거대한 조명이 달려있는 중앙 홀로 이끌었다. 홀에는 사람이 거의 없었고, 청소부 한 사람만이 커다랗고 둥근 바닥 청소기를 가지고 청소를 하고 있었다.

마고는 내 손을 잡고 첫 번째 자동문과 두 번째 자동문을 지났고, 우리는 바깥의 신선한 밤공기 속으로 들어갔다.

이전까지 나는 진짜 도망친 적은 없었다. 그러니까 내 말은, 병원 안을 여기저기 좀 돌아다니긴 했어도 출입구를 통해 병원 밖으로 걸어 나간 적은 없었다는 뜻이었다. 실은 그게 어려울 거라고 생각해 시도조차 하지 않았었다. 마고가 가운을 입고 슬리퍼를 신은 데는 이유가 있었다.

밖은 추웠고, 정면에서 비춘 조명들로 병원 건물은 환하게 빛나고 있었다. 그때, 역시 파자마를 입은 사람들이 눈에 들어왔다. 인공 장루 주머니를 달고 있는 사람, 휠체어를 탄 사람, 그리고 추위에 몸을 잔뜩 웅크린 채 서있는 사람들. 그 사람들 머리 위로 구불구불 담배 연기가 피어올라 어두운 하늘로 사라지고 있었다. 움직임이라곤 담배를 입에 댔다 떼었다 하는 동작뿐이어서 그들은 차가운 대리석 조각상처럼 보였다.

"설마 담배 피자고 절 여기 데려오신 건 아니죠, 마고?"

"레니!"

마고는 팔꿈치로 내 옆구리를 쿡 찔렀고, 나는 웃음을 터트렸다.

가로등 기둥에 기대 담배를 피우고 있던 한 남자와 눈이 마주쳤고, 저 사람들 눈엔 우리가 어떻게 보일까, 잠시 그런 생각이 들었다. 늦은 밤 파자마 차림으로 병원 주변을 산책하는 손녀와 할머니쯤으로 보일까? 그가 시선을 아래로 떨구었고, 살짝 웃는 걸 본 것도 같았다.

'당신이 뭐라고 생각하든 난 그딴 거 신경 쓸 시간이 없거든?'

마고는 나를 더 바짝 끌어당기고는 담배 피우는 사람들을 지나 주차장 쪽으로 향했다.

"괜찮은 거지, 레니? 너무 추운 거 아니지?"

"전 괜찮아요."

매섭도록 추운 날씨였지만, 더운 나라에 있다가 추운 겨울인 자기 나라로 돌아오면 그제야 한숨 돌리게 되는 것처럼 오히려 시원하게 느껴지는 그런 추위였다.

"빛이 없는 곳으로 가야 해."

마고는 나를 데리고 왼쪽으로 돌았다. 우리는 '혈액 내과'라는 표지판이 붙은 건물과 출입구를 지나 조용한 비상구 앞에 도착했다. 여기라면 아무도 우리를 찾지 못할 것 같았다. 머리 위 가로등 조명은 다 꺼져있어서 주위는 온통 캄캄했다.

잠시 거기 서있는 동안 뭔가 실망스러운 감정이 슬금슬금 몰려오기 시작했다. 마고는 무슨 생각으로 여길 온 걸까? 우리는 어둠 속에서 손을 잡고 서있었다.

"마고?" 나는 천천히 입을 열었다. "전……."

"위를 봐, 레니."

고개를 드니, 별들이 내 눈으로 쏟아져 들어왔다. 1971년, 워릭셔의 캄캄한 도로 위에 서있던 괴짜 천문학자의 말대로라면 나는 지금 20 곱하기 10^{24} 마일만큼 떨어진 별을 보고 있는 셈이었다.

마지막으로 별을 본 게 언제였는지 기억조차 나지 않았다. 만약 우리가 워릭셔의 도로 위에 있었다면 더 많은 별을 볼 수 있었겠지만, 여기서 보이는 별도 내게는 은하계 전체나 다름없었다. 너무 오랫동안 병원이 내 세상의 전부였는데, 별을 보고 있으니, 세상이 다시 커진 기분이었다.

몇 년 만에 처음 제대로 숨 쉬고 있다는 기분이 들었다. 차갑고 상쾌하다 못해 황홀하게 느껴지는 공기가 내 폐 속으로 들어오고 있었다. 약 냄새가 풍기는 더운 병원 공기와는 다른, 새롭고 신선한 진짜 공기였다. 숨을 내쉬자, 내 숨이 춤을 추며 별들에게로 날아갔다.

"구름 한 점 없이 맑은 밤이야. 오늘처럼 시정이 좋은 날은 몇 주 내로 없을 거랬어." 마고가 말했다.

나는 마고를 쳐다봤다.

"이걸 언제부터 계획하고 있었던 거예요?"

마고는 아무 말도 하지 않고 계속 별들만 바라봤다.

"비록 내 영혼이 어둠 속에 묻힌다 해도 결국엔 환한 빛 속에 다시 떠오를 테니, 밤을 두려워하기에는 나는 별을 너무도 깊이 사랑했다네."

"기억하고 있었구나." 마고가 미소 지었다.

우리는 좀 더 머물며 별들을 바라보았다.

"정말 평온해지는 기분이야." 잠시 후 마고가 말했다.

"저도요."

"우리 눈에 보이는 가장 선명한 별도 이미 죽은 별이라는 거, 알고 있어?" 마고가 천천히 입을 열었다.

"뭔가 되게 슬픈 말인데요." 나는 마고의 손을 놓았다.

"아니, 그렇지 않아." 그녀는 내 팔짱을 끼며 부드럽게 말했다. "슬픈 게 아니라 아름다운 거야. 별들이 얼마나 오래전에 사라졌는지 아무도 모르지만, 우리는 여전히 별들을 볼 수 있잖아. 별들은 그렇게 계속 살아있는 거야."

별들은 그렇게 계속 살아있는 거였다.

금지된 것

"아무래도 그럴 상황은 아닌 것 같아."

"상황이 아니라고요?"

"상태가 별로 안 좋아." 신입 간호사는 자신의 신발을 내려다보고 있었다.

"저 괜찮아요." 나는 그녀에게 말했다.

"이런 거 안 통해."

"이런 거라뇨?"

"괜찮은 척하는 거."

"저 진짜 괜찮다고요."

"너 지금……."

"뭐요?"

신입 간호사가 내 머리맡 차트를 확인하는 척하는 동안 나는 그녀를 째려봤다.

그녀는 한참 동안 아무 말도 하지 않았다. 나는 다시 대답을 재촉했다.

"왜요?"

"레니, 지금 체온도 높고, 새 약물을 썼는데도 별 차도가 없어. 그리고 너 안 잔 거 나 다 알아."

"쌤이 그걸 어떻게 알아요?"

"린다한테 다 들었어."

"어떻게 그런 야비한 짓을. 아무리 봐도 린다는 믿을 수가 없다니까요."

"레니, 린다는 나이트 근무였어. 환자들을 체크하는 건 간호사로서 당연히 해야 할 일이고……."

"린다가 거짓말하는 거예요. 저 눈 뜬 채로 자서 그런 거예요."

"아니, 넌 안 잤어."

"프랑켄슈타인이 만든 괴물처럼요."

"뭐?"

"아님 박쥐처럼요."

"박쥐는 어차피 눈이 멀었어."

"그래요? 그렇담 왜 굳이 귀찮게 눈을 감는 거죠?"

"레니, 나 진지해."

"저도 진지해요. 제가 어쩌다 눈 좀 뜨고 잤다고 지금 쌤이 절로즈룸에 못 가게 하고 있잖아요."

"그건……."

"린다한테 들은 말 말고 내가 안 잤다고 생각하는 다른 이유라도 있어요?"

"그거." 그녀가 손가락으로 가리켰다.

"내 눈요?"

"아니, 그 밑에 다크서클."

"남의 얼굴을 평가하는 건 무례하다는 거 몰라요?"

"난 지금 무례하게 굴려는 게 아니야. 그냥 네 눈 밑에……."

"네, 있어요. 다크서클요."

"레니, 좀 진정해줄래? 네가 이러니까 생각을 할 수가 없잖아. 그냥 내가 하려는 말은, 아무래도 이번 주는 안정을 취하면서 지내야 할 것 같다는 거야. 네 몸은 지금 쉬어야……."

"제 몸은 안 쉬어도 돼요. 쉬어야 하는 건 제 마음이라고요."

그녀는 금방이라도 울음을 터트릴 것 같은 어린 애처럼 잠시 나를 쳐다봤다. 그런 그녀를 보고 있으니, 난 '여름은 끝났어, 네가 가장 아끼던 곰 인형은 호텔에 두고 왔어, 내일 아침 일찍 학교에 가야 해'라고 말하는 부모가 된 것 같았다.

"레니, 제발."

"알았어요!"

나는 쓸데없이 큰 소리로 외치고는 팔짱을 꼈다. 이제부터 나는 잔뜩 골이 난 척할 생각이었다.

그녀는 가까이 몸을 숙이더니 이렇게 속삭였다.

"이런 걸 내가 직접 결정하게 해준 건 이번이 처음이란 말이야."

"알았다고요." 나는 그렇게 말하면서 팔짱을 풀었다.

어쩌면 호텔 청소부가 곰 인형을 찾아 우편으로 보내줄지도 모르는 일이었다.

그리고 그녀는 나갔다.

그리고 아무도 오지 않았다.

아서 신부님도, 마고도, 피파도.

심지어 이송 요원 폴의 상냥한 얼굴조차 보이지 않았다.

마귀할멈 같은 재키의 눈빛조차 반가울 지경이었지만, 아무도 오지 않았다. 그리고 결국 나는 잠이 들었다. 그렇게 나는 여러 날 동안 잠을 잤다.

행성들이 일직선상에 놓일 때

"우리 강아지, 잘 있었어?"

마고가 내 침대 커튼 뒤에서 빼꼼 고개를 내밀었다.

나는 마고에게 웃는 얼굴을 보여주고 싶었지만, 얼굴 근육이 뜻대로 움직였는지는 알 수 없었다.

마고가 커튼 안으로 들어와 내 머리에 뽀뽀를 했다.

"레니가 로즈룸에 올 수 없다면 로즈룸이 레니를 찾아오면 되지."

마고는 내 침대 옆 탁자 위에 여러 색의 마커 펜이 가득 든 플라스틱 컵과 목탄, 연필이 담긴 필통을 내려놓고, 내 무릎 위에 하얀 캔버스를 놓았다. 그리고 자신도 캔버스를 하나 챙겨 의자에 앉았다.

검은색 연필을 사용해 그녀가 그린 그림은 매우 간단했다. 밤하늘에 한 줄로 늘어서 있는 행성들의 그림이었다.

1987년 8월 16일, 웨스트미들랜즈
마고 제임스, 쉰여섯 살

1987년 8월 16일. 그날은 무려 3년 전부터 달력에 표시되어 있던 날이었어. 험프리에게는 크리스마스와도 같은 날이었지. 아니, 평생 보낼 크리스마스에 생일까지 더한 것과 맞먹는 날이었어. 하모닉 컨버전스(Harmonic Convergence). 태양, 달, 그리고 태양계의 여섯 행성이 완벽하게 한 줄로 정렬하는 날이었지.

물론 험프리는 이날을 기점으로 계몽의 시대가 시작될 거라는 '헛소리'는 믿지 않았지만(그런 소문이 퍼지면서 그걸 축하하는 기념행사가 전 세계에서 벌어졌었지), '평생 단 한 번뿐인 우주 쇼'는 꼭 제대로 보고 싶어 했어. 내가 험프리에게 우린 이미 그런 쇼를 보지 않았었냐고 말했더니, 험프리는 대답 대신 눈썹만 추켜올리더라고.

나는 그 일직선상에 들어가지 않는 두 개의 행성에 오히려 마음이 끌렸어. 그 둘은 다른 모두를 따라 하길 거부하는 것 같아서 좋았지. 다른 힘에 의해 움직이고, 다른 법칙에 지배받는 별이라는 생각이 들더라고.

따로 노는 그 두 개의 행성처럼, 나는 파티에 초대받았지만 가지 않기로 했어. 험프리의 친구들 몇이 런던 천문대에서 파티를 열기로 했었거든. 몇 시간 동안 하늘을 바라보고, 그날 본 것들을 기록한 다음, 음식을 먹고 춤을 추면서 파티를 하겠다는 계획이었지. 천문대 팀만큼 그 우주 쇼를 제대로 즐길 수 있는 사람들은 아마 없었을 거야.

나는 가고 싶지 않은 이유를 험프리에게 설명할 수 없었어. 왜인지 모르겠지만, 그냥 가기 싫었어. 그래서 난 집에서 딸들을 돌보겠다고 자청했지. 그러니 애들을 친구네 농장에 보낼 필요 없다고 했어. 벳과 마릴린이 하늘나라 닭장으로 날아간 후로 우리 집엔 도리스와 오드리 둘뿐이었어. 그 노부인들은 그해 나이가 열한 살이었거든. 험프리 말대로 '닭치고는 상당한 성과'를 이룬 셈이었지.

그래서 나, 도리스, 오드리는 집에 남아, 험프리가 파티용 코르덴 바지를 입고 제일 좋은 망원경을 챙겨서 떠나는 모습을 지켜봤어.

그 집에서 욕실은 가장 추운 곳이어서 목욕을 하는 건 여름에나 가능했어. 난 마침 날씨도 덥고 하니 목욕을 하기로 했어. 욕조에 들어가 한참 동안 책을 읽고 다리 면도도 했어. 그런 다음 새로 구입한 비디오 플레이어로 영화나 한 편 봐야겠다고 생각하면서 욕실에서 나왔지.

그런데 현관 앞 매트에 뭔가가 놓여있는 거야. 조금 전 험프리가 떠날 때는 없었던 거였어. 제임스 부인 앞으로 온 편지였지. 그게 내 이름인 걸 기억해 내기까지는 종종 시간이 좀 걸리곤 했어. 그녀에게서 온 편지라는 걸 알았지.

그녀는 항상 나를 '제임스 부인'이라고 불렀어. 내 결정이 바뀌는 일은 없을 거라는 사실과, 자신은 결코 남자 때문에 성을 바꾸지 않을 거라는 사실을 동시에 상기시키는 그녀의 방식이었지. 하지만 내가 험프리의 성을 쓰게 된 건 무심코 그렇게 된 거였어. 우연이었다고 할 정도로.

나는 편지 봉투를 집어 소파 쿠션 위에 올려놨어. 그리고 그 옆에 앉았지. 슈뢰딩거의 고양이 상자처럼 그 안에는 뭔가 좋은 게 들어있을 수도 있었고, 나쁜 게 들어있을 수도 있었어. 하지만 그녀에게서 온 편지니까 둘 다일 가능성이 컸지.

한두 시간쯤 지나서야 나는 겨우 봉투만 열어볼 수 있었어. 그때쯤이면 험프리가 고속도로를 벗어나 천문대에 도착할 시간이었지. 험프리가 차에서 보온병을 열다가 파티용 코르덴 바지에 커피를 쏟았을 수도 있다고 생각했어. 햇볕이 카펫 위로 슬금슬금 길어지다 이제는 내 발가락 위까지 다가와 있었어. 도리스가 석조 타일 틈새에 혹시 옥수수 알이라도 떨어져 있지는 않을까, 하고 바닥을 쪼면서 부엌으로 들어왔어.

봉투를 잡아당겼더니, 삼각형 모양 덮개에 풀이 제대로 굳질 않아 봉투가 쉽게 열리더라고. 그때 알아챘어야 하는 건데.

열린 봉투 안에서 나를 살짝 내다보고 있는 건 미나와 제레미였어. 제레미는 이제 곧 여덟 번째 생일이 멀지 않은 나이였는데도, 겨우 걸음마를 떼기 시작한 아기 때 사진을 보냈더라고. 제레미는 줄무늬 티셔츠와 기저귀만 입은 채로 기분이 좋은지 팔을 번쩍 들고 있었고, 미나는 두 팔로 제레미의 배를 끌어안고 활짝 웃고 있었지.

내가 그녀를 마지막으로 봤을 때도 그녀는 꼭 이렇게 활짝 웃고 있었어.

✖

　미나와 아기 제레미는 런던의 액튼이라는 동네에 살았고, 런던 오케스트라에서 활동하는 나이 많은 음악가 커플과 집을 함께 쓰고 있었어. 제레미가 아직 두 살이 안 됐을 무렵이었지.

　몇 주째 햇볕이 강하게 내리쬐던 7월 중순의 어느 날이었어. 고속도로를 따라 달리다가 런던이라는 표지판을 지나치자마자, 손바닥에서 땀이 솟기 시작하더군. 나는 차를 운전하고 있는 게 아니라 또 다른 꿈속을 헤매는 기분이었어. 머리가 어질어질했지.

　평소에도 난 차를 타고 미나를 찾아가는 꿈을 자주 꾸곤 했었거든. 그러다 길을 잃거나 차가 고장 나기도 했고, 막상 목적지에 도착해 보면 거기 미나가 없을 때도 있고 그랬지. 차를 직접 운전하는 게 아니라 복잡한 고속도로 위를 달리고 있는 내 차를 멍하게 지켜보는 것 같은 그런 기분이 들더라고. 미나를 보러 가는 길에 차 사고로 죽으면 어쩌지? 그런 생각을 했다가 그래도 그녀를 보러 가던 중이었으니 그 길 위에서 죽는 것도 나쁘지 않겠다는 생각이 들어 스스로도 흠칫 놀라고 말았지.

　마침내 민트 색의 현관문이 있는 집 바깥에 차를 댔어. 기어를 중립으로 놓지도 않은 채로 시동을 끄려고 했고, 그런 다음 사이드 브레이크는 언제 어떻게 당겼는지 기억도 나지 않았어.

　나는 땀을 뻘뻘 흘리고 있었어. 평소 땀이 주로 나는 곳 말고도 머리끝, 허벅지, 엉덩이까지 온몸에서 땀이 나고 있었어. 손에서도 땀이 얼마나 났는지 운전대에 손자국이 그대로 찍혔더라고. 입고 있던 줄무늬 민소매 원피스의 겨드랑이 밑도 땀으로 축축하게 젖어있었어. 나는 운전석 수납함을 열어봤어. 화장지, 물티슈는커녕 지도라도 있으면 부채처럼 부치기라도 할 텐데, 수납함에 있는 거라곤 디저트용 스푼 하나가 전부였어. 험프리에게 차를 빌려주는 게 아니었는데, 나는 스스로를 원망했지.

제레미와 엄마가 된 미나를 만나러 가면서 나는 무슨 옷을 입을까 꽤 오래 고민했고 머리도 공들여 손질했는데, M25번 고속도로를 타고 오면서 땀을 너무 많이 흘리는 바람에 다 망치고만 거지. 나는 미나에게 멋지게 보이고 싶어 했던 나 자신도 원망했어.

뜨거운 차 안에 계속 앉아있어 봐야 상황은 더 나빠질 뿐이었어. 나는 키를 뽑고 차에서 내렸어. 거리는 조용했고, 집의 지붕들은 뜨거운 태양 볕에 이글이글 구워지고 있었지.

현관 앞까지 채 걸어가기도 전에 간유리를 끼운 현관 유리창으로 작은 손 하나가 보였어. 손은 사라졌다가 다시 나타났지. 제레미는 진짜였어. 그리고 나를 향해 손을 흔들고 있었어.

그리고 그녀가 문을 열었어.

"어서 와, 제임스 부인."

미나의 모습에 익숙해지기까지는 시간이 좀 걸렸어. 머리카락은 어깨 길이 단발로 자르고, 멜빵 치마를 입은 채 허리에 아이를 앉혀 안고 있더라고. 그때 나이가 벌써 마흔둘은 됐을 텐데도 제 나이보다 훨씬 어려 보였어. 아이는 또 어떻고. 제 엄마처럼 뭔가 이 세상 사람이 아닌 것 같은 느낌이었어. 곱슬곱슬한 머리카락은 금발이었고, 엄마를 닮아 눈동자는 파란색이었지. 아기는 전혀 낯을 가리지 않아서 안아달라고 나를 향해 팔을 벌렸어. 미나가 아이를 내게 넘겨줬어. 아기가 작은 손으로 내 귀걸이를 잡으려고 하면서 버둥거릴 때, 내 허리에 느껴지는 아이의 무게에 나는 놀라고 말았지.

나는 미나를 따라 천장이 높은 파란색 부엌으로 들어갔어. 벽은 온통 악보로 뒤덮여 있더군. 구석에는 첼로가 놓여있고, 부엌 탁자 위에는 아무것도 들어있지 않은 바이올린 케이스가 열린 채 놓여있었어.

미나는 접시와 종이들이 있던 식탁 한쪽을 치우고 거기 앉았어. 나는 그녀 옆에 앉아 제레미를 내 무릎에 앉혔지. 아기는 어떻게든 내 귀걸이를 잡아보려고 점점 더 팔을 버둥거리고 있었어. 내 무릎 위에서 꼼지락대는 이 작은 아이는 우리가 잃어버린 두 아이의 이름을 땄는데도 그 존재는 너무나도 생생했지. 발그레한 뺨과 천사 같은 머리카락. 나는 뭐라고 말해야 좋을지 알 수 없었지만, 그래도 무슨 말인가 하려고 입을 열었는데 마침 그때 미나가 식탁에서 뛰어내렸어.

"레모네이드 좀 마실래?"

"네가 레모네이드를 만들었어?"

"당연히 아니지. 제프가 만들었어. 다른 건 별론데 요리 하나는 잘해. 레몬 드리즐 케이크도 있어."

나는 둘 다 좋다고 했고, 미나가 부엌 안을 왔다 갔다 하는 모습을 지켜보면서 지나간 모든 시간들 때문에 가슴이 찢어지는 것 같았어. 미나가 또 한 명의 평범한 사람이 되는 동안 그 옆에 있어 주지 못했다는 게 너무 마음 아팠어. 그녀는 이제 접시를 가지고 있고, 책임을 질 줄 아는 사람이 되어 있었어. 그녀의 아들은 비록 닭 이름을 물려받긴 했지만, 분명 그녀의 아이였어. 벽에는 제레미의 손가락을 찍어 만든 콜라주 그림이 붙어 있었고, 제레미를 위한 유아용 의자가 있었고, 집이 있었어. 그리고 미나는 공연장 매표소에서 일도 하고 있었어. 더 이상 내 기억 속 미나가 아니었어. 길들여지지 않은 거친 모습은 이제 없었지.

나는 제레미를 무릎 위에 앉히고 어르면서 아이의 무게감에 다시금 놀랐어. 제레미가 특별히 몸무게가 많이 나가서가 아니라 진짜 사람이라는 느낌이 들어서. 아무것도 없던 상태에서 이런 아기가 만들어지다니.

미나가 옆에 앉아 레몬 드리즐 케이크를 담은 접시를 내게 건넸어. 스펀지케이크 한쪽에 검은색 머리카락 한 올이 삐져나와 있더라고. 나는 그걸 잡아당겼어. 올이 굵었어. 제프라는 사람의 머리카락일까, 생각했지. 목이 몹시 말랐지만, 미나는 레모네이드가 담긴 잔을 부엌 조리대에 그냥 두고 왔더라고. 미나는 케이크 접시를 무릎 위에 놓고 포크로 한 귀퉁이를 잘랐어. 그리고 제레미 앞으로 내밀자, 그가 받아먹었어.

"믿기지가 않아……."

"뭐가?"

"네가 사람을 낳았다는 게." 내가 말했어.

그녀는 환하게 웃었어.

"진짜 신기하지? 나도 신기해."

미나는 제레미를 자기 무릎 위에 앉히고는 자기 티셔츠 자락으로 아기 입술에 묻은 침을 닦아냈어.

"우리 애기 착하지?"

그러면서 미나가 제레미를 공중으로 번쩍 들어 올리는 바람에 하마터면 접시가 바닥으로 떨어질 뻔했지만, 제레미는 좋아서 깩깩 소리를 질렀어.

그리고 난 나를 향해 입을 벌린, 바닥의 심연으로 떨어지고 싶다고 생각했지.

조용한 거실에 앉아, 사진을 손으로 가만히 쓸어봤어. 마냥 행복해하며 깩깩거리던 제레미의 웃음소리가 귓가에 들리는 것만 같았지. 이제는 나이가 들어 더 의젓하고 세심한 아이가 되었겠지? 머리카락은 여전히 금발일까? 제 엄마를 닮아 요정처럼 귀가 뾰족할까? 봉투 안에 다른 건 들어있지 않았지만, 사진 뒷면에 뭔가가 적혀있었어.

약간 삐뚤거리는 글씨체로 '우리 이사 갈 거야!'라는 말과 함께 주소가 적혀있었어. 분명 영어 알파벳이긴 한데, 글자 위에 뜻 모를 악센트 부호가 잔뜩 찍혀있었어.

익숙하면서도 동시에 낯선 그런 효과가 있었지.

미나와 제레미 스타(Meena and Jeremy Star)

32 응우옌 흐우 후안(32 Nguyễn Hữu Huân)

리 타이 또, 호안 끼엠,(Lý Thái Tổ, Hoàn Kiếm,)

하 노이, 베트남(Hà Nội, Vietnam)

미나가 베트남으로 가는구나. 그녀라면 당연히 그럴 수 있었지. 모험을 하고 싶었을 거라고 생각했어. 그동안 너무 오랫동안 그녀답지 않은 모습으로 지냈으니까.

부엌에 있는 코르크판에 사진을 꽂아두려고 자리에서 일어섰어. 그리고 가는 길에 봉투를 쓰레기통에 버리려고 집어 들었는데, 그때야 알게 된 거야. 있어야 할 게 없다는 걸. 우체국 소인도, 여왕 얼굴이 그려진 우표도. 우편물을 보낼 때 응당 지켜야 할 규칙이 전혀 지켜지지 않은 봉투였어. 순간 목이 메고 숨이 가빠졌지. 정확히 기억은 안 나지만 봉투랑 사진을 떨어뜨렸던 것 같아. 그리고 머리카락이 젖은 채로, 몸에는 목욕 수건만 두르고서 급하게 집 밖으로 달려 나갔어.

험프리의 집은 들판 한가운데 있었어. 집으로 이어진 도로는 자갈길이었고, 집에 가까워질수록 풀이 무성해지는 그런 길이었지. 들판 한편에는 키가 큰 검은 나무들이 일렬로 서있어 큰길에서는 이곳이 보이지 않았어.

타이어 자국이 남아있었어. 주로 험프리가 차를 대는 곳까지 이어지지 않고, 도중에 왼쪽으로 돌린 흔적이 있더라고.

그녀가 여기 왔었던 거야.

424

험프리가 떠나고 내가 욕조에서 나오기 전, 그사이에 미나가 직접 봉투를 가져다 놓은 거였어. 나는 8월의 태양 아래, 머리카락의 물을 뚝뚝 떨구며 거기 서서 생각했어. 다 관두면 어떻게 될까? 허공에 대고 마구 소리치고 싶은 기분이었어.

혹시나 제레미와 함께 닭들을 보러 간 건 아닐까 싶어 서둘러 집 뒤쪽으로 달려가 봤어.

뒷마당에는 오드리 혼자 날개를 가지런히 접고 풀밭에 앉아 눈을 감은 채 햇볕을 쬐고 있었어.

미나는 없었어. 나는 그렇게 그녀를 놓쳐버렸지. 내게는 너무나도 모진 장난이었지.

머리 위, 끝도 없이 펼쳐진 하늘에서는 행성들이 한 줄로 정렬하고 있었지만, 나와 미나는 계속 엇갈리기만 할 뿐이었어.

나는 부엌 바닥에 떨어져 있던 사진을 집어 들었어. 보드 앞을 지나칠 때마다 나를 놀릴 미나의 얼굴을 보고 싶지 않았지. 그래서 《제5회 연례 천문학 컨퍼런스, 캘거리, 1972》라고 적힌 험프리의 두꺼운 학회지 사이에 사진을 끼워 넣었어. 사진은 어디 걸리는 것도 없이 얇고 하얀 종이 사이로 쏙 들어갔어. 거기에 사진이 있다는 것도 모를 정도로.

그렇게 미나는 거기 별들 사이에서 지냈어.

당신을 태어나게 한 행복한 우연을
우리 함께 축하합시다

　"약간 따끔할 거야." 간호사가 말했다.

　하지만 꽤 긴 바늘이었고, 그게 피부 깊숙이 들어가는 거라 약간 따끔한 정도가 아닐 거라는 건 이미 알고 있었다.

　눈앞에서 번개가 치는 것 같았다.

　"잘 참았어. 절대 움직이면 안 돼." 의사가 말했다.

　겁 많은 눈물이 뺨을 타고 흘러내렸다.

　"저 원래 아픈 거 잘 참아요." 나는 특별히 누구에게랄 것도 없이 말했다.

　마고가 가만히 내 손을 잡고 말했다.

　"나를 봐, 레니."

　"한 번 더 따끔할 거야." 간호사가 말했다.

　"레니, 우리 어딘가로 떠날까?"

　나는 고개를 끄덕였다.

　"어디 가는 건 안 됩……."

의사가 주의를 주려 했지만, 마고는 이미 이야기를 시작해 나를 미들랜즈의 어느 농가로 데려다 놓았다. 내가 전에 가봤고, 꿈속에서도 가끔 찾아가던 그곳으로.

1997년 3월, 웨스트미들랜즈
마고 제임스, 예순여섯 살

험프리가 누워있어야 할 베개 위에는 카드 한 장이 놓여있었어. 번진 잉크로 이런 메모가 적혀있었지. '*당신을 태어나게 한 행복한 우연을 우리 함께 축하합시다.*'

나는 그 말을 여러 번 음미했어. 누군가의 글을 인용한 걸까? 그럴 가능성이 컸어. 험프리는 셰익스피어 작품이야말로 제대로 읽어볼 가치가 있다고 종종 나를 설득시키려고 했었거든. 그러다 내가 정작 자기 말을 따르면 실망할 거라는 것도 난 알고 있었지.

화창한 3월 아침이었어. 유리창 한 귀퉁이에 낀 성에가 햇볕을 받아 반짝였어. 부엌에서 들리는 딸그락 소리에 저절로 미소가 지어지더라고. 험프리가 아래층에서 어설프게 뭔가를 하는구나 싶었어.

나는 이불을 걷어내고 가운을 걸친 다음 여러 켤레의 슬리퍼 중 하나를 신었지. 아래층 돌바닥은 여전히 차가웠거든. 카펫이 깔리지 않은 부분을 디디면 얼음장에 발을 댄 것처럼 따끔거렸어.

베이컨과 케이크 굽는 냄새가 먼저 나를 맞았어.

나는 계단 아래 선 채로 부엌에 있는 험프리를 지켜봤어. 요리용 타이머가 울리자, 그는 오븐에서 케이크를 꺼냈어. 한 손으로는 마른행주로 부채질을 해 케이크의 열기를 식히면서 다른 한 손으로는 냄비에 든 뭔가를 젓고 있더라고. 그게 뭔지는 몰라도 거기서 김이 무척 많이 나고 있었지. 라디오에서는 재즈 음악이 흘러나오고 있었고, 그때 그가 스푼을 떨어뜨리고는 작게 혼잣말로 욕을 했어. 기분 좋아야 할 광경이었지만, 마냥 그럴 수만은 없었지.

식탁 위에는 풍선 세 개와 엉터리로 포장한 분홍색 선물 상자, 그리고 내게 쓴 카드가 놓여있었어.

나는 조용히 부엌으로 갔어.

"험프리?"

"아, 오늘의 주인공이 오셨군!" 험프리는 미소를 지으며 돌아섰어.

나는 그의 얼굴에서 뭔가를 찾았지만, 찾을 수가 없었어.

"이게 다 뭐예요?"

"아내가 예순여섯 살이 되는 날이 매일 오는 건 아니잖소!"

이렇게 말하고는 자기가 생각해도 웃긴지 껄껄거리고 웃었어. 그는 라디오에서 나오는 음악을 따라 휘파람을 불기 시작했지.

"내 생일이 언젠지는 알고 있는 거죠, 그렇죠?" 내가 조심스럽게 물었어.

"당연하지!" 그는 내 코를 두드리며 말했어.

"언젠데요?"

"1월 18일이지!"

그는 그런 걸 왜 물어보냐는 듯 이상한 눈으로 나를 봤어.

난 할 말을 잃고 말았지.

"건포도를 럼주에 절였어." 그는 조리대에 올려놓은 케이크를 오븐 장갑으로 부채질하며 말했어.

냄비에 든 건 잼이 되는 초기 단계인 것 같았어. 그는 나무 스푼으로 산딸기를 꾹꾹 짓이겼지.

"그렇지만, 우리 이미 내 생일 축하했잖아요." 나는 오븐을 끄러 가면서 말했어. "우리 식물원 갔었잖아요. 당신 여동생이랑 점심도 같이 먹고요. 1월에."

"우리가?" 그가 물었어.

나는 울기 시작했어.

의사의 코르덴 바지에 얼룩이 묻어있었어. 무릎 바로 위였는데, 그게 자꾸 내 신경을 건드리더라고. 녹색 바지에 묻은 노란 얼룩이었지. 아마도 커리 소스가 아닐까? 아님 레몬 잼?

의사가 뭔가를 설명하면서 손을 움직였어. 나는 억지로 바지에서 시선을 떼고 그가 하는 말에 집중하려고 노력했지.

"그냥 좀 헷갈렸던 거야. 다들 한 번씩은 그러잖아." 험프리는 그 생일 파티 후로 하루에도 몇 번씩 이 말을 반복했어.

선물은 나비가 그려진 부드러운 실크 스카프였어.

"괜히 소란 피울 거 하나도 없다니까. 난 정말 괜찮아."

의사는 고개를 끄덕였지만, 험프리 말에 동의하는 것 같진 않았어.

"살다 보면 그럴 수 있죠. 하지만⋯⋯." 의사는 이렇게 말하며 나를 슬쩍 쳐다봤어. "아내분께서 말씀하신 내용을 들어봤을 때, 제 소견으로는 몇 가지 검사를 해보시는 게 맞는 것 같습니다. 만일의 경우에 대비해서요."

험프리는 고개를 끄덕였어. 그는 아주 작아 보였어. 늙고, 겁먹은 사람 같았지.

"먼저 피 검사를 할 거예요." 내 시선이 다시 얼룩으로 가있을 때 의사가 말했어. 화이트 와인으로 얼룩을 뺄 수 있지 않을까, 그런 생각을 하고 있었지. "그런 다음 간단한 기억력 테스트를 할 거고요." 베이킹소다를 쓰면 효과가 있지 않을까? 마른 칫솔에 묻혀 문지르면 얼룩이 빠질 것 같았지. "검사 결과가 나오면 그걸 가지고 다시 얘기 나누도록 하시죠."

의사는 험프리에게 손을 내밀고 둘은 악수를 했어. 그리고 나와도 악수를 했지. 우리가 일어서자, 그는 자신의 녹색 바지를 손으로 가볍게 쓸어내렸고, 나는 고개를 돌려야 했어.

험프리가 복도에서 말했어.

"난 정말 괜찮아. 어쩌다 보니 그냥 좀 늙은 것뿐이야."

좀벌레

"좀벌레가 돌아왔단다."

순간 나는 침대에서 떨어진 줄 알았다. 몸이 아래로 갑자기 뚝 떨어지며 땅이 솟구쳤고, 금방이라도 바닥에 얼굴이 닿을 것만 같은 느낌이 들었다.

나는 거칠게 숨을 헐떡이며 일어나 앉았다.

"미안, 놀랐구나. 난 그저……."

내 앞에 서있는 남자에게 초점을 맞추기까지 약간의 시간이 필요했다. 그는 청바지에 셔츠, 그리고 깔끔한 파란색 스웨터를 입고 있었다.

"아서 신부님?" 내가 작게 속삭였다.

"안녕, 레니." 내가 작게 말해서인지, 신부님도 작은 목소리로 속삭이듯 말했다.

"청바지를 입으셨네요."

"그래."

"신부님 진짜⋯⋯."

신부님이 미소를 지으며 내 말을 따라 했다. "진짜?"

"달라 보여요. 뒷다리로 걸어 다니는 강아지 같아요."

신부님은 큰 소리로 웃었다.

"다시 만나니 정말 반갑구나, 레니."

신부님은 내 몸에 새로 부착된 기계 장치를 건드리지 않도록 조심하면서 침대 옆 의자에 앉았다.

"그동안 시간이 얼마나 지났죠?" 내가 물었다.

"몇 주 됐지." 신부님은 당황한 표정을 지었다. "그동안 컨퍼런스에 다녀왔단다. 내가, 어⋯⋯ 동료들한테 네 얘기를 좀 했는데. 그래도 괜찮은 거지?"

"그분들은 뭐라고 하세요?"

"다들 관심 있어 하더구나. 네가 그리고 있는 그림 백 개에 관해 말해줬거든. 정말 의미 있는 시도라고 다들 그랬어."

"그럼 저 이제 유명해진 건가요?"

"이번에 은퇴한 신부들 사이에서는 그렇지."

"그렇게 되는 게 항상 제 꿈이었어요."

신부님은 웃었다.

"있죠, 저 열일곱 번째 그림 완성했어요."

"그랬어? 열일곱 번째 해를 기념하기 위해 뭘 그렸는데?"

"제 생각에 그동안 그린 그림 중 이게 제일 나은 것 같아요. 하얀 캔버스에 백 개의 하트를 그렸거든요. 여든세 개는 자주색으로, 열일곱 개는 핑크색으로요."

"레니와 마고를 상징하는 거구나?"

"맞아요."

"다시 보니 정말 반갑구나, 레니." 신부님이 다시 말했다.

그때 내가 약간 기침을 하자, 아서 신부님이 컵에 물을 따라 내게 건넸다. 처음 한 모금은 잘 넘어갔는데, 일부가 목에 걸리며 아까보다 기침을 더 심하게 했고, 입에서 줄줄 흘러내린 물을 나는 어쩔 수 없이 컵으로 받아야 했다.

아서 신부님은 내가 유령이라도 되는 것처럼 나를 보지 않으려고 어색하게 고개를 돌렸다.

"저 아파 보여요?"

"내가 보기엔, 음……."

"그렇단 말이네요."

"숙녀의 외모를 지적하면 안 된다고 배우면서 자랐거든."

신부님은 그렇게 말하고 웃었지만, 얼굴은 슬퍼 보였다.

"참, 좀벌레를 보셨다고요?" 나는 입안의 끈적거리는 걸 꿀꺽 삼킨 다음 물었다.

"아, 그래. 내가 욕실에 먼지를 닦아내면서……."

"먼지를 닦아요?"

"미안, 뭐라고?"

"그냥…… 욕실에는 먼지가 잘 안 생기지 않나요?"

"우리 집 욕실에는 먼지가 없지. 내가 닦았으니까."

나는 웃었고, 신부님은 방문객용 플라스틱 의자가 마치 편안하고 푹신한 소파라도 되는 것처럼 편하게 등을 기댔다. 그러다 쿠션 속에 신부님이 폭 파묻히는 건 아닐까 생각될 정도였다. 아니면 푹신한 쿠션이 더 생기면서 그 속으로 신부님이 빨려 들어가는 건 아닐까 싶었다.

"하던 얘기 계속해도 될까?" 신부님이 물었다.

나는 고개를 끄덕였다. 신부님은 또 중간에 끼어들지 말라는 눈빛을 보내면서 다시 이야기를 시작했다.

"욕실 먼지를 닦아내던 중이었어."

나는 아무 말도 하지 않았고, 신부님은 이야기를 이어갔다. "나는 힐 부인에게 바닥 청소할 때 청소 세제를 사용하지 말라고 하면서 앞으로 욕실 청소는 전적으로 내가 맡아 하겠다고 했지. 힐 부인은 청소 세제로 청소하지 않으면 '바닥에 세균이 우글거려 비위생적이에요'라고 하더라고. 내가 바닥에 세균이 우글거리는지 어떻게 확신하냐고 물었더니, 힐 부인은 그냥 안다는 거야. 나는 청소 세제가 좀벌레에게 해를 입히는 게 싫다고 말했지. 그러니까 힐 부인이 좀벌레가 거기 있는지 어떻게 아냐고 묻기에, 내가 그랬지. 나도 그냥 아는 거라고. 힐 부인은 웃으면서 내 말대로 하겠다고 했어."

신부님은 좀벌레 얘기를 계속했다. "그래서 좀벌레들이 주로 돌아다니는 목조 널빤지 주변을 건드리지 않게 조심하면서 욕실에서 먼지를 닦고 있었거든. 그러다 한 마리를, 세면대 아래에서 본 거야. 믿겨지니? 세면대는 문에서 상당히 먼 곳인데, 특히나 좀벌레한테는 거기가 얼마나 더 멀겠니. 나는 녀석이 안전한 곳을 찾아 세면대 아래로 스르르 기어가는 걸 지켜봤지. 그리고 해칠 의도는 전혀 없다고 속삭이고는 얼른 욕실에서 나왔어. 불을 끄고 문도 닫고, 녀석이 집에 돌아가 친구들에게 나 무사히 돌아왔다고 말하길 바라면서."

나는 미소 지었다.

"나 미친 거 아니다." 신부님은 지레 이렇게 말했다.

"당연히 아니죠."

"난 그냥 걔들을 보호해줘야 한다는 생각이 들었어."

나는 고개를 끄덕였다. 신부님은 한숨을 내쉬었다.

"진실을 알고 싶니?" 신부님이 물었다.

"언제나요."

신부님은 의자에 앉아 팔꿈치를 무릎에 대고 몸을 앞으로 기울였다.

"은퇴한 후로는 혼자 뭘 해야 할지 모르겠어. 내 기분이 어떠냐면……." 신부님은 잠시 말을 멈췄다. "길을 잃은 기분이야."

"여기서 일하는 게 좋으셨어요?" 내가 물었다.

"정말 좋았지."

"그럼 돌아오세요."

"그럴 순 없어. 이미 내 자리에는 데릭이 와있고, 데릭은 젊고 괜찮은 사람이야. 그건 옳은 일이 아니지. 아무튼 나는 너무 늙었어. 아 레니, 내 얘기만 해서 미안하구나. 환자는 너고, 난 너를 문병 온 건데 말이야."

"돌아오세요." 나는 다시 말했다.

"그럴 수 없다니까."

"오실 수 있어요. 주임 신부로는 아니더라도, 다른 일을 하실 수도 있잖아요. 봉사 활동을 하실 수도 있고, 사람들에게 책을 읽어줄 수도 있고, 미술실에서 피파를 도와주실 수도 있고요."

"어쩌면."

"어쩌면이 아니라, 당연히 하실 수 있어요."

"정말 그렇게 생각하니?"

"신부님이 제 좀벌레 같아서 그래요."

"뭐라고?"

"전 그냥 욕실 먼지를 닦고 있었을 뿐인데, 신부님이 벌써 개수대까지 와 계시잖아요! 문 옆 목조 널빤지로 돌아오셔야죠. 원래 살던 곳으로 돌아오세요."

밤을 두려워하기에는
나는 별을 너무도 깊이 사랑했다네

1998년 2월, 웨스트미들랜즈
마고 제임스, 예순일곱 살

험프리가 알츠하이머 진단을 받고 나서 곧 우리는, 그러니까 험프리와 나는 계약을 맺었어. 계약 내용이 뭐였냐면, 험프리가 내가 누군지 기억하지 못하는 날이 오면, 나는 그에게 잘 자라고 말하고 평생 다시 못 해볼 진한 키스를 해준 다음 다시는 돌아오지 않는다는 거였어. 처음에 난 반대했어. 절대 그를 떠나지 않을 거고, 마지막까지 함께 할 거라고 했지. 그때쯤이면 우리가 남남이나 마찬가지라 해도 상관없었어.

하지만 험프리는 고집을 꺾지 않았어. 결국 내가 사인하게 했지. 계약서는 험프리가 직접 썼기 때문에 물론 글씨는 전혀 알아볼 수가 없었어.

"나는 이미 별들과 함께 어딘가로 올라가 버렸는데, 당신이 몇 달을, 몇 년을 내 옆에 남아 힘들어할 걸 생각하면 견딜 수가 없어. 그러지 않겠다고 약속해, 마고. 그래야 내 마음이 편할 것 같아."

그 말을 듣고 나는 울었어. 그도 울었고. 그리고 나는 거기에 사인했어.

그래도 우리는 운이 좋은 편이었어. 험프리는 1년에 걸쳐 여러 기억을 잃었지만, 나를 잊진 않았거든. 11개월이 될 무렵부터 증상은 급격히 악화되기 시작했어. 그는 가끔 험프리였고, 가끔은 험프리가 아닌 다른 사람이었어.

계약서에는 어느 시점에 그가 요양원에 들어갈 것인지, 그런 내용도 적혀있었어. 그리고 그날은 너무 빨리 찾아왔지. 그가 요양원으로 들어갈 때 나는 함께 갈 수 없게 돼있었어. 요양원 직원들이 짐을 싸는 걸 도와주기만 하고, 나는 그를 혼자 보내야 했지. 온통 그의 손길이 닿지 않은 데가 없는 그 집에 혼자 남아 뭘 해야 할지 모르겠더라고. 그래서 난 다락으로 올라가 험프리의 가장 큰 망원경으로 하늘을 봤어. 그 망원경은 사이즈가 너무 커서 1인용 침실에는 맞지 않는다고 요양원 직원이 못 가져가게 했던 거였어.

험프리는 요양원에 간 지 3일이 지났을 때, 내가 방문해도 좋다고 허락했어.

내가 센터 안에서 이런저런 일들을 처리하느라 부산하게 움직이고 있을 때, 험프리는 말했어.

"내 방 창문에서 안마당이 보여."

한 손에 지팡이를 들고 의자에 앉은 험프리의 모습이 이곳과는 어울리지 않아 보였지.

나는 방문객 명부에 사인을 하고 그에게 다시 갔어. 나를 안아줄 줄 알았는데, 그러지 않더라고.

"안마당이 보인다고!"

내가 자기 말을 안 듣고 있었다는 듯이 그 말을 반복하더군.

"우리 어디 좀 앉을까요?"

내가 물었더니 그는 앞장서 긴 복도를 걸어갔어. 입소하기 전에 우린 어떤 요양원이 그에게 맞을지 신중히 따져보면서 함께 이곳을 둘러봤었지. 하지만 그때와는 느낌이 완전히 달라서, 마치 학교가 끝나고 난 뒤에 몰래 건물 안으로 다시 들어간 기분이랄까? 우리 둘 다 거기 있으면 안 될 거 같은 그런 기분이 들었지.

"그나마 여기가 제일 나아." 그는 나를 '더 필드'라는 이름의 한 작은 휴게실로 데리고 가며 말했어. "중앙 휴게실은 냄새가 지독해. 냄새가 그렇게 지독한데 왜 다들 아닌 척하는지 알 수가 없다니까. 아무 데나 놓고 간 찻잔에, 이상한 인간들이 우글거려서 썩은 양배추 냄새가 나. 이 망할 요양원에서는 어딜 가나 셰퍼드 파이 냄새가 난다니까."

그는 팔걸이가 있는 의자에 앉았어.

"아직 셰퍼드 파이를 받지도 않았는데 냄새가 폴폴 풍겨!"

나도 모르게 웃음이 났어. 그가 이곳과 어울리지 않을 거란 걸 난 진작에 알고 있었어. 적어도 그러길 바랐었지.

"여기 사람들 전부 다 너무 늙었어." 그가 말했어.

"우리도 늙었어요!"

"우리는 그렇게 늙진 않았지. 절대 그렇게 늙진 않을 거야. 우리는 절대 포기하지 않을 거라고. 그게 바로 다른 점이지."

더 필드 룸에는 팔걸이가 있는 의자가 예닐곱 개, 커피 테이블 두세 개가 여기저기 흩어져 있었고, 사람은 우리밖에 없었어. 모든 게 노란색 또는 초록색이었어. 벽도, 의자도, 카펫도. 나머지 창들과는 달리, 요양원 옆의 넓은 들판을 내다볼 수 있는 커다란 창이 하나 있었어. 들판 끝에는 나무들이 길게 일렬로 늘어서 있었고.

"그래서 당신이 이 방을 좋아하는군요. 여기 지내면서 뭐 좋은 점은 없었어요?"

"아직까지는. 내 망원경을 가지고 저 복도를 지나오려면 야간 근무자들 교대 시간을 알아야 해. 안 그러면 걸려서 당장 침대로 돌아가라고 할 걸."

"망원경을 가지고 와도 되는지, 직원한테 그냥 물어보면 되잖아요."

"그 사람들, 보건 안전 문서에 사인부터 해야 할 텐데? 그렇게 해줄 리가 없어."

"누구 괜찮은 사람은 없었어요?" 내가 물었어.

"당연히 없었지."

"그렇지 않을 거예요." 나는 그의 무릎을 손으로 꽉 잡았어.

그가 내 눈을 똑바로 바라봤는데, 그 눈빛이 뭘 의미하는지는 모르겠지만, 확실히 좋은 느낌은 아니란 건 알겠더라고. 턱수염이 집을 떠날 때보다 깔끔하게 다듬어져 있더군. 요양원에서 해준 건지 물어보고 싶었지만, 그랬다면 그는 분명 무척 자존심 상해했을 게 뻔해서 묻진 않았어.

"그러니까, 당신 방이 안마당을 향하고 있다고요?"

"빌어먹을 야외 조명등을 저녁 6시부터 오전 6시까지 내내 켜두더라고. 아무것도 안 보여."

"방을 바꿔 달라고 해보면 어때요?"

"벌써 물어봤어. 3개월 내로는 안 된대. 별도 못 보고 3개월을 버텨야 하다니. 아마 그전에 미치고 말 거야."

"그럼 집으로 와요."

그게 좋은 생각인지 고민할 겨를도 없이 나는 불쑥 말했어. 아이를 기숙 학교에 보낸 부모의 마음이 이런 거겠구나 싶었어. 아이를 찾아갈 때마다 다른 사람이 되어있고, 그다음에 다시 찾아가면 또 완전히 다른 사람이 되어 있는 아이를 볼 때 느끼는 죄책감과 슬픔. 그런 기분을 나도 느꼈지.

나는 그의 대답을 기다렸지만, 그는 한동안 대답하지 않았어.

"난 괜찮아. 도미노 게임이나 할까?" 그가 물었고, 난 울고 싶어졌어.

"내가 당신 대신 별을 보면 어때요?" 험프리가 도미노 게임에서 이기고 흡족해할 때, 내가 물어봤어.

"흠."

나는 그의 반응에 개의치 않고 계속 밀어붙였어.

　"큰 망원경, 그거 아직 그대로 세워놨거든요. 뭘 찾아봐야 하는지 당신이 말해주면 내가 찾은 다음에……."

　"전화해 줘. 당신이 본 걸 설명해 줘." 그가 말했어.

　"우리 그렇게 해볼까요?"

　"해보지 뭐! 소믈리에의 전화를 받는 알코올 중독자 같은 꼴이겠지만."

　그래서 매일 저녁 난 망원경 앞에 앉아 험프리의 방으로 전화를 걸었어. 그리고 밤하늘에 보이는 모든 것들을 최대한 세심하고 정확하게 설명했지. 그는 내게 뭔가를 묻기도 하고, 망원경을 이쪽으로 또는 저쪽으로 몇 도 움직여봐라 시키기도 하고, 지난번 어느 위치에서는 어떤 별이 보였는지 떠올리기도 했어. 통화를 할 때면 항상 그가 연필로 뭔가를 끄적거리는 소리를 들을 수 있었지. 밤하늘이 훨씬 잘 보이는 곳으로 방을 옮긴 후에도 정확히 7시 30분만 되면 나는 그에게 전화를 걸곤 했어. 그리고 뭐가 보이는지 말했고, 자신도 그게 보이는지 내게 말하곤 했어. 멀리 떨어져서도 같은 곳을 바라보고 있으니 계속 연결돼 있다는 기분이 들었어.

　그러던 2월의 어느 화요일, 내가 전화를 걸었는데 험프리가 전화를 안 받는 거야. 그래서 다시 전화했지.

　"여보세요?" 젊은 여자가 전화를 받았어.

"저, 험프리 씨와 통화를 하고 싶은데요. 험프리 제임스요."

"아, 전화주신 분이 누구시죠?"

"마고…… 험프리 아내예요."

"마고, 제임스 부인, 안 그래도 전화 드리려던 참이었어요. 험프리 씨가 욕실에서 나오다가 넘어지는 사고가 있었어요. 지금 의사 선생님께서 진찰하고 계시고요. 결과가 나오는 대로 부인께 알려드리도록 하겠습니다."

"제가 가봐야 하지 않을까요? 지금 바로 갈까요?"

"죄송합니다만, 제임스 부인, 오늘은 면회 시간이 끝나서요. 그래도 혹시 의사 선생님께서 심각한 상황이라고 하시면, 저희가 따로 연락을 드리겠습니다. 일단은 좀 기다려주세요."

다음 날 아침, 나는 요양원으로 차를 몰았어. 결론은 그냥 멍이 든 정도라고 했지만, 나는 왠지 배신감이 느껴졌어. 우리는 그렇게 늙지 않을 거라고 호언장담하더니. 이제는 목욕할 때 누가 도와줘야 했고, 문이 달린 욕조를 사용해야 했지.

간호사가 되기엔 너무 어려 보이는, 카디건에 자선단체 배지를 주렁주렁 단 젊은 간호사가 나를 더 필드 룸으로 안내했어.

"이 방을 제일 좋아하세요." 그녀가 말했어.

"저도 알아요." 나는 웃어보려 했지만, 내 표정은 한 번도 웃어본 적 없는 사람처럼 어색하기만 했어.

"놀라실까 봐 미리 말씀드리는데, 지금 다리에는 붕대를 감았고, 부기를 가라앉히기 위해 다리를 올리고 계세요. 그거 말고는 기운이 넘치세요."

그녀는 웃으면서 나를 위해 문을 열고 잡아줬어.

그는 창밖을 보고 있었고, 들은 대로 정강이 부위를 붕대로 감은 채 쿠션 세 개를 쌓아 그 위에 다리를 올리고 있더군.

나는 그 옆에 앉았어.

"여보? 괜찮아요? 넘어졌었다고 하던데."

그는 나를 향해 고개를 돌렸어.

"내 고추를 모두 다 봤어!"

그렇게 말하면서 그는 웃음을 터트렸고, 나도 웃었지.

세 판 연속으로 도미노 게임을 하면서 자꾸 날 속이려 드는 험프리를 보니, 괜히 뺨에 뽀뽀해 주고 싶은 마음이 들더라고. 얼굴 피부가 쭈글쭈글하긴 했어도, 여전히 그였어.

"우리 약속은 잊지 않았겠지?" 그가 물었어.

나는 의자를 가까이 끌어당겨 그의 손을 잡았어.

"잊지 않았어요."

"나 진심이야, 마고. 내가 가버린 뒤에 당신이 여기 오는 게 난 싫어. 내가 여기 있지도 않은데 왜 당신이 여기 앉아있어야 해?"

"알아요. 기억하고 있어요."

"약속할 거지?"

"계약서에 사인도 했잖아요, 안 그래요?"

"나 진짜 진지해."

"약속할게요."

"내가 당신 사랑하는 거 알지? 당신은 내 별이야, 마고."

"저도 사랑해요."

그러더니 그는 발을 앞으로 쭉 뻗으면서 상체를 뒤로 기댔어. 내가 지난 크리스마스에 사준 양말을 신고 있더라고.

"그 친구…… 그 사람한테서는 무슨 소식 없었어?"

"그 친구라뇨?"

"런던에 살던 친구 있잖소. 제레미 엄마였나? 아, 이름이 기억이 안 나네!"

"아, 미나요?"

"그래, 맞아. 미나한테서는 소식 없었어?"

"마지막으로 편지 온 게 지난 크리스마스였어요. 제레미가 벌써 열여덟 살이 됐다네요. 국제학교에서 운영하는 대학에 다니기 시작했다고 하더라고요."

"그 친구도 잘 있고?"

"그런 것 같아요."

"당신도 편지해." 그가 말했어.

그날 나머지 시간 동안은 우리가 뭘 했는지, 심지어 헤어질 때 어떻게 인사했는지, 아무리 애를 써도 기억이 안 나. 그동안 험프리를 찾아가서 함께 지낸 시간과 헤어질 때 나눈 인사가 전부 뒤섞인 탓이겠지. 때로는 그날 상황을 옆에서 관찰한 것처럼 무심코 떠올려 보려고도 해봤어. 그러면 마지막 만남이 된 그날 일들이 실타래 풀리듯 술술 기억날 것 같았거든. 하지만 생각처럼 되질 않았어.

그날 밤 나는 별똥별을 봤고, 꼭 직접 만나 그 얘길 해주고 싶더라고.

다음 날, 나는 특별히 당근 케이크를 만들었어. 그동안 이틀 연속으로 요양원을 찾아가는 일은 거의 없었기 때문에 험프리가 깜짝 놀라길 기대하면서.

간호사는 전날 입었던 카디건을 그대로 입고 있었어.

"어디 계실지는 짐작되시죠?" 그녀는 웃으며 말했어.

"더 필드 룸이요?"

그는 전날과 똑같은 자리에 앉아있었어. 새 양말을 신고 다리는 여전히 쿠션 위에 올려놓은 채로. 햇살이 따뜻하게 카펫 위로 내리쬐고 있었고, 주변은 조용하고 평온했지. 그는 창밖 들판을 보고 있었어.

나는 옆자리에 앉았어.

"안녕, 험프리." 내가 말했어.

그가 입을 열었지.

"안녕하세요!" 그는 따스한 말투로 인사했어.

"놀라게 해서 미안해요." 내가 말했어.

"전혀 놀라지 않았어요."

"당신이 당근 케이크를 먹고 싶어 할 것 같아 만들어 왔어요." 나는 가방에서 케이크 상자를 꺼냈어.

"고마워요. 당근 케이크는 내가 제일 좋아하는 거예요." 그가 말했어.

"나도 알아요."

"그걸 어떻게 아세요?"

"당신이 말했으니 알죠."

"내가요?" 그는 얼굴을 찡그렸어.

나는 케이크 한 조각을 잘라 가지고 온 작은 접시에 담아 그에게 내밀었어. 나는 시간을 벌고 있었던 거지.

"여깄어요."

그는 약간 의아하다는 듯이 나를 쳐다보며 접시를 받았어.

"다리는 좀 어때요?"

그는 다리에 붕대가 감겨있는 걸 처음 본 것처럼 자기 다리를 내려다봤어.

"이게 무슨 일인지 난 도통 모르겠군요!"

"난……."

"실례되는 소리일지 모르겠지만, 그쪽이 누구신지 전혀 기억이 안 나서 말이에요."

낭떠러지 아래로 떨어지는 기분이었어. 하지만 난 용케 넘어지지 않고 앉아있었지.

"전 마고예요." 내가 말했어.

"마고." 그는 몇 번 내 이름을 입으로 불러보는 것 같았지만, 전혀 알아보는 기색은 아니었어. "참 좋은 이름이네요."

"고마워요." 내가 말했어.

심장이 빠르게 뛰고, 가슴도 마구 떨렸어.

"절 어떻게 아시죠, 마고?" 그가 물었어.

"아, 우린 오랜 친구 사이예요."

"우리가요? 정말 미안해요. 그런데도 기억을 못하다니!"

"괜찮아요. 우리가 만난 건 오래전이었어요." 적어도 그 말은 사실이었지. "하지만 괜찮아요. 제가 누굴 좀 찾고 있었거든요."

"특별한 사람인가요?"

"제 나머지 반쪽이요." 내가 말했어.

눈에서 눈물이 솟아올랐어. 나는 케이크 접시를 내려놓고 그 사람 앞에 섰어. 사랑스러운 그의 뺨을 두 손으로 감싸고 그의 눈을 들여다봤어.

"제가 약속했던 게 있어요." 나는 그에게 말했어.

그는 약간 당황해하면서도 다정하게 웃었어. 나는 그의 밝은 눈동자와 내 손에 닿은 따뜻한 피부의 감촉을 내 기억 속에 담은 다음, 그의 입술에 오랫동안 키스했어. 그런데 놀랍게도 그가 내 키스를 받아주더군. 기억을 잃었을 때조차 그는 자기에게 온 기회를 놓치지 않는 그런 사람이었어. 그러고 나서 나는 그에게 말했지.

"잘 있어요, 험프리 제임스. 당신을 만나 정말로 행복했어요."

그는 나를 향해 어색하게 미소를 지었어.

내가 문을 여는데, 그가 물었어.

"참, 당신이 찾고 있다던 그 사람은 누군가요?"

"사랑하는 사람이요." 나는 우는 모습을 보이지 않으려고 뺨에 흐른 눈물을 슬쩍 닦아내며 대답했어.

"그렇군요. 분명 그 남자를…… 혹은 여자를 찾을 수 있을 거예요."

"고마워요."

"오늘 밤하늘을 꼭 올려다보세요! 평생 한 번뿐인 우주 쇼가 펼쳐질 거니까."

나는 곧바로 그 자리를 떠날 수밖에 없었어. 그러지 않으면 절대 못 떠날 것 같았고, 그러면 그에게 한 마지막 약속을 깨는 셈이었으니까.

"가야겠어요." 나는 목이 메어 겨우 말했어.

"그럼, 잘 가요, 마고. 그리고 키스해줘서 고마워요."

그는 이렇게 말하고 한쪽 눈을 찡긋했어.

몇 달 후, 험프리 제임스는 망원경을 옆에 두고 창가 의자에 앉아 잠이 든 채로 그렇게 편안히 세상을 떠났어.

자줏빛 아침

1998년 5월, 웨스트미들랜즈
마고 제임스, 여전히 예순일곱 살

자줏빛은 아침의 색
음산한 천체가 천천히 몸을 굴려
짙은 어둠이 파란 잉크빛으로 바뀌는
그 순간

빛,
새벽,
그리고 낮.

우리는 생각한다
햇살이 비치는 시간이 어제보다는 몇 분 더 지속되리라

우리는 그날을 수요일이라고 부를 것이다
하지만 그날은 수요일도, 일주일 중 어느 요일도 아닌,
다만 그것은,
어둠의 틈새로 쏟아져 나온
새로운 빛

누가 확신하며 말할 수 있을까?
그날이 다시 올 거라고

이 빛 속에서 사람들이 관을 나른다
이 수요일에, 우리는 작별 인사를 한다
빛의 틈새를 비집고 나온
슬픈 어둠

보라색과 흰색의 예복을 입은 사제가
우리에게 말한다
"자줏빛은 애도의 색입니다"

  험프리의 장례식에는 정말 많은 사람들이 참석했어. 시댁 쪽
가족이 워낙 많은데다가 천문대 직원들도 전부 왔고, 해외에서
온 사람도 몇 명 있었지. 험프리의 여동생이 나랑 일주일 동안
함께 지내며 장례식 준비와 진행을 도와줬어. 심지어 카디건을
입고 있던 요양원의 간호사도 마지막 인사를 하러 왔더라고.

장례식에서 나는 사라 윌리엄스의 시를 읽었어. 우리가 처음 만났을 때, 험프리가 내게 적어줬던 그 시 말이야. 내 언어로는 어떤 감정도 제대로 표현할 수가 없었거든. 장례식을 치른 그날 밤, 잠은 오지 않았고 마음을 추스르기 위해 내가 할 수 있는 거라곤 별을 바라보는 일뿐이었어. 그때 험프리를 위해 시도 한 편 썼지.

그리고 모든 게 다 끝이 났어. 험프리의 여동생은 집으로 돌아가야 했고, 정신을 차려보니 나 혼자 남아 설거지를 하고 있더라고.

나는 험프리 생각을 하지 않으려고 일부러 라디오를 틀었어. 우리 모두가 앉아있던 그 교회의 관 속에 마치 잠든 것처럼 누워있던, 차갑게 식은 그의 모습이 머릿속에서 떠나질 않았어. 라디오에서는 팝송이 흘러나왔지. 그래서 난 노래를 불렀어. 가사를 알고 있었는지조차 몰랐던 그 노래를 따라 불렀어. 험프리의 관이 땅속으로 내려지는 광경이 눈앞에 어른거려서, 여동생이 울면서 관 위로 흙을 한 줌 던지던 모습이 떠올라 나는 더 크게 노래를 불렀어. 그렇게 계속 큰 소리로 노래를 부르다 보니, 이제 나는 장례식이 아니라 요양원의 더 필드 룸에 가있었어. 내 손에 그의 얼굴이 있고, 그 사람이 나를 올려다보고 있었어.

나는 그에게 키스했지.

그리고 그가 말했어…….

건조대 위에 올려놓은 접시 하나가 미끄러지며 바닥에 떨어져 산산조각이 났어.

나는 깨진 접시 옆 바닥에 주저앉고 말았지. 왜냐하면 그때, 내가 험프리 제임스를 봤던 그 마지막 순간에, 사실 그 사람은 나를 잊은 게 아니었다는 직감이 들었거든. 그런 척했던 거였어.

그는 내 키스를 받아줬었어. 그리고 웃었고. '평생 한 번뿐인 우주 쇼가 펼쳐질 거'라고도 말했지. 평생 한 번뿐인 우주 쇼.

그거 말고도, 그동안 우리는 몇 년 동안 미나에 관한 얘기는 하지도 않았을 땐데, 하필 미나에 대해 물었던 바로 그다음 날 내게 사랑하는 사람을 찾아가라고, '그 남자를…… 혹은 여자를' 찾아가라고 말했었어.

나를 정말 아껴줬던, 그 지독한 인간은 나를 모른 척 연기했던 거야. 그래서 아직 나에 대한 기억이 남아있을 때 작별 인사를 하려 했던 거지. 그는 내가 더 이상 자기를 찾지 않게, 자기만의 방식으로 나를 자유롭게 놓아주려 한 거야. 그렇게 하면 내가 약속을 정말로 지키는지도 직접 확인할 수 있었을 테니까.

험프리의 그런 아이디어가 너무 짜증 나고, 바보 같고, 너무 그 사람다워서 나는 한참을 미친 듯이 웃었어. 웃음은 어느새 울음으로 바뀌었고, 나는 울고 또 울었지.

빛, 새벽 그리고 낮

우리 아빠가 침대 발치에 서있다.

어쩌면 아빠가 아닐 수도 있다.

아빠는 내가 기억하던 모습보다 훨씬 왜소해 보인다.

나는 말을 하려다가 얼굴에 마스크가 씌워져 있다는 걸 알아
차린다. 내가 말한 단어들이 메아리가 되어 돌아온다. 나는 마
스크를 잡아떼고, 간호사와 나눴던 대화를 떠올린다. 그게 잠이
드는 데 도움이 된다 했던가, 깨어있는 데 도움이 된다 했던가.
내가 사는 데 도움이 된다 했던가, 죽는 데 도움이 된다 했던가.

그는 스웨덴어로 무슨 말을 한다. 횡설수설하는데, 그건 나도
마찬가지다.

"꼬맹이, 안녕."

그는 내 손을 잡고 캐뉼라를 꽂은 부위를 엄지손가락으로 문
지른다. 리듬감 있게 앞뒤로 문지른다. 아프지만, 뭐라고 말해
야 하는지 단어가 생각나질 않는다.

그동안 여러 가지 일이 있었으니, 할 얘기는 정말 많다. 나는 내가 했던 모험담을 한바탕 쏟아놓고, 그도 자신의 이야기를 신나서 늘어놓고 해야 하는데……. 하지만 둘 다 아무 말도 하지 않는다.

어쩌면 이건 결국 꿈이고, 내 뇌가 그의 목소리를 만들어내려고 애쓰는 건지도 모른다. 그의 목소리는 어땠었지? 높았던가? 낮았던가?

"레니……."

나는 그를 이렇게 불러놓고, 내가 왜 그랬을까 의아해한다. 어쨌든 이미 말을 뱉었기에 표정을 일그러뜨리며 혼란스러워하는 그의 얼굴을 봐야만 한다. 아빠는 지나가는 누군가의 팔을 붙잡고 내게 방금 했던 말을 다시 해보라고 하지만, 나는 기억하지 못한다.

"제가 엄마 얘길 했었나요? 우리 엄마 여든셋인데. 나랑 엄마 나이를 합치면 백 살이에요."

"마취약 때문에 약간의 섬망 증세가 나타날 수 있어요."

또 하나의 흐릿한 얼굴이 그에게 말하자, 그가 의자에 앉는다.

"폴란드에 갔었어요?" 내가 그렇게 물은 것 같다.

그는 고개를 끄덕인 뒤, 흑백의 콩 사진을 보여준 것 같다.

"진작 말했어야 했는데, 너한테 곧 동생이 생길 거야."

"아서예요."

"뭐라고?"

나는 고개를 저으며 우리 둘 다 무슨 얘길 하는 건지 모르겠다는 생각을 한다.

"아서 신부님이에요."

아빠는 아그니에슈카 아줌마를 보며 당황스럽고 슬픈 목소리로 말한다.

"얘가 날 못 알아보나 봐."

"엄마는 험프리를 위해 자주색 옷을 입어요. 애도하는 뜻으로요. 그리고 지금은 아침이에요. 항상 자주색 옷만 입고 있는 건 그래서 그런 거예요." 나는 겨우 떠오른 말을 한다.

"레니?"

그러고 보니 아그니에슈카가 침대 끝에 서있는데, 어딘가 다른 사람 같다. 머리카락도 얼굴도 다른 사람 같다. 그동안 내내 저기 서있었던 걸까? 원래 저렇게 생겼었나? 그녀의 모습이 자꾸자꾸 시야에서 사라진다.

"레니?" 그가 나를 부른다.

나는 고개를 젓는데, 그게 말하는 것보다 쉽기 때문이다.

"레니, 간호사가 전화했었어." 아빠가 말한다.

그리고 나는 웃는다.

"약속을 지켰네요."

마고와 상자

"널 실망시키고 싶지 않아, 레니."

그제야 그녀가 거기 있다는 걸 깨닫고, 나는 눈을 떴다. 처음에는 손님용 의자에 앉아 나를 향해 몸을 숙인 마고가 두 명으로 보여, 나는 마고의 얼굴에 초점을 맞추기 위해 눈을 깜빡거려야 했다.

"실망시킨다고요?"

"넌 백 개 중 네 몫을 다 완성했잖아."

"제 몫은 17퍼센트밖에 안 되는 걸요."

"어쨌든 절반이야. 그런데 난 내 몫을 다 마치질 못했어."

마고는 작은 목소리로 말했다. 그녀는 무슨 말을 하려는 것처럼 고개를 젓다가 아무 말도 하지 않았다.

마침내 다시 입을 열었다.

"모두가 날 도와주고 있어. 엘스, 월터, 피파, 그리고 로즈룸의 다른 수강생까지 팀을 짜서 그림을 하나씩 맡았거든. 내가 스케치를 해서 어떤 색을 칠할지 알려준 다음 진행 상황을 확인하는 식으로 하고 있어."

"우아!"

"단지 문제는, 내가 그 사람들과 작업하고 감독하는 동안 이야기를 들어줄 사람이 없다는 거야."

"그래서 오신 거군요?"

"그래서 왔지. 다음 얘기를 해주려고, 너만 좋다면."

"언제든 좋아요."

1999년 봄, 웨스트미들랜즈
마고 제임스, 예순여덟 살

험프리가 죽고 난 뒤로 나는 계속 멀미가 났어. 마치 세상이 이상한 각도로 기울어진 것처럼 느껴졌고, 어떤 것도 바로 선 것 같지 않았어. 전에는 그런 적이 없었는데, 계단 위에서 불안하게 흔들리며 난간을 붙잡고 있던 적이 한두 번이 아니었어. 시간이 흐르면 괜찮아진다고들 했지만, 그를 잃은 고통은 전혀 가라앉지 않았어.

험프리 여동생은 험프리의 책 일부를 두 사람이 다녔던 대학에 기부하면 좋겠다고 했어. 그곳은 그가 처음 밤하늘을 연구하기 시작한 곳이기도 했지. 그녀가 기부할 책 목록을 미리 줬고, 나는 청과물 가게에서 얻어온 상자들에다 책을 넣기 시작했어. 책장은 집 거실 양쪽으로 길게 놓여있었어. 내가 처음 그를 만난 후로 책 대부분은 누구의 손길도 닿지 않은 채 꽂혀있기만 했지만, 험프리는 다 너무 중요한 책이라며 한 권도 버리지 못하게 했었지. 책들은 너무 오래 거기 있어서 사용하기 위한 물건이라기보다는 벽의 일부 같았어. 무너져가는 그 작은 오두막집을 지탱하는 여분의 기둥 같았어. 내가 책장에서 책을 하나씩 꺼낼 때마다 집 벽에서 벽돌을 하나씩 빼내는 그런 느낌이더라고. 험프리도, 책도 없으면 그 집은 분명 다 무너져 내리고 말 것 같았지.

나는 꼭 간직해야 할 뭔가를 줘버리는 듯한 기분을 떨쳐내려고 무척이나 애를 써야 했어. 내가 이 책을 읽을 일이 있겠어? 늙은 여자 혼자 사는 집 한편에서 곰팡내나 풍기고 있는 것보단 이게 나아, 하고 생각하면서.

목록에 있던 마지막 책인《제5회 연례 천문학 컨퍼런스, 캘거리, 1972》라는 커다랗고 하얀 책은 크기가 브라질산 바나나를 담았던 상자에 넣으면 꼭 맞겠더라고. 책은 자신이 품고 있던 비밀을 아무 소리 없이 거실 바닥에 떨궜고, 처음에 나는 그걸 알아차리지도 못했어.

나는 상자들을 차로 옮기다가 그제야 그녀를 보았어. 아기 천사 같은 제레미를 두 팔로 안고, 무슨 말인가를 하려는 듯 웃으면서 차가운 석조 바닥에서 나를 올려다보고 있더라고. 나는 사진을 집어 한참을 들고 바라봤어. 미나는 이제 너무 멀리 있어서 그녀를 다시 붙잡을 방법은 이런 것밖에 없다는 생각이 들었지. 지난 크리스마스 이후로 미나에게서는 아무 소식도 없었어.

이제 제레미는 열아홉 살쯤 됐겠더라고. 자기 아버지를 닮았을까? 궁금했어. 오래전 내가 그토록 싫어했던, 옷에 주름 하나 없던 그 교수. 두 사람이 베트남으로 떠날 때는 그곳에 적응하지 못하고 금세 돌아올지도 모른다는 희망을 품었지만, 그들은 남부 지역으로 이사하더니 마침내 마음 붙일 곳을 찾은 사람들처럼 돌아오지 않았지. 아주 오래전, 내게 시의적절한 충고를 해줬던, 호찌민 대통령의 이름을 딴 그 도시에서.

조용한 거실을 찬찬히 둘러봤어.

난 가끔 험프리의 사랑을 당연하게 여겼었어. 누군가의 애정이 절대 변하지 않으리라는 믿음이 있을 때에만 가능한 일이었지. 그는 행복했었고, 나 역시 그랬어.

우리가 만났던 마지막 날, 험프리는 '그 남자를…… 혹은 여자를 찾을 수 있을 거'라고 내게 말했었지.

나는 책상 앞에 앉아 그녀에게 편지를 썼어. 그러고는 행여 마음이 바뀌기 전에 얼른 우체통에 넣어버렸지.

우리 사이에 커다란 숲이 생겼어.

처음 침묵 속에서 작은 잎과 어린 싹이 자랄 때만 해도 그 싹은 아주 작아서 언제든 쉽게 뽑아버릴 수 있었지만, 우리가 계속 입을 다문 사이, 그리고 그 공간을 왕래하지 않는 사이, 발바닥에 한번도 눌린 적 없는 싹과 풀들은 점점 더 크게 자라났어.

여러 달이 지나도록 아무도 다닌 적 없는 공간에선 나무들이

자라기 시작하고 가시덩굴도 더 커져 그게 내 앞을 가로막았어. 그럴수록 난 그 공간으로 감히 발 디딜 용기를 내지 못했지. 키 큰 덤불숲에 다리가 긁히는 게 싫었어.

계절이 바뀌고 또 바뀌고 다시 바뀌면서 가시나무와 산울타리는 무성해졌고, 너에게 가기 위해서는 이제 전기톱을 들고, 그 공간을 스친 긴 세월만큼 어렵게 길을 내야 할지도 몰라.

언젠가부터 우리 사이 공간은 빽빽한 식물들과 아름드리나무로 꽉 들어차 버렸고, 진한 초록 잎과 줄기가 얽히고설켜 벽을 만들어 나는 더 이상 반대편에 선 너를 볼 수조차 없게 됐어.

우리 사이의 그 먼 길을 가기 위해 이제 나는 인생 전체를 걸어야 할 수도 있어.

오로지 반대편에 닿기 위해, 내가 거친 숲을 헤치고 나아가 길을 만든다면 어떻게 될까?

그런데 만약 거기 네가 없다면 어떻게 하지?

키스를 보내며, 마고.

오랜 친구

"마고?"

"응?"

"제가 마고한테 사랑한다고 말하면 이상할까요?"

"아니, 전혀."

"그냥 제가 마고 사랑한다는 거, 말하고 싶었어요."

"나도 사랑한다, 레니."

"베트남은 어땠어요?"

"놀라웠지. 덥고 정신없고 활기가 넘치는 곳이었어. 험프리의 오래된 농가에서 혼자 지내는 동안 여기선 이렇게 많은 사람들이 계속 살아가고 있었다는 게 믿기지 않을 정도였지. 그리고 물론, 거기 미나도 있었고."

"미나를 만났어요?"

"그랬지."

"만나서 어떻게 됐어요?"

"숲을 불태워버렸지."

나는 마고를 따라 1999년의 어느 지점으로 이동했다. 두 번이나 비행기를 갈아타며 오랜 시간 날아간 끝에 우리는 탄손누트 국제공항에 도착했다. 비행기에서 내려 조용한 공항 터미널까지 가는 길에 제일 충격적이었던 건 더위가 아니라 피부에 달라붙는 습기였다. 한밤중이었고, 우리가 탄 비행기는 그날 밤 공항에 착륙하는 마지막 비행기였다. 마고가 각종 서류, 베트남어 회화책, 여권 등을 들고 쩔쩔매는 동안 나는 짐 하나 없이 가벼운 몸으로 마고를 따라 걸었다.

마고는 무척 긴장한 상태였다. 마음의 준비를 할 시간도 없이 비행 편을 예약하고 짐을 쌌는데, 그건 축복이면서 동시에 재앙이었다. 시간이 있었다면 마음을 좀 진정시킬 수도 있었겠지만, 도중에 여행을 취소했을지도 모를 일이었다.

그렇지만 걱정할 필요는 없었다. 지구 반대편에 떨어져 살며 서로 남처럼 지냈지만, 그래도 완전히 믿고 의지할 수 있는 사람이 그녀를 기다리고 있었기 때문이었다.

그는 얼굴형으로 보나 눈동자 색으로 보나 누가 봐도 미나를 많이 닮아있었다. 키가 컸지만, 아직 완전한 성인이 됐다고는 할 수 없었다. 그는 손 글씨로 마고의 이름을 쓴 보드판을 들고 있었는데, 마고는 그를 보자마자 마음을 놓으며 한걸음에 달려갔다. 그리고 두 팔로 와락 끌어안고 포옹했다.

나는 두 사람의 뒤를 따라가면서 남자가 아직 어린 아기였을 때 만난 적이 있다고 말하는 마고의 목소리를 들었다. 남자는 마고를 보자마자 단번에 알아봤다면서 이사 가는 곳마다 어머니가 마고와 함께 찍은 사진을 금색 액자에 넣어 벽에 걸어뒀기 때문이라고 했다. 초록색 원피스를 입은 마고와 어머니가 파티에서 서로 팔을 걸고 빙빙 돌며 춤을 추는 사진인데, 어디로 이사를 가든 항상 그 사진이 걸려있었다고 말했다.

남자는 자신의 모페드(모터 달린 자전거 – 옮긴이)를 세워둔 주차장으로 마고를 데려가 '자, 타세요!'라고 말했고, 마고는 한참을 깔깔대며 웃었다. 남자가 헬멧을 건네자, 마고는 그걸 쓰고 모페드 뒷자리에 올라탄 후에 짐 가방을 둘 사이에 끼워 끌어안았다. 남자는 그걸 몰고 복잡한 혈관처럼 얽히고설킨 도시의 도로 위로 나아갔다. 마고에게는 완전히 색다른 풍경이었지만, 도로 위를 달리는 스쿠터와 택시를 탄 사람들에게는 그저 평범한 하루의 끝일 뿐이었다.

그리고 마침내 미나와 제레미가 사는 연립주택이 있는, 경사진 어느 좁은 뒷골목에 도착했을 때, 나는 제레미 옆에 서서 미나와 마고가 재회하는 모습을 지켜보았다. 미나는 마고를 향해 달려와 있는 힘껏 두 팔로 끌어안았고, 하마터면 두 사람은 넘어질 뻔했다. 미나는 자유롭고 거칠 것 없는 모습으로 크게 외쳤다.

"따오 이에우 마이(Tao yêu mày, 널 사랑해)!"

백 번째 생일

양초를 보고 오늘이 내 생일이었나 생각했다. 나는 제대로 보기 위해 먼저 일어나 앉아야 했다. 실내에 불이 꺼졌었다는 것도 모르는 걸 보면 나는 자고 있었던 게 분명했다.

사람들이 여기저기서 살금살금 걸어 나왔다. 초와 함께. 마고, 피파, 월터, 엘스가 손에 손을 잡고 있었고, 아서 신부님, 신입 간호사, 이송 요원 폴도 있었다. 모두 웃고 있어서 순간, 나는 내가 죽었나 싶었다. 케이크 위에 꽂힌 촛불이 깜빡거리며 사람들의 얼굴을 비췄다. 마고가 케이크를 들고 아주 천천히 내 침대로 다가왔다.

마고는 조심스럽게 케이크를 탁자 위에 내려놓은 다음, 내가 잘 볼 수 있게 가까운 곳으로 끌어다 놓았다. 케이크 위에는 소용돌이 모양의 검은색 아이싱으로 '*레니와 마고의 백 번째 생일을 축하해요*'라고 적혀있었다.

"백 번째 생일이라고요? 우리가 해낸 거예요?" 내가 물었다.

피파가 그림 하나를 들고 있었다. 처음 보는 그림이었는데 그 동안 우리가 그린 그림 중 가장 멋있는 그림이라고 생각했다. 그림 속 마고와 나는 파자마 차림으로 나란히 서서 밤하늘에 촘 촘히 박힌 별들을 바라보고 있었고, 나는 환하게 웃고 있었다.

그림 아래쪽 구석에는 '글래스고 프린세스 로열 병원, 마고 마크래 83'이라고 적혀있었다.

"마고의 마지막 해는 우리 이야기로군요?" 마고가 정말로 나를 그렸다는 게 믿기지 않아 나는 이렇게 물었다. 그림 속 나는 진짜 같았다.

마고는 살며시 웃으며 내 손을 두드렸다.

"당연하지."

신입 간호사가 여기저기서 의자들을 모아 오자, 모두가 내 주위에 둥그렇게 둘러앉았다. 성지를 찾은 순례자들처럼.

케이크 위에서 빛나는 것은 사실 진짜 초가 아니라, 가짜 왁스가 옆으로 흘러내리고, 밝은 LED 전구가 깜빡거리는 플라스틱 가짜 초였다. 자세히 보지 않으면 모를 정도로 감쪽같았다.

"병실에선 초를 못 켜게 돼있어." 내가 초를 뚫어지게 보자 신입 간호사가 이유를 설명하고, 케이크를 우리 앞으로 들었다.

"소원 빌어야지." 신입 간호사가 말했다. 마고와 내가 초를 후 불었더니, 마법을 부린 건지 요술을 부린 건지, 플라스틱 LED 초가 꺼졌다.

피파가 케이크를 두툼하게 자른 다음 종이 접시에 담아 사람 들에게 건넸다. 나는 마지막으로 케이크를 먹어본 게 언제였는지 기억도 잘 나지 않았다. 케이크는 완벽하다고 할 만큼 정말 맛이 좋았다. 이제 나는 내 백 번째 생일 케이크를 먹어봤다고 말할 수 있게 됐다.

"백 번째 생일이라니. 생각도 못한 일이에요." 내가 말했다.

"앞으로 더 행복해야 해." 엘스가 환하게 웃으며 말했다.

"넌 그럴 자격이 있어." 아서 신부님이 덧붙였다.

"정말 대단한 일을 해낸 거야, 레니." 피파가 말했다. "그리고 좋은 소식이 하나 더 있는데, 시내에 있는 한 갤러리 대표에게 네 그림 얘길 했더니 이걸로 전시회를 열면 좋겠다고 했어. 물론, 네가 허락한다면."

"네 생각은 어때?" 마고가 나를 보며 물었다.

나는 고개를 끄덕였다.

"백 살이 되니 기분이 어떠니?" 아서 신부님이 물었다.

"기분이 묘해요. 제가 열일곱이었던 게 엊그제 같아요."

"난 여든셋처럼 보인다는 소리도 들었어."

마고가 내게 윙크했다.

우리는 케이크를 먹고 이야기를 나누며 웃었고, 마고와 내가 지상에서 맞은 백 번째 기념일을 함께 축하했다. 길다면 길고 짧다면 짧은 그런 생이었다.

사람들이 가져온 그 빛은 모두 제자리로 돌아간 뒤에도 계속 내 옆에 남아있었다.

마고

우리가 백 번째 생일을 함께 보낸 다음 날, 빨간 머리의 작은 얼굴 하나가 우리 병동 창가에 나타났다. 처음에는 그게 레니의 얼굴인 줄 알았다.

흔히 사람들은 말한다. 처음 기력이 쇠해지는 때를 알아차리기는 쉽지 않다고. 그 시기는 생각보다 빨리 찾아오는데, 보통 쉰 살 정도가 되면 점점 신체 능력이 감소하면서 계단을 오를 때, 욕조에 들어가거나 나올 때 조심해야 한다고들 말한다. 그때가 되면 달리기보다는 가벼운 조깅이, 조깅보다는 걷는 게 좋다고 한다.

하지만 그 말은 사실이 아니라는 걸 그날 알 수 있었다. 나는 몇 달 전, 몇 년 전보다 훨씬 빠르게 움직이고 있었고, 심지어 달리고 있었다. 다들 그 모습을 봤어야 했는데, 복도는 조용하기만 했다. 아직 해도 뜨지 않은 이른 시각이었다.

아서는 이미 그녀 옆에 앉아 손을 꼭 잡고 있었다. 나와 함께

달렸던, 레니의 담당 간호사가 내가 알아들을 수 있는 말로 설명해 줬지만, 들리지 않았다.

레니의 얼굴에는 인공호흡기가 씌어져 있었고, 숨 쉴 때마다 목에서 가르랑거리는 소리가 들렸다. 그 소리는 들쭉날쭉했다. 나는 다른 편에 앉아 레니의 손을 잡았다. 손이 차갑고 묵직했지만, 나는 놓지 않았다.

"작별 인사를 할 시간이 된 것 같아요."

그렇게 말하는 간호사의 눈에서는 눈물이 쉴 새 없이 흘렀다. 그녀는 빨간색 머리카락을 귀 뒤로 넘기고, 손으로 눈물을 닦았다. 그러고는 레니에게 다가가 이마에 뽀뽀를 했다.

"레니? 마고님이 오셨어." 간호사가 말했다.

레니는 눈꺼풀을 약간 실룩이더니 반쯤 눈을 떴다. 그리고 나를 봤다.

"안녕, 우리 강아지. 나 왔어." 나는 억지로 웃으며 말했다. 그녀가 약간 끄덕이듯 고개를 움직였다. 눈앞이 자꾸만 흐려져 눈을 깜빡여야 했다.

"사랑해, 레니. 앞으로도 영원히."

레니가 내 손을 꽉 쥐면서 호흡기를 쓴 채 입만 움직여 자신도 그렇다고 말했다.

"넌 앞으로 정말 행복해질 거야." 나는 레니에게 말했다. "키 큰 남자랑 결혼할 거고, 그 남자는 검은 머리에 밝은 눈동자를 가진 사람일 거야. 그리고 매일 너에게 노래를 불러줄 거야. 처음에는 작은 아파트에 함께 살 거고, 그다음에는 주택으로 이사를 갈 거야. 나한테는 엽서를 보내겠지? 그리고 귀여운 아기도 한둘 낳을 건데, 그중 한 명은 아서라고 이름 짓고, 또 한 명은 스타라고 이름을 지어. 정원에는 달팽이가 살 텐데, 그래도 넌 신경 안 쓸 거야. 넌 정말 행복할 거고, 여기서 만난 우리 모두를 기억할 거야. 옛날 일을 회상하면서 그때 참 재밌었다고 말하겠지? 내가 너희 집에 놀러 가면, 넌 침대에 꽃무늬 시트를 깔아 줄 거야."

나는 말하는 걸 멈출 수가 없었지만, 그녀는 별로 개의치 않는 것 같았다.

그때 레니가 아서 신부님을 향해 고개를 돌렸다. 그러고는 산소 호흡기를 당겨 내리더니, 힘없는 목소리로 이렇게 물었다.

"저, 천국에 갈 수 있겠죠?"

아서 신부님은 가슴이 아파 눈을 질끈 감았지만, 잠시 후 확신에 찬 표정으로 그녀를 똑바로 바라보며 말했다.

"물론이지, 레니. 물론 그렇고말고."

그는 레니의 손을 쓰다듬었고, 레니는 눈을 감았다.

"그리고 레니, 천국에 가면 말이다." 잠긴 목소리로 그가 말했다.

레니의 눈이 다시 떠졌다.

"거기 있는 놈들 전부 지옥 맛 좀 보여줘."

레니는 그날 처음으로 미소를 보였다.

다시 마고

내가 먼저 가게 될 줄 알았다.

어쩌면 그렇게 가만히 사라지는지. 레니는 떠날 때도 불빛을 번쩍이고 경보음을 울리며 심장제세동기가 펄펄 뛰는 가운데, 그렇게 요란한 불꽃놀이 하듯 갈 줄 알았다. 레니가 좋아하는 건 그런 거였으니까. 그녀가 평생 가장 가까이했던 두 동반자인 소란과 혼란은 마지막 순간 그녀를 버리고 떠났다. 그녀의 죽음은 차분하고 거룩했다. 그리고 우리는 병원에서 허락하는 한 오래 그녀 곁에 머물렀다.

그리고 마침내 사람들이 그녀를 데려갔다. 그동안 레니를 살아있게 해준, 이제는 필요 없어진 수많은 전선과 관이 다 뽑히고 그 옆에 가지런하게 말려있다는 사실만 제외하면 레니는 마치 잠을 자고 있는 것 같았다.

그리고 한 여자아이와 그녀의 침대가 있던 이곳은 그냥 평범한 병동으로 돌아왔다. 우리는 더 이상 아서 신부와 마고가 아니었고, 우린 그저 나이 많은 사제와 할머니, 친딸을 빼앗긴 대리 부모가 되어있었다.

나는 무너져 내렸고, 고맙게도 아서 신부님은 흐느끼는 나를 꽉 안아주었다.

내가 어느 정도 진정됐을 때, 신부님은 우리 병동까지 동행해주었고, 우리는 침대에 앉아 함께 울었다.

작고 소중한 것

    인내심이 바닥났을 때, 또는 피곤하거나 두려울 때 어머니가 늘 입버릇처럼 하던 말이 있었다. 그럴 때 어머니는 나를 보며 이렇게 말하곤 하셨다.

    "엄마도 모르겠어, 마고. 하지만 아직 작고 소중한 시간이 남았잖아.", "아직 우리가 할 수 있는 작고 소중한 일들이 있어.", "벽장에 아직 작고 소중한 게 남았어."

    작고 소중한 건 어떤 걸까, 나는 혼자 상상하곤 했었다. 파랗고 빛을 받아 반짝거리는 작은 유리 장신구 같은 것일까? 아주 조심스럽게 손에 쥐어야 하는 것. 어딘가 가져가려면 티슈로 잘 싸야 하지만, 막상 그런 게 있으면 나는 주머니에 넣는 편을 더 좋아했다. 그런 상상도 했다. 어머니와 여섯 살 된 내가 식탁에 작고 소중한 것을 올려놓고, 둘이서 그걸 어떻게 나눠 먹으면 좋을까 한참을 고민하는 모습.

    이제 내게는 그런 작고 소중한 것만 남은 기분이었다. 혼자서 뭘 해야 할지 알 수가 없었다. 떠오르는 건 이 이야기를 끝내야 겠다는 생각뿐.

2000년 1월, 호찌민
마고 마크래, 예순아홉 살

공항에서 미나와 나는 서로를 힘껏 끌어안았다. 나는 우리가 자욱한 우주의 먼지구름 속에서 우연히 부딪친 두 개의 작은 입자 같다는 생각을 했다. 그리고 우리를 충돌하게 해준 여러 신들께 감사드렸다.

우리는 다시 만나자는 말 따윈 하지 않았다. 곧 일흔을 바라보는 나이였기에 습하고 멀고 모든 게 강렬한 그곳으로 다시 돌아오겠다는 약속은 하지 않는 편이 낫다는 걸 잘 알고 있었다.

비록 그곳에서 보낸 시간이 길진 않았지만, 그곳은 온전히 우리만의 도시였다. 우리는 함께 새로운 천년을 맞이했고, 그걸로 충분했다.

"잘 가, 내 사랑."

미나는 나를 꽉 끌어안은 채 내 머리카락에 얼굴을 묻고 말했다.

비록 떠나지만 내 마음은 편안했다.

마침내 우리 관계에 대한 질문에 답을 찾았으므로.

2003년 12월, 글래스고
마고 마크래, 일흔두 살

데이비의 장례식이 끝난 직후, 나는 조니와 함께 데이비의 무덤을 다시 찾았다. 파란색 리본으로 묶은 꽃다발을 무덤가에 내려놓으며, 나는 남편을 보았고, 그도 나를 바라보았다. 우리 둘 다 깊은 물속에 잠겨, 수면에서 너무 멀리 떨어져 이제 다시는 햇빛을 볼 수 없을 거라는 느낌이 내 머릿속을 가득 채웠다. 아무리 소리쳐도 입속 가득 물이 차, 서로의 말을 알아들을 수조차 없을 것 같았다.

그로부터 50년 뒤, 이번에는 노란색 리본을 묶은 꽃다발을 들고 꼭 같은 장소에 혼자 섰다.

지구가 태양 주위를 쉰 바퀴나 도는 동안 글래스고의 이 작은 묘지에도 시간은 흘렀지만, 이곳은 별로 달라진 게 없어 보였다. 쉰 번의 겨울이 데이비의 이름이 박힌 돌을 차갑게 얼리고, 쉰 번의 여름 햇살이 그가 누워있는 대지를 내리쬐었다. 아무리 멀리 떠났어도, 결국 나는 이곳에서 한 발짝도 벗어나지 못했다는 생각이 들었다.

묘지는 조용했다. 간밤의 매서운 추위로 풀들은 얼어있었다. 땅속 깊이 저 아래도 추울까, 문득 궁금해졌다. 내가 가져온 작은 꽃다발이 보잘것없이 초라한 변명처럼 느껴졌다. 데이비의 모습은 지금도 눈을 감으면 눈앞에서 살아 움직일 것처럼 생생했다. 작은 이마를 찡그리며 커다란 눈망울로 새로운 모든 것들을 열심히 응시하던 데이비. 어떻게 이렇게 작은 손이 있을까. 그 존재만으로도 나를 놀라게 했었는데…….

차가운 풀밭 위에 무릎을 꿇으니 바지에 이슬이 스몄다.

"안녕." 나는 작게 속삭였다.

마침 저편 길 위로 짙은 파란색 옷을 입은 두 여인이 묘지를 가로질러 걸어가고 있었고, 그중 한 사람이 든 장바구니에는 흰 튤립 여러 송이가 가지런히 담겨있었다.

"너무 오래 못 와봐서 미안해. 날 용서해주면 좋겠어."

내가 베트남을 떠난 이유는 마지막으로 한 번 더 데이비를 보기 위해서였다. 아들에게 작별 인사도 하지 않고 죽을 수는 없었다. 그래서 베트남에서 돌아오자마자, 웨스트미들랜즈의 집을 팔고 글래스고로 이사했다.

나는 무덤 앞에 꽃을 놓았다. 꽃을 싼 셀로판지가 바스락거렸다.

"난 너무 두려웠어. 네가 너무 그리워서, 널 너무 사랑해서, 네가 나를 보고 실망할까 봐 모든 게 다 두려웠어."

숨을 깊이 들이마셨다. 어떤 생각은 그 소리가 너무 커 가슴에 조용히 담아둘 수 없는 법이었다.

"네 아빠가 여기 있었다면, 네 심장병이 우리 누구의 책임도 아니라는 얘길 다시 꺼냈겠지. 하지만 그 사람은 여기 없어. 사실, 네 아빠가 어디 있는지 나도 몰라. 어쩌면 넌 알지도 모르겠구나."

꽃다발을 내려둔 차가운 풀밭 위, 캔들 홀더에 놓인 작은 흰

양초가 그제야 눈에 들어왔다. 나는 그걸 집어 들었다. 유리 홀더의 옆면에는 '편히 잠드소서'라는 글귀가 적혀있었다. 비교적 깨끗했고, 비교적 새것이었다. 불을 켰던 흔적은 있지만, 왁스가 조금밖에 녹지 않은 걸로 봐서 촛불은 잠깐 켜져있었던 게 분명했다.

다른 묘 어디에도 그런 초가 놓여 있지 않을 걸 보면 교회에서 놓고 간 건 아닌 것 같았다. 모르는 사람이 무려 반세기 전에 죽은 아기의 무덤에 초를 두고 갈 이유는 없어 보였다. 나는 오싹한 기운을 느끼며 자리에서 일어났다. 무릎에 젖은 차가운 물기가 뼛속까지 스며든 느낌이었다.

손에 든 양초는 놀라운 뭔가를 숨기고 있었다. 데이비를 기억할 만한 사람은 이제 거의 없었다.

물론, 지난 몇 년간 조니 생각을 하지 않은 것은 아니었다. 하지만 미나가 실종 신고 서류를 쓰레기통에 버렸을 때, 그가 원하든 원하지 않든 그를 찾아야 할 의무가 있다고 느끼던 내 의식도 쓰레기통에 함께 던져졌다.

12월은 묘지와 잘 어울리는 달 같았다. 하늘은 묘비와 같은 잿빛이었다.

나는 초를 원래 있던 자리에 내려놓았다. 그리고 지구가 태양 둘레를 여러 번 도는 동안, 그 여러 번의 겨울을 거치는 동안, 데이비의 이름을 이렇게 선명하게 간직해준 묘비에 입을 맞췄다.

2006년 7월, 글래스고
마고 마크래, 일흔다섯 살

"안녕하세요. 앉아도 될까요?"

"네, 그럼요."

나는 옆으로 옮겨 앉으며 벤치에 자리를 만들었다. 신부님은 의자에 앉으며 한숨을 내쉬었다. 옷에서 섬유유연제 냄새가 풍겼다. 이렇게 더운 날 저런 검정 바지와 셔츠를 입어야 하니, 신부님도 참 힘들겠구나 싶었다.

"전에 뵌 적이 있던가요?" 그가 물었다.

"요즘 제가 여길 자주 와요." 내가 말했다.

"누굴 만나러 오시는 건가요?"

"그런 셈이죠."

"그러기에 참 좋은 날씨네요."

'그러기에' 좋다는 건 무슨 의미일까? 죽은 이를 떠올리며 슬퍼하기에는 좋은 날씨라는 걸까? 초를 두고 간 사람이 다시 오길 기다리기에 좋은 날씨라는 걸까? 이게 정말 좋은 날씨이긴 한 걸까? 아무튼 나는 그렇다고 했다. 신부님은 가방에서 점심을 꺼냈는데, 네 조각으로 잘라 비닐 랩을 씌운 샌드위치였다. 신부님이 한 조각을 집어 내게 내밀었고, 나는 무심결에 그걸 받아들고 말았다.

신부님은 샌드위치를 한입 크게 베어 물었다.

"오후가 되면 이 주변 풍경이 특히 운치 있어요."

"정말 그렇네요."

우리는 한동안 말없이 앉아있었다. 나는 신부님이 샌드위치를 먹는 모습을 보면서 이렇게 좋은 분이 어쩌다 인적 드문 성당에 사제로 오시게 됐을까 조금 의아하다는 생각을 했다.

"그럼, 죄송하지만 전 먼저 가봐야겠군요." 신부님이 자리에서 일어서며 말했다. "사무실로 얼른 돌아가지 않으면 제가 아무래도 녹아버릴 것 같아서요. 종 연주자들이 3시에 오기로 했는데, 연주곡목에 스노우 패트롤(북아일랜드와 스코틀랜드 출신의 록밴드 – 옮긴이) 노래를 넣겠다고 우길 모양이더군요."

"아휴, 저런." 내가 말했다.

"저도 똑같은 생각이에요." 신부님은 웃었다. "틀림없이 다시 뵙게 되겠죠?"

그렇지만 이후로 그를 다시 보진 못했다. 나는 데이비 무덤에 초를 가져다 둔 사람을 계속 기다렸다. 그러면서 한편으로는 그 사람이 다시는 이곳에 오지 않을 것 같다는 생각을 했다.

신부님은 바지에 떨어진 빵 부스러기를 손으로 털며 묘지를 가로질러 멀어졌다. 그가 성당 안으로 사라졌을 때, 나는 샌드위치를 한입 베어 먹었다. 달걀과 물냉이를 넣은 샌드위치였다.

**2011년 9월, 무어랜드 하우스 요양원
마고 마크래, 여든 살**

'어쩌다 보니 그냥 좀 늙은 것뿐이야.' 기억력에 문제가 생겨 내가 처음 험프리를 병원에 데려갔을 때, 험프리가 했던 말이었다. 몸 상태를 확인하러 요양원의 내 방에 들어온 간호사 때문에 잠이 깨고, 아침을 먹으러 느릿느릿 휴게실로 걸어갈 때가 돼서야 나는 그 말의 의미를 온전히 이해할 수 있게 됐다. 요양원은 흠잡을 데 없이 좋은 곳이었고, 직원들은 단정하고 친절했다. 하지만 어쩔 수 없이 비참하고도 슬픈 뭔가가 이곳에는 존재했다. 자가 호흡을 하지 못할 때를 대비해 인공호흡기를 꽂을 수 있는 플러그가 있었고, 공황 상태에 빠진 걸 다른 사람에게 알리기 위한 경보 장치가 달려있었다. 천장에는 스스로 침대에서 일어나지 못할 경우를 위해 리프트를 부착하는 도르래가 걸려있었다.

그날 점심은 올해 일흔 살이 되는 입소자들을 축하하기 위해 특별식으로 라자냐가 나올 예정이었다. 나는 왠지 긴장한 상태로 내 방 작은 책상 앞에 앉아 거울을 들여다봤다. 막스앤스펜서에서 산, 붉은 기가 도는 밝은 갈색 립스틱을 바르면 얼굴빛이 조금은 환해 보일까 싶어 립스틱을 발라봤다. 나는 내 눈을 가만히 들여다봤다. 시간이 흘러도 그나마 변하지 않은 유일한 부분.

그러면서 그 순간 미나는 뭘 하고 있을까 생각했다. 나는 그녀에게 편지를 쓰면서 주소에 일부러 '요양원'이란 말은 뺐기에 그녀는 내가 요양원에 들어왔다는 사실은 모를 터였다.

라자냐는 내가 기억하는 그런 맛이 아니었다. 플라스틱을 씹는 것처럼 식감이 이상했다. 우연히 장기 입소자인 일레인과 조

480

지나와 대화를 나누게 됐다. 두 사람은 둘 다 플리머스 인근의 작은 해안 도시에서 자랐고 서로 아는 친구도 많았는데, 어떻게 한번 마주친 적도 없이 살았는지 신기하다며 한참을 떠들어댔다. 세상 참 좁다는 말을 하고 있었는데, 거기 그 사람이 있었다. 멀지 않은 테이블에서 혼자 점심을 먹고 있었다. 여전히 호리호리했지만, 나이가 들어 등허리는 살짝 굽어있었다. 머리카락이 다 빠지진 않았지만, 그나마 남은 것도 하얗고 볼품없이 부숭부숭했다. 그는 마치 당장이라도 배를 타고, 멀리멀리 나아갈 것처럼 창밖을 보고 있었다.

조니.

팔에 닭살이 돋았고, 엘레인에게 새로 산 슬리퍼 부츠의 뜨개 패턴에 관해 설명하는 조지나의 목소리가 하나도 들리지 않았다.

그는 마치 꿈을 꾸는 사람처럼 천천히 숟가락으로 라자냐를 떠서 먹고 있었다.

사실 난 예전에도 다른 사람을 조니인 줄 착각했던 적이 몇 번 있었다. 런던 거리를 지나가는 낯선 행인, 레디치 도서관의 이용객, 심지어 베트남 호이안에서 본 마른 남자의 얼굴에서도 그를 보았었다. 이번에도 그런 거겠지 했지만, 아니었다. 느낌이 달랐다. 그 사람이라는 확신이 들었다.

1970년대 말, 나는 집을 나가 연락을 끊은 남편과 혼인 관계를 해소해 달라는 신청을 법원에 냈고, 그때 재판받았던 일을 떠올렸다. 그 사람을 찾으려 애썼다는 걸 입증하는 자료들, 그가 마지막으로 거주했던 주소, 가족에게 보냈지만 반송된 편지들, 그리고 거의 30년 가까이 우리가 떨어져 살았던 사실 등을 증거로 제출했고, 그때 험프리는 참을성 있게 내 옆에 있어주었다. 우리가 이혼했다는 걸 조니도 알고 있을까 궁금했다.

혹시라도 이게 험프리에게 실례를 저지르는 일이 되진 않을까 싶어 나는 잠시 망설였다. 험프리는 내게 사랑을 찾아가라고 말했고, 나는 그렇게 했다. 조니는 내가 사랑하는 사람이 아니었다. 지금은 물론이고, 어쩌면 그때도 아니었으리라. 험프리는 뭐라고 할까? 왼손에 결혼반지를, 빌린 반지가 아닌 진짜 내것인 결혼반지를 끼고 조니에게 가도 괜찮은 걸까? 스스로에게 이런 질문을 했지만, 만약 험프리가 함께 있었다면 그는 이미 그쪽으로 걸어가 조니에게 악수를 청하고 해왕성에 관한 얘기를 시작했을 거란 걸 나는 알고 있었다.

그때나 지금이나 내 마음은 유머가 넘치고, 별에 푹 빠져 사는 한 남자에게 속해 있었다. 그는 많은 순간을 나와 함께했고, 내가 온전히 내 삶을 살도록 도와주었다. 또한 일부는, 스스로를 해방시키는 법을 가르쳐준 한 여자에게 속해 있기도 했다. 하지만 그때나 지금이나 내 과거는 스무 살 생일 직후 내게 청혼, 키 크고 호리호리한 그 청년에게 속해 있었다. 묻지 않는 것, 미스터리를 보고도 모른 척하는 것은 용납할 수 없는 일이었다. 험프리는 미스터리를 정말 좋아했다.

쿵쾅거리는 심장 소리를 들으며 자리에서 일어섰다.

나는 그가 앉은 자리로 걸어가 그를 향해 시선을 떨궜다. 마치 오래전 들었던 음악을 다시 듣는 것 같은 익숙함을 느꼈다. 나는 그를 천천히 바라보았고, 그도 마침내 고개를 들어 시선이 서로 마주쳤다.

스물다섯 살의 나와 비교하면 여든 살의 나는 어떤 모습일까? 그를 마지막으로 본 후로 얼마나 긴 시간이 흘렀던가. 얼마나 많은 순간과 날들이 지나갔던가. 결국 거기서 그를 다시 만나게 될 거란 걸 알았더라면, 그래도 난 똑같이 살았을까?

"조니?" 나는 웃으며 그를 불렀다.

눈을 가늘게 뜨고 나를 보는 그의 입이 살짝 벌어졌다.

"마고." 그건 질문이 아니라 대답이었다. "여긴 어떻게……?"

천천히 모든 퍼즐이 맞춰졌고, 그건 가슴이 내려앉는 느낌과 다르지 않다는 걸 인정해야만 했다.

조니의 동생은 내게서 눈을 떼지 못했다.

나는 고개를 저으며 꺽꺽 소리 내어 울고 말았다.

뜨겁고 하얀 뭔가가 머릿속을 지나간 뒤, 나는 제정신으로 돌아왔다. 토마스는 여전히 나를 뚫어지게 보고 있었다.

"미안해요."

그는 형과 외모가 너무 닮은 게 자기 잘못이라도 되는 듯 내게 사과했다. 멍이 든 앙상한 다리로, 조니인 척 우리 집 현관 앞에 서있던 열다섯 살 때와 똑같았다.

"이거 원, 마고를 다시 보게 될 줄은 생각도 못 했어요!" 그가 웃었다.

나는 그가 어린 나이에 결혼해 미국으로 건너간 뒤, 공군에 입대해 비행 훈련을 받았을 거라는 상상을 늘 했었다. 하지만 스코틀랜드 억양이 그대로 남아있는 걸 보면, 내 짐작과는 다른 삶을 산 모양이었다. 그를 마지막으로 본 게 데이비의 장례식에 서였던가? 아님 장례식 이후 가족 식사 모임? 그때 그의 모습이 어땠는지 떠올려보려 했지만, 기억이 뒤섞여 쉽지 않았다.

"그럼, 그게 토마스였군요?"

"무슨 말인지?"

"초 말이에요. 데이비 무덤에 갔었죠?"

그는 고개를 끄덕였다. "좀 됐어요, 그거. 조니 형이 떠나기 전 가끔씩 가서 살펴봐 달라고 부탁했었거든요."

"그랬군요. 고마워요. 자주 가봤어야 했는데, 내가 한동안 그러질 못했어요." 내가 말했다.

그 말에 토마스는 손을 저었다. 그는 나를 재단할 마음은 전혀 없는 듯했다. 성인이라고 하기에는 아직 어렸던 그때나 지금이나 그런 모습은 여전했다.

"무슨……." 토마스는 머뭇거리더니 이렇게 말했다. "무슨 말부터 꺼내야 할지 모르겠어요." 그러더니 혼자 웃었다. "마고, 세상에. 어떻게 지냈어요?"

혼자만의 착각일 수도 있지만, 지난 삶이 어땠냐고 묻는 질문이라는 생각이 들었다. 지난 58년의 세월이 당신에겐 어땠죠? 인생이 생각대로 흘러가던가요? 행복하고 자유롭게, 잘 살았나요? 하지만 그건 너무나 크고 우주처럼 방대한 질문이어서 애초에 내가 제대로 이해한 건지 확신조차 서질 않았다.

"잘 지냈어요." 나는 간단하게 대답했다. "토마스는요?"

"늙었죠!" 그는 주변을 손짓으로 가리키고는 웃었다. 내가 토마스를 왜 좋아했었는지 그제야 기억났다. 그는 조니보다 덜 진지했고, 그래서 주변 사람을 늘 즐겁게 했다.

"조니는 언제…… 죽었어요?"

그는 웃음기를 거두고는 고개를 끄덕였다.

"한 2년 됐나? 이런 얘길 하필 제 입으로 말하게 돼서 유감이에요. 형은 계단에서 굴러 다리가 부러졌는데, 그러고 나서 폐렴이 왔어요. 순식간에 그렇게 되더군요."

"같이 살았어요?"

"아뇨, 같이 살진 않았지만, 형 혼자 살지도 않았어요."

나는 고개를 끄덕였다.

"토마스는요? 젊은 토마스 도커티는 어떻게 됐죠?" 내가 물었다.

"형이 더튼스 유리 공장을 나간 뒤, 그 자리에 제가 들어가게 됐어요. 나중에는 친구랑 둘이 그 공장을 운영했고요."

"그럼 비행기는 안 탔나 보네요?"

"비행기요?"

"비행기 조종하고 싶어 했었잖아요. 프로펠러 돌아가는 빨간 비행기 모형을 가지고 있었던 걸로 기억하는데."

그는 웃으며 대답했다. "그걸 기억하고 있다니 대단해요. 시간이 얼마나 빨리 흘렀는지, 참 재밌죠?"

"결혼은요?"

"했죠. 아내는 3년 전쯤 먼저 세상을 떠났어요. 에이프릴이라고, 딸이 하나 있는데, 얼마 전에 셋째를 임신했다네요."

우리는 한동안 말없이 앉아있었다. 그를 보는 게 너무 비현실적이라 꿈을 꾸는 것만 같았다. 시간의 장벽을 헤치고, 보지 말았어야 하는 세계를 들여다본 그런 기분이었다. 너무 오래돼서 이제는 누구도 답을 주지 않을 거라고 믿었던 질문에 대한 답을 듣는 게 이상하기만 했다.

"조니를 찾아갔었어요. 조니가 떠나고 몇 년 지난 뒤에 그를 찾으려고 런던까지 갔었죠."

"그랬어요?"

"찾진 못했지만. 어쩌면 못 찾은 게 당연해요. 조니가 진짜 런던으로 갔는지 어떤지도 모르고 찾아간 거였으니까. 그냥 짐작이었어요."

"짐작이 맞았어요." 그가 말했다.

"조니가 어떻게 지내는지 항상 궁금했었어요."

"형은 실제로 런던에서 한두 달쯤 있었어요. 하지만 일이 생각대로 안 풀려 결국 브리스톨로 내려가 조선소에서 일했어요."

"행복하게 잘 살았나요?"

"네."

"크게 힘든 일은 없었던 거죠?"

토마스는 몸을 기울이더니, 주름진 손으로 내 손을 잡았다.

"없었어요."

나는 숨을 깊이 들이마셨다. 그게 내가 알고 싶었던 전부였다.

"내내 브리스톨에서 살다가 한 10년 전쯤 여기로 이사 왔어요. 늙으면 고향 생각이 간절해진다고들 하잖아요? 결국에는?"

"그래서 우리도 여기 있는 거고요." 내가 말했다.

"그렇네요." 그가 웃었다.

2014년 2월, 글래스고 프린세스 로열 병원
마고 마크레, 여든세 살

무어랜드 요양원의 내 방에서 잠을 자던 나는 가슴에서 느껴지는 날카로운 통증에 잠에서 깼다. 처음에는 체했나 싶었지만, 그다음 나타난 증상들이 심상치 않았다.

비상 버튼을 보고 그게 필요한 날이 오리라 직감했었는데, 그 예감이 맞았다. 나는 제정신이 아닌 채로 버튼을 누르며 누군가 비상 호출 신호를 봐주길, 그걸 보고 당장 내 방으로 달려와 주기만을 바랐다.

그리고 분명 아는 사람이지만, 누군지 당장은 떠오르지 않는 어떤 얼굴이 눈앞에 나타났고, 그 후로는 모든 게 흐릿하기만 했다. 기억나는 건 응급실에서 사람들이 내 상의를 벗기고 심전도 패드를 붙였다는 것과 그때 속옷을 입지 않은 게 진심으로 후회됐던 것 정도였다.

눈을 떠보니, 아침이었다. 나는 수술을 받고 회복 중이었다. 아직 본 수술이 남아있었고, 이번에 한 검사 결과에 따라 이후 수술 종류나 시기가 바뀔 여지가 남아있다고 했다. 청진기 아래 흰색 꽃무늬 원피스를 입은 여의사는 몇 주만 기다리면 몸이 어느 정도 회복될 테니, 그때 다시 수술 일정을 잡겠다고 말했다. 그 말에 옆 침대에 있던 여자가 큰 소리로 혀를 찼다.

"하, 몇 주라고?!"

옆 침대 여자의 빨간색 잠옷 가운에는 'W. S.'라는 이니셜이 수놓아져 있었는데, 자기 잠옷 가운을 다른 사람 것과 구분하기 위해 이니셜을 새기는 걸 당연하게 여기는 이런 부류의 사람들은 평소 어떤 삶을 사는 걸까, 문득 궁금해졌다.

의사는 내 침대 둘레에 커튼을 친 다음, 내 곁으로 가까이 다가왔다. 바닐라 향의 달콤한 냄새가 났다.

"걱정하실 거 없어요. 그냥 좀 쉬시면 금세 회복하실 거예요."

커튼으로 분리된 작은 공간 안에서 나는 나름 행복한 나날들을 보냈다. 병원에 들어온 지 대략 일주일쯤 지나자, 옆 침대 여자는 내게 책 한 권을 빌려줬고, 자신의 침대 옆 탁자에 놓인 과일 바구니에서 배도 두 개 꺼내주었다. 지난 30년 동안 산부인과 의사로 일했다는 옆 침대 여자는 '이런 꼴이 된 게 너무 싫다'고 했다. 자신이 퇴원할 때까지 전남편이 재산을 관리하는 중이지만, 이런저런 치료를 해봐도 몇 주째 염증이 가라앉질 않고 있다고 했다. 그녀가 자신의 주치의였대도 이렇게 오랫동안 침대를 차지하고 있는 환자는 싫어했을 거라는 생각이 들었다.

며칠 후, 내 앞으로 편지가 도착했다.

편지 한 통 받은 게 뭐 그리 대단한 일이라고 할 수는 없었지만, 내게는 믿겨지지 않을 만큼 놀라운 일처럼 느껴졌다.

이메일과 문자로 소식을 전하는 세상에 여전히 이런 종이가 지구를 돌아 배달된다는 게 신기하기만 했다.

그렇게 편지가 무어랜드 요양원에 있는 내 우편함에 도착했다. 그리고 누군가 우편함을 확인해서 그걸 에밀리에게 건넸다. 에밀리는 파자마를 비롯해 당장 필요한 짐 몇 가지를 여행 가방에 담아 내게 가져다주는 일을 맡은 요양원 직원이었다.

"마고님 앞으로 이게 왔어요." 그녀는 짐 가방을 침대 밑에 밀어 넣으며 말했다.

봉투에는 누군지 모르는 어떤 남자의 얼굴이 들어간 우표가 붙어있었고, 보내는 사람 주소는 호찌민으로 되어있었다.

오로지 편지를 뜯어보고 싶은 마음뿐이어서 상냥하게 말을 건네는 에밀리의 목소리가 잘 들리지 않을 정도였다. 하지만 에밀리는 토마스 얘기를 마저 하고 싶어 했다. 딸인 에이프릴이 셋째 아이 출산에 맞춰 아버지와 함께 살기 위해 모시고 갔다는 얘기였다. 우리는 잠시 이런저런 얘기를 나눴고, 간호사가 항혈전제 주사를 가지고 왔고, 그런 뒤에는 저녁 식사가 도착했다.

나는 깜짝 놀라 잠에서 깼다. 언제 잠이 들었는지 기억조차 나지 않았다. 저녁 식사가 담겨있던 쟁반은 어제 날짜 신문과 함께 치워져 있었다. 그리고 다른 뭔가도. 그게 뭐였지?

나는 즉각 침대에서 일어나 침대 아래에 있던 여행 가방을 끄집어냈다. 거기 없을 거라는 걸 알면서도 파자마와 카디건들을 마구 파헤쳤다. 침대 덮개를 끄집어 내리고 베개 밑도 살폈다. 슬리퍼를 신고, 커튼을 젖히고는 옆 침대 여자를 급히 찾았다.

"쓰레기 수거해 갔어요?"

"뭐라고요?"

그녀는 코끝에 걸친 안경을 벗으며 눈을 가늘게 뜨고 나를 봤다.

"청소부 말이에요. 청소부가 쓰레기통 다 비워갔냐고요?"

"그랬죠."

"언제요?"

"내 생각에는……." 빨리 좀 말하라고 어깨를 잡고 흔들고 싶은 걸 꾹 참았다. "그러니까…… 한참 됐어요. 맞아요."

나는 고맙다는 말도 하는 둥 마는 둥 병실 밖을 나섰다. 병원에 온 후로 이렇게 무단으로 병원 안을 돌아다니긴 처음이었다. 탈주자가 된 기분이었다. 비록 느려터지긴 했지만. 매일 우리 병실의 쓰레기를 수거해 가던 이송 요원의 얼굴이 기억났다. 몸 여기저기에 문신을 했는데, 나한테 그런 문신이 있었다면 비뚤어진 선 때문에 볼 때마다 짜증이 났을 터였다. 나는 그 남자의 입장에서 생각해 보려 애썼다.

산부인과 병동을 지나가려 했지만, 닫힌 문에는 인터폰을 누르게 되어있어 되돌아서야 했다. 나는 살짝 경사진 긴 복도를 따라 내려가면서 마치 열쇠 구멍을 통과할 수 있을 정도로 몸이 작아진 이상한 나라의 앨리스가 된 것만 같았다. 편지 봉투를 머릿속으로 그려보았다. 검정 펜으로 쓴 글씨, 우체국에서 찍은 항공우편 소인 몇 개, 그리고 녹색 배경에 남자 얼굴이 들어간 우표가 붙어있었다. 몇 번의 갈림길이 있었고, 그때마다 내가 문신을 한 이송 요원이라면 택했을 것 같은 길을 골라 오로지 느낌에 의존하며 계속 나아갔다. 그가 밀고 다니던 커다란 쓰레기통은 네 개의 바구니로 분리돼 있었다. 의료용, 재활용, 음식물, 그리고 일반 쓰레기. 운이 좋다면 내 편지는 재활용 칸으로 들어갔을 거라고 생각했다.

그리고 마침내 찾았다. 카트는 아무도 미는 사람 없이 가만히 놓여있었다. 나는 카트로 다가갔다. 편지가 쓰레기통 속에 들었는지 보려고 발끝을 세웠지만, 보이지 않았다. 이송 요원은 간호사실의 닫힌 문 뒤에 있는 것 같았고, 주위에는 아무도 없었다. 나는 쓰레기 카트의 옆을 밟고 올라가 허리를 숙였다. 손을 넣고 쓰레기들을 뒤적거렸다. 뾰족한 봉투 끝이 보였다. 저거다. 손을 조금만 더 뻗으면 되는데……

뒤에서 어떤 소리가 들려 고개를 돌렸다. 복도 반대편에, 밝은 금발 머리에 분홍색 파자마를 입은 열여섯에서 열일곱 살쯤 돼보이는 어떤 여자아이가 나를 보고 있었다. 그때 간호사실 문이 열리고 나는 그 자리에 얼어붙었다. 이제 곧 다른 사람들에게 발각되기 직전이었는데, 그 여자애가 소란을 피우기 시작했다. 문신을 한 이송 요원과 어두운 표정의 간호사 둘 다 그 여자애에게 주의를 돌렸다.

종이 뭉치 밑에 깔려있던 게 내 편지가 맞았다. 나는 다시 한번 허리를 숙이고 손을 쭉 뻗었다. 편지 끝에 손가락이 살짝 닿왔고, 나는 마침내 그걸 손에 넣었다.

고개를 돌리면 이송 요원과 어두운 표정의 간호사가 나를 쳐다보고 있을 거라고 예상하면서 나는 고개를 들었지만, 그들은 없었다. 메이 병동을 향해 멀어지고 있었다. 분홍색 파자마를 입은 여자애만이 나를 돌아보며 웃고 있었다.

나는 미나에게서 온 편지를 움켜쥐고 다시 내 침대로 돌아왔다.

미나에게 답장을 쓰며 나는 이렇게 썼다.

'*병원 쓰레기통을 손으로 뒤져 네 편지를 찾아냈어. 이건 분명 사랑이야.*'

그리고 그녀가 내게 한 질문의 대답은 물론, '예스'였다.

⁓

아서 신부님이 어제 나를 보러 오셨어. 요즘 신부님은 나를 자주 찾아오셔. 그리고 우리는 주로 레니 네 이야기를 하지. 너도 함께 있었다면 우리가 하는 얘기를 재밌게 들었을 텐데.

난 신부님께 미나에게서 온 편지를 보여드리고, 그걸 쓰레기통에서 찾을 때 네가 어떻게 날 도와줬었는지 얘기했어.

그러고는 크게 심호흡을 한 다음, 내 망가진 심장과 삐걱대는 몸뚱이를 끌고 베트남에 다시 가면 어떨지 신부님께 여쭤봤어. 내 소울메이트의 질문에 '예스'라고 확실히 답해주고 싶었거든. 그녀가 직접 만든 반지도 왼손 네 번째 손가락에 끼고 싶었고.

물론 그녀가 구리로 반지를 만들겠다고 했을 때부터 그걸 끼면 손가락에 녹색 띠가 생길 거라는 건 알았지만 말이야.

신부님은 씁쓸한 표정으로 웃더니, 주변을 두리번거려 종이를 찾으시더라고. 그러고는 주머니에 있던 영수증 뒷면에 '전도서 9:9'이라고 쓰셨어. 그런 다음 스카프를 집어 들고 손을 흔들고는 집으로 돌아가셨지.

나는 간호사에게 성경책을 구해달라고 부탁했어. 병원에는 어디에나 성경책이 있었기 때문에 찾는 건 어렵지 않았지. 복도 건너편 병실에 입원한 한 미국인 여자가 내게 자기 성경책을 빌려줬어.

성경책에 무슨 말이 적혀있을지 조금은 두려운 마음으로 얇디얇은 성경책의 페이지를 조심스럽게 넘겼어.

돌팔매질을 당하고 영원한 형벌에 처해진다는 그런 말이 나올 거라 상상했어. 미나를 향한 내 사랑이 아서 신부님에게는 지옥에 떨어질 죄처럼 여겨지지는 않았을까. 차마 그 말을 내 앞에서 할 수 없으셨을 테지. 죄인들에게 그들의 운명을 상기시켜야 할 때, 그럴 때가 신부로서 가장 힘든 부분일 거라고 생각했지.

나는 페이지를 넘겨 전도서 9장 9절을 읽었어.

네 헛된 인생의 모든 날

네가 사랑하는 여인과 함께 즐겁게 살지어다(영어 성경의 버전에 따라 쓰인 단어가 조금씩 다른데, 원문에 쓰인 구절은 New American Standard Bible 1995년 버전임. ─옮긴이)

2014년 3월, 글래스고 프린세스 로열 병원

낮잠을 자고 막 일어났을 때, 한 여자가 내 침대로 다가왔다. 그녀가 입은 물방울무늬 원피스에는 녹색 물감이 여기저기 튀어 있었고, 두툼한 울 스웨터에는 강아지 털이 붙어있었다. 그녀는 모든 연령의 환자가 참여할 수 있는 미술 치료실이 새로 생겼다면서 수업에 참여해 보라고 했다. 그러고는 인쇄된 종이 한 장을 건네주며 미소 지었다.

80세 이상 환자를 위한 수업에 들어갔을 때, 나를 보고 미소 짓는 그녀를 다시 만날 수 있었다. 나는 창가 자리에 앉아 언제쯤 별 그림을 그릴 수 있을까, 그런 생각을 하고 있었다. 원래 수업 주제는 별이 아닌 뭔가 다른 것이었지만, 그날 레니에 관한 기억이 워낙 강렬해서 나머지 일들은 다 잊고 말았다. 그녀는 나이가 한참 어린데도 불구하고 80대 노인들만 모인 교실 안으로 아무 거리낌 없이 성큼성큼 들어왔다. 북유럽인 특유의 밝은 금발 머리에 마른 몸, 분홍색 파자마를 입은 레니는, 얼굴에는 장난기가 가득했고 행동에는 거침이 없었다.

그 아이는 내가 앉은 책상으로 걸어왔고, 그러고는 내 삶을 미처 헤아릴 수도 없이 행복하게 바꿔놓기 시작했다.

마고의 밤 인사

레니, 이건 너무 불공평해. 넌 그대로인데 나만 계속 늙고 있다는 건. 넌 여기 있지도 않은데 나만 점점 더 늙어가고 있구나.

내 목숨을 떼어 네게 줄 수만 있다면 그렇게라도 하고 싶어.

어떻게 네가 데이비가 잠든 바로 그 공동묘지에 묻히게 된 건지, 자세한 내막을 아는 사람은 아무도 없는 것 같았어.

나는 네가 늘 알고 싶어 했던 진실, 너의 웃음 모든 게 그리울 거야. 하지만 그중에서도 네가 보여준 너의 마법이 가장 그리울 것 같아.

미술실에 있는 100개의 그림은 모두 다 네가 있기에 가능한 일이었어. 조만간 사람들이 시내 큰 갤러리에 그 그림들을 전시하고 로즈룸 운영에 쓰일 기금을 모금할 거래. 난 혼자 거길 둘러보게 되겠지. 아니, 어쩌면 우리 둘의 영혼이 손을 맞잡고 우리의 백 년을 함께 둘러볼 수 있을지도 모르겠어.

내 수술 일정이 다음 주 월요일 아침으로 정해졌어. 너희 병동 간호사가 돼지 인형 베니를 가져왔더라. 수술받을 때 무섭지 않도록 네가 내게 베니를 주고 싶어 했다면서? 그 말을 듣고 난 울었어. 네가 차가운 땅속에 묻힐 때 베니를 데리고 가고 싶어 하지 않을까 싶었는데…… 다시 생각해 보니, 넌 저 아래 누워 있는 게 아니란 생각이 들었어. 분명 넌 지금 어딘가 다른 곳, 아름답고 자유롭고 아프지 않은 곳에 있을 거라고 생각했지.

베니는 내가 잘 돌봐준다고 약속할게. 베니랑 빨리 친해지고 싶어서 매일 베니 코에 내 코를 문지르며 인사를 하고 있어. 내 목숨이 다할 때까지 베니를 데리고 다닐게.

나 여행 가방을 쌌어, 레니. 분명 너도 잘했다고 하겠지? 가방은 내 침대 밑에 잘 보관해 뒀어. 그리고 종이도 한 장 있어. 이런 걸로 어떻게 비행기를 탈 수 있을까 싶은데, 요즘엔 탑승권이 이렇게 나온다고 그러네. 아서 신부님이 컴퓨터로 출력해 가져다주셨어. 만약 수술이 잘 되면 난 비행기를 타려고 해. 한 번 더 미나를 보러 가려고. 미나가 만든 반지가 내 손에 맞는지 볼 거야. 그리고 '예스'라고 직접 말할 거야.

만약 깨어나지 못하면 그때는 다른 비행기를 타고 널 만나러 갈게. 어느 쪽이 되든 가슴 설레는 여행이 될 것 같아.

네가 이 노트에 마지막으로 쓴 글을 봤어. 그건 너의 마지막 말일 테니 나는 아무것도 남기지 않으려고 해. 그냥 네게 '잘 자'라는 인사를 하고 싶었어.

레니, 네가 어디에 있든, 지금 네가 있는 곳이 얼마나 멋진 곳이든, 너의 거침없는 마음이, 순간적인 재치가, 숨길 수 없는 매력이 어디에 있든, 이것만 알아줬으면 해. 내가 널 사랑한다는 걸. 우리가 알고 지낸 시간은 비록 짧았지만, 난 널 내 딸처럼 사랑했어.

이 나이 많은 할머니를 친구라고 여겨준 네게 난 영원한 빚을 졌다는 생각이 드는구나.

너에게 고맙다는 말을 꼭 하고 싶어.

정말 고맙다, 사랑하는 레니야. 네 덕분에 죽는 게 훨씬 재밌어졌단다.

레니가 남긴 마지막 글

'터미널'이라는 말을 들으면 나는 공항의 풍경이 먼저 떠오른다.

결국 이번에는 체크인을 하게 됐다. 거의 확실하다.

기내에 들고 타는 짐 가방이 있긴 하지만, 그 안에 있던 내용물은 이제 대부분 없어졌다.

온 마음을 다해 마고를 그리워하겠지만, 마고는 아직 터미널을 떠날 준비가 안 됐다.

그녀에겐 아직 할 일이 남아있다. 커다란 스위스제 토블론 초콜릿을 사고, 우리의 이야기를 마저 끝내고, 백 년을 한 번 더 살아야 한다.

여기는 무척 조용하고, 반질반질 광이 나는 바닥에 햇볕이 반사되어 사방이 온통 빛으로 가득하다.

나는 출발 라운지에, 다른 승객들 사이에 서서 커다란 통창 너머로 비행기를 내다보며 생각한다.

이게 다야? 내내 그렇게 두려워했었는데 이게 전부라고?

이런 거라면 괜찮다.

가까이서 보니 별것도 아니구나.

레니와 마고의 백 년

초판 1쇄 인쇄 2022년 11월 10일
초판 1쇄 발행 2022년 11월 22일

지은이 매리언 크로닌
옮긴이 조경실
펴낸이 김문식 최민석
총괄 임승규
책임편집 조연수
기획편집 박소호 김재원 이혜미
　　　　　김지은 정혜인
디자인 배현정
제작 제이오

펴낸곳 (주)해피북스투유
출판등록 2016년 12월 12일 제2016-000343호
주소 서울시 성북구 종암로 63, 5층 (종암동)
전화 02)336-1203
팩스 02)336-1209

© 매리언 크로닌, 2022
ISBN 979-11-6479-820-9 (03840)

- 이 책은 (주)해피북스투유와 저작권자와의 계약에 따라 발행한 것이므로
  무단전재와 무단복제를 금지하며, 이 책 내용의 전부 또는 일부를 이용하려면
  반드시 저작권자와 (주)해피북스투유의 서면 동의를 받아야 합니다.
- 잘못된 책은 구입하신 곳에서 바꾸어드립니다.